W9-CCD-949

Fablehaven
LA PLAGA DE LA SOMBRA

El péndulo oscila entre

la luz y las tinieblas

Fablehaven
LA PLAGA DE LA SOMBRA

Brandon Mull

Traducción de Inés Belaustegui

Rocaeditorial

Título original: *Fablehaven: Grip of the Shadow Plague*
© Brandon Mull, 2011

Primera edición: mayo de 2011

© de la traducción: Inés Belaustegui
© de esta edición: Roca Editorial de Libros, S.L.
Marquès de l'Argentera, 17. Pral. 1.ª
08003 Barcelona.
info@rocaeditorial.com
www.rocaeditorial.com

Impreso por Rodesa

ISBN: 978-84-9918-281-0
Depósito legal: NA. 1.040-2011

Índice

Para Cy, Marge, John y Gladys,
buena prueba de que los abuelos
pueden ser amigos y héroes.

1

Nipsies

$\mathcal{U}$n bochornoso día de agosto Seth se apresuraba por un senderillo apenas visible, revisando la exuberante vegetación de su izquierda. Unos altos árboles cubiertos de musgo sumían en la sombra un verde mar de arbustos y helechos. Se notaba empapado de pies a cabeza —la humedad se negaba a permitir que se le secara el sudor—. Cada cierto tiempo, Seth comprobaba la retaguardia echando un vistazo por encima del hombro, y se sobresaltaba al menor ruido proveniente de la maleza. No solo Fablehaven era un lugar peligroso por el que deambular a solas, sino que además le aterrorizaba la idea de ser descubierto tan lejos del jardín.

Su maña para salir al bosque a hurtadillas había mejorado durante el largo verano. Las excursiones en compañía de Coulter estaban muy bien, pero no se producían con la frecuencia suficiente como para satisfacer su hambre de aventuras. Penetrar a solas en la reserva tenía su puntillo. Ya se conocía perfectamente la zona del bosque que rodeaba la casa principal y, pese a la preocupación de sus abuelos, se había demostrado a sí mismo que era capaz de explorar el lugar sin que le pasase nada. Para evitar cualquier situación mortalmente peligrosa, rara vez se alejaba mucho del jardín y evitaba las zonas que sabía eran las más peligrosas.

Hoy era una excepción.

Hoy estaba siguiendo las indicaciones recibidas para una cita secreta.

Aunque estaba seguro de haber interpretado correctamente

las indicaciones, estaba empezando a entrarle pánico al sospechar que tal vez se había pasado de largo la última señal. El sendero por el que avanzaba en esos momentos era un camino que no había recorrido nunca y estaba a bastante distancia de la casa principal. Siguió mirando con atención los arbustos de la orilla izquierda del camino.

A lo largo del verano mucha gente había ido y venido de Fablehaven. Durante el desayuno el abuelo Sorenson había informado a Seth, Kendra, Coulter y Dale que esa tarde Warren y Tanu volverían a casa. Él estaba entusiasmado ante la idea de volver a ver a sus amigos, pero sabía que cuanta más gente hubiese en la casa, más ojos lo vigilarían para impedir que llevara a cabo sus expediciones furtivas. Aquel era probablemente el último día que podría salir a escondidas por un buen tiempo.

Justo cuando empezaba a perder la fe, Seth reparó en un palo rematado con una enorme piña, clavado en la tierra a unos palmos del sendero. No debería haberse preocupado por pasarse de largo: era imposible no ver aquella alta señal. Se acercó al palo y sacó la brújula de su caja de emergencias, encontró el Norte y emprendió la marcha en línea no del todo perpendicular al tenue pequeño sendero.

El terreno se empinaba ligeramente. Tuvo que contonearse para esquivar algunas plantas con espinas en plena floración. Por encima de su cabeza gorjeaban los pájaros, posados en las frondosas ramas de los árboles. Una mariposa con unas amplias alas de intenso colorido subía y bajaba por el aire sin brisa. Gracias a la leche que había tomado esa mañana, Seth sabía que se trataba realmente de una mariposa. Si hubiese sido un hada, la habría reconocido como tal.

—Pssst, aquí —chistó alguien entre los arbustos, en un lateral.

Seth se volvió y vio a Doren, el sátiro, que asomaba la cabeza por detrás de un arbusto de grandes hojas brillantes. Le hizo señas para que se acercara.

—Hola, Doren —dijo Seth en voz baja, y acudió a paso ligero a donde le esperaba en cuclillas el sátiro. También escondido allí encontró a Newel, con sus cuernos algo más largos, su tez ligeramente más pecosa y su pelo una pizca más rojo que Doren.

—¿Y el bruto? —preguntó Newel.

—Prometió que se reuniría con nosotros aquí —los tranquilizó Seth—. Mendigo va a ocuparse de sus tareas en los establos.

—Si no se presenta, se acabó el trato —amenazó Newel.

—Estará aquí —dijo Seth.

—¿Has traído la mercancía? —preguntó Doren, intentando sonar despreocupado pero sin poder ocultar la desesperación en su mirada.

—Cuarenta y ocho pilas tipo C —dijo Seth.

Abrió la cremallera de una bolsa de lona y dejó que los sátiros inspeccionasen su contenido. Ese mismo verano, les había entregado a los dos sátiros docenas de pilas como compensación por haberles ayudado a él y a su hermana a entrar a escondidas en casa de su abuelo, en medio de una angustiosa situación. Los sátiros habían gastado ya todo su botín viendo la tele en su televisor portátil.

—Míralas, Doren —dijo Newel, arrobado.

—Horas y horas de diversión —murmuró Doren, fascinado.

—¡Cantidad de deportes! —exclamó Newel.

—Pelis, series cómicas, dibujos, culebrones, tertulias, concursos, programas de telerrealidad —enumeró Doren tiernamente.

—Tantas damiselas preciosas —ronroneó Newel.

—Hasta los anuncios son alucinantes —dijo Doren, entusiasmado—. ¡Cuántas maravillas de la tecnología!

—Stan se volvería majara si se enterase —murmuró Newel con gran regocijo.

Seth comprendía que Newel tenía razón. Su abuelo Sorenson se desvivía por limitar el uso de la tecnología en la reserva. Su empeño era que las criaturas mágicas de Fablehaven se mantuviesen en estado puro, sin contacto con influencias demasiado modernas. Ni siquiera tenía televisor en su propia casa.

—Bueno, ¿dónde está el oro? —preguntó Seth.

—Un poco más adelante —respondió Newel.

—Cada vez cuesta más encontrar oro, desde que Nero trasladó su tesoro escondido —se disculpó Doren.

—Oro al que pueda tenerse acceso —le corrigió Newel—. Nosotros tenemos conocimiento de gran abundancia de tesoros escondidos por todo Fablehaven.

—La mayor parte está o maldito o protegido —explicó Doren—. Por ejemplo, sabemos de un maravilloso montoncito de joyas metido en un hoyo de debajo de un pedrusco, si no tienes reparos en contraer una infección crónica que te va royendo la piel.

—Y una colección de armas doradas de valor incalculable, que forman parte de un arsenal protegido por una vengativa familia de ogros —añadió Newel.

—Pero un poco más arriba hay montones de oro prácticamente sin ningún tipo de atadura —le prometió Doren.

—Sigo pensando que deberíais pagarme más, puesto que necesitáis mi ayuda para cogerlo —se quejó Seth.

—Venga, Seth, no seas desagradecido —le riñó Newel—. Fijamos el precio. Tú estuviste de acuerdo. Seamos justos. No hace falta que nos ayudes a coger el oro. Podemos dar por zanjado todo el asunto.

Seth miró a un hombre cabra y luego al otro. Suspiró y volvió a abrir la cremallera de su bolsa de lona.

—Tal vez tengas razón. Todo esto me parece demasiado arriesgado.

—O podríamos subirte la comisión en un veinte por ciento —soltó bruscamente Newel, plantando su mano peluda encima del bolso.

—Treinta —replicó Seth en tono rotundo.

—Veinticinco —contraofertó Newel.

Seth abrió de nuevo la cremallera del bolso.

Doren aplaudió y pateó el suelo con las pezuñas.

—Me chiflan los finales felices.

—No habremos terminado hasta que tenga en mi poder el oro —les recordó Seth—. ¿Estáis seguros de que ese tesoro será realmente mío? ¿Que no aparecerá ningún trol enojado a recuperar lo que es suyo?

—Ni una maldición —dijo Newel.

14

—Ni seres poderosos deseosos de tomar represalias —aseguró Doren.

Seth se cruzó de brazos.

—Entonces, ¿por qué os hace falta mi ayuda?

—Antes ese alijo era dinero libre —dijo Newel—. La manera más fácil de cobrar en Fablehaven. Gracias a nuestro guardaespaldas tamaño gigante, puede volver a ser chachi.

—Hugo no tendrá que hacerle daño a nadie —confirmó Seth.

—Relájate —dijo Newel—. Ya hemos hablado de esto. El golem no tendrá que matar ni una mosca.

Doren levantó una mano.

—Oigo que se acerca alguien.

Seth no oía nada. Newel olisqueó el aire.

—Es el golem —informó Newel.

Pasados unos cuantos segundos, Seth detectó el fuerte impacto de las pisadas de Hugo acercándose. Al cabo de unos momentos, el golem apareció de pronto ante su vista, abriéndose paso salvajemente por la maleza. Hugo, un ser con apariencia de simio, hecho de tierra, barro y piedras, era de complexión ancha y tenía las manos y los pies desproporcionadamente grandes. En esos momentos uno de sus brazos era algo más pequeño que el otro. Había perdido un brazo en una pelea con Olloch, *el Glotón*, y, a pesar de sus frecuentes baños de lodo, no había terminado de formársele del todo.

El golem, alto como una torre, se detuvo delante de Seth y de los sátiros, que apenas le llegaban a la altura de su ancho pecho.

—Seth —dijo el golem con una voz profunda que sonó como dos piedras inmensas rechinando pegadas la una a la otra.

—Hola, Hugo —respondió el chico.

Hacía muy poco que el golem había empezado a balbucir palabras fáciles. Entendía todo lo que se le decía, pero rara vez intentaba expresarse verbalmente.

—Qué bueno verte, grandullón —dijo Doren animadamente, saludándole con la mano y con una gran sonrisa.

—¿Colaborará? —preguntó Newel moviendo solo un lado de la boca.

15

—Hugo no tiene que obedecerme —dijo Seth—. Oficialmente, yo no lo controlo como mis abuelos. Pero está aprendiendo a tomar sus propias decisiones. Este verano hemos ido de exploración privada los dos juntos unas cuantas veces. Generalmente le parece bien lo que le propongo.

—Suficiente —dijo Doren. Dio una palmada y se frotó vigorosamente las palmas de las manos—. Newel, compañero buscador de oro, es posible que volvamos manos a la obra.

—¿Querréis explicarme de una vez lo que vamos a hacer? —rogó Seth.

—¿Has oído hablar alguna vez de los nipsies? —preguntó Newel.

Seth negó con la cabeza.

—Unos bichitos chiquitines —detalló Doren—, los más pequeños de toda la población de hadas.

Los sátiros se quedaron mirando a Seth para ver qué respondía. El chico volvió a negar con la cabeza.

—Sus parientes más próximos son los brownies, pero son muchísimo más bajitos —dijo Newel—. Como bien sabes, los brownies son expertos en toda clase de arreglos, rescates e imaginativos reciclajes. Los nipsies son también maestros artesanos, pero suelen empezar de cero, tirando de los recursos naturales para adquirir materias primas.

Doren se acercó mucho a Seth y le dijo en tono de confidencia:

—Los nipsies sienten fascinación por los metales y las piedras que brillen mucho y son muy habilidosos para encontrarlos.

Newel le guiñó un ojo.

Seth se cruzó de brazos.

—¿Qué les impedirá venir a recuperar su tesoro?

Newel y Doren prorrumpieron en carcajadas. Seth arrugó el entrecejo. Newel le puso una mano en el hombro.

—Seth, un nipsie es, más o menos, así de grande. —Newel dejó media pulgada de espacio entre el pulgar y el índice. Doren resopló por la nariz al tratar de sofocar otra carcajada—. No vuelan ni poseen magia alguna con la que atacar o hacer daño.

—En ese caso, sigo sin entender por qué necesitáis mi ayuda para coger el oro —insistió Seth.

Las risillas sofocadas remitieron.

—Lo que sí hacen los nipsies es preparar trampas y plantar hierbas peligrosas —dijo Doren—. Al parecer, los muy canijos se ofendieron por los tributos que Newel y yo les pedíamos, y erigieron defensas para mantenernos alejados de ellos. Aquí Hugo no debería tener ningún problema para colarnos en sus dominios.

Seth entrecerró los ojos.

—¿Por qué los nipsies no piden ayuda a mi abuelo?

—No te ofendas —dijo Newel—, pero muchas criaturas de Fablehaven soportarían dificultades considerables con tal de evitar la intervención de los humanos. No temas, esos mequetrefes no recurrirán a Stan ni le van a ir con el cuento. ¿Qué dices? ¿Vamos a pillar un poco de oro fácil?

—Id delante —dijo Seth. Se volvió hacia el golem—. Hugo, ¿estás dispuesto a ayudarnos a visitar a los nipsies?

El golem levantó una de sus terrosas manos, con el pulgar y el índice casi tocándose, e hizo un leve gesto de asentimiento con la cabeza.

Se metieron por la maleza y avanzaron hasta que Newel levantó el puño en señal de cautela. Desde el borde de un claro, Seth vio una amplia pradera con un otero cubierto de hierba, en el centro. La falda del otero era empinada, pero acababa de repente a unos seis metros del pie, como si la cima fuese plana.

—Vamos a necesitar a Hugo para que nos lleve hasta el cerro —susurró Newel.

—¿Lo harías? —preguntó Seth al golem.

Sin el menor esfuerzo, Hugo se puso a Newel en un hombro y a Doren en el otro y cogió a Seth con el brazo más largo. El golem arrancó a cruzar la pradera en dirección al otero a grandes zancadas. Cerca del arranque de la colina las hierbas por las que pisaba Hugo empezaron a enroscarse y moverse con chasquidos. Seth vio que unos tallos de parra cubiertos de pinchos se enroscaban alrededor de los tobillos del golem, y que las verdes cabezas de unas plantas carnívoras le mordían los gemelos.

—Una parte del problema está ahí mismo —señaló Doren—. Los muy diminutos cultivaron toda clase de plantas venenosas en todo el perímetro que rodea su territorio.

17

—Sucias alimañas —refunfuñó Newel—. Estuve una semana cojeando.

—Tuvimos suerte de salvar el pellejo —dijo Doren—. Tenemos que llegar al otro lado del cerro.

—Las laderas están infestadas de trampas —explicó Newel—. En el otro lado nos aguarda una entrada cerrada herméticamente.

—Llévanos al otro lado de la colina, Hugo —dijo Seth.

Las agresivas plantas siguieron azotando, retorciéndose y mordiendo, pero Hugo se abrió paso sin prestar atención a la escabechina. Al otro lado de la colina encontraron una roca de forma irregular, alta como un hombre y empotrada en la base de la ladera. Una masa pegajosa de cieno amarillo formaba un charco alrededor de la roca.

—Dile a Hugo que aparte la roca —sugirió Doren.

—Ya le has oído —dijo Seth.

Hugo pisó el resbaloso cieno, que gorgoteó al ser pisado por los enormes pies del golem. Con la mano que tenía libre, Hugo apartó la roca a un lado, como si estuviese hecha de cartón piedra, y dejó al descubierto la boca de un túnel.

—Déjanos en el suelo, en la entrada —dijo Newel.

—Y luego mantén a raya el cieno —añadió Doren.

—Hazlo, por favor —suplicó Seth.

Hugo depositó a Seth en la entrada del túnel y a continuación bajó a los sátiros y los dejó a su lado. El golem se dio la vuelta y empezó a apartar el cieno a puntapiés, y el engrudo salió disparado por el aire en forma de pringosos pegotes y hebras.

—Nos viene de perlas —apreció Newel, indicando a Hugo con un gesto de la cabeza.

—Tenemos que hacernos con uno como él —coincidió Doren.

Seth miraba atentamente las paredes del túnel. Estaban hechas de una pulida piedra blanca con vetas azules y verdes. Unos elaborados grabados tallaban toda la superficie, desde el suelo hasta el techo. Seth pasó un dedo por encima del complicado dibujo.

—No está mal —comentó Newel.

Seth se apartó de la pared.

—No me puedo creer el grado de detalle.

—Espera a ver los siete reinos —dijo Doren.

Los tres iniciaron la marcha por el corto túnel. El techo era lo bastante alto como para que ninguno de ellos necesitase agacharse.

—Mira por dónde pisas —dijo Newel—. Ten cuidado de no aplastar un nipsie. Su vida es tan real y valiosa como la de cualquiera. Si accidentalmente matas a un nipsie, las protecciones del tratado fundacional de Fablehaven dejarán de afectarte.

—Solo lo dice por la vez en que pisó sin querer una carreta de abastecimiento y derribó al conductor, que perdió el conocimiento —le contó Doren.

—Se recuperó perfectamente —respondió Newel, muy estirado.

—No veo ningún nipsie por el túnel —informó Doren después de doblarse por la cintura para observar atentamente el liso suelo de mármol.

—Entonces pisad suavemente al llegar al fondo —les recomendó Newel.

Cuando Seth emergió al otro lado del túnel, salió inadvertidamente a la luz del sol. La colina no tenía cumbre: todo el centro había sido excavado, de modo que la ladera formaba un muro circular que rodeaba una población absolutamente fuera de lo normal.

—Mirad eso —murmuró Seth.

Toda la parte interna del cerro estaba diseñada en miniatura, con abundancia de castillitos picudos, mansiones, fábricas, almacenes, tiendas, molinos, teatros, estadios y puentes. La arquitectura era compleja y variada, con elementos como largos chapiteles, empinadas cubiertas, torres en espiral, delicados arcos, chimeneas con forma de caricatura, doseletes de ricos colores, pasajes con columnas, jardines en varios niveles y relucientes cúpulas. Los nipsies usaban en sus construcciones la madera y la piedra más hermosas, y añadían un toque brillante a muchas de sus imaginativas estructuras con metales preciosos y gemas. Irradiando desde un estanque central, un complicado sistema de irrigación compuesto por canales, acueductos, albercas y represas conectaba siete núcleos urbanos esparcidos por el lugar, cada uno densamente poblado.

—Regálate la vista con los siete reinos de los nipsies —dijo Newel.

—¿Ves aquel edificio cuadrangular de allí? —preguntó Doren, señalándolo—. El de los pilares y las estatuas en la parte delantera. Es el tesoro real del Tercer Reino. No estaría mal empezar por ahí, si se niegan a cooperar.

Entre los espléndidos edificios de los siete reinos, el más alto de los cuales apenas le llegaba a Seth por las rodillas, correteaban de un lado a otro miles de minúsculos individuos. A simple vista parecían insectos. Después de rebuscar en su caja de emergencias, Seth se agachó en cuclillas cerca de la boca del túnel labrado, donde habían estado cavando una cuadrilla de nipsies, y observó a los obreros liliputienses con una lupa. Iban pulcramente ataviados y, a pesar de no alcanzar media pulgada de altura, eran como cualquier ser humano. El grupo que Seth estaba mirando hacía animados gestos en dirección a él mientras se desperdigaban a toda prisa. Comenzaron a sonar unas diminutas campanillas y muchos de los nipsies empezaron a esconderse en el interior de los edificios y en agujeros cavados en el suelo.

—Tienen miedo de nosotros —dijo Seth.

—Más les vale —soltó Newel en tono fanfarrón—. Nosotros somos sus supremos señores gigantes y ellos intentaron impedirnos el acceso con plantas depredadoras y cieno carnívoro.

—Mirad allí, al lado del estanque de aguas claras —dijo Doren en tono lastimero, extendiendo una mano—. ¡Han derribado nuestras estatuas!

Unas increíbles imitaciones de Newel y Doren, de unos treinta centímetros cada una, yacían derribadas y pintarrajeadas cerca de unos pedestales vacíos.

—Alguno por aquí se ha puesto de lo más gallito —gruñó Newel—. ¿Quién ha profanado el monumento a los Señores?

El caos seguía en las ajetreadas calles. La muchedumbre, presa del pánico, corría a esconderse en el interior de los edificios. Docenas de nipsies descendieron temerariamente por el andamio de un edificio en construcción. Nipsies armados con diminutas armas se congregaron en el tejado del tesoro real.

20

—Veo que una delegación está reuniéndose alrededor del cuerno —dijo Doren, señalando una torre de unos cuarenta y cinco centímetros de alto, rematada con un enorme megáfono de color perla.

Newel guiñó un ojo a Seth.

—Hora de entablar negociaciones.

—¿Estáis seguros de que esto está bien? —preguntó Seth—. ¿Quitarles oro a estos chiquitines?

Doren dio una palmada a Seth en la espalda.

—Los nipsies viven para husmear en busca de vetas de oro. ¡Que nos llevemos un poco de sus riquezas acumuladas servirá para que tengan algo que hacer!

—Salve, Newel y Doren —dijo una vocecita agudísima. Aun amplificada con el megáfono, sonaba chillona y difícil de escuchar.

Seth y los sátiros se acercaron, andando con sumo cuidado.

—Nosotros, los nipsies del Tercer Reino, nos regocijamos ante vuestro tanto tiempo esperado retorno.

—¿Os regocijáis, dices? —repuso Newel—. Pisar plantas venenosas no era precisamente la bienvenida que esperábamos.

Los nipsies de la torre consultaron entre sí antes de replicar.

—Lamentamos que las defensas que erigimos últimamente hayan supuesto un problema. Consideramos que era preciso aumentar la seguridad debido al desagradable carácter de determinados saqueadores en potencia.

—El canijo casi hace que parezca que no se refiere a nosotros —murmuró Doren.

—Son de lo más fino cuando se trata de diplomacia —coincidió Newel. Entonces, elevó la voz para decir—: He advertido que nuestros monumentos se hallan en un estado de deterioro. Hace mucho que venció el plazo para cobrar nuestro tributo.

Una vez más, la delegación de lo alto de la torre se juntó a deliberar antes de responder.

—Lamentamos cualquier falta de apreciación que podáis percibir —chilló una voz—. Llegáis en una estación desesperada. Como sabéis, desde tiempo inmemorial los siete reinos de los nipsies han vivido en paz y prosperidad, interrumpidas únicamente por las abusivas peticiones de determinados señores gigantes. Pero últimamente se han cernido sobre nosotros tiempos de tinieblas. Los reinos Sexto y Séptimo se han unido para hacernos la guerra a todos los demás. Recientemente diezmaron el Cuarto Reino. Nosotros y el Segundo Reino estamos acogiendo a millares de refugiados. El Quinto Reino se encuentra bajo asedio. En el Primer Reino se habla de retirada, de un éxodo masivo a una nueva madre patria.

»Como bien sabéis, nosotros, los nipsies, nunca hemos sido gentes belicosas. Es evidente que una siniestra influencia se ha apoderado de los ciudadanos de los reinos Sexto y Séptimo. Tememos que no se quedarán satisfechos hasta que nos hayan conquistado a todos. Mientras hablamos, su armada navega hacia nuestras costas. Si al mismo tiempo atacáis nuestra comunidad por la retaguardia, me temo que los siete reinos podrían sucumbir a las tinieblas. Sin embargo, si nos prestáis ayuda en esta trágica hora, con mucho gusto os compensaríamos generosamente.

—Permitidnos un momento para deliberar —dijo Newel, y tiró de Doren y de Seth para acercarlos—. ¿Os parece que es una treta? Lo que a los nipsies les falta en tamaño, suelen compensarlo con astucia.

—Yo veo una nutrida flota de barcos negros allí, en el estanque central —dijo Doren. Aunque los navíos de mayor tamaño no eran más grandes que los zapatos de Seth, eran docenas los que estaban acercándose.

—Cierto —dijo Newel—. Y mirad a la izquierda. El Cuarto Reino parece estar en ruinas.

—Pero ¿quién ha oído alguna vez hablar de los nipsies en guerra? —preguntó Doren.

—Será mejor que tengamos unas palabritas con el Séptimo Reino —resolvió Newel—. Que oigamos su versión de la situación.

—Volveremos —declaró Doren a los nipsies de la torre. Newel y él se alejaron.

—¿Quién eres tú? —canturreó la vocecilla por el megáfono—. El que no tiene cuernos.

—¿Yo? —dijo Seth, poniéndose una mano en el pecho—. Soy Seth.

—Oh, sabio y prudente Seth —siguió diciendo la vocecilla—, por favor, intercede ante los gigantes cabra para que acudan en nuestra ayuda. No permitas que los malévolos ancianos de los reinos traidores los seduzcan.

—Veré lo que puedo hacer —dijo el chico, y se apresuró a seguir a Newel y Doren, mirando el suelo con cuidado para no aplastar a ningún nipsie.

Alcanzó a los sátiros en el exterior de un reino amurallado, hecho de piedra negra y con estandartes color azabache al viento. Las calles del reino estaban prácticamente desiertas. Muchos de los nipsies que se veían llevaban armadura y portaban armas. Este reino tenía también una torre con megáfono.

—La muralla es nueva —comentó Doren.

—Y no recuerdo que todo fuese tan negro —dijo Newel.

—Sí que parecen belicosos —concedió Doren.

—Aquí están, subiendo a la torre —observó Newel, que indicó con el mentón la torre con su megáfono negro.

—Saludos, honorables señores —chilló una voz aguda—. Habéis regresado a tiempo para presenciar la culminación de nuestros esfuerzos y para compartir los despojos.

—¿Por qué habéis declarado la guerra a los otros reinos? —preguntó Newel.

—Tenéis que agradecéroslo a vosotros mismos —respondió el portavoz—. Los siete reinos enviaron muchas comitivas con la misión de encontrar métodos para impedir vuestro regreso. Ninguna se alejó más que la mía. Aprendimos mucho. Nuestros horizontes se expandieron. Mientras los demás reinos construían defensas, nosotros recabamos calladamente el apoyo de los reinos Sexto y Séptimo, que desarrollaron maquinaria de guerra. Al fin y al cabo, como bien sabéis vosotros desde hace mucho tiempo, ¿para qué fabricar si podemos arrebatar?

Newel y Doren se cruzaron una mirada de preocupación.

—¿Qué querríais de nosotros? —preguntó Doren.

—La victoria es ya inevitable, pero si contribuís a acelerar la hora del triunfo, os compensaremos mucho más generosamente que cualquiera de los otros reinos. La mayor parte de nuestra riqueza se halla bajo tierra, un secreto que ellos jamás os contarían. Seguro que los otros os han solicitado vuestra

23

ayuda para detenernos. Tal acción resultaría desastrosa para vosotros. Hemos formado alianza con un nuevo señor que un día regirá sobre todas las cosas. Levantaos contra nosotros, y estaréis levantándoos contra él. Todo aquel que le desafía debe perecer. Uníos a nosotros. Evitad la ira de nuestro señor y recoged la más generosa de las recompensas.

—¿Me dejas la lupa? —preguntó Doren.

Seth le pasó al sátiro el cristal de aumento. Doren pasó por encima de la muralla de la ciudad para colocarse en una plaza vacía, se agachó y examinó las figuritas situadas en lo alto de la torre.

—Os va a interesar echar un vistazo, vosotros dos —les aconsejó en tono serio.

Doren se apartó para hacer sitio y Newel miró durante un buen rato con la lupa, seguido de Seth. Los hombrecillos de la torre tenían un aspecto diferente de los que Seth había visto antes. Tenían la tez gris, los ojos enrojecidos y la boca con colmillos salientes.

—¿Qué os ha pasado en la cara? —preguntó Newel.

—Ha aparecido nuestra verdadera apariencia —respondió la voz del megáfono—. Este es nuestro aspecto cuando se elimina toda la ilusión.

—Los han corrompido, de alguna manera —susurró Doren entre dientes.

—No pensáis ayudarlos realmente, ¿no? —dijo Seth.

Newel negó con la cabeza.

—No. Pero puede que no sea muy prudente oponerles resistencia. Quizás deberíamos tratar de no implicarnos. —Miró a Doren—. A decir verdad, tenemos una cita en otra parte dentro de nada.

—Eso es verdad —dijo Doren—, casi se me había olvidado nuestro otro compromiso. No nos conviene contrariar a los…, esto…, a las hamadríades. No podemos permitirnos llegar tarde. Será mejor que nos vayamos yendo.

—No tenéis ninguna cita —los acusó Seth—. No podemos abandonar sin más a los buenos nipsies para que los destruyan.

—Ya que te gustan tanto las heroicidades —dijo Newel—, ve tú a detener la armada.

—Mi cometido era traeros aquí —replicó Seth—. Si queréis pilas, vais a tener que ganaros el oro.

—Tiene cierta razón —reconoció Doren.

—Nosotros no tenemos por qué ganarnos nada —declaró Newel—. Podemos ir a coger lo que nos haga falta del tesoro del Tercer Reino y marcharnos.

—Ni hablar —respondió Seth, al tiempo que agitaba la mano que había levantado—. No pienso aceptar un pago con oro robado. No después de lo que pasó con Nero. El Tercer Reino os ofreció una honrada recompensa si los ayudabais. Vosotros erais los que me decíais que los nipsies no podían hacernos ningún daño. ¿Ahora han cambiado las cosas solo porque algunos de ellos se han vuelto malvados? Os diré una cosa: incluso renunciaré a mi veinticinco por ciento.

—Hmmm. —Newel se frotó la barbilla.

—Piensa en la cantidad de programas… —le urgió Doren.

—Muy bien —respondió Newel—. No soportaría ver destrozada esta civilización. Pero no me echéis la culpa si los inquietantes nipsies y sus nefarios señores luego vienen a por nosotros.

—Lo lamentarás —le gritaron los hostiles nipsies por el megáfono.

—¿Ah, sí? —preguntó Newel, y pateó la muralla de la ciudad con una pezuña. Luego, arrancó el megáfono de la torre y lo lanzó por encima de la colina horadada.

—Iré a poner fin al asedio del Quinto Reino —se ofreció Doren.

—Quédate donde estás —le ordenó Newel—. No hace falta que les demos motivos para que tengan que ajustarnos las cuentas a los dos.

—Realmente te han puesto nervioso —bromeó Doren con una risilla—. ¿Qué nos van a hacer?

—Hay una influencia oscura actuando en medio de todo esto —dijo Newel con aire grave—. Pero si me dispongo a desafiarlos, yo mismo puedo también terminar el trabajo. —Arrancó la cubierta de un edificio de aspecto recio y cogió un puñado de diminutos lingotes de oro, para metérselos a continuación en una talega que llevaba colgada de la cintura—. Una

25

lección para vosotros —añadió Newel, volviendo a meter la mano en la casa del tesoro—: No intentéis amenazar a los supremos señores gigantes. Nosotros hacemos lo que nos place.

Newel se dirigió al estanque y se metió en el agua, que en ningún punto le llegaba por encima de sus peludas espinillas. Reunió la flotilla de navíos y empezó a arrastrarlos de vuelta al Séptimo Reino, partiendo de paso los mástiles y dejando caer los barcos por toda la ciudad.

—Ten cuidado de no matar a ninguno —le avisó Doren.

—Estoy teniendo cuidado —respondió Newel, chapoteando por el estanque de tal manera que las olas que levantaba llegaban hasta los frágiles muelles.

Cuando hubo soltado los últimos barcos en un mercado vacío, Newel cruzó hasta el Quinto Reino y empezó a destrozar las pequeñas máquinas de asedio y las pequeñas catapultas que estaban atacando lugares fortificados en todos los rincones de la ciudad, incluido el castillo principal.

Seth observaba su actuación con atención. En cierto modo, era como presenciar a un niño mimado destruyendo sus juguetes. Sin embargo, al observar más atentamente pudo contemplar las numerosas vidas que estaban viéndose afectadas por las acciones del sátiro. Desde el punto de vista de los nipsies, un gigante de cientos de metros de altura estaba causando estragos en su mundo, trastocando en cuestión de minutos el curso de una guerra desesperada.

Newel cogió con las manos a cientos de soldados atacantes para sacarlos del Quinto Reino y depositarlos en el Séptimo. Luego, demolió varios de los puentes que comunicaban el Sexto Reino con el Quinto. Robó varios adornos de oro de las enhiestas torres del Sexto Reino y fue destruyendo sistemáticamente sus defensas. Al final, Newel volvió a la torre del Séptimo Reino en el que había estado el megáfono.

—Estad avisados: dejad de hacer la guerra, o volveré. La próxima vez no me marcharé dejando intactas tantas extensiones de vuestros reinos. —Newel se volvió para mirar a Doren y a Seth—. Vamos.

Los tres se dirigieron al Tercer Reino, cerca del túnel labrado que los llevaría hasta Hugo de nuevo.

—Hemos hecho lo que hemos podido para detener vuestra guerra —declaró Newel.

—¡Saludad todos a nuestros supremos señores gigantes! —ordenó la vocecilla por el megáfono color perla—. La fecha de hoy será por siempre un día de fiesta para celebrar vuestra gallardía. Levantaremos y restauraremos vuestros monumentos hasta que alcancen un esplendor sin igual. Por favor, tomad lo que deseéis del tesoro real.

—Si me permitís —dijo Newel, arrancando la pared y sacando minúsculas monedas de oro, plata y platino junto con algunas gemas relativamente grandes—. No bajéis la guardia, nipsies. Algo muy grave está pasando entre vuestros compatriotas de los reinos Sexto y Séptimo.

—¡Larga vida a Newel! —aprobó la vocecilla chillona—. ¡Larga vida a Doren! ¡Larga vida a Seth! ¡Sabio consejo de nuestros heroicos protectores!

—Parece que de momento ya hemos terminado aquí —dijo Doren.

—Bien hecho —intervino Seth, dando unas palmadas a Newel en la espalda.

—No ha sido una mala jornada de trabajo —respondió Newel con aire presumido, al tiempo que daba unos toques con la mano en sus bolsillos inflados—. Varios reinos salvados, una lección de humildad a un par de reinos y un tesoro ganado. Vayamos a contar la pasta. Tenemos unos cuantos programas que ver.

2

Reunión

*P*ara Kendra Sorenson la oscuridad total era algo que había dejado de existir. Estaba sentada en un gélido pasillo de las mazmorras del sótano de la casa principal de Fablehaven, con la espalda apoyada en la pared de piedra y las rodillas pegadas al pecho. Enfrente tenía un armario de grandes dimensiones con el filo dorado, del tipo que usaría un mago para hacer desaparecer a su ayudante. A pesar de la falta de luz, ella podía distinguir el contorno de la Caja Silenciosa sin dificultad. El pasillo estaba en penumbra, con los colores apagados, pero a diferencia incluso de los guardianes trasgo que patrullaban por las mazmorras, ella no necesitaba velas ni antorchas para manejarse por los oscuros corredores. Su visión potenciada era una de las muchas consecuencias de haber entrado a formar parte de la familia de las hadas el verano anterior.

Kendra sabía que Vanessa Santoro aguardaba en el interior de la caja. Una parte de ella quería desesperadamente hablar con su antigua amiga, a pesar de que Vanessa había traicionado a la familia y casi había provocado que los mataran. Su deseo de comunicarse con ella tenía poco que ver con sentimientos de añoranza de los ratos de charla compartidos. Kendra ansiaba que le clarificase el contenido de la nota final que Vanessa le había garabateado en el suelo de la celda justo antes de ser sentenciada a la Caja Silenciosa.

Nada más descubrir la nota que Vanessa había dejado escrita, Kendra se lo había contado a sus abuelos. El abuelo Sorenson había pasado unos cuantos minutos mirando ceñudamente las luminosas letras a la luz fantasmal de una vela umita, sopesando la veracidad de las inquietantes acusaciones dejadas ahí por una traidora desesperada. Kendra todavía recordaba su veredicto inicial: «O es la verdad más perturbadora que me he encontrado en la vida, o bien es la más brillante de las mentiras».

Casi dos meses después no habían avanzado nada en cuanto a verificar el mensaje o darlo por falso. Si el mensaje era cierto, la Esfinge, el mayor aliado de los encargados de la reserva, era en realidad su archienemigo disfrazado. El mensaje lo acusaba de aprovechar su íntima relación con los protectores de las reservas mágicas para facilitar los siniestros planes de la Sociedad del Lucero de la Tarde.

Por otro lado, si el mensaje era falso, Vanessa estaba vilipendiando al más poderoso amigo de los encargados de la reserva con el fin de crear disensión interna y dar motivos a sus captores para liberarla de su encarcelamiento en la Caja Silenciosa. Sin ayuda del exterior, se quedaría apresada allí en un estado de suspensión hasta que otro ocupase su lugar. En teoría, podría esperar durante siglos allí dentro, de pie, erguida, sumida en un oscuro silencio.

Kendra se frotó los gemelos. Sin otra persona que ocupase el lugar de Vanessa de manera temporal, sería imposible liberar de la Caja Silenciosa a la que antes había sido su amiga para mantener con ella una breve conversación. Por no hablar de la preocupación derivada del hecho de que Vanessa era una narcoblix. A lo largo del verano, antes de que la desenmascarasen, había mordido a prácticamente todo el mundo en Fablehaven. Como resultado, una vez fuera de la Caja Silenciosa podría controlar a cualquier de ellos cada vez que se durmiesen.

Para cruzar unas palabras con Vanessa, Kendra tendría que esperar a que todos estuviesen de acuerdo. ¡Quién sabe cuánto podría tardar eso en suceder! La última vez que habían hablado del tema, nadie había estado a favor de darle a Vanessa la oportunidad de explicarse más. Sometiéndolos a estricto voto de secreto, el abuelo y la abuela habían compartido el inquietante mensaje con Warren, Tanu, Coulter, Dale y Seth. Todos habían tomado medidas para investigar la veracidad de la nota escrita

29

en el suelo. Con suerte, aquella noche, con Tanu y Warren de vuelta de sus misiones, dispondrían de mejor información. De lo contrario, ¿sería posible que por fin los demás llegasen a la conclusión de que había llegado el momento de escuchar lo que Vanessa tenía que añadir? La narcoblix los había dejado intrigados al apuntar que sabía mucho más de lo que había revelado en su nota, Kendra estaba convencida de que Vanessa podía arrojar más luz sobre el tema. Decidió que una vez más se mostraría a favor de escucharla.

Una luz trémula danzó al fondo del pasillo. Slaggo dobló la esquina. El repulsivo trasgo llevaba en una mano un cubo desconchado y en la otra agarraba una antorcha chisporroteante.

—¿Otra vez has bajado a la mazmorra a rumiar tu mal humor? —le dijo a Kendra, y se detuvo—. Podemos ponerte a trabajar. La paga es imbatible. ¿Te gusta la carne cruda de gallina?

—Detestaría inmiscuirme en vuestros jueguecitos —le espetó Kendra.

Desde que Slaggo y Voorsh habían estado a punto de darle como comida a sus abuelos cautivos, no se había mostrado muy amable con ellos.

Slaggo la miró con malicia.

—Por tus malas pulgas, se diría que han encerrado a tu mascota preferida en la Caja.

—No estoy aquí sentada por ella —le corrigió Kendra—. Estoy reflexionando.

Él respiró hondo, mientras repasaba con la mirada el pasillo con desdén.

—Cuesta imaginarse un entorno más inspirador —admitió—. Nada como los inútiles gemidos de los condenados para que el coco se ponga a rular.

El trasgo reanudó la marcha, relamiéndose los labios. Era bajo, huesudo y verdoso, con los ojos redondos y brillantes como canicas y unas orejas que parecían hechas de ala de murciélago. Cuando Kendra midió, temporalmente, dieciocho centímetros, el trasgo le había parecido mucho más temible.

En vez de pasar de largo por delante de ella, se detuvo de nuevo, ahora con la mirada puesta en la Caja Silenciosa.

—Me gustaría saber quién estaba ahí dentro antes —murmuró, casi para sus adentros—. Me lo he preguntado todos los días durante décadas… y ahora nunca lo sabré.

La Caja Silenciosa había albergado al mismo prisionero secreto desde que la habían llevado a Fablehaven, hasta que la Esfinge había cambiado al misterioso ocupante por Vanessa. La Esfinge había insistido en que la Caja Silenciosa sería el único lugar en el que Vanessa no podría valerse de sus dotes de control sobre las personas mientras dormían. Si era cierto el mensaje final de Vanessa, y si la Esfinge era malvada, probablemente había puesto en libertad a un antiguo y poderoso colaborador. Si el mensaje era falso, la Esfinge estaba simplemente reubicando a un prisionero en otro lugar de confinamiento. Ninguno había visto quién era el preso secreto, tan solo habían podido percibir que se trataba de una figura encadenada, con la cabeza tapada por un burdo saco de arpillera.

—A mí tampoco me importaría saber de quién se trataba —soltó Kendra.

—Yo capté su olor, ¿sabes? —dijo Slaggo como quien no quiere la cosa, mientras miraba a Kendra de soslayo—. Estaba agazapado entre las sombras cuando la Esfinge pasó por delante con él. —Era evidente que se sentía orgulloso de su hazaña.

—¿Podrías decirme algo de él? —preguntó Kendra, mordiendo el anzuelo.

—Siempre he tenido olfato de husmeador de primera —respondió Slaggo, que se limpió la nariz con el antebrazo y se meció hacia atrás sobre los talones—. Un varón, sin ninguna duda. Había algo raro en su aroma, algo poco común, difícil de identificar. Mi suposición es que no era del todo humano.

—Interesante —dijo Kendra.

—Ojalá hubiese podido olerlo más de cerca —lamentó Slaggo—. Lo hubiera intentado, pero la Esfinge no se anda con chiquitas.

—¿Qué sabes tú de la Esfinge?

Slaggo se encogió de hombros.

—Lo mismo que todo el mundo. Se supone que es sabio y poderoso. Huele igual que un hombre. Si es otra cosa, lo disimula a la perfección. Hombre o no hombre, es viejísimo. Porta el aroma de otra época.

Por supuesto, Slaggo no sabía nada de la nota.

—Parece buena gente —dijo Kendra.

Slaggo se encogió de hombros.

—¿Quieres un poco de potaje? —le ofreció el trasgo, poniéndole el cubo delante de la cara.

—No, gracias —respondió Kendra, tratando de no inhalar el hedor a podrido.

—Recién sacado del fuego —dijo él. Ella meneó la cabeza y él siguió adelante—. Que disfrutes de la oscuridad.

Kendra casi sonrió. Slaggo no tenía ni idea de lo bien que podía ver sin luz. Seguramente pensaba que le encantaba sentarse a solas en la oscuridad, lo cual quería decir que pensaba que era una niña de su agrado. Es cierto que ella había adquirido la costumbre de pasar ratos a solas en las mazmorras, así que tal vez no iba tan desencaminado.

Cuando el trasgo se perdió de vista y el parpadeo anaranjado de su antorcha hubo desaparecido, Kendra se levantó y apoyó la palma de la mano contra la lisa madera de la Caja Silenciosa. A pesar de que Vanessa los había traicionado, a pesar del hecho real de que había demostrado ser una embustera, a pesar de su evidente motivación para fingir poseer información valiosa, Kendra creía en el mensaje del suelo. Y ansiaba saber más.

Seth se presentó a la mesa de la cena luciendo su mejor cara de póker. Coulter, el experto en reliquias mágicas, había preparado pastel de carne con patatas asadas, brécol y panecillos frescos de acompañamiento. Ya estaban todos sentados: el abuelo, la abuela, Dale, Coulter y Kendra.

—¿Aún no han llegado Tanu y Warren? —preguntó Seth.

—Llamaron hace un momento —dijo su abuelo, levantado su nuevo teléfono móvil—. El avión de Tanu ha llegado con retraso. Van a comer algo por el camino. Deberían estar aquí dentro de una hora, más o menos.

Seth movió afirmativamente la cabeza. La tarde había acabado con pingües beneficios. Ya había escondido su parte del oro en el dormitorio del desván que compartía con Kendra, dejando envuelto el morral de cuero que contenía el tesoro en un par de pantalones cortos de deporte, metidos al fondo de uno de sus cajones. Todavía le costaba creer que hubiese escondido el oro antes de que le sabotearan el triunfo. Ahora lo único que tenía que hacer era actuar como si nada.

Se preguntaba cuánto valía aquel oro. Seguramente unos cuantos cientos de miles, como poco. No estaba mal para un chaval de trece años.

La única complicación eran los nipsies. No podía ser que el abuelo Sorenson, como encargado de la reserva, no supiese de su existencia. Seth estaba bastante seguro de que el abuelo Sorenson desearía conocer las últimas noticias sobre lo que les había pasado, para poder investigar más a fondo. ¿Quién era ese señor malévolo que los nipsies belicosos habían mencionado? ¿Podría tratarse de la Esfinge? En Fablehaven había infinidad de candidatos sospechosos. A pesar de la actuación de Newel para impedir que los nipsies terroríficos pudieran derrotar a los nipsies agradables, Seth tenía la sensación de que el conflicto no había terminado. Si no hacía nada, era posible que los nipsies buenos acabasen eliminados.

Aun así, Seth tenía dudas. Si contaba lo que sabía sobre los nipsies, el abuelo colegiría que se había adentrado por zonas prohibidas de Fablehaven. No solo le revocaría sus privilegios, sino que además casi con toda seguridad tendría que devolver el oro. El chico se estremeció al pensar en la decepción que causaría a todos.

Había una posibilidad de que el abuelo descubriese lo que estaba pasando con los nipsies, durante sus labores rutinarias de vigilancia de la reserva. Pero teniendo en cuenta las defensas que habían erigido los nipsies, tal vez el abuelo no tuviese pensado hacerles una visita a corto plazo. ¿Descubriría lo que estaba pasando, a tiempo para impedir una tragedia? Desde que Kendra había encontrado la nota final de Vanessa, todo el mundo había estado tan preocupado por los acontecimientos en el exterior de Fablehaven que Seth temía que nadie fuese a comprobar cómo estaban los nipsies en mucho tiempo. Incluso cabía la posibilidad de que el abuelo ni siquiera supiese nada de ellos.

—Sigue en pie la reunión de esta noche para hablar sobre

33

lo que Tanu y Warren han descubierto, ¿verdad? —Kendra parecía preocupada.

—Pues claro —respondió su abuela, mientras le servía brécol en el plato.

—¿Se sabe si han tenido éxito? —preguntó Kendra.

—Lo único que yo sé es que Tanu no consiguió encontrar a Maddox —respondió su abuelo, refiriéndose al tratante de hadas que había ido de exploración a la reserva caída de Brasil—. Y Warren ha hecho un viaje de tomo y lomo. Me niego a arriesgarme a hablar por teléfono sobre los detalles de nuestras secretas inquietudes.

Seth se puso kétchup en el pastel de carne y probó un bocado. Estaba casi ardiendo, pero sabía delicioso.

—¿Y mis padres? —preguntó Seth—. ¿Siguen presionándoos para que nos mandéis a casa?

—Se nos empiezan a acabar las excusas para alargar vuestra estancia mucho más tiempo —dijo su abuela, que le dedicó a su marido una mirada de preocupación—. El cole empieza dentro de un par de semanas nada más.

—¡No podemos irnos a casa! —exclamó Kendra—. Y mucho menos hasta que demostremos si la Esfinge es inocente o no. La Sociedad sabe dónde vivimos, y no tienen reparos en ir a por nosotros allí.

—Estoy absolutamente de acuerdo —dijo su abuelo—. El problema sigue siendo cómo convencer a vuestros padres.

Kendra y Seth llevaban todo el verano en Fablehaven, bajo el pretexto de ayudar a cuidar a su abuelo, que estaba convaleciente. Era verdad que estaba herido cuando llegaron, pero el objeto mágico que habían rescatado de la torre invertida le había curado. El plan original había sido que Kendra y Seth se quedasen un par de semanas. Los abuelos se las habían ingeniado para alargar ese plazo hasta un mes a base de conversaciones telefónicas: Kendra y Seth les contaban una y otra vez lo bien que se lo estaban pasando, y los abuelos insistían en lo bien que les estaba viniendo su ayuda.

Transcurrido un mes, el abuelo podía percibir que su hijo y su nuera estaban impacientándose de verdad, así que los invitó a pasar una semana con ellos. Los abuelos habían decidido que la mejor solución sería ayudarlos a descubrir la verdad sobre Fablehaven, para que todos pudieran hablar abiertamente sobre el peligro que corrían Kendra y Seth. Pero por muchas pistas que les dieron y por más cosas que insinuaron, Scott y Marla no captaban de qué iba la cosa. Al final, Tanu les preparó una infusión para que estuviesen abiertos a sugerencias y el abuelo, luciendo una escayola de mentira, había conseguido que les dejasen a los niños otro mes más. Pero una vez más el plazo expiraba.

—Tanu vuelve ya —les recordó Seth—. A lo mejor puede darle a mi padre un poco más de la infusión aquella.

—Necesitamos dejar de depender de remedios pasajeros —dijo su abuela—. Las amenazas actuales podrían mantenerse durante años. Tal vez la Sociedad del Lucero de la Noche ha dejado de interesarse en vosotros, ahora que el objeto mágico no está en Fablehaven. Pero mi instinto me dice que no.

—El mío también —coincidió el abuelo, que dedicó a Kendra una mirada significativa.

—¿Podemos obligar a mamá y papá a ver a través de la ilusión que oculta a las criaturas? —preguntó Kendra—. ¿Darles a beber leche y señalarles las hadas para que las vean? ¿Llevarles al granero para que vean a *Viola*?

Su abuelo negó con la cabeza.

—No estoy seguro. La incredulidad absoluta es un poderoso inhibidor. Puede impedir a las personas ver verdades evidentes, sin importar lo que digan o hagan los demás.

—¿La leche no tendría efecto sobre ellos? —preguntó Seth.

—Tal vez no —respondió el abuelo—. Esa es parte de la razón por la que, cuando permito que alguien descubra los secretos de Fablehaven, lo hago a través de una serie de pistas que tienen que ir averiguando. Para empezar, es una manera de que puedan decidir si quieren o no quieren conocer la verdad de este lugar. Y, además, hay que tener en cuenta que la curiosidad va minando su incredulidad. No hace falta mucha credulidad para que la leche surta efecto, pero una incredulidad absoluta puede ser difícil de superar.

—¿Y tú crees que mamá y papá no creen en ello? —preguntó Kendra.

—En cuanto a la posibilidad de que realmente existan criaturas míticas, da la impresión de que no lo creen en absoluto —respondió su abuelo—. A ellos les dejé pistas mucho más obvias que las que os puse a ti y a Seth.

—Yo incluso mantuve una conversación con ellos en la que les conté de todo, menos la verdad sobre Fablehaven y mi papel aquí —dijo la abuela—. Me lo callé en cuanto me di cuenta de que me miraban boquiabiertos como si estuviese como una regadera.

—En cierto sentido, estarán más seguros gracias a esa incredulidad —afirmó el abuelo—. Puede ser una protección frente a la influencia de la magia negra.

Seth arrugó el entrecejo.

—¿Estáis diciendo que las criaturas mágicas solo existen si creemos en ellas?

Su abuelo se limpió la boca dando unos leves toques con la servilleta en los labios.

—No. Existen con independencia de que creamos o no. Pero
normalmente hace falta creer un poco para que podamos interactuar con ellas. Es más: a la mayoría de las criaturas mágicas les desagrada tanto la incredulidad que prefieren apartarse, más o menos como si tú o yo nos apartásemos de un olor desagradable. La falta de fe forma parte de la razón por la que muchas criaturas optan por refugiarse en estas reservas.

—¿Sería posible que alguno de nosotros dejase de creer en las criaturas mágicas? —se preguntó Kendra.

—No te molestes —intervino Coulter, en tono ligeramente malhumorado—. Nadie podría intentarlo con más empeño que yo. La mayoría de nosotros simplemente procuramos sacarle el mejor partido.

—Cuesta bastante dudar de su existencia cuando has interactuado con ellos —coincidió Dale—. La creencia acaba cristalizando en conocimiento.

—Hay personas que entran en contacto con esta vida y luego huyen de ella —dijo la abuela—. Evitan las reservas y las sustancias como la leche de *Viola* que puedan abrirles los ojos. Al dar la espalda a todo lo mágico, dejan que su conocimiento quede en estado durmiente.

—A mí eso me suena sensato —murmuró Coulter.

—Vuestros abuelos Larsen cesaron prematuramente su implicación en nuestra sociedad secreta —explicó el abuelo.

—¿Los abuelos Larsen sabían de la existencia de las criaturas mágicas? —exclamó Seth.

—Tanto o más que nosotros —dijo la abuela—. Pusieron fin a su implicación más o menos en la época en que nació Seth. Todos esperábamos mucho de vuestros abuelos. Nosotros les presentamos y animamos discretamente su noviazgo. Cuando Scott y Marla se negaron a mostrar interés en nuestro secreto, fue como si vuestros abuelos Larsen pusieran fin a su compromiso.

—Nosotros éramos amigos de los Larsen desde que vuestros padres eran unos críos —comentó el abuelo.

—Espera un momento —dijo Kendra—. ¿Realmente los abuelos Larsen murieron de manera accidental?

—Hasta donde nosotros hemos podido entender, sí —respondió la abuela.

—Se habían apartado de nuestra comunidad hacía diez años —dijo el abuelo—. Fue un contratiempo trágico, sin más ni más.

—Jamás habría adivinado que ellos conocían la existencia de las reservas secretas —dijo Seth—. No me parecía que fuesen de este tipo de personas.

—Pues eran muy de este tipo de persona —les aseguró la abuela—. Pero se les daba bien guardar secretos y hacerse los despistados. En aquellos tiempos llevaron a cabo un montón de misiones de espionaje para nuestra causa. Los dos estaban metidos en los Caballeros del Alba.

Kendra nunca había considerado la posibilidad de que sus difuntos abuelos pudiesen haber estado al tanto de la información secreta que tenían los Sorenson. Por eso, les echó de menos más que nunca. ¡Qué bonito habría sido compartir con ellos este asombroso secreto! Y qué extraño que dos parejas que conocían el secreto tuviesen hijos que se negaban a creerlo.

—¿Cómo vamos a convencer a mamá y papá de que nos dejen quedarnos? —preguntó Kendra.

—Deja que tu abuelo y yo sigamos buscando un modo —le

prometió la abuela con un guiño—. Aún tenemos una semana más o menos.

Terminaron de cenar en silencio. Todos le dieron las gracias a Coulter por el pastel de carne y recogieron la mesa juntos.

Luego, siguieron al abuelo al salón, donde cada cual tomó asiento en un sitio. Kendra hojeó un libro antiguo de cuentos de hadas. Al poco rato se oyó el tintineo de una llave y la puerta de entrada se abrió. Entró Tanu, un tipo alto, originario de Samoa, de hombros recios y caídos. Llevaba en cabestrillo uno de sus brazos poderosamente musculados. Del hombro contrario del maestro de pociones colgaba una mochila abultada en la que se adivinaban extrañas formas. Detrás de él venía Warren, con chaqueta de piel y barba de tres días.

—¡Tanu! —Seth salió corriendo hacia el grandullón samoano—. ¿Qué te ha pasado?

—¿Esto? —preguntó Tanu, indicando el brazo herido.

—Sí.

—Una manicura chapucera —respondió, y le brillaron los ojos negros.

—Yo también he vuelto —apuntó Warren.

—Por supuesto, pero tú no habías ido a meterte a escondidas en una reserva caída en Sudamérica —le dijo Seth en tono de desdén.

—Yo también me he visto en apuros —murmuró Warren—. Y de los buenos.

—Nos alegramos de que los dos hayáis vuelto sanos y salvos —dijo la abuela.

Warren echó un vistazo al salón y se inclinó hacia Tanu para decirle:

—Parece que llegamos tarde a una reunión.

—Nos morimos de ganas por oír lo que habéis averiguado —dijo Kendra.

—¿Qué tal un vaso de agua? —replicó Warren, con cierta altanería—. ¿O una manita con nuestros bártulos? ¿O un cálido apretón de manos? Otro cualquiera sospecharía que solo le queríais por la información que traía.

—Corta el rollo y toma asiento —dijo Dale.

Warren miró con cara de malhumor a su hermano mayor.

Tanu y Seth entraron en la habitación y se sentaron uno al lado de otro. Warren se dejó caer en el sofá al lado de Kendra.

—Me alegro de veros a todos aquí —dijo el abuelo—. Los presentes en este salón somos las únicas personas que estamos al tanto de la acusación de que tal vez la Esfinge sea un traidor. Es necesario que siga siendo así. Si la acusación resultara ser cierta, hemos de tener en cuenta que su inmensa red de espías está presente por todas partes, sean ellos inocentes o no. Si la acusación resultara falsa, no es precisamente el mejor momento para hacer correr rumores que puedan provocar disensión. Teniendo en cuenta todo lo que hemos tenido que pasar juntos, estoy seguro de que podemos confiar de verdad los unos en los otros.

—¿Qué nueva información habéis descubierto? —preguntó la abuela.

—No gran cosa —respondió Tanu—. Entré en la reserva brasileña. Está sumida en el caos absoluto. Un demonio reptil llamado Lycerna ha subvertido todo orden. Puede que Maddox haya encontrado un buen escondite; yo no he conseguido dar con él. Pude llevar la bañera, y dejé varios mensajes cifrados sobre dónde la escondía. Él sabe cómo usarla.

—Bien hecho —aprobó Coulter.

—¿Qué bañera? —preguntó Seth.

Coulter miró al abuelo, que hizo un gesto afirmativo con la cabeza.

—Una bañera enorme de hojalata de las antiguas, que da la casualidad de que contiene un espacio tridimensional compartido, en conexión con una bañera idéntica que hay en el desván.

—No he entendido ni jota —dijo Seth.

—Espera un segundo —dijo Coulter, que se levantó y fue al salón contiguo. Volvió con una ajada mochila de cuero. Después de rebuscar algo dentro, sacó un par de latas—. Estas latas funcionan como las bañeras, pero a menor escala. Las he utilizado para enviar mensajes. Coge una y mira dentro. —Le tendió una de las latas a Seth.

—Vacía —informó Seth después de haber echado un vistazo al interior.

—Correcto —dijo Coulter. Sacó una moneda del bolsillo y

la metió en la lata con la que se había quedado—. Vuelve a mirar.

Seth miró dentro de la lata y vio una moneda de veinticinco centavos en el fondo.

—¡Aquí dentro hay una moneda de veinticinco centavos! —exclamó.

—La misma que tengo yo en mi lata —explicó Coulter—. Las latas están conectadas. Comparten el mismo espacio.

—O sea, ¿que ahora tenemos dos monedas de veinticinco? —preguntó Seth.

—Solo una —le corrigió Coulter—. Sácala.

Seth se echó la moneda en la palma de la mano. Coulter levantó su lata.

—Mira, mi moneda ha desaparecido. La acabas de sacar de tu lata.

—Alucinante —dijo el chico, impresionado.

—Maddox puede usar la bañera para volver a casa, si logra encontrarla —dijo Coulter—. La única pega es que tiene que haber alguien al otro lado para sacarle. Sin ayuda del exterior, solo puede emerger de la bañera por la que entre.

—Entonces, si hubiese alguien en el otro lado, ¿podríamos llegar a la reserva brasileña a través de una vieja bañera que hay en el desván? —preguntó Seth.

La abuela levantó las cejas.

—Si quieres arriesgarte a que te devore un demonio serpiente de dimensiones descomunales, sí.

—Un momento —dijo Kendra—. ¿Por qué Tanu no ha vuelto sencillamente a través de la bañera?

Tanu se rio para sí.

—El plan consistía en que usase la bañera una vez que la llevase allí, pero además estaba intentando averiguar si habrían sacado el objeto mágico de la reserva brasileña. Por desgracia, no conseguí encontrar el lugar en el que se escondía el objeto. Lycerna se interpuso en mi ruta de huida hacia la bañera. Tuve suerte de poder escapar saltando por el muro.

—Estamos hablando de vuestro lado del desván, ¿verdad? —preguntó Seth—. Del lado secreto, no del lado en el que dormimos nosotros.

—Dices bien —respondió la abuela.

—¿Cómo te has herido el brazo? —preguntó Seth.

—¿La verdad? —respondió Tanu, avergonzado—. Cayéndome de lo alto del muro al suelo.

—Pensaba que igual el demonio te había dado un bocado —suspiró Seth con cierto aire de decepción.

Tanu le dedicó una sonrisa compungida.

—No estaría aquí si me hubiese mordido.

—¿Alguna prueba que pueda implicar a la Esfinge como causante de la caída de la reserva brasileña? —preguntó el abuelo.

—No he encontrado nada en la reserva que le incrimine —respondió Tanu—. Estuvo por allí poco después de que empezasen los problemas, pero siempre aparece cuando algo va mal. No tengo ni idea de si estaba allí para ayudar o para entorpecer.

—¿Qué tal te ha ido a ti, Warren? —preguntó el abuelo—. ¿Alguna noticia de la quinta reserva secreta?

—Todavía nada. Siguen llegándome noticias de las cuatro de siempre, de las que ya conocemos: Australia, Brasil, Arizona, Connecticut. Nadie sabe decirme dónde encontrar la quinta.

El abuelo hizo un gesto de asentimiento; parecía levemente decepcionado, pero no sorprendido.

—¿Y qué hay del otro tema?

—La Esfinge sabe ocultar su rastro —dijo Warren, poniéndose serio—. Y no es el tipo de personaje por el que se pueda ir preguntando abiertamente por ahí. Tratar de descubrir su origen ha sido como andar a ciegas por un laberinto lleno de callejones sin salida. Cada vez que daba unos pasos en una dirección, me topaba con otro muro. He estado en Nueva Zelanda, en Fiyi, en Ghana, Marruecos, Grecia, Islandia... La Esfinge ha vivido en todo el mundo, y en cada sitio hay una teoría diferente sobre quién es y de dónde viene. Hay quien dice que se trata del avatar de un dios egipcio olvidado, otros dicen que es una serpiente marina condenada a vagar por tierra firme, otros afirman que se trata de un príncipe de Arabia que obtuvo la inmortalidad engañando al diablo. Cada historia es distinta, y cada cual más disparatada que la anterior. He hablado con encargados de reservas, con seres mágicos, con historiadores, con criminales, con toda clase de individuos que se pueda uno imagi-

41

nar. El tipo es un fantasma. Las historias que he escuchado son demasiado variopintas. Si queréis que os dé mi opinión, yo diría que él mismo comenzó todos esos rumores para complicar precisamente el tipo de investigación que he estado tratando de llevar a cabo.

—La Esfinge se ha rodeado siempre de misterio, lo cual le hace invulnerable al tipo de acusación lanzada por Vanessa —dijo el abuelo.

—Cosa que Vanessa ya sabía —señaló Coulter—. Es blanco fácil de calumnias. No sería la primera vez.

—Sí, pero normalmente las acusaciones son críticas corrosivas procedentes de quienes le temen, que despotrican contra él sin fundamento —dijo la abuela—. Esta vez las pruebas circunstanciales ponen los pelos de punta. La explicación de Vanessa concuerda perfectamente con los hechos.

—Por algo no condenamos a la gente basándonos en pruebas circunstanciales —dijo Tanu—. Sabemos de primera mano lo taimada que puede ser Vanessa. Pudo perfectamente aprovecharse de los hechos circunstanciales para urdir una mentira convincente.

—Tengo otras noticias —anunció Warren—. Los Caballeros del Alba van a celebrar su primera asamblea al completo en más de diez años. Tienen que estar todos.

Coulter suspiró.

—Eso nunca ha sido una buena señal. La última asamblea general a la que asistí fue cuando salieron a la luz pruebas aplastantes de que la Sociedad del Lucero de la Tarde estaba resurgiendo.

—¿Tú también eres caballero? —preguntó Seth a Coulter.

—Estoy semirretirado. Generalmente, se supone que no debemos revelar nuestra identidad, pero supongo que si no puedo fiarme de vosotros, entonces es que no puedo fiarme de nadie. Además, dentro de poco estaré en una tumba.

—Hay más —siguió diciendo Warren—. El capitán quiere que lleve a Kendra a la reunión.

—¿Qué? —exclamó el abuelo—. ¡Eso es intolerable!

—A las asambleas solo se puede invitar a caballeros —dijo la abuela.

LA PLAGA DE LA SOMBRA

—Lo sé, lo sé, yo solo soy el mensajero —dijo Warren—. Quieren que ingrese en la orden.

—¡A su edad! —exclamó el abuelo dando un grito y con la cara colorada—. ¿Es que ahora se dedican a reclutar miembros en las maternidades?

—Y todos sabemos quién es el capitán —dijo Warren—, aunque nunca se muestra abiertamente.

—¿La Esfinge? —conjeturó Kendra.

El abuelo respondió con un movimiento afirmativo de la cabeza, mientras se pellizcaba el labio inferior con gesto meditabundo.

—¿Han dado alguna razón?

—Dio a entender que Kendra posee unas dotes que nos serán esenciales para capear el temporal que se avecina —dijo Warren.

El abuelo se tapó la cara con las manos.

—¿Qué he hecho yo? —gimió—. Fue cosa mía presentársela a la Esfinge antes de todo esto. Ahora, sea bueno o malvado, quiere sacar partido de sus habilidades.

—No podemos dejar que vaya —dijo la abuela en tono categórico—. Si la Esfinge es además el cabecilla de la Sociedad, no cabe duda de que esto es una trampa. ¡Quién sabe cuántos caballeros más podrían ser corruptos!

—He trabajado con muchos de ellos —intervino Tanu—. He visto vidas en peligro y vidas sacrificadas. Pondría mi mano en el fuego por que la mayor parte de ellos son auténticos protectores de las reservas. Si los caballeros están perjudicando nuestra causa, será porque alguien los ha embaucado.

—¿Tú también eres caballero? —preguntó Seth.

—Warren, Tanu, Coulter y Vanessa son todos miembros de los Caballeros del Alba —respondió su abuelo.

—Vanessa salió un poco rana —les recordó Seth.

—Lo cual es otro aspecto importante —dijo la abuela—. Aun si la Esfinge es honrado, lo de Vanessa viene a demostrar que entre los caballeros hay por lo menos unos cuantos traidores. Una asamblea en la que todos los caballeros estarán presentes será peligrosa para Kendra.

—¿Dónde tendrá lugar? —preguntó el abuelo.

Warren se rascó un lado de la cabeza.

—Se supone que no debo decirlo, pero la mitad de nosotros estamos invitados formalmente a ir mañana, y la otra mitad tiene derecho a saberlo. Será a las afueras de Atlanta, en casa de Wesley y Marion Fairbanks.

—¿Quiénes son? —preguntó Seth.

—Unos fanáticos de las hadas forrados de pasta —contestó la abuela—. Son los dueños de una colección particular de hadas y veletas.

—Por la que pagaron un dineral —añadió el abuelo—. Los Fairbanks desconocen las dimensiones de nuestra comunidad. Nunca han visto una reserva. No están dentro de la organización, y son muy útiles a la hora de obtener financiación y contactos.

—Y tienen una mansión enorme, ideal para reuniones —aclaró Coulter.

—Pero ¿no se ha celebrado ninguna reunión desde hace diez años? —preguntó Kendra.

—Ninguna asamblea general —dijo Tanu—. Una asamblea general quiere decir que se supone que todo el mundo debe acudir, que no valen excusas. Como la discreción es esencial para los caballeros, esta clase de reuniones se convoca rara vez. Normalmente nos reunimos en grupos más reducidos. Cuando nos congregamos en mayor número, vamos disfrazados. El capitán es el único que conoce la identidad de todos los miembros de la hermandad.

—Y tal vez sea un traidor —dijo Kendra.

—Cierto —confirmó Warren—. Pero no se me ocurre cómo podríamos negarnos a ir.

El abuelo le miró fijamente, con las cejas levantadas, y movió la mano para incitar a Warren a explicarse.

—Lo último que podemos permitirnos, en caso de que realmente la Esfinge sea un enemigo, es mostrarnos recelosos hacia él. Según lo dicho por Vanessa, si es malvado no cabe preguntarse qué represalias podría tomar si se enterase de que hemos descubierto su secreto.

El abuelo asintió a su pesar.

—Si lo que tiene pensado es atacar a Kendra, probablemente no lo hará cuando se supone que está bajo su protección. Él sabe que muchos dan por hecho que es el capitán de los Caballeros. Me pregunto por qué ha solicitado su presencia…

—A lo mejor tiene un talismán y necesita que lo recargue —insinuó la abuela—. La habilidad de Kendra para recargar objetos mágicos mediante el tacto es única.

—Incluso podría tratarse del objeto brasileño —murmuró Tanu.

Lo que sus palabras implicaban sumieron a todos en el silencio.

—Pero puede que la Esfinge esté de nuestro lado —les recordó Coulter.

—¿Cuándo es la asamblea general? —preguntó el abuelo.

—Dentro de tres días —dijo Warren—. Ya sabes que nunca se lo dicen a nadie hasta el último momento, para intentar evitar sabotajes.

—¿Tú también eres caballero? —preguntó Seth a su abuelo.

—Lo era —respondió él—. Ningún encargado de reserva es miembro de la hermandad.

—¿Vas a ir? —le preguntó Kendra.

—Las reuniones de la hermandad son solo para los miembros.

—Tanu, Warren y yo estaremos allí —dijo Coulter—. Estoy de acuerdo con que Kendra debe asistir, sean cuales sean las verdaderas intenciones de la Esfinge. Nos quedaremos a su lado.

—¿Podríamos inventar una excusa creíble para su ausencia? —preguntó la abuela.

El abuelo movió lentamente la cabeza en gesto negativo.

—Si no tuviésemos dudas sobre la Esfinge, haríamos todo lo posible por satisfacer su petición. Pero cualquier excusa que pongamos podría despertar sus sospechas. —Se volvió hacia Kendra—. ¿Qué opinas tú?

—Me parece que será mejor que vaya —dijo ella—. Me he metido yo solita en situaciones más peligrosas que esta. Si la Esfinge quiere hacerme daño, va a tener que arriesgarse a salir de su escondite. Además, con suerte puede que Vanessa no esté en lo cierto. ¿No creéis que nos sería de ayuda hablar con ella?

45

—Solo serviría para añadir más confusión —soltó Coulter—. ¿Cómo vamos ninguno de nosotros a creer ni una sola palabra que salga de su boca? Es demasiado peligrosa. A mi modo de ver, si dejamos que respire aire fresco, nos tendrá en sus manos para hacer de nosotros lo que quiera. Tanto si el contenido de la nota es verdad como si es mentira, seguro que lo único que se propone al salir de la Caja Silenciosa es escapar de allí.

—He de estar de acuerdo contigo —dijo la abuela—. Yo creo que si pudiese añadir pruebas a su acusación, lo habría hecho en el mensaje. Era lo suficientemente largo.

—Si su acusación resulta cierta, puede que Vanessa siga resultándonos muy útil —dijo el abuelo—. Tal vez pueda revelarnos la identidad de otros integrantes de su organización. A poco que le demos la oportunidad de hacerlo, podemos estar seguros de que intentará utilizar esa información como herramienta para evitar volver a la Caja Silenciosa, lo cual no es un quebradero de cabeza del que esté deseando ocuparme en estos momentos. Por ahora, más bien creo que deberíamos buscar pruebas por nuestra cuenta. A lo mejor vosotros cuatro podéis enteraros de más cosas en la asamblea general.

—Entonces, ¿voy? —preguntó Kendra.

Todos los adultos se cruzaron miradas elocuentes y dijeron que sí con la cabeza.

—Entonces, solo nos queda un problema por resolver —dijo Seth.

Todos se volvieron hacia él.

—¿Cómo conseguimos que me inviten a mí?

3

Compartir descubrimientos

Kendra se había tumbado en la cama y se había acodado para leer el texto de un diario enorme, escrito con una letra enérgica e inclinada, que parecía pertenecer a la Declaración de Independencia. El autor del diario era Patton Burgess, el antiguo encargado de Fablehaven, el hombre que por la náyade Lena había salido del estanque más de un siglo atrás. Leyendo atentamente los diarios de Patton a lo largo de todo el verano, Kendra se había sentido más fascinada que nunca con la historia de Lena.

Aunque al abandonar el agua la ninfa se había transformado en un ser mortal, había envejecido mucho más lentamente que Patton. Y cuando este sucumbió al paso de los años, Lena había salido a recorrer el mundo y al final había regresado a Fablehaven para trabajar con los abuelos de Kendra. Ella la había conocido el verano anterior y se habían hecho muy amigas. Todo había acabado cuando Kendra había recibido ayuda de la reina de las hadas para reunir un ejército de hadas gigantes con el que detener a una bruja llamada Muriel y al demonio al que esta había liberado. Las brujas habían derrotado al demonio, Bahumat, y habían aprisionado a Muriel con él. Después, habían subsanado gran parte de los daños causados por la bruja. Habían devuelto al abuelo, la abuela, Seth y Dale a su estado normal y habían rehecho por completo a Hugo. Pero además habían devuelto a Lena a su estado de náyade, pese a que ella no estaba muy dispuesta. Una vez de nuevo en el agua, Lena había vuelto a su anterior estilo de vida; cuando Kendra había intentado ofrecerle ayuda, no se había mostrado muy deseosa de regresar a tierra firme.

Tenía buenos motivos para estudiar las anotaciones del diario. Durante su estancia en Fablehaven, Vanessa había dedicado gran parte de su tiempo a indagar en los registros dejados por anteriores encargados de la reserva. Kendra había resuelto que, si tanto le había interesado a aquella traidora examinar la historia que contenían los diarios, la información debía de ser valiosa. Ningún encargado había dejado escrito ni una décima parte de lo que escribió Patton, así que Kendra había terminado enfrascándose prácticamente de manera exclusiva en la lectura de sus textos.

Era un hombre enigmático. Él supervisó la construcción de la nueva casa de Fablehaven y del granero, así como de los establos, todo lo cual seguía utilizándose aún. Impidió que los ogros se marcharan, negociando con ellos el punto final de una antigua hostilidad. Ayudó a levantar las cúpulas de cristal que se usaban como observatorios y como espacios seguros, repartidos por toda la reserva. Hablaba seis de los idiomas empleados por las criaturas mágicas y utilizó esos conocimientos para establecer relaciones con muchos de los habitantes más temibles y escurridizos de la reserva.

Sus intereses no se limitaban a la conservación y mejora de Fablehaven. En lugar de quedarse atado a la reserva, Patton viajó mucho, cuando los aviones aún no habían hecho que el globo pareciese pequeño. Unas veces informaba abiertamente sobre sus visitas a exóticos lugares, como reservas de otros países. Otras, omitía el nombre del destino de sus excursiones. Fanfarroneaba en broma acerca de sus andanzas, y a menudo se refería a sí mismo como el mayor aventurero del mundo.

En sus escritos, Patton hablaba sin tapujos de su ambición por seducir a Lena y convertirla en su prometida. Detallaba los progresos graduales que hacía, como tocar música para ella con su violín, escribirle poemas, fascinarla con relatos, conseguir que conversara con él. Saltaba a la vista que estaba obsesionado. Sabía lo que quería y no cejó hasta hacerla suya. Kendra estaba leyendo en esos momentos el fragmento culminante del relato de amor:

¡Éxito! ¡Victoria! ¡Júbilo! ¡Ya no debería seguir viviendo, aunque jamás me he sentido más vivo que hoy! Después de tantos agotadores meses, qué digo, de años de aguardar, de esperar, de luchar, ella reposa en una habitación de mi casa mientras escribo estas exultantes palabras. La verdad del hecho se resiste a calar en mi mente. Nunca ha pisado la tierra una doncella más gentil que mi bella Lena. Nunca se ha sentido un corazón humano más satisfecho como el mío.

Hoy, sin yo saberlo, puse a prueba su afecto. Me avergüenzo de confesar mi desvarío, pero la vergüenza queda eclipsada por mi júbilo. Estando a la deriva en el estanque, me incliné demasiado hacia mi amor y sus perversas hermanas aprovecharon enseguida la ventaja de mi laxitud para tirarme por la borda. Esta noche debería estar durmiendo para siempre en un ataúd acuático. En el agua, era insignificante, comparado con ellas. Pero mi amor nadó a socorrerme. ¡Lena estuvo increíble! Hubo de vencer a no menos de ocho de las acuáticas náyades para conseguir liberarme de sus garras y llevarme a la orilla. Para culminar el milagro, se reunió conmigo en tierra, aceptando al fin mi invitación y renunciando a su condición de ser inmortal.

Al fin y al cabo, ¿qué es la inmortalidad cuando se ha de vivir confinado en un triste estanquillo, en compañía tan despreciable? Ahora podré desvelarle maravillas que otros seres de su especie jamás han imaginado. Será mi reina, y yo su más ardiente admirador y protector.

Supongo que debería estar agradecido a sus despreciables hermanas por tratar de quitarme la vida por todos los medios. De no haberse presentado tan terrible situación, ¡tal vez nunca habría movido a Lena a pasar a la acción!

No escapa a mi entendimiento que muchos de mi entorno han optado por mofarse y reírse a mis espaldas de mi adoración. Sospechan una reiteración de la calamitosa escapada que acabó con mi tío. ¡Ojalá pudieran comprobar de algún modo la autenticidad de mi afecto! Esto no son mezquinos devaneos con una dríade, no es una nimia indiscreción fuera de toda proporción y mesura. La historia no será emulada; antes bien, un nuevo estándar de amor quedará establecido para la posteridad. ¡El tiempo certificará mi devoción! ¡Por ello apostaría de buen grado mi alma misma!

Por muchas veces que Kendra leyera estas palabras, siempre conseguían emocionarla. No podía evitar preguntarse si algún día alguien podría experimentar unos sentimientos tan apasionados por ella. Como ya había escuchado la versión de Lena de la historia, sabía que la adoración de Patton había sido correspondida con una historia de amor que había durado toda la vida. Trató de no pensar en Warren. Desde luego, era un chico bastante guapo, valeroso y divertido. ¡Pero también era supermayor y, para colmo, primo lejano de ella!

Kendra hojeó el diario, disfrutando del olor a papel viejo y, sin poder evitarlo, deseó poder encontrar algún día a alguien como Patton Burgess.

En la mesilla de noche al lado de su cama había una vela umita. Kendra no sabía lo que era la cera umita hasta que Vanessa se la enseñó: una sustancia elaborada por hadas sudamericanas que vivían en comunidades semejantes a las colmenas. Al escribir con una barrita de cera umita, las palabras eran invisibles hasta que se leían a la luz de una vela hecha con esa misma materia. Vanessa había empleado una para garabatear su último mensaje en el suelo de la celda. Y Kendra había descubierto que Vanessa había hecho anotaciones con cera umita en los diarios que había estado analizando.

Cada vez que Kendra encendía la vela, se sorprendía al descubrir datos subrayados importantísimos, acompañados aquí y allá de notas escritas a mano en los márgenes. Había encontrado las notas que Vanessa había ido dejando mientras deducía que el bosquecillo con la aparición era el lugar en el que se escondía la torre invertida. También encontró varias pistas falsas que Vanessa había seguido, referentes a otras áreas peligrosas de Fablehaven, como un foso embrujado lleno de alquitrán, una ciénaga envenenada o la guarida de un demonio, de nombre Graulas. Kendra no entendía todas las observaciones que Vanessa había anotado, pues algunas estaban escritas con una letra indescifrable.

Kendra se incorporó para sentarse y abrió un cajón, con la idea de encender una cerilla y usar la vela para estudiar más páginas. ¡Cualquier cosa, con tal de dejar de pensar en el inminente viaje a Atlanta!

50

—¿Otra vez echando de menos la biblioteca? —preguntó Seth, que la sobresaltó al entrar en la habitación.

Kendra se volvió para mirar a su hermano.

—Me has pillado —le felicitó—. Estoy leyendo.

—Apuesto a que los bibliotecarios de casa estarán de los nervios. Vacaciones de verano, y no está Kendra Sorenson para mantenerlos ocupados. ¿No te han escrito cartas?

—Igual no te vendría mal coger un libro de vez en cuando, aunque sea solo como experimento.

—Lo que tú digas. He buscado en el diccionario la definición de panoli. ¿Sabes lo que ponía?

—Seguro que tú me lo explicas.

—«Si estás leyendo esto, entonces eres uno.»

—Pero qué gracioso eres. —Kendra volvió a concentrarse en el diario y pasó las hojas hasta detenerse en una al azar.

Seth se sentó en su propia cama, enfrente de ella.

—En serio, Kendra, me puedo imaginar que leer un libro puede estar bien para pasar el rato, pero ¿leer unos viejos diarios polvorientos? ¿En serio? ¿Es que no te ha dicho nadie que ahí fuera nos esperan criaturas mágicas? —Señaló hacia la ventana.

—¿Es que no te ha dicho nadie que algunas de esas criaturas pueden devorarte? —replicó Kendra—. No estoy leyendo estos documentos solo para pasar el rato. Contienen información.

—¿Cómo qué? ¿Que Patton y Lena eran dos tortolitos?

Kendra puso los ojos en blanco.

—No te lo pienso contar. Acabarías ahogándote en un pozo de alquitrán.

—¿Hay un pozo de alquitrán? —dijo él, animándose—. ¿Dónde?

—Si quieres, puedes averiguarlo tú mismo. —Indicó la inmensa pila de diarios que había junto a su cama.

—Antes preferiría ahogarme —reconoció Seth—. Gente más lista que tú ha tratado de liarme para que coja un libro. —Se quedó sentado sin moverse, mirándola.

—¿Qué pasa? —preguntó ella—. ¿Te aburres?

—No, en comparación contigo.

—Yo no me aburro —respondió Kendra con aire de suficiencia—. Me voy a Atlanta.

—¡Eso es un golpe bajo! —protestó Seth—. No me puedo creer que te vayan a nombrar caballera y a mí no. ¿A cuántas apariciones has destruido tú?

—A ninguna. Pero ayudé a apresar a un demonio, a una bruja y a una pantera tricéfala gigante, que tenía alas y aliento ácido.

—Todavía me tiro de los pelos por no haber podido ver esa pantera —murmuró Seth, resentido—. Tanu y Coulter han recibido hoy las invitaciones. Me parece que os vais mañana.

—Te dejaría ir en mi lugar si pudiera —dijo Kendra—. No me fío de la Esfinge.

—Y no deberías —dijo Seth—. Te dejó ganar al futbolín. Me lo contó él mismo. El tío es un profesional.

—Solo me lo dices porque te machacó.

Seth se encogió de hombros.

—¿Sabes qué? Tengo un secreto.

—No por mucho tiempo, ya que me lo anuncias.

—Nunca me lo sonsacarás.

52 —Entonces moriré sin haberme realizado en la vida —dijo ella con absoluta indiferencia; cogió otro diario del montón y lo abrió. Notaba que Seth no le quitaba los ojos de encima mientras ella fingía que estaba leyendo.

—¿Alguna vez has oído hablar de los nipsies? —preguntó Seth, finalmente.

—No.

—Son unas gentecillas de la familia de las hadas, de lo más inteligentes —la informó—. Construyen unas ciudades diminutas y todo superpequeño. Miden menos de dos centímetros de alto. Tienen el tamaño de bichitos chiquititos.

—Qué guay —dijo Kendra. Siguió fingiendo desinterés, repasando con la mirada la forma de las palabras. Normalmente Seth tardaba poco en perder el control.

—Si supieras algo que pudiera entrañar peligro…, pero que si lo cuentas podría causarte problemas y hacerte perder un montón de dinero, ¿se lo contarías a alguien?

—¡Abuelo! —gritó Kendra—. ¡Seth tiene que contarte un secreto relacionado con los nipsies!

—Traidora —murmuró Seth, enfadado.

—Solo estoy ayudando a Seth, *el Listo*, a derrotar a Seth, *el Idiota*.

—Supongo que Seth, *el Listo*, se alegra —dijo él de mala gana—. Pero ándate con cuidado. Seth, *el Idiota*, no se anda con chiquitas.

—Bueno, Seth —dijo el abuelo al sentarse tras la mesa de escritorio de su despacho—, ¿cómo es que conoces la existencia de los nipsies?

—Es algo que conoce todo el mundo, ¿no? —Se sentía incómodo en el enorme sillón. Para sus adentros, se juró a sí mismo que Kendra pagaría por aquello.

—No todos —respondió el abuelo—. Yo nunca hablo de ellos. Los nipsies son extraordinariamente vulnerables. Y viven muy lejos del jardín. ¿Tienes un secreto sobre ellos?

—Es posible —dijo Seth, tratando de eludir el asunto—. Si te lo cuento, ¿me prometes que no me veré en apuros?

—No —respondió el abuelo, cruzando los dedos y apoyando las manos encima de la mesa con expresión expectante.

—Entonces, no pienso soltar ni una sola palabra hasta que lo consulte con un abogado.

—Así solo consigues hundirte todavía más —le advirtió su abuelo—. Yo no negocio con delincuentes. Por otra parte, me conocen por haber mostrado piedad con quienes hablan claro.

—Los sátiros me contaron que los nipsies están en pie de guerra unos contra otros —soltó Seth.

—¿En pie de guerra? Los sátiros deben de estar equivocados. No conozco una sociedad más pacífica en todo Fablehaven, exceptuando quizás a los brownies.

—Es cierto —insistió Seth—. Newel y Doren lo han visto. Los reinos Sexto y Séptimo están atacando a los demás. Los nipsies malos dicen que tienen un nuevo señor. Su aspecto es diferente de los otros, tienen la piel gris y los ojos rojos.

—Los sátiros te han dado información muy detallada —comentó el abuelo, que se olía algo.

—Puede que me lo hayan mostrado —reconoció Seth a regañadientes.

—Como tu abuela se entere de que has estado con Newel y Doren, se tirará por el tejado. No puedo decir que no esté de acuerdo. Sería difícil imaginar peor influencia para un chaval de doce años que una pareja de sátiros. Sigue su ejemplo y acabarás hecho un bobo. Un momento: ¿otra vez estaban los sátiros robándoles a los nipsies?

Seth trató de mantenerse impasible.

—No sé.

—He hablado con Newel y Doren en otras ocasiones sobre cogerles cosas a los nipsies. He sido informado de que los nipsies se las han ingeniado para poner remedio a la situación. A ver si lo adivino… Has estado vendiéndoles pilas a los sátiros otra vez, en contra de mis deseos, lo cual les ha forzado a buscar la manera de entrar de nuevo en los siete reinos, ¿es así?

Seth levantó un dedo.

—Si no lo hubiesen hecho, no nos habríamos enterado de que los nipsies estaban en guerra y puede que hubiesen desaparecido del mapa.

El abuelo se lo quedó mirando.

—Ya hemos hablado otras veces sobre lo de robar oro. Te puede salir muy caro, más de lo que crees.

—Técnicamente, el oro no se robó —dijo Seth—. Los nipsies se lo dieron a Newel por protegerlos de los reinos Sexto y Séptimo.

Los labios del abuelo se fruncieron hasta quedar convertidos en una fina línea.

—Menos mal que se lo has contado a Kendra y que ella contribuyó a que me lo contases a mí. Menos mal que me he enterado de que se está produciendo una situación anómala entre los nipsies. Pero me siento decepcionado porque hayas estado vendiéndoles pilas a esos adolescentes eternos a mis espaldas, porque hayas aceptado a cambio un oro dudosamente adquirido y, sobre todo, porque te hayas alejado tanto del jardín sin permiso. No tendrás autorización para salir de esta casa sin ir acompañado, hasta que acabe el verano. Y no saldrás a ninguna excursión tutelada hasta dentro de tres días, lo cual quiere decir que no acompañarás a Tanu y Coulter cuando vayan esta tarde a ver qué pasa con los nipsies. Es más: me

devolverás el oro a mí, para que pueda devolvérselo a los nipsies.

Seth bajó la vista y clavó los ojos en el regazo.

—Sabía que debía haber mantenido el pico cerrado —murmuró, hundido—. Yo solo estaba preocupado…

—Seth, has hecho lo correcto al contármelo. Cuando obras-
te mal fue al desobedecer las normas. A estas alturas deberías
saber lo desastroso que puede ser.

—No soy ningún imbécil —dijo Seth, alzando la vista con
gesto furibundo—. Regresé yo solo perfectamente, y traje conmigo una información valiosa. Tuve cuidado. No me salí de los
senderos. Los sátiros iban conmigo. Por supuesto, cometí algunos errores antes de conocer mejor este lugar. Errores terribles.
Y lo lamento. Pero también he hecho bien algunas cosas. Últimamente salgo una y otra vez a investigar por mi cuenta sin
decírselo a nadie. Voy solo a los sitios que conozco. Y jamás me
pasa nada malo.

El abuelo cogió de encima de la mesa un adornito, un cráneo
humanoide diminuto metido en una semiesfera de cristal, y se
lo pasó de una mano a otra con expresión ausente.

—Sé que has aprendido mucho de Coulter y los demás. Estás más capacitado que antes para apañártelas tú solo en determinadas áreas de Fablehaven. Puedo comprender que por eso
aumente la tentación de no hacer caso de las fronteras. Pero
corren tiempos peligrosos y este bosque vallado está plagado de
trampas. Aventurarse tan lejos del jardín, como hiciste tú, hasta un entorno con el que no estás familiarizado, fiándote del
juicio de Newel y Doren, demuestra una preocupante falta de
sentido común por tu parte.

»Si alguna vez decido expandir las áreas de Fablehaven en
las que tienes permiso para aventurarte tú solo, tendré que informarte sobre muchas regiones prohibidas, pero misteriosas,
que hay que evitar. Seth, ¿cómo voy a confiar en que sabrás
respetar las normas más complicadas si te niegas obstinada-
mente a seguir las más sencillas? Tu empeño reiterado en sal-
tarte las normas básicas es la razón principal por la que no te
he dado más libertad para explorar la reserva tú solo.

—Oh —dijo Seth, incómodo—. Supongo que tiene sentido.

¿Por qué no me dijiste que la permanencia en el jardín era una prueba?

—De entrada, la norma podría haber parecido aún menos importante. —El abuelo dejó en la mesa la semiesfera de cristal con el cráneo dentro—. Nada de todo esto es un juego. Creé esa norma por un motivo. Realmente pueden pasar cosas malas si te vas por el bosque sin acompañamiento, incluso cuando crees que sabes lo que estás haciendo. Seth, en ocasiones actúas como si creyeras que crecer significase que las reglas ya no están vigentes. Todo lo contrario: una gran parte del crecimiento consiste en aprender a controlarse uno mismo. Trabaja en eso y entonces podremos hablar sobre la posibilidad de expandir tus privilegios.

—¿Puedo reducir la condena por buen comportamiento?

El abuelo se encogió de hombros.

—Quién sabe qué podría pasar si se produce tal milagro.

56   Un hada menuda con el pelo corto y rojo como una fresa madura se posó en el borde de un bebedero de pájaros hecho de mármol y se asomó a mirar el agua. Sus alas traslúcidas de libélula eran casi invisibles a la luz del sol. Su vestidito, como una enagua color carmesí, resplandecía como los rubíes. Dio media vuelta y miró su reflejo por encima del hombro, arrugando los labios en un mohín y ladeando la cabeza de un lado a otro.

Cerca de ella, un hada amarilla con unos reflejos negros que hacían destacar sus increíbles alas de mariposa se entretenía acicalándose. Tenía la tez pálida y largas trenzas color miel. El hada amarilla se rio disimuladamente, con un sonido que hacía pensar en el tintineo de unas campanillas minúsculas.

—¿Me estoy perdiendo algo? —preguntó el hada roja con falsa inocencia.

—Estaba intentando imaginar mi reflejo con unas alas feas y sin color —respondió el hada amarilla.

—Qué curiosa coincidencia —comentó la otra, pasándose una mano por el pelo—. Yo justo estaba imaginándome a mí misma con unas alas enormes y horteras que me distraían de mi belleza.

El hada amarilla levantó una ceja.

—¿Por qué no finges que tienes unas elegantes y amplias alas que aumentan en vez de restarte belleza?

—Lo he intentado, pero lo único que se me venía a la cabeza era un horripilante fondo de toscos cortinajes amarillos.

Kendra no pudo evitar sonreír.

Últimamente había adoptado la costumbre de fingir que se echaba una siestecita en el jardín, cerca de un bebedero de pájaros o de un macizo de flores, para escuchar los chismorreos de las hadas. Cuando intentaba iniciar una conversación, las hadas no siempre hablaban con ella. Después de haber dirigido a las hadas a la batalla y de entrar a formar parte de su especie, Kendra se había hecho más popular de lo que le hubiera convenido. Absolutamente todas las hadas estaban celosas.

Entre las felices consecuencias del don que las hadas le habían otorgado se contaba la capacidad de Kendra para entender el lenguaje que hablaban, así como otras lenguas mágicas relacionadas. Todos esos idiomas a ella le sonaban como el suyo propio sin tener que hacer el menor esfuerzo. Y le encantaba aprovechar ese talento para escuchar a hurtadillas.

—Mira a Kendra, ahí despatarrada en ese banco —murmuró el hada amarilla en tono confidencial—, holgazaneando como si el jardín fuese solo suyo.

Kendra hizo esfuerzos por contener una carcajada. Le encantaba que las hadas hablasen sobre ella. Las únicas conversaciones que le gustaban más era cuando decían pestes de Seth.

—Yo con ella no tengo ningún problema —respondió la pelirroja con su aguda vocecilla—. De hecho, me hizo esta pulsera. —Tendió el brazo para mostrar la alhaja, fina como hilo de araña.

—Es demasiado pequeña como para que la hayan hecho sus patosos dedos —objetó el hada amarilla.

Kendra sabía que el hada amarilla tenía razón. Ella nunca había hecho ninguna pulsera, y menos aún para un hada. Tenía gracia: aunque las hadas casi nunca le dirigían la palabra, solían discutir sobre cuál de ellas era la predilecta de Kendra.

—Tiene muchos talentos especiales —insistió el hada roja—. Te quedarías boquiabierta si supieras los regalos que les hace a sus amigas íntimas. Aquellas de nosotras que combatimos jun-

57

to a ella para apresar a Bahumat tenemos un vínculo especial con Kendra. ¿Recuerdas aquel día? Si no me equivoco, en aquel entonces tú eras un diablillo.

El hada amarilla le tiró agua al hada roja y le sacó la lengua.

—Por favor, querida —replicó el hada roja—, no nos rebajemos a un comportamiento propio de diablillos.

—Las que pasamos un tiempo convertidas en diablillos conocemos secretos que las demás desconocéis —dijo con malicia el hada amarilla.

—Estoy segura de que eres experta en verrugas y piernas torcidas —confirmó el hada roja.

—La oscuridad te da oportunidades diferentes de las que proporciona la luz.

—¿Tipo «reflejo espeluznante»?

—¿Y si pudiésemos ser oscuras y a la vez hermosas? —susurró el hada amarilla.

Kendra aguzó el oído.

—Yo a esa clase de rumores no les presto la menor atención —respondió el hada roja con altivez, y se marchó revoloteando.

Kendra se quedó muy quieta hasta que vio, a través de los párpados entornados, que el hada amarilla alzaba el vuelo. El diálogo había acabado de forma extraña. Las hadas, una vez que habían recuperado su estado original, casi nunca mencionaban sus tiempos de diablillos. El hada roja le había propinado a la otra un golpe bajo. ¿Qué había querido decir el hada amarilla con eso de ser oscura y bella, y por qué el hada roja había puesto fin a la conversación tan bruscamente?

Kendra se levantó y fue andando hasta la casa. El sol descendía hacia el horizonte. La maleta estaba hecha. Mañana la llevarían en coche a Hartford, donde cogería un avión a Nueva York para hacer escala y coger otro hacia Atlanta.

La idea de conocer a los miembros de los Caballeros del Alba la llenaba de preocupación. Todo aquello parecía tremendamente misterioso. No le parecía que fuese un entorno en el que ella encajase bien, incluso sin la amenaza de la posible existencia de traidores. Su mayor consuelo era recordar que Warren, Coulter y Tanu estarían allí también. Con ellos cerca, no pasaría nada demasiado terrible.

Al subir los escalones del porche cubierto, Kendra vio a Tanu y a Coulter llegando al área del jardín en una carreta tirada por Hugo.

Cuando el golem se detuvo, Tanu y Coulter se bajaron de un salto y se dirigieron a la casa. Los dos lucían un semblante serio y andaban con paso firme y decidido. No se traslucía pánico en sus movimientos, pero daba la impresión de que traían malas noticias.

—¿Cómo ha ido? —les preguntó Kendra desde el porche.

—Está pasando algo muy extraño —respondió Tanu—. Ve a decirle a Stan que tenemos que hablar con él.

Kendra entró corriendo en la casa.

—¡Abuelo! ¡Coulter ha encontrado algo!

Sus voces alertaron no solo a su abuelo, sino también a la abuela, a Warren y a Seth.

—¿Siguen aún los nipsies con eso? —preguntó Seth.

—No lo sé —respondió Kendra al mismo tiempo que se volvía para quedar frente a la puerta de atrás, por la que entraban ya Tanu y Coulter.

—¿Qué hay? —preguntó el abuelo.

—Cuando nos acercamos a la pradera de los siete reinos, salió huyendo una figura misteriosa —dijo Tanu—. Corrimos tras él, pero el bribón era demasiado rápido.

—No se parecía mucho a nada de lo que hayamos visto en nuestra vida —añadió Coulter—. Debía de medir algo menos de un metro de alto, llevaba una capa oscura y corría agachado, como en cuclillas. —Como usaba las manos de forma muy expresiva, Kendra se acordó de que a Coulter le faltaba un meñique y parte del dedo anular contiguo.

—¿Un trol ermitaño? —preguntó el abuelo.

Tanu negó con la cabeza.

—Un trol ermitaño no podría haber penetrado en el prado. Y este no encajaba exactamente con la descripción.

—Tenemos una teoría —afirmó Coulter—. Enseguida os la contamos.

—¿Qué es un trol ermitaño? —preguntó Seth.

—Es el tipo de trol más pequeño de todos —respondió Warren—. Nunca permanecen mucho tiempo en un mismo lugar,

59

y establecen guaridas temporales en cualquier parte: un desván tranquilo, debajo de un puente, dentro de un barril…

—Sigue —animó el abuelo a Tanu.

—Entramos en el montecillo y nos encontramos con que los reinos Sexto y Séptimo estaban preparándose otra vez para la guerra, pese a los numerosos daños que Newel había causado.

—Stan —dijo Coulter—, no te lo habrías creído. El Sexto Reino y el Séptimo están cubiertos de negro, y la mayoría de sus habitantes portan armas. Los nipsies de esos reinos son tal como los describió Seth: con la tez gris, el pelo negro y los ojos rojos. Nos intentaron sobornar, a Tanu y a mí, para que los ayudásemos y nos lanzaron amenazas cuando nos negamos. Si no supiera que es imposible, diría que han caído.

—Pero los nipsies carecen de naturaleza en estado caído —intervino la abuela—. Al menos, no hay nada documentado. Las hadas pueden transformarse en diablillos, las ninfas se vuelven mortales, pero ¿quién ha oído hablar de un nipsie que se haya transfigurado?

—Nadie —respondió Tanu—. Pero ahí estaban. Y eso hila con mi teoría. Yo creo que la criatura a la que perseguimos era una especie de enano caído.

—¡Los enanos tampoco caen! —bufó el abuelo, evidentemente alterado.

—Díselo a ese —murmuró Coulter.

—Es nuestra suposición —dijo Tanu—. Interrogamos a los nipsies para entender el origen de toda esta situación. Evidentemente, todo empezó cuando salieron a explorar la reserva en busca de maneras de mantener a raya a los sátiros. Así fue como los oscuros conocieron a su nuevo amo.

—Cuando quisimos averiguar datos concretos, se cerraron en banda —dijo Coulter.

—¿Qué podría hacer que un nipsie caiga? —musitó el abuelo, como hablando para sí.

—Nunca había visto nada parecido —dijo Coulter.

—Ni yo había oído nada semejante —añadió Tanu.

—Yo tampoco —añadió el abuelo, suspirando—. En situaciones normales, la primera persona a la que llamaría sería a la Esfinge. Tal vez todavía lo sea. Amigo o enemigo, siempre me ha dado buenos consejos y sus conocimientos y su sabiduría no tienen parangón. ¿Os parece que el mal está extendiéndose?

Tanu se chascó los nudillos ruidosamente.

—Según nos dijeron algunos nipsies normales, después de la invasión del Quinto Reino buena parte de sus habitantes fueron trasladados y se volvieron como los otros.

—¿Prefieres que Tanu y yo no vayamos a la reunión de los Caballeros? —se ofreció Coulter.

—No, debéis asistir —dijo el abuelo—. Quiero que los tres veléis por Kendra y que os enteréis de todo lo que podáis.

—Yo hoy oí hablar a las hadas de algo extraño —dijo Kendra—. A lo mejor tiene algo que ver. Estaban hablando de la posibilidad de ser oscuras como diablillos, pero bellas. Un hada parecía fascinada con la idea. La otra salió volando inmediatamente.

—Desde luego, en Fablehaven están pasando muchas cosas extrañas —dijo el abuelo—. Será mejor que vaya a hacer unas llamadas.

Los abuelos y Warren salieron de la habitación.

—Seth, si me permites, quisiera hablar un momento contigo —dijo Tanu.

El chico cruzó la sala en dirección al enorme samoano y este le llevó hasta un rincón. Kendra se quedó por allí para escuchar. Tanu le dirigió una mirada y prosiguió.

—He reparado en ciertas huellas interesantes en la pradera de los siete reinos —dijo Tanu en tono casual—. Al parecer, los sátiros contaron con ayuda para poder entrar.

—No se lo digas a mi abuelo —le rogó Seth.

—Si hubiésemos querido contárselo, ya lo habríamos hecho —dijo Tanu—. Coulter y yo pensamos que ya estabas metido en bastantes líos. Solo como recordatorio: Hugo no es un juguete para ayudar a los sátiros a robar.

—Lo pillo —dijo Seth, con una sonrisa de alivio.

Tanu miró a Kendra.

—¿Podrás mantener discreción sobre este asunto? —Sus ojos pedían una respuesta afirmativa.

—Descuida —dijo ella—. Ya he cubierto mi cuota diaria de chivarme de Seth.

4

Nuevos caballeros

Cuando la cinta transportadora del equipaje cobró vida repentinamente, los pasajeros del vuelo de Kendra se apiñaron cerca de la abertura más próxima, por la que empezarían a salir sus pertenencias. Comenzó un desfile de maletas, muchas de ellas negras y más o menos del mismo tamaño. Varias de ellas tenían una cinta atada al asa para que sus dueños pudiesen diferenciarlas. Kendra había puesto en la suya pegatinas con una cara sonriente.

Era curioso esperar junto a Tanu, Coulter y Warren en la zona de entrega de equipajes. Ella los asociaba a pociones mágicas, reliquias encantadas y criaturas sobrenaturales. Aquel escenario le parecía demasiado vulgar. Tanu metió una galleta salada en una pequeña tarrina de queso para untar. Warren pasó la última página de su libro de bolsillo. Coulter anotó una respuesta del crucigrama de la revista del avión. A su alrededor aguardaba un variopinto surtido de pasajeros. Los que estaban más cerca de ellos eran dos hombres de negocios con el traje ligeramente arrugado y reloj de pulsera caro.

Kendra se adelantó cuando apareció su maleta, abriéndose paso entre una monja y un chico *grunge* que llevaba una camisa de colores desteñida y sandalias. Tanu cogió el bolso cuando ella lo sacó de la cinta transportadora. El resto del equipaje salió poco después.

Tanu metió las servilletas en la tarrina de queso, la tiró en una papelera y a continuación cogió su equipaje. Coulter tiró la revista.

—¿Alguien quiere leer una novela sobre un superespía genéticamente mejorado? —preguntó Warren, ofreciéndoles el libro de bolsillo—. Es un superventas. Mogollón de acción. Un final sorpresa. —Lo acercó al contenedor de la basura.

—Igual yo le echo un vistazo —dijo Kendra, incómoda ante la mera idea de tirar a la basura un libro prácticamente nuevo. Metió el ejemplar rescatado por la cremallera de su maleta y luego extendió el asa para poder transportar el bulto con las ruedas.

Los cuatro se alejaron de la zona de recogida de equipajes en dirección a unas puertas automáticas. Un hombre con traje y gorra negra sostenía en alto un letrero con el nombre «Tanugatoa» escrito con rotulador.

—¿Tenemos chófer? —preguntó Kendra, impresionada.

—Para salir de la ciudad, una limusina cuesta apenas un poco más que un taxi —le explicó Tanu.

—¿Por qué no aparece mi nombre en el letrero? —se quejó Warren.

—Mi nombre es el más raro —contestó Tanu sonriendo. Saludó al hombre del letrero y con las manos le indicó que no hacía falta que le ayudase a llevar los bultos.

Siguieron al hombre al exterior y continuaron con él por una acera hasta donde los aguardaba plácidamente una limusina negra con los cristales ahumados. El conductor, un hombre de Oriente Medio muy bien vestido, metió las maletas en el maletero y a continuación les abrió la puerta para que fuesen entrando en el vehículo. Warren se quedó con la maleta más pequeña de las suyas.

—Es la primera vez que monto en limusina —le contó Kendra a Coulter en voz baja.

—Yo hace mucho tiempo que no lo hago —dijo Coulter.

Kendra y él se sentaron en un lado, frente a Tanu y Warren, que ocuparon el otro. Había un montón de espacio entre ellos. Kendra pasó la mano por la tapicería aterciopelada. El aire olía a pino, con un leve aroma de fondo a humo de cigarrillo.

Cuando Tanu hubo confirmado la dirección con el conductor, la limusina salió de su estacionamiento y se metió en un carril atestado de coches.

63

Charlaron un poco mientras el conductor avanzaba hasta la autopista.

—¿Cuánto dura el trayecto? —preguntó Kendra.

—Una hora más o menos —dijo Coulter.

—¿Algún consejo de última hora? —preguntó Kendra.

—No le digas tu nombre a nadie —dijo Coulter—. No hables de Fablehaven, ni de tus abuelos ni de dónde vienes. No digas los años que tienes. No muestres la cara. No aludas a ninguna de tus habilidades. No menciones a la Esfinge. No hables, salvo si tienes que hablar. Casi todos los caballeros están ávidos de información. Depende del territorio. Ya sean buenos o malos, mi lema es «cuanto menos sepan, mejor».

—Entonces, ¿qué cosas sí puedo hacer? —preguntó Kendra—. ¡A lo mejor debería ponerme el guante de la invisibilidad y esconderme en un rincón!

—Permite que puntualice la recomendación de Coulter de no hablar —intervino Tanu—. Siéntete libre de preguntar lo que quieras. Conoce a las personas. El hecho de ser novata te proporciona una excusa estupenda para pedir información. Simplemente, procura no revelar demasiado. Recaba información, pero tú no la dispenses. Desconfía de cualquier extraño que muestre demasiado interés en ti. No vayas con nadie tú sola a ninguna parte.

—Estaremos cerca de ti, pero no demasiado —dijo Warren—. Los tres conocemos a otros caballeros, a algunos bastante bien. Ellos van a poder localizarnos fácilmente. No queremos ponerle las cosas demasiado fáciles a nadie para que te relacionen con nosotros.

—¿Hemos conseguido entusiasmarte? —preguntó Coulter.

—Estoy bastante nerviosa —confesó Kendra.

—¡Relájate y disfruta! —la animó Warren.

—Vale, lo haré mientras intento aplicar todas las indicaciones que me habéis dado y evitar que me secuestren —se lamentó Kendra.

—¡Así se habla! —la jaleó Warren.

Otros vehículos de la autopista tenían los faros encendidos, pues quedaba poco para el anochecer. Kendra se acomodó en su asiento. Los demás la habían avisado de que tal vez tardase mucho en poder irse a dormir. Había intentado dormir en el avión, pero había estado demasiado ansiosa y el asiento no se reclinaba lo suficiente. En lugar de dormir, se había puesto los auriculares para escuchar los diferentes canales de audio del avión, entre ellos varias selecciones de monólogos humorísticos más o menos buenos y de música pop.

Ahora, allí en la limusina medio a oscuras, tenía un poquito más de sitio y el sueño estaba pudiendo con ella. Decidió no resistirse. Los párpados se le cerraron y pasó unos minutos en la frontera del sueño, oyendo los comentarios ocasionales de los otros como si los oyese bajo el agua.

Sumida en ese duermevela, Kendra se encontró deambulando por una feria de pueblo, con una nube de algodón de azúcar en una mano, ensartada en un palito blanco desechable. A los cuatro años, Kendra había pasado casi media hora separada de su familia en mitad de una feria, y la escena que veía ahora le resultaba muy parecida. Se oía la música chillona y estridente de un órgano de feria. Una noria cercana daba vueltas y vueltas, elevando a sus ocupantes a gran altura, hasta el cielo del atardecer, para volver a bajarlos al suelo, y el mecanismo chirriaba y gemía como si la atracción estuviese a punto de venirse abajo.

Kendra veía fugazmente a algún miembro de su familia en medio del gentío, pero cuando intentaba abrirse paso entre la turba para llegar hasta ellos, habían desaparecido. Una de esas veces creyó ver a su madre andando por detrás de un puesto de palomitas. Cuando fue tras ella, se encontró frente a un desconocido alto y con el pelo gris a lo afro. El hombre, sonriendo como si supiese un secreto, le arrancó un trozo grande del algodón de azúcar y se lo metió en la boca. Kendra apartó la golosina de él, mirándole con intensidad, y una gorda que llevaba aparato dental le quitó otro fragmento desde detrás. Al poco, Kendra se encontró abriéndose paso entre la multitud, tratando de apartarse de los numerosos extraños que le quitaban trozos del algodón de azúcar para comérselo. Pero no le servía de nada. La muchedumbre al completo le quitaba fragmentos y enseguida lo único que le quedó en la mano era un palito blanco mondo y lirondo.

Cuando Coulter la zarandeó para despertarla, se sintió aliviada, si bien le quedó un resto de desasosiego. ¡Para tener un sueño tan desagradable, debía de estar más nerviosa con la velada de lo que era consciente!

Warren había abierto su bolso y estaba repartiendo túnicas y máscaras. Las largas túnicas estaban fabricadas con una tela fina y resistente, de color gris oscuro y un ligero brillo.

—Ya casi hemos llegado —la informó Warren.

Kendra se desabrochó el cinturón de seguridad y se puso la túnica por la cabeza. Warren le dio una máscara de plata. Coulter se puso la suya. Las cuatro máscaras eran idénticas. Lisa y reluciente, la sencilla máscara sonriente le tapaba toda la cara. Le pareció más pesada de lo que le hubiese gustado.

Kendra se dio unos toquecitos con los nudillos en la frente metálica.

—¿Estos chismes son a prueba de bala?

—No son ninguna birria —respondió Tanu.

—Ponte la capucha —le sugirió Coulter, con la voz algo amortiguada por la máscara. Él se había puesto la suya, de modo que no se le veía nada de la cabeza. Podría haber sido cualquier otra persona.

Warren le entregó a Kendra unos guantes livianos y muy ceñidos que iban a juego con la larga prenda ceremonial. Ella se quitó los zapatos y se puso unas zapatillas grises. Warren y Tanu se pusieron la máscara.

—¿Cómo os voy a reconocer? —preguntó Kendra.

—A Tanu es al que reconocerás más fácilmente por su tamaño —dijo Warren—. Pero no es el único caballero de grandes dimensiones. —Warren levantó una mano y se puso dos dedos en la sien—. Esta será nuestra señal. Tú no debes hacerla nunca. No te perderemos de vista.

La limusina abandonó la carretera, cruzó las puertas de una verja y avanzó por una suave pista de acceso flanqueada por estatuas blancas de doncellas con toga, héroes con armadura, animales, sirenas y centauros. Al frente, apareció ante ellos la mansión.

—Un castillo —dijo Kendra, asombrada.

Iluminada por numerosas luces en el jardín y por docenas de apliques eléctricos, la fortaleza se elevaba resplandeciente en medio de la mortecina luz crepuscular. Construida por entero con bloques de piedra amarillenta, el castillo contaba con múltiples torres redondas de diversa altura, un puente levadizo bajado, un rastrillo subido, ventanas ojivales, troneras y almenas en lo alto de los muros. Unos lacayos con librea aguardaban en posición de firmes a cada lado del puente levadizo, sosteniendo antorchas.

Kendra se volvió hacia sus enmascarados compañeros.

—Sé que os hacéis llamar caballeros, pero ¿va tan en serio?

—Así son los coleccionistas de hadas —rezongó Warren—. Tienen tendencia a las excentricidades, pero tal vez los que se llevan la palma son Wesley y Marion Fairbanks.

La limusina se detuvo. El conductor abrió la portezuela que daba al puente levadizo. Salieron del coche y Tanu se llevó aparte al chófer, para decirle algo en voz baja y darle algo de dinero.

Un sirviente que llevaba una peluca empolvada y unos bombachos rojos con medias blancas se les acercó y les dedicó una reverencia.

—Sean bienvenidos, honorables invitados. Síganme, se lo ruego.

Kendra vio que una furgoneta blanca abollada llegaba a continuación de la limusina. El conductor llevaba puesta una máscara de plata. En un lateral de la finca había un par de helicópteros posados en la hierba. En otra zona había varias docenas de coches aparcados, desde vehículos de lujo a candidatos al desguace.

El sirviente disfrazado escoltó a Kendra y a sus amigos hasta el puente levadizo. A ella la toga le llegaba por los tobillos, de modo que podía dar zancadas normales sin que se le inflase demasiado la tela. La máscara le limitaba la visión periférica, pero, por lo demás, veía perfectamente.

El grupo accedió a un patio empedrado, iluminado con pebeteros eléctricos. Alrededor de esas fuentes de luz pululaban nubes de insectos. Varios grupitos de personas togadas y con máscara de plata se paseaban por el lugar, conversando.

Sobre sus cabezas, estandartes y banderas pendían flácidos en el inmóvil aire de la noche. El sirviente llevó a Kendra y a

67

los demás por el patio en dirección a una pesada puerta de hierro forjado, la abrió con una llave, se puso a un lado y les hizo otra reverencia.

Warren entró el primero en una recargada antecámara, desde la cual se accedía a un tenebroso pasillo. A un lado había una mesa, delante de dos cabinas cerradas con sendas cortinas. Una persona con máscara de plata estaba sentada ante el escritorio. Detrás de ella, de pie, había cuatro personajes togados con sus máscaras de plata ribeteadas con un filo de oro.

Una mujer de corta estatura, que llevaba un vestido largo de color lila, los saludó.

—Bienvenidos, viajeros, a nuestra humilde morada. Deseo que halléis aquí un puerto seguro hasta que el deber os lleve a otro lugar.

Era de constitución normal y parecía tener poco más de cincuenta años. Llevaba el pelo castaño recogido en una trenza de estilo anticuado. En la mano izquierda lucía un anillo con un diamante obscenamente gigante.

—Un placer verla de nuevo, señora Fairbanks —dijo Warren con ademán gentil—. Le damos las gracias por abrirnos las puertas de su casa.

Ella se ruborizó de gusto.

—Siempre que lo deseen. ¡No es preciso que tengan invitación!

Detrás de ella, en pie, había un hombre de aspecto juvenil con peluca empolvada y que se estaba comiendo una brocheta de pollo con verduras.

—Desde luego —dijo, mientras le resbalaba por la barbilla un hilo de jugo.

—Un placer, como siempre, Wesley —le saludó Warren inclinando la cabeza.

Hincándole el diente a un champiñón, el hombre de la peluca le devolvió el gesto.

Warren se volvió para mirar a las cuatro figuras enmascaradas que aguardaban delante de las cabinas.

—Norte —dijo, y se señaló a sí mismo con el pulgar de una mano—. Oeste. —Señaló a Tanu y Coulter. A continuación, señaló a Kendra—. Novata.

—La novata es esta —dijo el hombre sentado ante el escritorio.

Warren se inclinó hacia Kendra.

—Estos son los cuatro lugartenientes. Verifican nuestra identidad con la máscara puesta, como medida de seguridad. Cada uno supervisa a un grupo determinado, designado por los puntos cardinales. El lugarteniente del Este confirmará tu identidad.

Warren entró en una cabina acompañado de una de las figuras con máscara de filo dorado. Otro lugarteniente condujo a Tanu a la otra cabina. Warren salió enseguida, con la máscara puesta, y un tercer lugarteniente, el más alto, guio a Kendra a la cabina vacía.

—Por favor, quítate la máscara —dijo con voz áspera.

Kendra se la quitó.

El lugarteniente movió la cabeza en gesto afirmativo.

—Bienvenida. Puedes continuar. Hablaremos más dentro de poco.

La chica volvió a ponerse la máscara y salió de la cabina a la vez que Coulter salía de la otra. Juntos, siguieron a Warren y a Tanu por el extravagante pasillo, pisando una larga alfombra roja ribeteada con un complicado bordado. De las paredes colgaban tapices y a ambos lados del pasillo había relucientes armaduras al completo. Warren y Tanu cruzaron unas puertas dobles de color blanco y entraron en un espacioso salón dominado por una imponente lámpara de araña. Por todo el salón se veían personajes togados, la mayoría de ellos conversando en grupos de dos o tres. Se habían repartido por el salón sofás, sillas y divanes, permitiendo que numerosos grupos pudiesen sentarse a charlar cómodamente. Tal vez por fuera la casa pareciese una fortaleza, pero por dentro era, sin lugar a dudas, una auténtica mansión.

Tanu y Warren se separaron nada más entrar en el salón. Siguiendo su ejemplo, Kendra se dirigió distraídamente hacia un rincón, ella sola. Un par de enmascarados la saludaron con un leve gesto de la cabeza al cruzarse con ella. Ella les devolvió el saludo del mismo modo, aterrorizada de decir una sola palabra.

Encontró un sitio en el que pudo quedarse de pie con la espalda apoyada en la pared y se dedicó a observar a la gente. Kendra era bastante alta para su edad, pero en esta sala se encontraba entre las personas más bajas. Unos cuantos caballeros eran insólitamente altos, otros cuantos estaban anormalmente gordos, varios parecían anchos y fornidos, un buen número eran evidentemente mujeres y uno de ellos era tan bajo que podría tener unos ocho años. Todos llevaban la misma máscara plateada y togas idénticas. Kendra contó más de cincuenta caballeros en total.

Los más próximos a ella eran un grupito de tres que compartían charla y risas. Al poco rato, uno de ellos se volvió y se quedó mirando a Kendra. Ella ladeó la cabeza para esquivar su mirada, pero fue demasiado tarde: el enmascarado se dirigía hacia ella.

—¿Qué estás haciendo en este rincón? —preguntó una voz burlona de mujer con fuerte acento francés.

Kendra no había identificado al desconocido como una mujer hasta que dijo esas palabras. Cualquier respuesta buena se resistía a aparecer por su mente y se sintió terriblemente incómoda.

—Solo estoy esperando a que empiece la reunión.

—¡Pero la charla intrascendente también forma parte de la reunión! —exclamó entusiasmada la mujer—. ¿Dónde has estado últimamente?

Una pregunta directa. ¿Debería mentir? Optó por responder con vaguedades.

—De un lado para otro.

—Yo he vuelto hace poco de la República Dominicana —dijo la mujer—. Un tiempo absolutamente perfecto. Fui siguiendo la pista de un supuesto miembro de la sociedad, un hombre que andaba haciendo preguntas relacionadas con la adquisición de un dulion. —Kendra había visto un dulion, un ser hecho de paja, cuando se marchó a hurtadillas de su casa a principios del verano. Vanessa les había explicado que eran como golems, solo que no tan fuertes y poderosos—. Corre el rumor de que hay un brujo en la isla que sabe fabricarlos. ¿Podéis imaginar qué hubiera pasado si ese arte hubiese sobrevivido? Como no he podido confirmar o desmentir el rumor, quién sabe... No te reconozco, y tienes una voz joven, ¿eres nueva?

La mujer hablaba tan directamente a Kendra que ella se sentía considerablemente presionada a mostrarse franca. Además, le resultaba casi imposible disimular su juventud.

—Sí, soy bastante joven.

—Yo también empecé muy joven, ¿sabes?

—Ah, ahí estás —interrumpió Warren. A su lado tenía a un personaje alto con una máscara de plata ribeteada de oro.

—Si nos disculpa —se excusó el lugarteniente ante la señora francesa—. Esta joven tiene una cita con el capitán.

—Estaba a punto de adivinar que era una novata —dijo la mujer en tono halagador—. Encantada de conocerte, espero que podamos trabajar juntas en algún momento.

—Encantada de conocerla —respondió Kendra, mientras Warren la cogía por el brazo y la llevaba a otra parte.

Los tres salieron de la sala y recorrieron a grandes pasos el enorme corredor hasta llegar a un pasillo más pequeño. Cuando hubieron recorrido cierta distancia, se detuvieron ante una puerta de caoba.

—Tu presencia es algo irregular —informó el lugarteniente a Warren.

—Reclutar menores también es una conducta irregular —replicó él—. Prometí a su abuelo que no la perdería de vista en ningún momento.

—Warren, me conoces —dijo el lugarteniente—. ¿Dónde iba a estar la niña más segura que aquí?

—Una vez más, lo importante de esa frase es la palabra «niña» —insistió Warren.

El lugarteniente respondió con un firme gesto de asentimiento y abrió la puerta. Entraron los tres. En la habitación había ya varias personas. Una estaba de pie junto a una gran chimenea, con una toga plateada y máscara de oro. Las otras dos personas llevaban máscara de plata y una toga como la de Kendra.

—¿Warren? —preguntó la figura de la máscara dorada con voz de mujer y acento sureño—. ¿Qué estás haciendo aquí?

—Capitán, este candidato es menor de edad —contestó él—. Su protector me ha encomendado que no lo pierda nunca de vista. Es la condición para permitirle asistir a la reunión.

—Comprensible —respondió la figura de la máscara dorada—. Muy bien, supongo que estamos preparados para comenzar.

Kendra se inclinó hacia Warren.

—¿Cómo sabía quién...?

—¿Tienes curiosidad por saber cómo supe que el que venía contigo era Warren? —preguntó el capitán—. Se dio unos toquecitos en la máscara—. Esta máscara de oro ve a través de las máscaras de plata. Yo debo conocer a todos los caballeros que están bajo mi mando. Los elijo personalmente y los vigilo. Por si estás preguntándotelo: no, esta no es mi auténtica voz, se trata de otra característica especial de mi máscara. Lugarteniente, ¿procedemos?

El lugarteniente se quitó la máscara. Tenía una espesa mata de pelo pelirrojo y la ancha frente salpicada de pecas. Le resultó curiosamente familiar, pero Kendra no logró ubicarle.

—Los tres novatos seréis nombrados caballeros hoy. Las nuevas incorporaciones del día habéis sido asignados como Este, así que yo soy vuestro lugarteniente, Dougan Fisk. Vosotros conoceréis mi rostro, y yo el vuestro. Por favor, quitaos el antifaz.

Kendra miró a Warren. Él asintió y se quitó su propia máscara. Kendra lo imitó.

Una de las otras personas que llevaba máscara de plata era más baja que Kendra. Sin la máscara, vio que se trataba de una mujer bastante anciana, seguramente mayor que su abuela, con la cara alargada y llena de arrugas y el cabello gris recogido en un moño. La otra persona de la habitación era un chico unos centímetros más alto que Kendra. Era delgado y no debía de tener más de catorce o quince años, era guapo, tenía la tez morena y absolutamente perfecta, unos labios finos y los ojos negros. Miró a Kendra y por un instante pareció quedarse patidifuso, mirándola con una admiración tan descarada que ella quiso esconderse tras la máscara antes de ruborizarse. Pasada esa reacción inicial de asombro, el chico consiguió regular su expresión. Levantó ligeramente las cejas y las comisuras de sus labios se curvaron para formar una sonrisa vaga.

—El capitán casi nunca se quita la máscara —explicó Dougan—. La razón principal de ser de nuestra hermandad es combatir a una organización que actúa en secreto y con discreción, llamada la Sociedad del Lucero de la Tarde, por lo que también por nuestra parte es imprescindible actuar en secreto. Para controlarnos a nosotros mismos hacemos chequeos y elaboramos balances. El capitán conoce a todos los caballeros. Los cuatro lugartenientes conocen, cada uno, a los caballeros asignados a ellos, así como la identidad del capitán. Cada caballero conoce al lugarteniente al que debe rendir cuentas, como vosotros me conocéis a mí. Y cada caballero conoce a algunos caballeros, como vosotros ahora os conocéis unos a otros. Poned especial atención para no revelar a otras personas vuestra pertenencia a esta hermandad, ni siquiera si tienen motivos para deducirlo.

—¿P-p-p-por qué nosotros somos Este? —preguntó el quinceañero, atascándose penosamente en la primera consonante.

—Por nada en concreto, es simplemente una manera de organizarnos —dijo el capitán—. A pesar de hacernos llamar Caballeros del Alba, esto no es un cuerpo militar. Títulos como «capitán» o «lugarteniente» responden estrictamente a objetivos organizativos. Repartimos la información para la seguridad de todos. Vuestra participación en este grupo es estrictamente voluntaria. Podéis abandonar la hermandad en cualquier momento. Pero os pedimos que lo mantengáis en secreto. Si no confiáramos en que podéis cumplir este requisito, no estaríais aquí.

—Al acceder a convertiros en caballeros, se os asignarán ocasionalmente misiones específicas de vuestro campo de experiencia —dijo Dougan—. En general, hasta que renunciéis, al aceptar convertiros en miembros de la hermandad, os comprometéis a acudir cuando se os convoque y a servir allí donde sea necesario. Todos los gastos en los que incurráis se os reembolsarán. Además, recibiréis un estipendio que superará el salario que perdáis. Si desveláis secretos o actuáis de una manera que despierte en nosotros una inquietud fuera de lo común respec-

73

to de la seguridad de los caballeros, nos reservamos el derecho a expulsaros de la hermandad.

—Nosotros somos amigos de todas las criaturas mágicas y de los refugios en los que moran —siguió el capitán—. Somos enemigos de todo aquel que pretenda hacerles daño o explotarlas. ¿Tenéis alguna pregunta?

—¿N-n-no les parece raro que no podamos saber quién es nuestro dirigente? —preguntó el quinceañero.

—No es lo ideal —reconoció el capitán—. Pero, lamentablemente, es lo necesario.

—A mí el calificativo que se me viene a la mente es «cobarde» —dijo el chico.

Kendra notó que se le aceleraba el pulso. Nunca se hubiese esperado semejante osadía de un quinceañero con problemas de tartamudez. Le hizo sentir a un tiempo entusiasmada e incómoda. El capitán tenía la estatura adecuada para poder ser la Esfinge. ¿Cómo reaccionaría?

—Me han llamado cosas peores —contestó, manteniendo el tono cordial—. No eres el primer caballero que propone que me quite la máscara. Pero dado un reciente fallo en la seguridad que no estoy autorizado a comentar, repartir nuestra información se ha vuelto más esencial que nunca.

—No suelo contarle todo a todo el mundo —dijo el adolescente—. Yo s-s-s-s-solo digo que me gustaría saber quién me encarga las misiones.

—Sospecho que, de estar yo en tu lugar, y viceversa, me sentiría igual que tú, Gavin —concedió el capitán—. ¿Te has parado a considerar que tal vez detrás de esta máscara hay una persona conocida para la Sociedad? ¿Que a lo mejor llevo esta máscara para mi propio beneficio, pero también para proteger a los otros caballeros, para que la Sociedad no me utilice para llegar a ellos?

Gavin se miró los pies.

—T-tiene sentido.

—Levanta la cara, he preguntado si teníais preguntas. ¿Alguna otra cosa que os preocupe?

—Le ruego que me perdone —dijo la señora mayor—, pero ¿no son un tanto demasiado jóvenes para esta clase de servicio?

El capitán cogió un atizador y dio unos golpes para empujar un tronco que ardía en el fuego, con lo que hizo saltar una lluvia de chispas.

—Dados los peligrosos tiempos que corren, nuestros requisitos de ingreso son más estrictos que nunca. Además de un historial sin tacha y de pruebas abrumadoras de un carácter fiable, los candidatos a caballeros deben, además, tener un valor estratégico único. Kendra y Gavin poseen los dos unos talentos fuera de lo normal, que los cualifican para prestar una asistencia sumamente especializada. Y eso no difiere mucho de tu propia utilidad, Estelle, como archivera e investigadora de gran talento.

—No te olvides de mi mundialmente conocida pericia con el manejo del sable —alardeó la anciana. Guiñó un ojo a Kendra y Gavin—. Era broma.

—¿Algo más? —preguntó el capitán, mirándolos uno por uno. No se lanzaron a hacer preguntas o comentarios—. Entonces voy a nombraros formalmente caballeros y a dejaros salir para que os mezcléis con los demás. Recordad, ahora y siempre, que sois bienvenidos a declinar la invitación a uniros a nuestra comunidad. Si deseáis continuar, levantad la mano. —El capitán levantó la suya.

Kendra, Gavin y Estelle imitaron su gesto.

—Repetid conmigo. Prometo guardar los secretos de los Caballeros del Alba y asistir a mis compañeros caballeros en sus honorables metas.

Los tres repitieron las palabras y a continuación bajaron la mano.

—Felicidades —dijo el capitán—. Vuestro nombramiento como caballeros es oficial. Me alegro de teneros de nuestro lado. Tomaos unos minutos para conoceros unos a otros antes de que comience la asamblea. —El capitán fue hacia la puerta y salió de la sala.

—No ha estado mal, ¿eh? —dijo Warren por encima del hombro de Kendra, al tiempo que le daba unas palmaditas en la espalda—. Yo soy Warren Burgess, por cierto —dijo a los otros caballeros.

—Estelle Smith —soltó la anciana.

—Gavin Rose —dijo el chico.

—Kendra Sorenson —se presentó Kendra.

—Warren y yo nos conocemos desde hace mucho tiempo —dijo Dougan.

—De antes de que te nombraran lugarteniente. —Warren bajó un poco la voz—. Desde la última vez que hablamos, tú has visto al capitán sin su máscara. Entre nosotros, ¿quién es él?

—¿Estás seguro de que es «él»? —preguntó a su vez Dougan.

—Al noventa por ciento. Constitución masculina, andares varoniles.

—Llevas tiempo desconectado —dijo Dougan—. Pensé que habías abandonado la causa.

—Sigo en activo —respondió Warren, sin explicar que había pasado los últimos años convertido en un albino catatónico—. Kendra, tú conoces al hermano de Dougan.

—¿A su hermano? —preguntó Kendra. Entonces cayó en la cuenta de por qué Dougan le resultaba familiar—. ¡Oh, Maddox! Es verdad, se apellida Fisk.

Dougan hizo un gesto afirmativo con la cabeza.

—Oficialmente, no es caballero, el tambor le suena demasiado fuerte para poder oír a otros, pero nos ha ayudado en alguna que otra ocasión.

—¡Pero, bueno, estamos monopolizando la conversación! —se disculpó Warren—. Gavin Rose, ¿qué te cuentas tú? ¿Tienes algo que ver con Chuck Rose?

—M-m-mi padre.

—¿En serio? No sabía que Chuck tuviera un hijo. Es uno de nuestros mejores hombres. ¿Cómo es que no está aquí contigo?

—Murió hace siete meses —dijo Gavin—. El día de Navidad, en el Himalaya. En uno de los siete Santuarios.

A Warren se le borró la sonrisa.

—Siento escuchar eso. He estado fuera de onda.

—L-l-l-la gente se pregunta por qué quiero seguir sus pasos —dijo Gavin, y miró hacia el suelo—. Nunca conocí a mi madre. No tengo hermanos. Papá me mantuvo en secreto frente a todos vosotros porque no quería que me involucrase, al menos no hasta que tuviese dieciocho años. Pero compartía conmigo lo que hacía, me enseñó muchísimas cosas. Poseo una aptitud innata para ello.

—Eso es quedarse corto —dijo Dougan, riendo entre dientes—. Arlin Santos, el mejor amigo de Chuck, hizo que nos fijásemos en Gavin. Recuerdas a Arlin, ¿verdad, Warren? Está aquí esta noche. Llevamos años oyendo rumores acerca de que Chuck estaba criando a un niño en secreto. No podíamos imaginar cuánto se parecía a su viejo, y vaya si se parece. De hecho, tenemos misiones para Gavin y Kendra inmediatamente después de la asamblea.

—¿Una misión que Kendra puede llevar a cabo aquí? —preguntó Warren.

Dougan negó con la cabeza.

—En otro sitio. Irá mañana por la mañana.

Warren arrugó la frente.

—No sin mí, y solo si antes me doy de baja. Dougan, tiene catorce años.

—Te pondré al corriente —le prometió él—. Es importante. Nos ocuparemos de que no le pase nada.

Alguien llamó a la puerta.

—Las máscaras —dijo Dougan, tapándose la cara—. Entre —dijo en cuanto los demás hubieron hecho lo mismo.

Un desconocido con máscara de plata asomó la cabeza.

—Es la hora de la asamblea —anunció con voz nasal de hombre.

—Gracias —respondió Dougan, moviendo la cabeza en gesto afirmativo—. Vamos allá, pues.

5

Primera misión

*D*ougan y Warren encabezaban la marcha por el suntuoso pasillo principal. Al pasar por delante de una armadura, Kendra vio su propio reflejo deformado en el peto: una anónima máscara de plata bajo una capucha. Gavin se puso a su lado.

—Qué agradable haber podido conocernos tan bien —dijo en tono frío.

—No nos han dejado mucho tiempo —contestó Kendra.

—Yo no tartamudeo siempre, ¿sabes? La cosa empeora cuando me siento incómodo. Lo aborrezco. En cuanto empiezo a hablar, me concentro demasiado en las palabras y el problema crece como una bola de nieve.

—Tampoco es para tanto.

Continuaron en silencio por el pasillo. Con la vista hacia el suelo, Gavin se frotó la manga de la toga entre los dedos. El silencio se volvió incómodo.

—Qué pasada de castillo, ¿eh? —dijo Kendra.

—No está mal —respondió él—. Tiene gracia, estaba convencido de que sería el caballero más joven, y resulta que prácticamente la primera persona a la que conozco me gana por dos años. A lo mejor resulta que el capitán es en realidad un chaval de tercero monstruosamente alto.

Kendra sonrió.

—En octubre cumplo quince años.

—Bueno, entonces me ganas por dieciocho meses. Debes de tener un gran talento.

—Supongo que eso debe de pensar alguien.

—No te sientas presionada a hablar de ello. Yo en realidad tampoco puedo decir nada del mío. —Casi habían llegado al final del pasillo. Gavin se frotó un lado de la máscara—. Estás máscaras son lo peor. Me dan claustrofobia instantánea. La idea sigue sin convencerme. A mí me parece que un traidor lo tendría más fácil con máscara. Pero supongo que esta gente lleva más tiempo en el tema que yo. El método ha de tener sus beneficios. ¿Sabes de qué va a ir la asamblea?

—No. ¿Tú?

—Un poco. D-D-D-Dougan mencionó que estaban preocupados con la Sociedad y la mejora de la seguridad.

Al final del pasillo cruzaron una majestuosa entrada que comunicaba con un espacioso salón de baile. Hileras de lucecitas blancas iluminaban la sala, y el reluciente piso de madera reflejaba suavemente la tenue iluminación. Había veinte mesas redondas repartidas por el salón, colocadas de manera que cada silla quedase lo más cerca posible de un atril montado sobre un escenario. Cada mesa contaba con seis sillas, y la mayoría de ellas estaban ocupadas por caballeros. Kendra calculó que debía de haber en esos momentos un centenar de ellos, como mínimo.

Solo las mesas más alejadas de la tarima tenían alguna silla libre. Warren y Dougan se quedaron con las dos últimas sillas de una mesa que estaba más o menos en el centro del salón. Kendra, Gavin y Estelle cruzaron hasta la mesa de retaguardia que más lejos quedaba de la entrada, y ocuparon los tres asientos que quedaban libres. Apenas había Kendra arrimado la silla hacia delante, cuando los caballeros se pusieron en pie todos a la vez. El capitán, iluminado por un foco, se adelantó hasta el atril, con su máscara de oro lanzando destellos. Los caballeros prorrumpieron en aplausos.

El capitán les pidió mediante gestos que tomaran asiento. Los aplausos remitieron y los caballeros se acomodaron en sus asientos.

—Gracias a todos por acudir a esta reunión con tan poco tiempo de aviso —dijo a través de un micrófono, su voz ahora había adquirido un todo de varón con cortante acento inglés—. Procuramos mantener las menos asambleas generales posibles, pero consideré que las recientes circunstancias justificaban una convocatoria extraordinaria. No todos los caballeros con derecho a voto han podido asistir. Siete estaban ilocalizables, dos hospitalizados y doce estaban participando en actividades a las que otorgué más importancia que la reunión de hoy.

»Sabéis que no me gusta desperdiciar palabras. A lo largo de los últimos cinco años la Sociedad se ha tornado más activa que en cualquier otro periodo de la historia. Si siguen cayendo reservas al ritmo actual, dentro de veinte años no quedará ninguna operativa. Además, sabéis que algunos miembros de la Sociedad se han infiltrado en nuestra hermandad. No me refiero a fugas de información, hablo de miembros plenos de la Sociedad que están aquí entre nosotros, con sus máscaras y sus togas.

Esta última observación provocó revuelo y por toda la sala se extendió un murmullo entre los caballeros. Kendra oyó a más de uno exclamar «¡Ultraje!».

El capitán levantó las manos.

—La traidora confirmada ha sido capturada y se ha evitado el peor daño que pretendía infligirnos. Es posible que algunos hayáis notado que esta noche no están presentes algunos viejos amigos. Es posible que algunos de ellos se cuenten entre los veintiún caballeros que no han podido asistir por razones legítimas. Pero puede que otros se cuenten entre los diecisiete a los que he expulsado en los últimos dos meses.

Este anunció suscitó otra ola de comentarios en voz baja. El capitán aguardó a que cesara el cuchicheo.

—No estoy diciendo que todos estos fuesen unos traidores. Más bien, se trata de caballeros con vínculos sospechosos, que han pasado demasiado tiempo confraternizando con sujetos de dudosa reputación. Son caballeros que han tratado informaciones secretas con una libertad innecesaria. Que su sino nos sirva de aviso a todos. No toleraremos la revelación de ningún secreto ni permitiremos el menor asomo de deslealtad. Hay demasiado en juego y el peligro es demasiado real. Permitidme que lea el nombre de los caballeros expulsados, por si intentasen sonsacarnos información a alguno de nosotros. —A continuación, pasó a leer la lista de los diecisiete nombres. A Kendra no le sonó ninguno.

—Si alguno de vosotros tiene motivos concretos por los que deba reconsiderar mi resolución en contra de algún sujeto determinado, le ruego que se sienta libre para consultarlo conmigo después de esta asamblea. No me resulta nada grato retirar el derecho a voto a un aliado. Todos estos caballeros nos podrían haber sido de ayuda en los días, semanas, meses y años venideros. No es mi intención diezmar nuestras filas, pero prefiero estar más débil que estar tullido. Os pido a todos y cada uno que os marquéis nuevos niveles de lealtad, discreción y vigilancia. No desveléis ningún secreto, ni siquiera a otros caballeros, salvo si la información es desesperadamente relevante para el receptor. Informad de cualquier actividad sospechosa, así como de toda nueva información secreta que pueda llegar a vosotros. Pese a nuestros más diligentes esfuerzos, podrían quedar traidores entre nosotros.

Hizo una pausa para que todos asimilaran sus palabras. La sala estaba en silencio.

—También os he convocado aquí esta noche para pediros información. Cada uno de vosotros ha oído hablar de las reservas escondidas que hay por todo el planeta. Aparte de ellas, hay ciertos refugios que no son muy conocidos, ni siquiera entre los Caballeros del Alba. Ni siquiera yo los conozco todos. Algunos de vosotros sabéis de algunos de estos sitios. Para mi indescriptible alarma, hasta nuestros santuarios más ocultos están siendo hoy día objeto de ataque. De hecho, están convirtiéndose rápidamente en el blanco de las actividades de la Sociedad. Os pido a los que sepáis la ubicación de alguno de estos refugios especiales, o que hayáis oído tan solo rumores sobre dónde puedan estar, que trasladéis dicha información a vuestro lugarteniente o directamente a mí. Incluso aunque estéis seguros de que estamos al corriente de todo lo que vosotros sabéis, os animo a comunicárnoslo. Prefiero escuchar informes redundantes que arriesgarme a obviar algún dato. Dado que la Sociedad está teniendo éxito a la hora de encontrar estos refugios extraconfidenciales, ha llegado la hora de que los caballeros adopten un papel más activo en su protección.

Se desató otra oleada de comentarios. Uno de los enmascarados de la mesa de Kendra murmuró:

—Sabía que iba a pasar.

A Kendra no le gustaba nada. Si la Esfinge era el capitán, además de un traidor, todo eso le daría ventaja. Podría transmitir toda la información que tuvieran los Caballeros del Alba a la Sociedad del Lucero de la Tarde. Lo único que podía hacer era esperar estar equivocada.

—Permitidme que finalice mis observaciones destacando el lado positivo. Todos los indicios apuntan a que nos adentramos en el capítulo más tenebroso de nuestra larga historia. Pero estamos haciendo frente a la situación. En medio de una cantidad cada vez mayor de pruebas, seguimos apuntándonos victorias fundamentales y seguimos un paso por delante de nuestros adversarios. No debemos relajar nuestros esfuerzos. Solo con infatigable diligencia y acciones de heroísmo diarias superaremos a nuestros oponentes. Son determinados, son pacientes, son listos. Pero yo os conozco a cada uno de vosotros y sé que estamos a la altura del desafío. Es posible que esta próxima temporada sea nuestra etapa más oscura, pero estoy seguro de que también será nuestro apogeo. Están en marcha los preparativos para capear el inminente temporal. A muchos de vosotros se os encomendará esta noche una nueva misión. Os hemos exigido mucho. Os exigimos mucho. Os exigiremos mucho. Aplaudo vuestro valor del pasado, del presente y del futuro. Gracias.

Mientras el capitán bajaba de la tarima, Kendra se levantó para unirse a la ovación general. Aplaudió con las manos, pero no con el corazón. ¿Realmente iban un paso por delante de la Sociedad del Lucero de la Noche? ¿O acababa de escuchar al cabecilla de la Sociedad lanzando una perorata disfrazado?

Gavin se inclinó hacia ella.

—Un discurso bastante bueno. Bonito y breve.

Ella asintió con la cabeza.

Los aplausos cesaron y los caballeros empezaron a abandonar las mesas. Gavin y Estelle se fueron andando y Kendra se encontró rodeada de desconocidos enmascarados. Se dirigió hacia una pared cercana, cubierta con un cortinaje, y encontró una puerta de cristal que daba al exterior. Probó a abrirla con el picaporte, vio que no estaba cerrada con llave y salió a la noche.

Por encima de su cabeza, más allá de un techo de malla, las estrellas iluminaban un cielo sin luna como infinitos puntitos de luz. Kendra se encontró en una pequeña habitación rodeada de mosquiteras, con una puerta al fondo. Cruzó la puerta y entró en una enorme jaula protegida por más mosquiteras. Por todas partes crecía una frondosa vegetación, con numerosos árboles y helechos. Un riachuelo serpenteaba entre las plantas que cruzaban por encima varios caminos de trazado curvilíneo. Un intenso perfume a flores llenaba el aire.

A través de la espesura enjaulada, desprendiendo una luz tenue entre las ramas y las hojas, volaban de acá para allá una exótica variedad de hadas. Varias de ellas se habían congregado sobre una zona en la que el arroyo se remansaba y se dedicaban a mirar su luminoso reflejo. La mayor parte de las hadas tenían unas alas fuera de lo común y colores insólitos. Sus largas colas de gasa titilaban en la oscuridad. Un hada gris cubierta de pelusilla, con alas de polilla y penacho de vello rosa, se había posado en una rama cercana. Un hada blanca y resplandeciente voló al interior de una flor bulbosa, transformándola en un delicado farolillo.

Un par de hadas salieron disparadas hacia Kendra y se quedaron suspendidas en el aire delante de ella. Una era de grandes dimensiones y estaba cubierta de plumaje, con la cabeza enmarcada en un rico abanico de plumas. La otra tenía la piel muy oscura y unas preciosas alas de mariposa tigre. Al principio Kendra pensó que estaban dedicándole una atención poco común, pero entonces cayó en la cuenta de que en realidad estaban disfrutando mirando su propio reflejo en su máscara.

Recordó que el señor y la señora Fairbanks eran coleccionistas de hadas. Por supuesto, las hadas no podían conservarse en el interior de la vivienda: si un hada capturada pasaba encerrada una noche, se transformaba en diablillo. Al parecer, la inmensa jaula no podía considerarse un recinto cerrado.

—La curva de la máscara hace que tu cabeza parezca gorda —se rio el hada plumada burlándose de la otra.

—Desde donde yo estoy, tu trasero parece un bombo —se burló a su vez el hada atigrada.

—Vamos, chicas —dijo Kendra—, portaos bien.

Las hadas se quedaron patidifusas.

83

—¿Has oído eso? —dijo el hada plumada—. ¡Lo ha dicho en perfecto silviano!

Kendra había hablado en inglés, pero como ahora pertenecía a la familia de las hadas muchas criaturas mágicas oían sus palabras en su lengua nativa. Así había conversado con hadas, diablillos, trasgos, náyades y duendes.

—Quítate la máscara —ordenó el hada atigrada.

—Se supone que no debo hacerlo —respondió Kendra.

—Bobadas —insistió el hada del plumaje—, muéstranos tu rostro.

—No hay humanos por aquí —añadió el hada atigrada.

Kendra se levantó la máscara para dejarles ver rápidamente su cara antes de taparse de nuevo el rostro.

—Eres ella —dijo con gran asombro el hada plumada.

—Entonces, era cierto —exclamó con un gritito el hada atigrada—. La reina ha elegido a una sierva humana.

—¿Qué queréis decir? —se extrañó Kendra.

—No te hagas la interesante —le riñó el hada plumada.

—No me lo hago —replicó Kendra—. Nunca me habían dicho nada de que era sierva de nadie.

—Vuelve a quitarte la máscara —dijo el hada de rayas.

Kendra se levantó el antifaz. El hada atigrada extendió una mano.

—¿Puedo? —preguntó.

Kendra asintió.

El hada puso su diminuta palma contra la mejilla de Kendra. Poco a poco, el hada fue cobrando luminosidad y acabó emitiendo franjas anaranjadas de luz por todo el follaje que la rodeaba. Kendra entrecerró los ojos para protegerse del intenso brillo.

El hada de rayas apartó la mano y se alejó volando, pero la intensidad de su irradiación solo se debilitó ligeramente. Otras hadas se arremolinaron cerca de ella y se quedaron revoloteando, curiosas.

—Estás resplandeciente —dijo Kendra, levantando una mano para protegerse los ojos.

—¿Yo? —El hada de rayas se rio—. Ninguna de estas me está mirando a mí. Yo apenas soy la luna reflejando la luz del sol.

—Yo no brillo —dijo Kendra, percatándose de que las veinte hadas que las rodeaban estaban mirándola a ella.

—No en el mismo espectro que yo —la corrigió el hada
atigrada—. Pero tú brillas muchísimo más que yo. Si estuvieses irradiando en el mismo espectro que yo, nos habríamos
quedado todas ciegas.

—¿Te encuentras bien, Yolie? —preguntó el hada plumada.

—Creo que me he pasado, Larina —respondió el hada atigrada—. ¿Te importa que comparta la chispa contigo?

El hada de las plumas se acercó volando al hada de rayas.
Yolie besó al hada de las plumas en la frente. Larina resplandeció con más intensidad, al tiempo que el hada de rayas se apagaba levemente. Cuando se separaron, su luminosidad era
prácticamente igual. Larina examinó la intensificada vibración
de sus plumas multicolor. Una brillante aura la envolvía con
todas las tonalidades del arcoíris.

—¡Espléndido! —exclamó.

—Esto es más fácil de manejar —dijo Yolie, resplandeciendo aún.

—¿De verdad es una sierva humana? —preguntó la rutilante hada blanca que había iluminado la flor.

—¿Es que puede haber alguna duda? —exclamó Larina.

—¿Te has vuelto más brillante por haberme tocado? —preguntó Kendra.

—Eres un depósito de energía mágica como no había visto
nunca —dijo Yolie—. Tú misma tienes que notarlo, ¿no?

—En absoluto —dijo Kendra. Sin embargo, sabía que tenía
energía mágica en su interior. ¿Cómo si no era capaz de recargar reliquias mágicas descargadas? Kendra miró por encima del
hombro en dirección a la puerta mosquitera que tenía detrás y
a las puertas de cristal tapadas con el cortinaje. ¿Qué pasaría si
salía alguien mientras ella estaba sin la máscara en la cara y
hablando con las hadas? Kendra volvió a ponerse el antifaz—.
Por favor, no les digáis nada de mí a las otras personas. Debo
mantener en secreto mi identidad.

—No diremos nada —prometió Larina.

—Será mejor que difuminemos nuestra energía —propuso
Yolie—. Brillamos en exceso. La diferencia salta a la vista.

85

—¿En las plantas? —sugirió Larina.

Yolie rio con una risilla ahogada.

—El jardín florecería demasiado deprisa. El exceso de energía resultaría inconfundible. Deberíamos repartirla entre nosotras mismas, y luego pasarles solo un poquito a las plantas.

Las hadas que se habían agrupado alrededor prorrumpieron en expresiones de alegría, y a continuación se apiñaron junto a las dos más brillantes. El intercambio de besos duró hasta que todas las hadas resplandecieron solo con algo más de brillo que al principio.

—¿Quieres decirnos algo? —preguntó Larina.

—Gracias por guardarme el secreto —dijo Kendra.

—Podrías convertirlo en una orden en nombre de la reina —le sugirió Yolie.

—¿Una orden?

—Claro, si quieres que guardemos el secreto.

Varias hadas lanzaron una mirada a Yolie. Algunas se estremecieron de rabia.

—Vale —dijo Kendra no muy segura—. Os ordeno en nombre de la reina que mantengáis en secreto mi identidad.

—¿Hay algo más que podamos hacer por ti? —preguntó Larina—. La vida aquí es terriblemente aburrida.

—Siempre podría venirme bien cualquier información que podáis proporcionarme —dijo Kendra—. ¿Qué sabéis sobre el capitán de los Caballeros del Alba?

—¿Los Caballeros del Alba? —preguntó Larina—. ¿A quién le pueden interesar lo más mínimo?

—Yo soy caballero —respondió Kendra.

—Discúlpanos —dijo Yolie—. La mayoría de los asuntos de los mortales nos resultan bastante… triviales.

—Os aseguro que mi pregunta no tiene nada de trivial —dijo Kendra.

—No hemos prestado suficiente atención a los caballeros como para saber lo que nos preguntas —se disculpó Larina—. Lo único que sabemos de ellos es que Wesley Fairbanks daría toda su fortuna por convertirse en uno.

—¿Son buena gente el señor y la señora Fairbanks? —preguntó Kendra.

—Que nosotras sepamos, sí —dijo Yolie—. Nos tratan bondadosamente y tienen con nosotras todas las consideraciones imaginables. Algunas incluso hemos accedido a hablar con Marion en inglés alguna que otra vez.

—¿Tienen algún secreto? —preguntó Kendra.

Todas las hadas se miraron entre sí, como esperando que alguna pudiese saber algo.

—Me temo que no —dijo Yolie finalmente—. Este matrimonio sabe muy poco sobre nuestra especie. Para ellos somos simplemente una rareza maravillosa. A lo mejor podemos hacer correr la voz para ver si alguien sabe quién es el capitán de los Caballeros del Alba.

—Os lo agradecería —dijo Kendra—. Por casualidad no sabréis nada sobre las reservas de hadas secretas, ¿verdad?

Kendra oyó una puerta que se abría a su espalda. Se dio la vuelta de un brinco y vio que alguien con capa y máscara de plata venía corriendo hacia la puerta de mosquitera. Kendra se humedeció los labios, detrás de la máscara. ¿Quién podría ser?

—¿Kendra? —preguntó Warren—. Quieren anunciar tu misión.

—Vale —dijo ella, y se dio la vuelta rápidamente para volver a mirar a las hadas—. ¿Las reservas secretas?

—Lo siento —dijo Larina—. No sabemos nada de reservas secretas. La mayor parte de nosotras venimos de entornos libres.

—Gracias por toda vuestra ayuda —dijo Kendra.

—Un placer —replicó Yolie con voz cantarina—. Ven a visitarnos otra vez.

Warren sostuvo abierta la puerta y Kendra salió.

—Da gracias porque no te haya visto nadie rodeada de hadas parlanchinas —dijo.

—No fue mi intención, en serio —se disculpó Kendra.

—Tanu y yo te vimos salir. Nos enzarzamos en una conversación para impedir que nadie pudiera salir por esa puerta. Estuve observándote entre las cortinas. ¿Has descubierto algo?

—No mucho. Salvo que al parecer estas hadas no recibieron el informe que les ordenaba ser antipáticas conmigo.

En parte, quería decirle más; pero solo los abuelos, Seth y la Esfinge sabían que ella era de la familia de las hadas. Revelar lo que le habían dicho las hadas sobre su posición de sierva de la reina quizás habría sido contar demasiado. La mayoría de sus amigos de Fablehaven creían que sus habilidades eran consecuencia de haber sido besada por las hadas, lo cual era algo menos insólito que su auténtica condición de hada.

Nadie había sido transformado en un ser de la familia de hadas desde hacía más de mil años, así que no había nadie que pudiese explicarle todo lo que implicaba aquello. Aunque sí sabía que significaba que las hadas habían compartido con ella su magia de tal manera que ahora la llevaba dentro, igual que ellas, nunca había oído decir que fuese además la sierva de la reina y no sabía qué implicaba todo ello. Sabía que formar parte de la familia de las hadas le permitía ver en la oscuridad, entender los idiomas relacionados con el silviano, resistirse a determinadas variantes de control mental, recargar objetos mágicos y al parecer transferir parte de su energía a las hadas. La Esfinge había dado a entender que seguramente tendría otras habilidades esperando a que las descubriera. Dado que sus habilidades podían convertirla en objetivo de individuos deseosos de explotar sus dones, el abuelo insistió en mantener en secreto su condición de hada incluso frente a los amigos de confianza.

Warren abrió la puerta que daba a la sala de baile, donde esperaba un personaje alto y fornido.

—¿Está todo bien? —preguntó Tanu.

Warren asintió. Llevó a Kendra por el salón abarrotado hasta llegar de nuevo al majestuoso pasillo.

—¿Quién va a reunirse con nosotros? —preguntó Kendra.

—Tu lugarteniente —respondió Warren—. Si te ha citado tan deprisa, debe de ser porque la misión es importante. Todos los caballeros están ansiosos por hablar con el capitán y sus lugartenientes.

—¿Qué te ha parecido el discurso del capitán? —preguntó Kendra.

—Ya hablaremos de eso, en privado.

Volvieron a la misma habitación en la que un rato antes habían estado con el capitán. Un desconocido con máscara de filo de oro aguardaba de pie junto a la chimenea. En cuanto

Warren y Kendra cerraron la puerta, Dougan se quitó el antifaz e instó a Kendra y Warren a hacer lo mismo.

—¿Cómo has vivido tu primera asamblea como caballero? —preguntó Dougan a Kendra.

—Me inquietó —reconoció ella.

—Bien, de eso se trataba —dijo él—. Ahora más que nunca, debemos mantenernos alerta. ¿Estás preparada para tu misión?

—Desde luego —respondió Kendra.

Dougan les indicó un sofá. Warren y Kendra se sentaron juntos. Dougan permaneció de pie, con las manos entrelazadas a la espalda.

—Warren, ¿has oído hablar de Meseta Perdida?

Warren frunció el ceño.

—No puedo decir que sí.

—Sin duda, conoces algunas de las reservas secretas, como Fablehaven —dijo—. Meseta Perdida es otra de ellas.

—El refugio de Arizona —dedujo Warren—. Sé de su existencia, pero nunca había oído mencionarlo por su nombre. Nunca he estado allí.

—Meseta Perdida se encuentra en territorio de los navajos. ¿Qué sabes de los objetos mágicos escondidos en las reservas secretas?

—Existen cinco reservas secretas y cada una tiene un objeto mágico escondido —dijo Kendra—. Juntos, los objetos mágicos pueden abrir Zzyzx, la principal prisión de demonios.

—El capitán me dijo que lo sabrías —admitió Dougan—. Proteger esos objetos mágicos de todo uso indebido es la prioridad número uno de los Caballeros del Alba. Tenemos firmes motivos para sospechar que la Sociedad se ha enterado de la ubicación de Meseta Perdida. Hemos enviado a una reducida expedición para que vaya a recuperar el objeto mágico que se encuentra allí, con el fin de trasladarlo a un refugio más seguro. El grupo se ha topado con algunos problemas, por lo que he de desplazarme personalmente allí para completar la operación. Necesito que Kendra venga conmigo, para poder recargar el objeto antes de que lo saquemos. Tenemos entendido que posee esa habilidad.

Warren levantó una mano.

—Unas preguntas. En primer lugar, ¿con qué clase de problemas se ha topado la expedición actual?

—Hallaron las cavernas en las que está escondido el objeto mágico —dijo Dougan—. Ninguno de los tres logró superar las trampas que protegen el preciado objeto. Uno de los miembros del equipo perdió la vida y otro quedó gravemente herido.

—Pues no parece la situación más idónea para involucrar a una niña de catorce años —repuso Warren—. Exactamente, ¿por qué necesitáis recargar el objeto mágico?

—El capitán cree que si el objeto mágico funciona, podemos utilizar su poder para esconderlo mejor.

—¿Él sabe de qué objeto se trata?

—Él o ella no lo sabe —respondió Dougan.

—¿Activar los objetos mágicos no los hace mucho más peligrosos si caen en las manos equivocadas?

Dougan se cruzó de brazos.

—¿De verdad crees que la Sociedad no encontrará la manera de cargarlos si alguna vez les echan el guante encima? Como poco, recargar los objetos mágicos ahora colocará a Kendra en una situación más segura. La Sociedad dejará de perseguirla para que active las llaves de su prisión.

Warren se levantó del sofá y se pasó las manos por la cara, de arriba abajo.

—Dougan, sé franco conmigo: ¿el capitán es la Esfinge?

Se quedó mirando al lugarteniente con una mirada intensa.

—Esa es una de las muchas teorías —sonrió Dougan—. Ninguna de las teorías que he oído da en el clavo.

—Eso es justamente lo que yo diría si estuviese tratando de esconder la verdad, especialmente si una de las teorías fuese acertada.

—También es lo que dirías si todas las teorías fuesen falsas —replicó Dougan—. Warren, debo advertírtelo: esta clase de preguntas es inaceptable.

Warren sacudió la cabeza.

—No puedo extenderme en las razones, pero la pregunta es pertinente. A mí me da igual quién sea el capitán, siempre y cuando no sea la Esfinge. Solo júrame que no lo es.

—Yo no voy a jurar ni una cosa ni otra. No me presiones, Warren. Tendré que hablar con el capitán acerca de tu repentino interés por su identidad. No hagas las cosas más difíciles. Presté un juramento. Por todo lo que está en juego, no puedo revelar nada relacionado con él.

—Entonces, Kendra no va a ir a Meseta Perdida —contestó Warren—. Si es necesario, renunciará a su condición de caballero. —Warren se volvió para mirarla—. ¿Te molestaría haber tenido la trayectoria más breve de la historia de los Caballeros del Alba?

—Haré lo que consideres que es lo mejor —le respondió Kendra.

—No me gusta recurrir a la mano dura —gruñó Dougan.

—Y a mí no me gusta que me oculten información —replicó Warren—. Dougan, me conoces. No pido información secreta solo por satisfacer mi curiosidad. Tengo motivos.

Dougan se frotó la frente.

—Escuchad: ¿prometéis los dos mantener en secreto lo que os voy a decir? ¡Ni una palabra a nadie!

—Lo prometo —dijo Warren.

Kendra asintió con la cabeza.

—El capitán no es la Esfinge —dijo Dougan—. Nos gusta ese rumor, porque distrae a la gente de la verdad, así que no lo desmentimos. Y ahora contadme: ¿qué importancia tiene?

—¿Qué sabes sobre los sucesos ocurridos en Fablehaven este mismo verano? —preguntó Warren.

—¿Fueron sucesos fuera de lo normal? —preguntó Dougan a su vez.

—Pues no te lo puedo decir —dijo Warren—. No es nada del otro jueves, solo estaba siendo exageradamente precavido. Trato de serlo cuando está en juego el destino del planeta. Si el capitán considera adecuado informarte sobre lo que pasó, a lo mejor podemos volver a hablar del asunto.

—Te escucho. Te he contado lo que querías saber. ¿Estás dispuesto a quedarte al margen y dejar que Kendra venga conmigo a Meseta Perdida?

—¿Quién más va?

—Solo Kendra, Gavin y yo.

91

—¿El chico nuevo?

—Hemos reclutado a Gavin porque necesitamos su ayuda para avanzar por las cavernas —le explicó Dougan—. ¿Te mantendrás al margen?

—No. Pero si me prometes que Kendra no se acercará a las cavernas, y si me dejas ir con vosotros y ella está de acuerdo, me lo pensaré. Incluso podría veniros bien tenerme cerca. No se me da del todo mal superar trampas.

—Tendré que consultarlo con el capitán —dijo Dougan.

—Es comprensible —accedió Warren—. Yo tendré que hablar con Kendra en privado para sopesar hasta qué punto está dispuesta a ir.

—Muy bien —respondió Dougan, que volvió a colocarse la máscara y se dirigió a grandes pasos hacia la puerta—. No os mováis, vuelvo enseguida. —Salió.

Warren se agachó al lado de Kendra.

—¿Qué opinas? —susurró.

—¿La habitación podría tener micros ocultos?

—Lo dudo. Pero no es imposible.

—No lo sé —dijo Kendra—. Sigue preocupándome que quizá Vanessa nos esté haciendo perseguir fantasmas. Si la Esfinge estuviese de nuestra parte y si tú vinieses con nosotros, iría sin pensármelo, sin ningún problema.

—Esto es lo que pienso yo —susurró Warren—: si la Esfinge es amigo, por supuesto que estaré encantado de echar una mano, pero si es enemigo, todavía será más importante que yo vaya a esa reserva. El hecho de que estén buscando otro objeto mágico me resulta tremendamente sospechoso, sobre todo porque al parecer quieren recargarlo. Aún no estoy convencido de que el capitán no sea la Esfinge. Dougan es un buen tipo, pero mentiría para proteger un secreto de tal magnitud. Aunque el capitán no sea la Esfinge, podría perfectamente estar actuando como un títere. La Esfinge intercambia secretos con los caballeros con frecuencia.

—La Esfinge podría estar de nuestra parte —le recordó Kendra.

—Podría ser —respondió Warren—. Pero si estuviera de nuestra parte, no puedo imaginármela queriendo que otras personas, incluido yo, conozcan la ubicación de tantos objetos mágicos. Unido a las acusaciones de Vanessa, la idea de buscar varios objetos escondidos en un periodo de tiempo tan corto me huele a chamusquina. Al fin y al cabo, los escondieron por separado por alguna razón. —Se acercó aún más a ella y casi rozó su oreja con los labios, hablando con el susurro más bajo que Kendra pudiera imaginar—. Necesito entrar en esa reserva, no para ayudarle a recuperar el objeto, sino para recuperarlo yo. Seguramente supondrá el fin de mi vínculo con los Caballeros del Alba, pero nadie debería conocer la ubicación de tantos objetos secretos, especialmente si hay sospechas de que pudiera ser nuestro enemigo.

—Entonces, deberíamos ir —concluyó Kendra.

—Esto te complica mucho las cosas —continuó Warren con su tenue susurro—. Sería arriesgado ir simplemente a Meseta Perdida y ayudarlos a sacar el objeto mágico, ¡por no hablar de intentar robárselo a ellos después! Tú puedes simular que no sabes nada. No te implicaré directamente. Haré que parezca que estaba aprovechándome de mi posición como protector tuyo para obtener mis propios fines. Hay una posibilidad de que Dougan quiera hacerte responsable. No puedo garantizar tu integridad física, pero nos aseguraremos de que Tanu, Coulter y Stan sepan dónde estás para que puedan estar seguros de que sales de esto sana y salva.

Kendra cerró los ojos y se puso una mano en la frente. Se le encogió el estómago solo de pensar en intentar llevar a cabo el plan. Pero si la Sociedad acababa abriendo Zzyzx, sería el fin del mundo tal como ella lo conocía. Por impedirlo, merecía la pena correr un riesgo espantoso, ¿no?

—Vale —dijo Kendra—. Si puedes venir, hagámoslo.

—Detesto ponerte en esta situación —susurró Warren—. Stan me retorcería el pescuezo. Pero por mucho que aborrezca los riesgos, y por mucho que podamos estar equivocados, creo que debemos intentarlo.

La chica asintió.

Permanecieron un rato en silencio, sentados, escuchando los chasquidos y chisporroteos de los troncos en el fuego de la chimenea. Aunque la espera se alargó mucho más de lo que

93

Kendra había imaginado, no sintió ni pizca de aburrimiento. Su mente no paraba de analizar una y otra vez la situación, tratando de anticipar cómo acabaría todo. Era imposible predecirlo, pero se encontró manteniéndose firme en su resolución de ir con Warren a Meseta Perdida para ver qué podían descubrir. Y tal vez qué podían robar.

Casi una hora después regresó Dougan, que se quitó la máscara al entrar por la puerta.

—Disculpad la espera —dijo—. El capitán está desbordado de trabajo en estos momentos. Me ha dicho que hubo una serie de circunstancias que yo no podía conocer y que tenían que ver con ciertos problemas ocurridos en Fablehaven que justificarían que fueseis más precavidos de lo normal. Warren, si Kendra está dispuesta a embarcar para Meseta Perdida mañana por la mañana, no tendremos problema en que la acompañes.

Warren y Dougan miraron a Kendra.

—Por mí fenomenal —dijo ella, y lo lamentó un poquito por Tanu y Coulter; se lo explicaran como se lo explicaran a los abuelos, ¡se iban a molestar muchísimo!

6

Epidemia

Seth lanzó la pelota de béisbol lo más alto y fuerte que pudo, poniéndoselo muy difícil aposta a Mendigo para devolverla. Como por acción de un resorte, la rudimentaria marioneta de madera se puso en movimiento en el preciso instante en que la bola alzaba el vuelo, y corrió por la hierba como una centella. El *limberjack* tamaño natural llevaba puesto un guante de béisbol en una mano y una gorra en la cabeza. Los ganchos dorados que hacían las veces de goznes tintinearon mientras él se lanzaba por encima de un seto, estirándose para atrapar la bola con su manopla.

El ágil muñeco aterrizó dando una voltereta por el suelo y, acto seguido, nada más ponerse en pie siguiendo el impulso de su cuerpo, lanzó la pelota a Seth. La bola, en lugar de hacer un globo, silbó al cortar el aire trazando una línea totalmente recta, y se estampó contra el guante de Seth con tal fuerza que le hizo daño en la mano.

—No la tires tan fuerte —le ordenó Seth—. ¡Mis manos sí que tienen nervios!

El *limberjack* esperó agachado, listo para capturar la bola en el siguiente lanzamiento imposible de atrapar. Después de jugar en el jardín con Mendigo a lanzar la pelota y que el muñeco la cogiera, y de unas cuantas rondas de prácticas con el bate, Seth estaba convencido de que Mendigo podría hacerse con un contrato multimillonario en las ligas profesionales. Nunca se le caía la bola y jamás lanzaba sin ton ni son. Cuando Seth hacía de *pitcher*, la marioneta ponía la pelota donde se lo pedía, a la velocidad que desease. Cuando bateaba, era capaz de atizar la pelota con fuerza para que saliera despedida en línea recta y a poca distancia del suelo, en cualquier dirección que le indicase Seth, o bien conseguía hacer igual de fácilmente un *home run* con su forma de batear rápida y fluida. Claro que tal vez los requisitos para poder ser elegido podrían suponer un obstáculo. No estaba muy seguro de cuál era la política de la Liga Profesional de Béisbol en lo tocante a muñecos mágicos gigantes.

—Nuestro gran número —indicó Seth, y lanzó la pelota de béisbol bien alta.

Mendigo había empezado a correr antes de que la bola saliese de la mano del chico. Cuando le quedaba poco para atraparla, se cambió el guante de la mano al pie y ejecutó una preciosa voltereta lateral, cogiendo la pelota con el pie enguantado mientras estaba cabeza abajo. El muñeco se la devolvió a Seth, todavía con bastante ímpetu pero no tan fuerte como en el lanzamiento anterior.

El chico lanzó la pelota sin levantar el brazo por encima del hombro y la envió en una nueva dirección. Jugar con Mendigo era entretenido, aun siendo consciente de que la marioneta era en realidad su niñera. Las cosas se habían puesto tensas desde que Coulter y Tanu habían vuelto con la noticia de que Warren y Kendra se habían embarcado en una misión para los Caballeros del Alba. Incluso sin conocer todos los pormenores, a Seth le corroía la envidia.

Los abuelos se habían tomado la noticia a la tremenda y se habían puesto aún más protectores de lo habitual con Seth. A pesar de que, técnicamente, había concluido su periodo de tres días sin permiso para salir a hacer excursiones ni siquiera con supervisión adulta, le habían prohibido acompañar a Coulter y Tanu en su misión de esa tarde.

El abuelo había estado siguiendo la situación de los nipsies mientras los demás no estaban y había descubierto que los belicosos no cesaban en sus ansias de conquistar a los demás. Nada de lo que probó sirvió para disuadirlos. Al final, decidió que la única forma de salvar a los nipsies no contaminados consistía en llevarlos a otro lugar. Coulter y Tanu estaban en esos momentos buscando un nuevo hábitat para los nipsies buenos. Una misión rutinaria. Pero el abuelo había prohibido a Seth adentrarse en el bosque hasta que entendiesen a qué se debía la aparición de esta nueva subespecie de criaturas oscuras.

Mendigo devolvió la pelota a Seth, quien la lanzó hacia la derecha, más baja que la vez anterior. Mendigo corrió tras ella y entonces se paró en seco; la pelota aterrizó en la hierba y rodó hasta un arriate. Seth se puso en jarras. A diferencia de Hugo, Mendigo no tenía voluntad propia, se limitaba a cumplir órdenes. Y la orden de ese momento era jugar a coger la pelota.

Sin hacer caso de la bola, Mendigo echó a correr a toda prisa en dirección a Seth. El gesto era desconcertante. Antiguamente Mendigo había estado al servicio de la bruja Muriel, pero unas cuantas hadas habían ayudado a Kendra a romper aquella vinculación ese mismo verano. Ahora Mendigo solo obedecía órdenes del personal de Fablehaven. Había resultado ser tan útil que el abuelo había dispuesto que Mendigo tuviese permiso para cruzar las barreras que protegían el patio y la casa.

Entonces, ¿por qué Mendigo venía corriendo a por él?

—¡Mendigo, detente! —gritó Seth, pero la marioneta no le hizo caso.

El abuelo había establecido como orden permanente que Mendigo no debía permitir a Seth abandonar el jardín. ¿Estaría confundido el títere de madera? No estaba cerca del borde del césped.

Cuando Mendigo lo alcanzó, se inclinó lateralmente hacia él bajando un hombro, le rodeó las piernas con los brazos, lo levantó del suelo y corrió a toda velocidad hacia la casa. Colgado del hombro de madera, Seth alzó la vista y vio a un grupo de hadas negras que volaban en dirección a ellos. No se parecían en absoluto a ninguna de las que había visto hasta entonces. Las alas no les resplandecían por efecto de la luz del sol. Las vestiduras no emitían destellos. A pesar de que el cielo estaba totalmente despejado y de que brillaba el sol, cada una de la docena de hadas estaba envuelta en una sombra. Detrás de todas ellas, borrosamente, se veía una estela negra poco densa. A pesar de la luz, esas hadas irradiaban oscuridad.

Las hadas acortaban rápidamente la distancia. Pero la casa

ya no quedaba lejos. Mendigo se contoneaba para esquivar unos haces impenetrables de sombra procedentes de las hadas. Allí donde llegaba esa energía negra, la vegetación se marchitaba al instante. La hierba se volvía blanca y reseca, las flores se ponían mustias y perdían el color, las hojas se arrugaban y secaban. Un haz negro alcanzó a Mendigo en la espalda, y se le formó un cerco negro en la madera marrón.

Mendigo obvió los escalones, saltó por encima de la barandilla del porche y avanzó estrepitosamente en dirección a la puerta trasera. La marioneta depositó a Seth en el suelo y este abrió rápidamente la puerta y ordenó al títere de madera que entrase. Seth cerró de un portazo y llamó a gritos a su abuelo.

Ahora entendía el comportamiento de Mendigo. La marioneta obedecía una orden permanente por encima de todas las demás: proteger a las personas de Fablehaven. El *limberjack* había notado que se acercaban las hadas y había sabido que venían con malas intenciones. Seth tenía la desasosegante sensación de que, de no haber sido por Mendigo, tal vez estaría convertido en un cuerpo marrón, reseco y arrugado, tirado en la hierba como una versión humana de un plátano pasado.

—¿Qué pasa, Seth? —preguntó su abuelo, que apareció por la puerta del estudio.

—Unas hadas malvadas acaban de atacarme en el jardín —respondió Seth sin resuello.

El abuelo le miró con el ceño fruncido.

—¿Otra vez has estado tendiendo trampas a las hadas?

—No, te lo juro. No he hecho nada para provocarlas —insistió el chico—. Estas hadas son diferentes. Son salvajes y de color negro. Mira por la ventana.

Seth y su abuelo se acercaron a una ventana. El lúgubre grupo de hadas se entretenía aplicando su magia en una hilera de rosales, volviendo marrones sus hojas verdes y negros los coloridos pétalos.

—Nunca he visto nada igual —dijo el abuelo con un hilo de voz, al tiempo que se dirigía ya a la puerta.

—¡No! —le avisó Seth—. Irán a por ti.

—Tengo que verlo —dijo el abuelo, y abrió la puerta de la casa.

De inmediato, las hadas se abalanzaron como flechas en dirección al porche, disparando haces negros. El abuelo retrocedió enseguida al interior de la casa. Las hadas se quedaron revoloteando justo en el borde del porche. Varias de ellas se reían a carcajadas. Algunas hacían muecas. Y antes de marcharse volando, dejaron resecas unas cuantas plantas que había en unos tiestos.

—Nunca he oído hablar de nada parecido a esas criaturas —dijo el abuelo—. ¿Cómo han entrado en el jardín?

—Entraron como Pedro por su casa —respondió Seth—, como habría hecho cualquier otra hada.

—Las hadas son criaturas de la luz. —El abuelo lo dijo en tono débil, inseguro, como si dudase entre creer lo que estaba pasando o no.

—Unos cuantos nipsies se volvieron oscuros —le recordó Seth.

El abuelo arrugó la frente y se frotó la barbilla.

—Estas hadas no se encuentran en su estado caído característico. Cuando un hada cae, se transforma en un diablillo, y no podría acceder al jardín. Estas se encuentran en un estado oscurecido, una alteración indefinida que les permite seguir teniendo acceso a los jardines. Es la primera vez que veo algo semejante. A lo mejor debería emitir una prohibición temporal para todas las hadas, hasta que averigüemos qué está pasando. No estoy seguro de que pueda excluir únicamente a las hadas oscuras.

—¿La abuela sigue en la compra? —preguntó Seth.

—Sí —respondió el abuelo—. No volverá hasta dentro de una hora por lo menos. Dale está abajo en el establo. Tanu y Coulter siguen fuera, buscando un lugar en el que reubicar a los nipsies buenos.

—¿Qué deberíamos hacer? —preguntó Seth.

—Llamaré a Ruth por teléfono —dijo el abuelo—. Para avisarla de que tenga cuidado cuando entre por el jardín. Y mandaré a Mendigo a buscar a Dale.

—¿Podemos ponernos en contacto con Tanu y Coulter? —preguntó Seth.

—No, pero tienen a Hugo con ellos —dijo el abuelo—. Tendremos que confiar en que sabrán cuidar de sí mismos. —Se dio la vuelta para dirigirse al muñeco gigante—. Mendigo, ve a toda velocidad a traer a Dale de los establos; protégelo de cualquier daño. Mantente lejos de cualquier criatura oscura, como esas hadas.

El abuelo abrió la puerta y Mendigo salió corriendo al porche, saltó por encima de la barandilla y cruzó la pradera de hierba a toda velocidad.

—¿Qué hago yo? —preguntó Seth.

—Vigila desde las ventanas —dijo el abuelo—. No salgas de la casa. Dime si ves cualquier cosa rara. En cuanto llame a tu abuela, intentaré contactar con la Esfinge.

El abuelo se marchó a toda prisa y Seth fue por todas las habitaciones, para echar un vistazo desde cada ventana e intentar ver más hadas oscuras. A la tercera ronda, tiró la toalla. Al parecer, se habían ido todas.

Para comprobar esta suposición, abrió la puerta de la casa y se arriesgó a salir al porche. ¿No había hecho eso mismo su abuelo hacía un momento, pero con las hadas a plena vista? Estaba preparado para retroceder en cualquier instante, pero no le atacó ningún hada siniestra. ¿Les habría prohibido ya el abuelo entrar en el jardín? Seth se sentó en una silla y se quedó observando el jardín.

Se dio cuenta de que era la primera vez que salía de la casa sin supervisión de nadie desde que le castigaron por haber ido a visitar a los nipsies. Al instante, notó el anhelo de salir corriendo y meterse en el bosque. ¿Adónde iría? A lo mejor a la cancha de tenis, a ver cómo les iban las cosas a Doren y Newel. O al estanque, a tirarles piedras a las náyades.

No. Después del susto con las hadas, tuvo que reconocer, a regañadientes, que seguramente su abuelo tenía razón al considerar que sería un disparate ir en esos momentos a dar una vuelta por el bosque. Además, si le pillaban, seguramente perdería para siempre la confianza del abuelo y acabaría castigado para toda la eternidad.

Reparó en un puñado de hadas normales que revoloteaban por el jardín. Se acercaron a las rosas muertas y empezaron a curarlas con destellos resplandecientes. Los pétalos marchitos recobraron el color. Las hojas resecas y retorcidas se estiraron. Las frágiles ramitas se volvieron flexibles y verdes.

Era evidente que la prohibición sobre las hadas aún no funcionaba, por lo que las otras habían debido de abandonar voluntariamente el jardín. Seth se quedó observando a las hadas mientras devolvían la vida a las plantas afectadas. No intentó acercarse para mirarlas mejor. Les caía mal incluso a las hadas bonitas. Seguían resentidas por haber transformado accidentalmente a una de ellas en un diablillo el verano anterior. Le habían castigado, el hada había recuperado su estado original y él se había deshecho en disculpas, pero las hadas seguían desdeñándole en gran medida.

Conforme iba decayendo su entusiasmo ante la ausencia de hadas negras, el aburrimiento fue apoderándose de Seth. Si el abuelo se fiase de él como para dejarle las llaves de la mazmorra, seguramente podría encontrar un modo de pasar el rato allí abajo. Le daba rabia que Mendigo no hubiese vuelto. Le daba rabia no poder cambiarse por Kendra, correr esa aventura misteriosa, tan misteriosa que nadie había querido darle detalles al respecto. ¡Casi le daba rabia no haber ido a la compra con su abuela!

¿Qué podía hacer? En el cuarto del desván había juguetes, montones de juguetes, pero había jugado tanto con ellos a lo largo del verano que ya no le llamaban la atención. A lo mejor podía desgarrar alguna prenda de su ropa y pedir que los brownies se ocupasen de arreglársela. Siempre resultaba interesante ver las mejoras que aplicaban.

Se levantó, listo para entrar en la casa, cuando de los bosques salió un personaje vaporoso. La figura, neblinosa, traslúcida, se deslizaba en dirección al porche. Seth se dio cuenta, para su espanto, de que la fantasmagórica aparición se parecía a Tanu, solo que en un estado etéreo e inmaterial.

¿Habrían matado a Tanu? ¿Era eso su espíritu, que venía a perseguirlos? Seth se quedó mirando mientras la gaseosa figura se acercaba cada vez más. Lucía un semblante muy serio.

—¿Eres un fantasma? —preguntó Seth.

El vaporoso Tanu negó con la cabeza y empezó a gesticular como si bebiese de una botella.

—¿Una poción? —preguntó Seth—. Eso es: tienes una poción que te convierte en estado gaseoso, como la que Kendra dijo que Warren había usado en su combate con la pantera gigante.

Tanu dijo que sí moviendo la cabeza, y se acercó más. Se levantó una ligera brisa, que hizo que se desviara un poco y llegó a disipar momentáneamente su cuerpo de bruma. Cuando la brisa cesó, Tanu volvió a formarse y continuó hasta llegar al porche. Incapaz de resistirse, Seth atravesó con la mano al etéreo samoano. Al tacto, el gas que lo formaba parecía más una nube de polvo que de niebla. Pero no se le quedó nada impregnado en la mano.

Tanu indicó a Seth que abriese la puerta trasera. El chico hizo lo que pedía y siguió a Tanu al interior de la casa.

—¡Abuelo, Tanu ha vuelto! ¡Está en estado gaseoso!

Dentro de la vivienda, Tanu se materializó mejor, lo cual le dio un aspecto más consistente. Seth metió una mano por el estómago de Tanu, haciendo que el vapor se arremolinara y se desplazara ligeramente.

—¿Qué ha pasado, Tanu? —preguntó el abuelo, irrumpiendo a toda prisa con el móvil en una mano—. ¿Ha habido problemas?

El samoano respondió afirmativamente con la cabeza.

—¿Dónde está Coulter? ¿Se encuentra bien?

Tanu respondió negativamente.

—¿Muerto? —preguntó el abuelo.

Tanu negó levemente con la cabeza y se encogió de hombros.

—¿Necesita nuestra ayuda?

Tanu volteó una mano un par de veces.

—No necesita nuestra ayuda de inmediato.

Tanu respondió afirmativamente.

—¿Nos hallamos en peligro inminente?

Tanu negó con la cabeza.

—¿Cuánto tiempo va a pasar hasta que vuelvas a tu estado normal?

Tanu arrugó la frente y, al poco, levantó una mano con los dedos abiertos.

—¿Cinco minutos? —trató de confirmar el abuelo.

Tanu respondió afirmativamente.

Se abrió la puerta trasera y Dale entró con Mendigo.

—¿Qué está pasando? —preguntó al ver el estado alterado de Tanu—. Mendigo se presentó en los establos y me secuestró.

—Tenemos un problema —dijo el abuelo—. Unas hadas oscuras han atacado a Seth en el jardín.

Tanu se puso a hacer gestos con mucho ahínco, con los ojos como platos.

—¿Unas hadas negras te han atacado a ti también? —preguntó Seth.

Tanu señaló al chico con un dedo, al tiempo que asentía enfáticamente.

—¿Has percibido cualquier cosa inusual en alguna de las criaturas, hoy? —preguntó el abuelo a Dale.

—Nada del estilo de las hadas negras —respondió.

—He llamado a Ruth. Entrará en la casa con cuidado. Y sigo sin poder comunicarme con la Esfinge.

—¿Cuándo volverá al estado sólido? —preguntó Dale, indicando con la mirada en dirección a Tanu.

—Dentro de unos minutos.

—¿Te importa si cojo un poco de agua? —preguntó Dale.

—Podría venirnos bien a todos —dijo el abuelo.

Fueron a la cocina y Dale les sirvió a todos un vaso de agua fresca de la nevera. Mientras Seth se la tomaba, Tanu se transformó en el Tanu de siempre. Un silbido pasajero acompañó la rápida transformación.

—Disculpad lo ocurrido —dijo Tanu—. No estoy seguro de si habría podido escapar sin la ayuda de una poción.

—¿Qué fue lo que pasó? —preguntó el abuelo con serenidad.

Tanu bebió un sorbo de agua.

—Tal como teníamos planeado, estábamos recorriendo la zona en busca de un nuevo hogar para los nipsies buenos. Nos encontrábamos en esa pradera con forma de media luna que hay cerca de donde antes se levantaba la Capilla Olvidada. ¿Sabéis cuál?

—Sí, sí —dijo Dale.

El abuelo asintió.

—Yo también la conocería, si es que me dejasen alguna vez salir a explorar —refunfuñó Seth.

—Nos cruzamos con un enjambre de hadas en plena riña, se azuzaban como en una pelea de perros. Unas eran claras y otras oscuras. Por lo que vimos, cuando las oscuras lograban morder a las claras, estas se extinguían, se volvían oscuras. Pero al parecer las hadas claras no podían convertir a ninguna de las oscuras.

—¿Cuántas hadas eran? —preguntó el abuelo.

—Debían de ser unas treinta más o menos —respondió Tanu—. Al principio la pelea parecía casi equilibrada, pero al poco rato las hadas oscuras superaban en número a las hadas claras, en una proporción de tres a una. Coulter y yo decidimos que debíamos poner fin a la riña antes de que todas las hadas quedasen transformadas. Tiene un cristal que produce aturdimiento, y pensó que tal vez podría interrumpir la lucha el tiempo suficiente para que las hadas claras tuviesen la oportunidad de escapar.

»En el instante en que pusimos un pie en el claro del bosque, las hadas oscuras dejaron de atosigar a las claras y vinieron a por nosotros. Prácticamente no tuvimos tiempo para pensar. Coulter me urgió a adoptar el estado gaseoso. Hugo se interpuso entre nosotros y el enjambre, y las hadas le atacaron con una magia turbia que hizo que se marchitara la hierba que forma parte de su cuerpo, dejándoselo salpicado de manchas negras. Con el cristal en alto, Coulter ordenó a Hugo que se retirara al granero, lo cual fue una idea perfecta. Poco podía hacer Hugo frente a tal cantidad de diminutos enemigos. El golem obedeció y las hadas se abalanzaron sobre Coulter. El cristal paralizó su vuelo. La mayoría se desplomó al suelo. Unas pocas consiguieron posarse encima de Coulter. Empezaron a morderle y entonces desapareció.

—¿Se puso el guante de la invisibilidad? —preguntó Seth en tono esperanzado.

—Nada de guantes —dijo Tanu—. Simplemente, desapareció. Yo me bebí la poción mientras las hadas venían a por mí y me disolví en el estado gaseoso justo a tiempo. Se pusieron como locas, me atravesaban como si fuesen flechas, y me lanzaban haces negros. Pero cuando vieron que todo era inútil, se marcharon volando.

—No han podido matar a Coulter —dijo Dale—. Oscuras o no, siguen sometidas al tratado. Estabais en territorio neutral. No pudieron matarlo, a no ser que él hubiese matado a algún ser de Fablehaven.

—Por esa misma razón no creo que esté muerto —dijo Tanu—. Pero le echaron una especie de maldición que, o bien le ha hecho invisible o bien le ha transportado a otro lugar. Me quedé allí y registré la zona, pero no encontré pruebas de que fuese invisible. No vi que la hierba estuviese aplastada donde pudiera haberse tumbado o haber estado de pie. Le habría oído si hubiese emitido algún sonido, pero no detecté nada. Esto es todo lo que sé. Me vine directamente para acá.

—¿Estás seguro de que Coulter no habrá adoptado también él un estado oscurecido? —preguntó el abuelo—. ¿Simplemente desapareció?

—Eso fue lo que yo vi —dijo Tanu—. A lo mejor se ha convertido en hierba, o en un mosquito, o en oxígeno. A lo mejor ha encogido. Supongo que existe la posibilidad de que, de algún modo, las normas no valgan ahora con estas criaturas oscuras, y que Coulter no exista ya bajo ningún aspecto.

El abuelo suspiró, inclinando la cabeza hacia delante. Cuando volvió a levantarla, su expresión era de angustia.

—Temo no ser apto para seguir ejerciendo de encargado de la reserva. ¿Me habré vuelto demasiado viejo? ¿Habré perdido mi capacidad? A lo mejor debería presentar mi renuncia y pedir a la Alianza de Conservadores que nombre un nuevo supervisor en mi lugar. Es como si últimamente hubiésemos sufrido una catástrofe detrás de otra, y que las personas a las que más quiero hubiesen pagado el precio por mi incompetencia.

—Lo que está pasando no es culpa tuya —dijo Tanu, apoyando una mano en su hombro—. Sé que Coulter y tú sois viejos amigos.

—No pido compasión —dijo el abuelo—. Simplemente estoy tratando de ser objetivo. Solo el año pasado fui capturado

105

en dos ocasiones. Y la reserva se vio al borde de su destrucción. Es posible que me haya vuelto algo así como un estorbo, en lugar de una ayuda para Fablehaven y para los que aquí viven.

—Es imposible evitar en todo momento que se produzcan situaciones difíciles —dijo Dale—. Pero sí puedes capear el temporal e imponerte a las circunstancias. Lo has hecho anteriormente y cuento con que volverás a hacerlo.

El abuelo negó con la cabeza.

—Últimamente no he solucionado nada. De no haber sido porque mis nietos se han jugado la vida, además de por la ayuda que he recibido de todos vosotros, unida a una considerable dosis de buena suerte, Fablehaven estaría hoy en ruinas.

Seth nunca había visto a su abuelo tan apesadumbrado. ¿Qué podía hacer para infundirle nuevos ánimos? Rápidamente, dijo:

—La primera vez yo provoqué todo el problema. La segunda vez, Vanessa nos traicionó. Tú no hiciste nada mal en ningún momento.

—¿Y esta vez? —preguntó el abuelo con voz serena y triste—. No solo he permitido sin darme cuenta que tu hermana haya terminado en una peligrosa misión a miles de kilómetros de aquí, sino que además he enviado a mi más viejo amigo a la tumba. ¿Cómo es posible que haya pasado por alto las señales de aviso?

—Lo único que podría hacerte no apto para dirigir la reserva sería que te creyeras estas tonterías —intervino Tanu con delicadeza—. Nadie habría podido prever que esto iba a pasar. ¿Crees que Coulter o yo nos habríamos acercado tan peligrosamente a las hadas si hubiésemos percibido el peligro? Vivimos tiempos convulsos. Fablehaven ha sufrido el ataque deliberado de unos enemigos impresionantes. Hasta ahora, has superado las pruebas, igual que todos nosotros. Yo he viajado por el ancho mundo y te aseguro que no pondría al frente de esta reserva a nadie que no fueses tú, Stan.

—Suscribo tus palabras —dijo Dale—. No te olvides de quién, con toda probabilidad, acabaría designando al nuevo encargado si presentases la dimisión sin nombrar sucesor.

—¿La Esfinge? —tanteó Seth.

—Su opinión es la más respetada por los conservadores —reconoció el abuelo.

—Coulter seguramente estará vivo en algún lugar —dijo Tanu—. Recobra el ánimo, Stan. Necesitamos un plan.

—Gracias, Tanu, Dale, Seth. —El abuelo frunció los labios y endureció su mirada—. Necesitamos información. Contactar con la Esfinge está resultando imposible. Dado lo extremo de nuestra situación, creo que ha llegado el momento de investigar qué más sabe Vanessa.

Slaggo y Voorsh conducían a un humanoide esquelético y con aspecto de pajarito por el lúgubre y húmedo pasillo de las mazmorras. El prisionero, que iba esposado, tenía una cabeza como de gaviota y estaba cubierto de las plumas grises propias de la época de muda. Slaggo sostenía en alto una antorcha y el abuelo caminaba a su lado, alumbrando con una linterna el grupo de tres. Cuando el foco de la linterna se desvió demasiado hacia arriba dio en los ojos negros, pequeños y redondos del hombre pájaro, que echó la cabeza hacia atrás y emitió un graznido feroz. Voorsh tiró de una cadena enganchada a un collar de hierro y provocó que el asqueroso hombre pájaro se tambalease. El abuelo apagó la linterna.

—¿Preparados? —preguntó el abuelo, al tiempo que miraba uno por uno a Tanu a Dale y a su mujer. Tanu llevaba en las manos unas esposas; Dale agarraba una cachiporra; la abuela sujetaba una ballesta. Los tres respondieron con un solo movimiento afirmativo de la cabeza.

El abuelo abrió la parte frontal de la Caja Silenciosa y dejó a la vista un espacio vacío en el que podía caber una persona de pie. Los guardianes trasgo guiaron al hombre pájaro al interior del compartimento. El abuelo cerró la puerta y la caja rotó 180 grados, hasta dejar a la vista una puerta idéntica a la anterior en la cara opuesta. A continuación, abrió la puerta y Vanessa apareció dentro, de pie, vestida con una de las batas viejas de la abuela, luciendo una leve sonrisa en los labios; la luz de la antorcha acentuaba su elegante rostro. Su tez tenía menos color que la última vez que Seth la había visto, pero sus ojos negros derretían con la mirada. Tuvo que reconocer que seguía siendo una belleza de impacto.

—¿Cuánto tiempo ha pasado? —preguntó Vanessa, y salió de la caja y extendió las manos hacia Tanu para que este pudiese esposarla.

—Seis semanas —respondió el abuelo, mientras Tanu le ceñía las esposas y se las cerraba.

—¿Dónde están mis animales?

—Soltamos algunos —respondió el abuelo—. Otros los regalamos a personas capacitadas para cuidar de ellos.

Vanessa movió la cabeza en gesto afirmativo, como si la respuesta la hubiera satisfecho.

—A ver si lo adivino: Kendra ya no anda por aquí y está ocurriendo algún desastre en Fablehaven.

Los abuelos se cruzaron una mirada de recelo.

—¿Cómo lo has sabido? —preguntó la abuela.

Vanessa estiró las manos esposadas por encima de la cabeza y arqueó la espalda. Cerró los ojos.

—Determinadas medidas de precaución que toma la Esfinge son predecibles una vez que entiendes cómo actúa. Así fue como supuse que iba a darme a mí la puñalada trapera de encerrarme en esa caja inmunda.

—¿Y cómo has podido predecir esto? —preguntó el abuelo.

Sin doblar las rodillas, Vanessa se dobló hacia delante y con las manos tocó el suelo entre los pies.

—Me liberáis de la caja y veo vuestras caras serias, así que evidentemente ha habido algún problema. Consideremos las circunstancias. La Esfinge no puede permitirse el lujo de que se descubra que es el cabecilla de la Sociedad del Lucero de la Tarde. Incluso sin la nota que os dejé, había tantas pistas de lo que estaba haciendo que tarde o temprano habríais empezado a sospechar algo. Logró hacerse con el objeto mágico exitosamente y liberó al anterior ocupante de la Caja Silenciosa. Ya no necesitaba para nada esta reserva. Así pues, su siguiente paso iba a ser seguramente poner en marcha algún plan para destruir Fablehaven y a todos vosotros con ella…, salvo a Kendra, que él sospecha que aún puede serle de utilidad. Estoy segura de que se inventó una excusa para sacarla de aquí justo a tiempo. Os halláis todos en grave peligro. Mirad, cuando la Esfinge comete un crimen, elimina cualquier pequeña prueba. Entonces, para asegurarse, arrasa el barrio entero. —Vanessa movió los brazos esposados a un lado y otro, ejercitando la cintura—. No podéis imaginaros lo bien que sienta estirarse.

—¿Puedes adivinar cómo está intentando destruir Fablehaven? —preguntó el abuelo.

Ella levantó una ceja.

—Algunas de las estrategias de la Esfinge son predecibles. Sus métodos no. Pero sea lo que sea lo que ha puesto en marcha, seguramente será imposible de detener. Fablehaven tiene los días contados. Calculo que estaría más segura si volvieseis simplemente a meterme en la Caja Silenciosa.

—Descuida, Vanessa —dijo la abuela—. Volveremos a meterte ahí.

—Me parece que no entendéis del todo en qué consiste esta amenaza, ¿verdad? —preguntó Vanessa al abuelo.

—No se parece a nada que hayamos visto nunca.

—Habladme de ello, a lo mejor os puedo ayudar. Llevo un tiempo trabajando para la Sociedad. —Vanessa empezó a dar saltitos como haciendo *jogging* sin moverse del sitio, levantando bien las rodillas.

—Varias criaturas de Fablehaven se están volviendo oscuras —dijo el abuelo—. Hasta ahora donde más evidente se ha hecho este cambio ha sido en los nipsies y en las hadas, criaturas de luz que están sufriendo una transformación en su apariencia y en su actitud, convirtiéndose en criaturas de la oscuridad. No me refiero a que las hadas estén cayendo y se estén transformando en diablillos. Hemos visto hadas envueltas en una sombra, que usan su magia para marchitar y destrozar, en vez de para nutrir y embellecer.

—¿Y ese mal se está extendiendo? —preguntó Vanessa, subiendo y bajando rápidamente las rodillas.

—Como una epidemia mágica —dijo el abuelo—. Para empeorar las cosas, las hadas oscuras pueden cruzar todas las fronteras, incluso las que limitan a las hadas claras, incluso las del jardín.

Una expresión de admiración asomó a su rostro.

—Nadie como la Esfinge para inventar nuevos modos de eliminar reservas. Nunca había oído hablar de una epidemia como la que me describes. A ver si lo adivino: aun dudando de la Esfinge, has acudido a él para pedirle ayuda, pero no has tenido noticias.

El abuelo asintió con la cabeza.

—No te responde porque cuenta con que en breve estarás muerto. Tienes dos opciones: o bien abandonar la reserva, o bien intentar averiguar cómo poner freno a esta epidemia creada por la Esfinge, fracasar en el intento y luego abandonar la reserva. Apuesto a que optarás por la segunda.

—Abandonar Fablehaven no es una opción —replicó el abuelo—. No hasta que hagamos todo lo posible para salvarla. Y desde luego que no hasta que descubramos el secreto que está detrás de esta epidemia, para poder evitar que se repita en otro lugar.

Vanessa dejó de saltar y se quedó jadeando ligeramente.

—Tanto si podéis salvar Fablehaven como si no, intentar descubrir la naturaleza de esta plaga me parece lógico. ¿Alguna pista?

—Aún no —dijo el abuelo—. Hasta hoy mismo no nos habíamos dado cuenta de la contundencia con que está extendiéndose el mal.

—Podría ayudaros si me dejáis —se ofreció Vanessa—. Las criaturas mágicas son mi especialidad.

—Junto con controlar a sus víctimas mientras duermen —les recordó a todos la abuela.

—Podríais ponerme un centinela —sugirió Vanessa.

—Antes de abrir la caja, nos prometimos los unos a los otros que después volverías ahí dentro —dijo el abuelo.

—Muy bien, cuando todo lo demás falle y cambiéis de opinión, sabréis dónde encontrarme —dijo ella—. La Caja Silenciosa no es tan terrible como pensaba, la verdad. Después de una temporadita ahí de pie, esperando en la oscuridad, vas entrando en una especie de trance. No es un sueño profundo, pero te apagas, y pierdes la noción del tiempo. No he tenido hambre ni sed en todo este tiempo…, aunque ahora sí que me tomaría algo de beber.

—¿Puedes darnos pruebas concretas de que la Esfinge es un traidor? —preguntó la abuela.

—Será difícil conseguir pruebas. Conozco el nombre de otros traidores. Yo no era la única que se infiltró en los Caballeros del Alba. Y sé un secreto que sin lugar a dudas os dejará patitiesos. Pero, claro está, solo divulgaré nuevas informaciones junto con esa noticia a cambio de mi libertad. Por cierto, ¿dónde está Kendra? —Hizo esta pregunta con fingida inocencia.

—Colaborando en una misión secreta —dijo el abuelo.

Vanessa se rio.

—¿La Esfinge va a extraer otro objeto mágico tan pronto?

—Yo no he dicho nada de…

Vanessa se rio con más ganas aún, interrumpiéndole.

—Entiendo —dijo entre dientes—. Kendra no está ni en Arizona ni en Australia. Aun así, cuesta creerlo, después de todo este tiempo, pero la Esfinge ha dejado de avanzar a ritmo controlado y está corriendo en sprint para llegar a la meta. ¿Alguna pista sobre quién la acompaña?

—Ya le hemos contado suficientes cosas —dijo la abuela.

—Vale —contestó Vanessa—. Buena suerte con la Esfinge. Buena suerte con la epidemia. Y buena suerte con volver a ver a Kendra de nuevo. —Retrocedió para meterse de espaldas en la Caja Silenciosa, mirándolos con petulancia.

—Y buena suerte para que algún día puedas salir de ahí —le dijo la abuela. Vanessa abrió mucho los ojos, al tiempo que la abuela cerraba la caja de un portazo. Luego, se volvió para mirar a los demás—. No permitiré que trate de usar nuestros miedos para hacernos rehenes suyos.

—Al final es posible que necesitemos su ayuda —dijo el abuelo.

La Caja Silenciosa giró y la abuela abrió la puerta. Slaggo y Voorsh custodiaron al hombre con aspecto de pájaro.

—Estoy dispuesta a trabajar el doble de duro con tal de evitar esa eventualidad.

—Como no tenemos comunicación con Warren, los conocimientos de Vanessa sobre posibles traidores no serán de ayuda para Kendra en el futuro próximo —dijo el abuelo—. Vanessa

111

no puede darnos pruebas de que la Esfinge sea el jefe de la Sociedad. Y me parece que ella tiene tan poca idea como nosotros sobre cómo combatir esta plaga. Supongo que podemos contenernos de hacerle más preguntas por ahora.

—¿Y ahora qué? —preguntó Seth.

—Tenemos que averiguar cómo empezó esta epidemia —dijo el abuelo—. Solo así podremos hallar el modo de ponerle fin.

7

Meseta Perdida

El camino de tierra, en el que no había un alma, se alargaba hacia el horizonte delante de Kendra hasta desvanecerse convertido en un espejismo borroso de calor brillante. Al avanzar la camioneta a trompicones por la superficie salpicada de baches de la desolada pista, sus vistas del paisaje desierto temblaban. Era una tierra ardua: llanos irregulares interrumpidos por gargantas rocosas y mesetas cortadas a pico. Un aire tibio brotaba de las ranuras de ventilación del salpicadero del vehículo, negándose a enfriar de verdad.

No habían ido todo el tiempo por carreteras. Parte del trayecto los había llevado a recorrer kilómetros de terreno salvaje, lo que subrayaba el carácter aislado de su destino escondido. Viajero alguno iba a llegar a ningún punto ni remotamente cercano a Meseta Perdida si seguía las indicaciones de ruta extraídas de una búsqueda por Internet.

El conductor era un taciturno navajo de piel curtida que debía de rondar los cincuenta años. Llevaba un inmaculado sombrero blanco de vaquero y una corbata bolo. Kendra había intentado entablar conversación con él, y el hombre respondía a todas sus preguntas directas, pero en ningún momento se extendió en detalles ni preguntó nada. Se llamaba Neil. Había estado casado hacía tiempo, durante menos de un año. No tenía hijos. Había trabajado en Meseta Perdida desde la adolescencia. Estaba de acuerdo en que ese día hacía calor.

Warren, Dougan y Gavin se recostaron los tres en la parte trasera de la camioneta con el equipaje y se calaron cada uno un sombrero que les protegía la cara del sol. Lo único que tenía que hacer Kendra era recordar el calor que debían de estar pasando y el polvo que los cubría, para acallar cualquier posible queja sobre el penoso aire acondicionado del vehículo.

—Casi hemos llegado —dijo Neil, en lo que eran sus primeras palabras espontáneas desde aquel «Yo llevaré su equipaje» que le había dicho en el pequeño aeropuerto de Flagstaff.

Kendra se inclinó hacia delante, buscando con la mirada algún accidente en el camino, aparte de la tierra abrasada por el sol y la artemisa color turquesa. El único rasgo fuera de lo normal era una valla baja de alambre de espino que se divisaba cada vez más cerca, con una maltrecha puerta de madera que cruzaba la carretera. La valla, compuesta por tres hilos de alambre horizontales, se perdía de vista a un lado y otro. De la puerta colgaba un letrero con las palabras «No pasar» medio borradas, con letras blancas sobre fondo rojo.

—No veo gran cosa, aparte de una valla —dijo Kendra.

Neil la miró, con los ojos tan entornados que parecían cerrados.

—¿Ves la valla?

—Claro. De alambre de espino. ¿Realmente impide el paso de la gente?

—Llevo treinta años conduciendo por esta carretera —dijo el hombre—. Y sigo sin poder ver la valla hasta que la he cruzado. Un poderoso hechizo distractor. Tengo que centrar toda mi atención en la carretera. Cada vez que vengo lo paso mal, luchando contra el impulso de dar media vuelta y marcharme, aunque sé exactamente adónde voy.

—Oh —dijo Kendra. Su objetivo no había sido anunciarle que los hechizos distractores no tenían efecto sobre ella, pero no se le ocurrió ninguna argumentación falsa para explicarle cómo era posible que hubiese visto la valla tan fácilmente. Ahí estaba: tres hilos paralelos de alambre de espino, fijados a postes finos y herrumbrosos.

Cuando la camioneta llegó a la cancela, Neil redujo la velocidad hasta detenerse, se apeó, abrió la puerta, volvió a subirse al vehículo y avanzó para cruzar la valla. En el instante mismo en que el coche cruzó la línea de la valla, apareció ante su vista una altiplanicie inmensa, dominando tanto el paisaje que Kendra no pudo entender cómo era posible que no la hubiese visto hasta ese momento. La imponente altiplanicie no solo era descomunal, sino que su apariencia resultaba muy llamativa, con unas franjas blancas, amarillas, naranjas y rojas que daban color a sus escarpadas laderas.

—Bienvenidos a Meseta Perdida —dijo Neil, que detuvo nuevamente la camioneta.

—¡Ya voy yo! —exclamó Warren cuando Neil abrió la portezuela para bajarse otra vez del vehículo.

Warren salió corriendo y cerró la cancela. Neil cerró su puerta y Warren saltó de nuevo a la parte trasera de la camioneta.

Kendra empezó a darse cuenta de que la imponente meseta no era la única variación en el paisaje a este lado de la valla. Unos cactus saguaro de gran altura eran de repente unas hermosas ramas verdes y redondeadas que señalaban hacia el cielo. Intercalados con los saguaros había árboles de Josué, cuyas ramas retorcidas se contorsionaban creando formas imposibles.

—Hace un momento no había cactus como esos —dijo Kendra.

Neil negó con la cabeza.

—Como esos no. Aquí tenemos un bosque muy variado.

La camioneta cogió velocidad. Ahora el camino estaba pavimentado. El asfalto era tan oscuro que parecía reciente.

—¿Esa meseta es la Meseta Perdida? —preguntó Kendra, mirando hacia lo alto de la elevación.

—Es la meseta que desapareció cuando se fundó la reserva. Aquí la llamamos la Meseta Pintada. Casi nadie lo sabe, pero parte de la razón por la que el pueblo navajo acabó recibiendo la reserva más grande del país fue que estuvieron ahí para ocultar este lugar sagrado.

—¿La gobiernan los navajos? —preguntó Kendra.

—No exclusivamente. Nosotros los dinés somos nuevos aquí, comparados con los pueblos.

—¿La reserva existe aquí desde hace mucho? —preguntó Kendra. ¡Por fin conseguía que Neil dijese varias frases seguidas!

115

—Esta es la reserva más vieja del continente, fundada siglos antes de la colonización de los europeos, y los primeros en gobernarla fueron los anasazis, como se llamaba a una ramificación de la antigua raza. Quienes de hecho crearon la reserva fueron unos magos persas. Querían mantenerla en secreto. En aquel entonces esta tierra no era conocida al otro lado del Atlántico. Y seguimos cumpliendo bien el cometido de mantenernos fuera del mapa.

—¿La Meseta Pintada no se puede ver desde el otro lado de la valla? —preguntó Kendra.

—Ni siquiera por los satélites —dijo Neil orgulloso—. Esta reserva es lo contrario de un espejismo. No nos ves, pero realmente estamos aquí.

Kendra vio fugazmente varias hadas que revoloteaban entre los cactus. Algunas eran brillantes, con alas de mariposa o libélula, pero la mayoría de ellas lucían colores más terrosos. Muchas tenían escamas o pinchos o caparazones protectores. Sus alas hicieron pensar a Kendra en langostas y escarabajos. Un hada marrón aterciopelada movió unas alas correosas como de murciélago.

Cuando la camioneta dobló un recodo, surgieron a la vista nuevas especies de cactus. Unos tenían hojas como espadas, otros presentaban ramas largas y finas, y unos terceros tenían agujas rojizas. Sentado junto a un macizo de cactus esféricos, moviendo el hocico como si estuviese comprobando algún aroma del aire, un enorme conejo con un par de cuernos cortos bifurcados llamó la atención de Kendra.

—¡Ese conejo tiene cuernos! —exclamó Kendra.

—Es un chacalope —dijo Neil—. Dan buena suerte. —Miró a Kendra sin mover la cabeza—. ¿Has tomado leche esta mañana?

—Warren tiene una cosa mantecosa que actúa como la leche —respondió Kendra, saliéndose por la tangente.

Era verdad que Warren tenía una sustancia así, procedente de leche de una morsa gigante de una reserva de Groenlandia. Incluso había tomado un poco ese día, por lo que sus ojos estarían abiertos a las criaturas mágicas de Meseta Perdida. Pero Kendra obvió mencionar que Warren no le había dado a ella un poco de esa manteca porque ya no necesitaba tomar leche para poder ver a los seres mágicos.

La camioneta subió una loma y aparecieron ante su vista los edificios principales de Meseta Perdida. Lo primero en lo que Kendra se fijó fue el gran complejo urbano de los pueblos, que venía a ser un par de docenas de viviendas hechas de adobe y con forma cúbica, ingeniosamente apiñadas. Las ventanas eran negras y no tenían cristal. De los muros rojizos sobresalían vigas de madera. Junto al pueblo se levantaba una hacienda blanca con cubierta de teja roja y planta en U. La hacienda tenía un aspecto considerablemente más moderno que el complejo de los pueblos. Un depósito elevado de agua, construido sobre largos postes, hacía sombra sobre la hacienda.

En el extremo de una zona despejada junto a las casas se levantaban otras dos estructuras. Una era una construcción de madera de grandes dimensiones con techo de aluminio curvado. Kendra no vio ninguna pista de aterrizaje, pero se preguntó si aquello no sería un hangar para aviones. La otra construcción era una estructura baja y abovedada que cubría una gran extensión de terreno. La gigantesca cabeza negra de una vaca más grande aún que *Viola* asomaba por una inmensa abertura, justo por encima del nivel del suelo. La vaca masticaba heno de una artesa increíblemente grande. Viendo el tamaño de aquella cabeza al nivel del suelo, Kendra entendió que la cubierta abovedada debía de tapar un agujero inmenso en el que vivía la colosal vaca.

La camioneta serpenteó por las curvas de la carretera y se detuvo al llegar a una zona solada con baldosas, en el exterior de la hacienda. Antes de que Neil hubiese apagado el motor, se abrió la puerta principal y salió una mujer de corta estatura, de raza india americana. Llevaba los cabellos de plata recogidos en un moño y vestía un colorido chal sobre los hombros. Aunque su tez morena estaba surcada de arrugas, sus ojos transmitían vida y caminaba vigorosamente.

Tras la mujer salieron por la puerta unas cuantas personas más. Un hombre barrigudo, de hombros estrechos, brazos largos y bigote poblado se acercaba junto a una mujer india americana alta y delgada, de mandíbula grande y pómulos altos.

Detrás de ellos salió una mujer llena de pecas, con el pelo castaño y corto, que empujaba una silla de ruedas en la que iba un hombre mejicano regordete y de cara redonda.

Kendra se bajó de la furgoneta, y lo mismo hicieron Warren, Dougan y Gavin.

—Bienvenidos a Meseta Perdida —dijo la anciana del moño—. Yo soy Rosa, la encargada. Nos alegramos de tenerles aquí.

Se presentaron unos a otros. La mujer alta y joven era Mara, la hija de Rosa. No dijo nada. El hombre desgarbado y con bigote se llamaba Hal. Tammy era la mujer que empujaba la silla de ruedas, y al parecer conocía a Dougan. El tipo de la silla de ruedas se llamaba Javier. Le faltaba una pierna y tenía la otra entablillada.

Se decidió que Warren y Dougan entrasen en la hacienda para hablar con Rosa, Tammy y Javier. Neil y Mara los ayudaron a meter los bártulos en la casa, mientras Kendra y Gavin se quedaban con Hal, al que habían designado para que les mostrase la reserva.

—Esto es la monda —comentó Hal en cuanto los otros estuvieron fuera de su vista—. El cielo empieza a desmoronarse por aquí, y nos mandan a un par de adolescentes. Sin intención de ofenderos. Lo primero que una mente despierta aprende en Meseta Perdida es que las apariencias engañan.

—¿Q-q-quién ha muerto? —preguntó Gavin.

Hal enarcó las cejas.

—Si no os lo han dicho, no estoy seguro de que me corresponda a mí decíroslo.

—¿Javier resultó herido entonces? —quiso saber Gavin.

—Eso me han dicho —respondió Hal, enganchando los pulgares en las trabillas de sus pantalones vaqueros. Su ademán permitió a Kendra fijarse en la pesada hebilla de plata de su cinturón, con un majestuoso uapití grabado.

—Vaya calor hace hoy —comentó Kendra.

—Si tú lo dices… —concedió Hal—. Está empezando la estación del monzón. Esta semana hemos tenido dos noches de lluvia. Ha refrescado un par de grados desde julio.

—¿Q-qué nos vas a enseñar? —preguntó Gavin.

—Lo que vosotros queráis —dijo Hal con una radiante son-

risa que reveló una muela de oro—. Tenéis derecho al tratamiento para invitados VIP, en parte porque podríais acabar recibiendo el tratamiento RIP. No lo quiera el Cielo.

—¿S-s-sabes por qué estamos aquí? —preguntó Gavin.

—No es asunto mío. Por alguna estupidez que habrá pasado
en Meseta Pintada, supongo. Algo arriesgado, a juzgar por
cómo está Javier. No soy quién para meterme en eso.

—¿Tammy estaba trabajando con Javier y con la persona
que murió? —preguntó Kendra.

—Efectivamente —respondió Hal—. Las cosas se pusieron
feas y llamaron a la caballería. ¿Vosotros, chicos, habéis estado
antes en una reserva como esta?

Gavin respondió que sí con la cabeza.

—Sí —dijo Kendra.

—Entonces, supongo que ya sabréis para qué sirve la vaca.
—Indicó en dirección a la estructura abovedada, con un gesto
de la cabeza—. La llamamos *Mazy*. Últimamente ha estado un
poco revuelta, así que no os acerquéis demasiado, sobre todo si
está comiendo. En el pueblo de ahí al lado vive alguna gente,
pero vosotros os alojaréis en la casa, por lo que daréis las gracias, en cuanto notéis la corriente de aire de los ventiladores de
agua.

—¿Qué es esa construcción que parece un hangar? —preguntó Kendra.

—Eso es el museo —dijo Hal—. Único en su especie, por lo
que yo sé. Lo reservaremos para el final. —Cogió del suelo un
cubo de plástico blanco con tapa y con asa metálica, y lo subió
a la parte trasera de la camioneta que había conducido Neil.
Sacó un juego de llaves del bolsillo y abrió la puerta del copiloto—. Vamos a dar una vuelta. Cabemos los tres delante si nos
apretamos un poco.

Kendra se subió al vehículo y se colocó en el centro. Hal
rodeó la camioneta a la carrera para subirse al asiento del conductor, utilizando el volante para auparse mejor.

—Cómoda y preciosa —dijo Hal, al tiempo que giraba la
llave de contacto. Miró a Kendra y a Gavin y soltó—: No me
digáis que sois dos tortolitos.

Los dos negaron rápidamente con la cabeza.

119

—Bueno, no hace falta que os pongáis así —se rio, y salió marcha atrás con la camioneta hasta llegar a continuación a una carretera de tierra—. Aparte de los edificios y de Meseta Pintada, sé que este lugar parece el culo del mundo. Pero os llevaréis una sorpresa cuando veáis los manantiales secretos, las quebradas y los laberintos de arenisca. Por no hablar de que aquí casi toda la actividad tiene lugar debajo de la superficie.

—¿Hay cuevas? —preguntó Gavin.

—Unas cavernas que harían sonrojarse a Carlsbad —exclamó Hal—. Hay grutas en las que solo en una cabría un estadio de fútbol entero y aún sobraría sitio. Os hablo de no más de siete complicados sistemas de cavernas que se extienden a lo largo de centenares de kilómetros en total. Yo calculo que algún día descubriremos cómo se comunican todas ellas entre sí. Si este lugar estuviese abierto al público, sería la capital mundial de las cuevas. Por supuesto, como podéis imaginaros, nunca se sabe qué clase de espeleólogo podría recorrer los túneles que pasan por debajo de Meseta Perdida. Más vale quedarse en la superficie, disfrutar de las increíbles gargantas y de los preciosos barrancos.

—¿Qué clase de criaturas pueblan las cuevas? —preguntó Kendra.

—Yo he preferido no saberlo. Cualquier día de estos sucumbiré, claro, pero la curiosidad no será el motivo de mi caída. Dicho esto, no es necesario que bajéis a echar un vistazo para saber que esas cavernas están plagadas de todas las clases de cocos y fantasmas que han atormentado a la raza humana desde el principio de los tiempos. Allá vamos. Echad un vistazo a eso de ahí delante.

Rodearon la pared de un despeñadero y ante su vista apareció una antigua misión española que tenía un campanario. Las paredes marrones de la edificación se alzaban y caían formando unas suaves curvas. La camioneta rodeó el conjunto hasta la parte de atrás, donde encontraron un cementerio cercado por un muro bajo.

Hal detuvo el vehículo.

—Esto y el pueblo son las estructuras más antiguas de la propiedad —dijo—. Uno de los elementos más inolvidables es el osario. No solo alberga la colección de zombis más grande del mundo, sino que por si fuera poco es uno de los más antiguos del planeta. —Abrió la portezuela de su lado y se apeó del vehículo.

Kendra se volvió para observar la reacción de Gavin, pero él también estaba bajándose de la furgoneta. Oyó el tintineo de un montón de campanillas, procedente del cementerio.

—¿Zombis? —preguntó Kendra, incrédula, deslizándose desde el asiento para caer con las dos suelas a la vez en el suelo de arena—. ¿Te refieres a muertos vivientes?

—No hablo de personas —aclaró Hal—. No como tú o como yo. —Sacó el cubo de plástico del vehículo—. No tienen más cerebro que una sanguijuela. Y tampoco son más humanos.

—¿Esto es seguro? —preguntó Kendra.

Hal encabezó la marcha en dirección a una cancela baja de hierro que había en el muro del cementerio.

—Los zombis solo tienen un impulso: saciar el hambre. Satisfecho ese instinto, no son demasiado dañinos. Aquí usamos un sistema muy bueno, como no hay otro igual, que yo sepa.

Kendra siguió a Hal y Gavin y cruzó tras ellos la cancela para acceder al camposanto. Ninguna de las lápidas era ostentosa. Eran pequeñas y viejas, blancas como un hueso, tan lisas por la erosión que solo eran apenas visibles unos cuantos números y letras aquí y allá. Clavada al lado de cada tumba había una vara de la que pendía una campanilla con una cuerda atada. Las cuerdas desaparecían bajo la tierra.

De las casi doscientas campanillas del cementerio, al menos treinta estaban tintineando.

—Costó su trabajo —dijo Hal—, pero al final consiguieron entrenar bastante bien a estos zombis. Lo hicieron antes de que yo llegase aquí. Cuando a los zombis les entra hambre, tocan la campanilla. Si la tocan el tiempo suficiente, les traemos un poco de salvado. —Levantó el cubo—. Mientras saciemos su hambre, ellos no se mueven de su sitio.

Hal se acercó a la campanilla más próxima de todas las que sonaban. Se agachó, levantó un tubo transparente que se perdía bajo tierra y lo destapó. Luego, cogió un embudo que llevaba en el bolsillo de atrás.

—¿Te importa sujetarme esto? —preguntó a Gavin.

Este mantuvo el embudo metido en el tubo mientras Hal levantaba la tapa del cubo y empezaba a verter un fluido rojo y pegajoso. Kendra desvió la mirada del espeso engrudo, que fue bajando por el tubo. Hal dejó de verter, tapó el tubo y se acercó a la siguiente campanilla activa. Kendra se fijó en que la primera había dejado de tintinear.

—¿Qué pasa si no vienes a darles de comer? —preguntó Gavin, insertando el embudo en el siguiente tubo.

—Supongo que te lo puedes imaginar —dijo Hal, vertiendo aquella pasta asquerosa—. El hambre iría a más y acabarían abriéndose paso hasta la superficie arañando la tierra para tratar de encontrar alimento por sí mismos.

—¿Por qué no les dais lo que quieren hasta que se harten, luego los desenterráis y los quemáis? —preguntó Kendra.

—Eso no sería muy caritativo —la riñó Hal, mientras se dirigía a otra tumba—. Tal vez no lo comprendas. A diferencia de los seres no muertos, los zombis no tienen chispa humana. Podría entender como un gesto de misericordia el poner fin al sufrimiento de un ser humano atrapado en un estado como este. Pero un zombi carece de humanidad. Es algo aparte. Una especie amenazada, la verdad sea dicha. No son ni bellos ni adorables, ni muy listos, ni muy rápidos. Son tenaces depredadores, mortíferos en cualquier circunstancia concreta, pero no exageradamente empeñados en defenderse ellos mismos. Encontramos un modo de mantener satisfechos a los zombis sin permitirles que hagan daño a nadie, una forma de conservar la especie, y lo aplicamos, sea agradable o no. No nos diferenciamos mucho de un conservacionista de la fauna y flora que trata de proteger de la extinción a unos feos murciélagos o arañas o mosquitos. Estos refugios existen para proteger por igual a todas las criaturas mágicas, las bonitas y las feas.

—Tiene sentido, supongo —dijo Kendra—. ¿Os importa si os espero en la camioneta?

—Como quieras —respondió Hal, y le lanzó las llaves, que rebotaron en su mano y cayeron al reseco suelo, al lado de uno de los tubos. Tras vacilar unos segundos, Kendra las cogió rápidamente y salió a paso ligero del cementerio.

Mientras iba hacia el vehículo, por un instante deseó poder cambiarse por su hermano. Dar de comer un engrudo sanguinolento a unos zombis enterrados sería seguramente uno de los pasatiempos favoritos en la versión de Seth del Paraíso. Y ella estaría más que encantada de poder estar con sus abuelos, leer antiguos diarios y dormir en su cama.

Dentro de la camioneta, Kendra puso el aire acondicionado a toda potencia, dirigiendo las tibias corrientes de aire de las ranuras de ventilación directamente hacia ella. Aquello apenas era un poco mejor que intentar refrescarse con un secador de pelo. Se imaginó a sí misma huyendo a la carrera de una horda de voraces zombis en un día de mucho calor; desplomándose finalmente de un ataque al corazón y siendo devorada. Entonces se imaginó a Hal pronunciando un emotivo discurso fúnebre durante su funeral, en el que explicaba que la muerte de Kendra había sido un hermoso sacrificio gracias al cual los nobles zombis podrían seguir viviendo, deleitando a las futuras generaciones con sus mecánicos intentos de zampárselos. Con la suerte que ella tenía, podía perfectamente llegar a suceder.

Por fin Hal y Gavin regresaron del cementerio. Hal echó el cubo en la parte trasera de la camioneta y se subió al asiento del conductor.

—Casi he gastado todo el salvado —dijo—. Menos mal que normalmente traigo más de lo que necesito. Veinte campanillas es lo que yo considero un día de mucho trabajo. Treinta y dos es casi un récord.

—¿Ad-ad-ad-ad-adónde vamos ahora? —preguntó Gavin.

Kendra se fijó en que cerraba fuertemente un puño cuando tartamudeaba.

—Os llevaré a dos o tres sitios interesantes y luego volveremos para ver el museo.

Hal condujo hasta un viejo molino que tenía en la parte delantera un pozo tapado. Luego, les mostró los campos de regadío en los que un grupo de hombres y mujeres se afanaban para cultivar maíz y otros cereales. Señaló una cavidad con forma de cuenco que se veía en el suelo, donde supuestamente había aterrizado un meteorito, y les mostró un gigantesco árbol de Josué que tenía cientos de ramas, al que rodearon con la

123

camioneta. Finalmente la hacienda y el complejo de los pueblos volvió a aparecer ante su vista. Hal detuvo la camioneta delante del museo.

Kendra y Gavin siguieron a Hal hasta una puertecilla que había al lado de un par de puertas más grandes con ruedas. Este abrió la puerta con llave y entraron. El hangar constaba de un único espacio inmenso y tenebroso. La luz del día entraba por unas ventanas altas. Hal estiró un brazo y encendió las luces, desvaneciendo así los restos de oscuridad que quedaban.

—Bienvenidos al Museo de Historia Antinatural —dijo—. La mayor colección del mundo de esqueletos de criaturas mágicas y demás parafernalia relacionada.

Directamente enfrente de Kendra se erigía un imponente esqueleto humanoide que medía más del doble de la altura de un hombre. Su cráneo se afilaba hasta terminar en una punta redondeada y tenía tres cuencas oculares dispuestas como los extremos de un triángulo. Una placa de bronce etiquetaba la criatura como un «tríclope mesopotámico».

124 Pero había muchos más: los huesos de un caballo sobre el que salían un torso humano en lugar de una cabeza y un cuello equinos; el esqueleto de un ogro en posición de combate frente a nueve esqueletos enanos; un cráneo de vaca del tamaño de una autocaravana; un móvil del que pendían delicados esqueletos de hada; un titánico esqueleto humanoide con colmillos curvados y unos huesos desproporcionadamente anchos, que ocupaba la mitad del espacio existente entre el suelo y el alto techo.

Kendra contempló también otros elementos exóticos de la exposición. Un pellejo enorme cubierto de escamas, colgado de unos ganchos, flácido y reseco, al parecer procedente en su día de una criatura con cuatro brazos y cuerpo de serpiente. En el interior de una urna de cristal se veía una vibrante colección de cáscaras de huevo, de todos los tamaños. A lo largo de toda una pared había colocada una serie de extrañas armas y piezas de armadura. Sobre el vano de una puerta unas enormes astas de oro se curvaban hacia lo alto.

A pesar de la gran cantidad de llamativos objetos expuestos en la sala, Gavin se acercó inmediatamente a mirar lo que sin duda constituía la principal atracción. Kendra y Hal fueron tras él a la carrerilla y se pusieron a su lado justo cuando Gavin se detuvo en el centro de la sala con las manos en jarras.

Protegido por una barandilla circular y ocupando un cuarto de la extensión total de suelo, se encontraba el esqueleto de un inmenso dragón. Kendra observó los largos y finos huesos de las alas, las zarpas con cuchillas de las cuatro garras, las vértebras de la sinuosa cola y del elegante cuello, y los maliciosos dientes del gigantesco cráneo con cuernos. Los blanquecinos huesos eran semitransparentes, como si estuviesen hechos de cristal ahumado o de cuarzo, lo que dotaba al fabuloso esqueleto de un aspecto etéreo.

—¿Quién osaría exhibir los huesos de un dragón auténtico? —dijo Gavin, furibundo, apretando los dientes.

—Auténticos huesos, eso es —dijo Hal—. A diferencia de otros elementos de la exposición, que son recreaciones y qué sé yo, este es el esqueleto original de un único dragón. Buena suerte si quieres encontrar otro igual.

—¿Quién lo hizo? —reiteró Gavin, echando chispas por los ojos.

Hal por fin pareció darse cuenta de que estaba enfadado.

—Tienes una placa delante de tus narices.

Gavin se acercó, furioso, a leer la placa de bronce fijada a la barandilla.

ÚNICO ESQUELETO COMPLETO DEL MUNDO
DE UN DRAGÓN MACHO ADULTO.
PERTENECIENTE, SEGÚN ALGUNOS,
A RANTICUS, *EL INVENCIBLE.*
DONADO POR PATTON BURGESS
1901

Gavin se agarró a la barandilla con tal fuerza que se le veían los tendones en el dorso de las manos. Respiró hondo, temblando, y se dio la vuelta rápidamente, con todo el cuerpo en tensión, mirando a Hal como si estuviese a punto de soltarle un puñetazo.

—¿Es que ninguno de vosotros se ha enterado de que los restos de un dragón son sagrados?

125

Hal le sostuvo la mirada, imperturbable.

—¿Tienes alguna vinculación especial con los dragones, Gavin?

El chico bajó la vista y todo su cuerpo se distendió. Al cabo de unos segundos, dijo con tono más sosegado:

—Mi-mi padre trabajaba con dragones.

—¡Qué me dices! —exclamó Hal con admiración—. No muchos hombres gozan de la constitución necesaria para esa clase de trabajo. ¿Te importa si te pregunto cómo se llamaba tu padre?

—Charlie Rose. —Lo dijo sin alzar la mirada.

—¿Tu padre es Chuck Rose? —Hal estaba boquiabierto—. ¡Él representa lo más parecido que hemos tenido a un domador de dragones desde el mismísimo Patton! ¡No tenía ni idea de que Chuck hubiese tenido un hijo! Claro que siempre fue un pelín misterioso. ¿Qué tal está tu viejo?

—Muerto.

A Hal se le demudó la expresión.

126 —Oh. No me había enterado. Lo lamento mucho, de verdad. No me extraña que la visión de un esqueleto de dragón te ponga enfermo.

—Mi padre luchó duro para proteger a los dragones —dijo Gavin, levantando finalmente la mirada—. Su bienestar constituía su máxima prioridad. Él me enseñó muchas cosas sobre ellos. De Patton Burgess no sé gran cosa.

—Patton ya no es exactamente noticia. Falleció hace más de sesenta años. Tiene lógica que tu padre no lo mencionara demasiado. Los amantes de los dragones suelen evitar el tema. Corre el rumor, nunca confirmado, todo hay que decirlo, que Patton fue la última persona con vida que mató a un dragón adulto.

Kendra intentó mantenerse inmutable. Si revelaba cómo conocía ella la historia de Patton Burgess, la relacionarían con Fablehaven. Sería mejor no dar muestras de saber nada del tema en absoluto.

—¿Que mató a un dragón adulto? —preguntó Gavin con una sonrisa, evidentemente sin creerse ni una palabra—. ¿Dijo haber matado a este dragón?

—Tal como lo cuenta mi abuelo, y mi abuelo le conoció, Patton jamás dijo haber matado a un dragón. Lo cierto es que más bien afirmaba lo contrario. Decía que se había encontrado al viejo Ranticus al seguir a unos turbios mercaderes que estaban quitándole los órganos y vendiéndolos uno por uno.

—Ranticus se contaba entre los últimos veinte dragones —dijo Gavin—. Un miembro de la minoría de seres que nunca buscó refugio en una reserva.

—No pretendemos hacer daño al tenerlo expuesto —dijo Hal—. Es, más que nada, por puro respeto. Por conservar lo que podemos conservar. No cobramos entrada ni nada de eso.

Gavin asintió.

—P-p-por mi padre, los dragones significan para mí más que cualquier otra criatura. Siento que mi reacción haya sido desmesurada.

—No pasa nada. Perdona que no estuviera al corriente de tu pedigrí, habría actuado de otro modo.

—¿No me habrías traído aquí, por ejemplo? —preguntó Gavin.

—Me has captado —reconoció Hal.

—Los huesos son preciosos —dijo Kendra, volviendo la atención de nuevo al fabuloso esqueleto.

—Más liviano y más fuerte que cualquier cosa que se os ocurra —dijo Hal.

Gavin se volvió para mirar el objeto.

—Solo pueden deshacerse de ellos adecuadamente otros dragones. El tiempo y los elementos no lo consiguen igual.

Estuvieron varios minutos observando en silencio los restos del dragón. Kendra se sentía como si pudiese pasarse el resto del día contemplando aquel esqueleto. Era como si los dragones fuesen mágicos hasta el tuétano de los huesos.

Hal se frotó la panza.

—¿Nadie más se pirraría por algo de papear?

—Yo podría comer algo —dijo Gavin.

—¿Cómo puedes comer con ese bigote? —preguntó Kendra mientras se dirigían a la salida.

Hal se acarició el mostacho con cariño.

—Yo lo llamo mi conservador de sabores.

127

—Siento habértelo preguntado —dijo Kendra, rascándose la cara.

Salieron del almacén en silencio. Hal obvió la camioneta y se encaminó tranquilamente hacia la hacienda.

—Puedo decir con toda sinceridad que me alegro de haberos conocido, chicos —soltó Hal mientras se acercaban a la puerta de entrada—. Uno de vosotros es, quizás, un poco tiquismiquis con los zombis y el otro un pelín demasiado empático con los dragones, pero todos tenemos nuestras manías. Y, ya puestos, me alegro doblemente de que estéis aquí, porque Rosa nunca llena tanto la mesa como cuando tenemos compañía.

—¿Te gusta Rosa? —preguntó Gavin.

—Me cae muy bien —respondió Hal—. Por lo que, siendo mi mujer y tal, no puedo quejarme para nada. Meseta Perdida se diferencia de otras reservas en que siempre ha contado con una encargada, una mujer. Viene de la cultura de los pueblos, en la cual las mujeres heredaban la propiedad. Calculo que, a no mucho tardar, Mara pasará a ocupar el cargo. Es una mujer dura, leal donde las haya, pero no es demasiado simpática.

Hal abrió la puerta y los condujo por un pasillo hasta un espacioso salón comedor. Kendra reparó en un ventilador de grandes dimensiones que había cerca de una ventana y que funcionaba mediante el sistema de evaporación de agua. Warren y Dougan estaban sentados ya a la mesa con Rosa y Mara.

—Nos preguntábamos cuándo os presentaríais —dijo Rosa—. ¿Adónde los has llevado, a Colorado?

—Aquí y allá —respondió Hal sin perturbarse lo más mínimo—. Hemos dado de comer a los zombis y tal. —Robó una pieza del cestillo de aperitivos de maíz de color azul que había sobre la mesa y apartó la mano justo a tiempo de evitar que Rosa le diese con un cazo.

—Eso ha debido de ser de lo más apetecible —dijo Warren, lanzándole a Kendra una mirada.

—Es-es-estamos listos para comer —dijo Gavin.

—Y nosotras estamos listas para daros de comer —dijo Rosa con una sonrisa—. Sopa con enchilada, tamales y guiso de maíz.

Tammy entró en el comedor trayendo a Javier en la silla de

ruedas y empezaron a pasarse la comida en la mesa. Kendra intentó no pensar en los zombis cuando Rosa le sirvió sopa rojiza en su plato hondo. Todo aquello tenía un aspecto y un sabor diferentes de otros platos mexicanos que había probado anteriormente. Aunque le resultó demasiado picante para su gusto, la disfrutó mucho.

La conversación durante la cena estuvo dedicada a cosas triviales. Hal fue quien más habló; Mara no soltó prenda. Después de cenar, Warren y Dougan se excusaron y se llevaron a Kendra y a Gavin con ellos. Warren condujo a Kendra a un dormitorio con vistas al patio y cerró la puerta.

—Dougan se ocupará de informar a Gavin —dijo Warren—. Esta será tu habitación. Deberíamos salir de aquí cuanto antes. Mañana iremos a por el objeto mágico. Han accedido a que yo os acompañe. Lo único que tienes que hacer es quedarte aquí sentadita.

—¿Qué ocurrió la última vez? —preguntó la chica.

Warren se acercó a ella y bajó la voz.

—Iban Javier, Tammy y un tal Zack. La entrada a la cámara se encuentra en lo alto de la Meseta Pintada y puedo imaginar que acceder a ella es un tormento. Neil conocía un camino, así que los guio hasta arriba, pero aguardó en el exterior de la entrada. Rosa les había confiado la llave que daba acceso a la cámara, así que entraron sin mucha dificultad y superaron un par de trampas. Entonces, se toparon con un dragón.

—¿Un dragón vivo? —preguntó Kendra.

—Zack, el líder, estaba muerto antes de que les hubiese dado tiempo a entender lo que estaba pasando. Javier perdió una pierna y resultó herido en la otra. No le mordió, recibió un coletazo. Tammy y él tuvieron la suerte de escapar con vida. No pudieron dar muchos detalles sobre cómo era el dragón, pero los dos están seguros de que eso fue lo que les atacó.

—El padre de Gavin trabajaba con dragones —dijo Kendra.

—Motivo por el cual le han traído aquí. Al parecer, Gavin tiene un talento natural como domador de dragones. Es preciso que no digas nada de esto a nadie, por su bien. Es la razón principal por la cual su padre no dijo nada de la existencia de su hijo. Podría convertirle en un objetivo tan grande como tú.

129

—¿Qué es un domador de dragones?

Warren se sentó en la cama.

—Para entenderlo, primero tienes que entender cómo funcionan los dragones, supuestamente la raza más poderosa de entre las criaturas mágicas. Viven miles de años, pueden alcanzar el tamaño de una torre de pisos, poseen una mente aterradoramente sagaz y una magia profunda metida en cada fibra de su cuerpo. Prácticamente cualquier mortal que intente conversar con un dragón se sentirá arrebatado al instante y perderá absolutamente toda su voluntad. Un domador de dragones es capaz de evitar este efecto y de sostener realmente una conversación con uno.

—¿Y puede controlar al dragón? —preguntó Kendra.

Warren se rio.

—Nadie es capaz de controlar a un dragón. Pero los dragones están tan acostumbrados a imponerse y dominar a cualquier otro ser simplemente con su mirada que para ellos un humano al que no logran desarmar constituye un ser sumamente curioso. Es un juego peligroso, pero a veces los dragones conceden favores a este tipo de personas, entre otras cosas el de permitirles conservar la vida.

—Entonces, ¿Gavin intentará hablar con el dragón para que puedan pasar? —preguntó Kendra.

—Esa es la idea. Acabo de enterarme de lo del dragón, pero a él le informaron antes. Supongo que está dispuesto a intentarlo. Y yo soy tan tonto que iré con él.

—¿Y si la conversación no da resultado? ¿Podríais matarlo?

—¿Hablas en serio? ¿Con qué? Sus escamas son como piedras, los huesos duros como diamantes. Cada dragón posee un arsenal único de poderes a su disposición, por no hablar de sus dientes, cola y zarpas. Y, no lo olvides, todo el mundo, salvo una selecta minoría, se queda petrificado en su presencia. Los dragones son los depredadores supremos.

—Hal nos dio a entender que Patton Burgess podría haber matado a un dragón —dijo Kendra.

—¿Cómo acabasteis hablando de matar dragones?

—Tienen un esqueleto de dragón en el museo. Una donación de Patton.

—Patton siempre negó los rumores que corrían sobre que una vez había matado un dragón. No veo motivos para dudar de él. Antaño los grandes brujos aprendían a usar la magia para destruir dragones, y así era como los convencieron para que acudieran a refugiarse en las Siete Reservas. Pero hace cientos de años que no pisa la faz de la Tierra un brujo que sea capaz de matar a un dragón. Las únicas personas a las que he oído hablar de matar dragones hoy en día son cazadores furtivos que maltratan crías. Escasea esta clase de cazador furtivo, gracias a su limitada esperanza de vida.

—¿Qué son las Siete Reservas? —preguntó Kendra.

—Son unas reservas de categoría más elevada que las que tú has visto —respondió Warren—. Algunas criaturas mágicas son demasiado poderosas para soportar estar bajo supervisión humana. A las Siete Reservas se envía a esta clase de criaturas. Prácticamente nadie conoce dónde están; de hecho ni yo mismo lo sé. Pero nos estamos desviando del tema...

—Vais a intentar robar un objeto mágico a un dragón —dijo Kendra.

—Casi. Voy a colarme por delante de un dragón con el fin de ayudar a Dougan a conseguir un objeto mágico, para luego robárselo a Dougan, con el objetivo de ponerlo a mejor recaudo.

—¿Crees que Gavin es capaz realmente de hablar con un dragón y de convencerle para que le deje pasar? —preguntó Kendra.

—Si es todo eso que dice Dougan que es, a lo mejor sí. Su padre fue el experto en dragones más reputado del mundo. Incluso entre los encargados de reservas y entre los Caballeros del Alba, los dragones siguen siendo materia de leyenda. Yo nunca he visto uno vivo. Casi ninguno de nosotros ha visto uno. Pero Chuck Rose vivió entre dragones durante meses en una época de su vida, dedicado a estudiar sus costumbres. Hasta fotografió uno.

—¿Cómo murió?

Warren suspiró.

—Un dragón se lo comió.

131

8

Hombre sombra

Seth espachurró el tubo de pasta de dientes para poner un poco en el cepillo y empezó a cepillarse los dientes. Casi no veía su reflejo en el espejo del cuarto de baño. Las cosas en Fablehaven estaban poniéndose tan interesantes que casi había dejado de envidiar a Kendra por estar de viaje. Casi. Todavía a veces la veía a ella y a Warren descendiendo a una tumba egipcia, haciendo rappel o acribillando momias y cobras con metralletas. Una aventura así de alucinante eclipsaría a la misteriosa epidemia por la cual las hadas estaban quedándose sin su luz.

Después de escupir en el lavabo y de echarse agua en la cara, salió del cuarto de baño y subió las escaleras del desván. Acababa de tomar parte en una larga conversación con los abuelos, Tanu y Dale y estaba intentando aclararse en medio de toda la información nueva que había recibido, para poder dar con el modo de salvar a todo el mundo. Si pudiera demostrarles que no había derrotado de chiripa a la aparición, la siguiente vez que fuese necesario salir en misión secreta a lo mejor le llevaban a él también.

Al llegar al último escalón se detuvo y se apoyó en la jamba de la puerta. La mortecina luz del atardecer entraba con un resplandor morado por la ventana de la habitación de juegos del desván. El abuelo y los demás habían estado intentando elaborar una lista con todas las posibles causas de la epidemia. Según dijeron, había en Fablehaven cuatro demonios principales: Bahumat, que estaba cautivo en una prisión segura bajo un monte; Olloch, *el Glotón*, petrificado en el bosque hasta que algún descerebrado le diese algo de comer; Graulas, un demonio muy viejo que básicamente hibernaba; y un demonio al que nadie había visto y que se llamaba Kurisock, que vivía en un foso de alquitrán.

Sin quererlo, Seth lanzó una mirada a los diarios que había apilados junto a la cama de Kendra. Ella conocía la existencia del foso de alquitrán por haberlo leído en los diarios. ¿Esas páginas podrían contener información que el abuelo y los demás tal vez hubiesen pasado por alto? Probablemente no. Y en caso de que así fuese, ellos mismos podían echar un vistazo y leer.

Los mayores habían coincidido en que, de los cuatro demonios, Bahumat y Olloch eran en esos momentos los más peligrosos, puesto que nunca habían accedido a someterse al tratado de Fablehaven. Normalmente todas las criaturas mágicas que eran admitidas allí debían prometer que respetarían el tratado, el cual establecía unas fronteras para las zonas por las que sí podían moverse y limitaba el daño que podían infligir a otras criaturas. Había fronteras que Graulas y Kurisock habían jurado no cruzar y normas que habían prometido no vulnerar. Solo corrían grave peligro quienes estuviesen lo bastante chiflados como para penetrar en sus dominios. Pero Bahumat llevaba en Fablehaven desde antes de que se instaurase el tratado, y Olloch había llegado a la reserva en calidad de invitado, lo cual le imponía una serie de restricciones de manera automática, pero le dejaba margen para crear problemas si adquiría suficiente poder para ello. Al menos así lo entendía Seth.

La parte importante de todo aquello era que seguramente la plaga no tenía su causa en ninguno de los cuatro demonios, al menos no por su intervención directa. Ninguno de ellos gozaba de suficiente acceso. En las mazmorras había unos cuantos candidatos, pero Dale había bajado a comprobar y todos ellos seguían encerrados y bien encerrados. Había una bruja en el pantano que había contribuido a formar a Muriel, pero la abuela había afirmado que iniciar aquella epidemia quedaba totalmente fuera de su capacidad. Y los demás habían estado de acuerdo. Había una ciénaga envenenada poblada por criaturas malvadas, pero sus límites estaban claramente definidos. Lo mismo cabía decir de los habitantes de un túnel que estaba cerca de donde

133

vivía Nero. El abuelo se había referido a otras muchas criaturas oscuras de la reserva, pero ninguna que fuese lo bastante poderosa en el ámbito de la magia negra como para haber podido iniciar la epidemia.

Al final, sin ningún sospechoso posible, Seth había preguntado por la criatura que rondaba la vieja mansión de Fablehaven. Antes de responder, los adultos quisieron saber cómo sabía que moraba allí una criatura. Nunca les había dicho que había pasado por la mansión después de escapar de Olloch, por temor a que todos se enfadasen con él por haber decidido entrar en la casona. Les dijo que se había perdido y que se le había ocurrido que tal vez desde el tejado de la mansión podría tener una perspectiva que le ayudase a saber dónde se encontraba. Luego, les contó que se había formado un misterioso remolino que había tratado de darle caza, y que había huido de la mansión, temblando y aterrorizado.

El abuelo le contestó que no estaban seguros de qué era lo que habitaba en aquella mansión. Al parecer, el lugar había sido tomado hacía más de un siglo, una noche del solsticio de verano. El encargado en funciones del momento, Marshal Burgess, había perdido la vida y desde entonces se advertía a los encargados de la reserva que evitasen acercarse a la vieja mansión.

—El ser que adoptó la mansión como su nuevo hogar era algo que procedía de la misma reserva —concluyó el abuelo—. Pero aunque hubiese salido de la ciénaga envenenada, no debería gozar del poder necesario para dar origen a una epidemia como la que estamos viendo. Una ventaja del tratado es que sabemos qué criaturas tenemos aquí. Las tenemos catalogadas.

—¿Cómo es que pudo quedar alguna criatura en la mansión después de esa noche de solsticio? —había querido saber Tanu—. Debió de forzarse a los culpables a regresar a su morada al acabar la noche.

—En teoría, cualquiera de ellas pudo quedarse allí si se las ingeniaron para modificar el registro, como parece que ocurrió —había explicado el abuelo—. El registro se utiliza para alterar determinadas fronteras y garantizar accesos. Patton Burgess se las arregló para arrancar el tratado del registro y para escapar con esas páginas tan importantes. De otro modo la reserva podría haber caído. Actualmente el tratado se halla inserto en el registro presente. Pero el daño infligido a la vieja mansión era irreparable.

Así pues, la respuesta no estaba en el remolino ni en los demonios. Al parecer, no estaba en ninguna de las criaturas de Fablehaven. Aun así, la epidemia era un hecho. Al final habían decidido dejar el problema sin resolver y consultarlo con la almohada. La única acción decisiva que se había llevado a cabo en todo el día había sido cuando el abuelo había recurrido al registro para prohibir a todas las hadas su acceso a los jardines.

Seth se acercó a la ventana para contemplar el morado anochecer. Dio un respingo al ver una figura negra recortada contra el fulgor del cielo. Seth golpeó sin querer el telescopio, que estaba detrás, y se abrazó al carísimo instrumento para evitar derribarlo. Entonces, se volvió de nuevo para mirar por la ventana, medio esperando que la figura hubiese desaparecido.

El desconocido seguía ahí, agachado. No era una silueta, sino una sombra tridimensional con forma humana. El hombre sombra saludó a Seth con la mano. Inseguro, el chico le devolvió el gesto.

135

El hombre sombra agitó los puños como si estuviese exaltado y a continuación pidió mediante gestos a Seth que abriese la ventana. Él le dijo que no con la cabeza. El hombre sombra se señaló a sí mismo, señaló la habitación y de nuevo le indicó con gestos que abriese la ventana.

El verano anterior Seth se había metido en serios problemas por haber dejado entrar en la casa a una criatura, tras abrir esa misma ventana del desván. La criatura se había aparecido bajo la forma de un bebé, pero resultó ser un duende maligno y, una vez dentro, el traicionero intruso había dejado entrar a otros monstruos. Antes de que la noche hubiese tocado a su fin, el abuelo había sido secuestrado y Dale había quedado convertido temporalmente en una estatua de plomo. Seth había aprendido bien la lección. Este año se había quedado en la cama durante la noche del solsticio. Y no había sentido muchas tentaciones de asomarse a mirar por la ventana.

Por supuesto, la noche del solsticio de verano era diferente de la mayoría de las noches, pues durante esas horas las fronteras de Fablehaven se deshacían y toda clase de monstruos de pesadilla podían acceder a los jardines. Pero aquel era un día normal y corriente. En noches normales ninguna criatura peligrosa debía tener acceso al jardín para llegar a la ventana de Seth y acurrucarse ahí. ¿Quería eso decir que aquel hombre sombra era una criatura amiga?

Pero, bien pensado, últimamente las criaturas bondadosas se habían transformado en seres peligrosos. ¡A lo mejor ese hombre sombra había tenido siempre acceso al jardín y, ahora que era malvado, estaba valiéndose de su estatus para engañar a Seth! ¡O tal vez se tratase del ser que había dado inicio a la plaga! Solo de pensarlo, le dio un escalofrío. Podía ser verdad perfectamente: esa figura como de tinta negra parecía encajar en el perfil de alguien culpable de haber iniciado una epidemia en la que la luz se tornaba oscuridad.

Seth corrió las cortinas de un tirón y se apartó de la ventana. ¿Qué debía hacer? ¡Tenía que decírselo a alguien!

Seth bajó con gran estruendo las escaleras del desván y fue corriendo a toda velocidad al dormitorio de sus abuelos. La puerta estaba cerrada, así que se puso a aporrearla.

—Entra —dijo el abuelo.

Seth abrió la puerta. Ni el abuelo ni la abuela se habían puesto aún el pijama.

—Hay algo en mi ventana —susurró Seth a toda prisa.

—¿A qué te refieres? —preguntó el abuelo.

—Un hombre sombra. Una sombra viviente con forma de hombre. Quería que le dejara entrar. ¿Qué otras criaturas pueden acceder a los jardines, aparte de las hadas?

—Hugo y Mendigo —contestó la abuela—. Y, claro, los brownies viven debajo del jardín y tienen acceso a la casa. ¿Alguno más, Stan?

—Todos los demás solo pueden venir si son invitados —dijo el abuelo—. Alguna vez he dejado entrar en el jardín a los sátiros.

—¿Y si este hombre sombra fue el que dio comienzo a la plaga? —conjeturó Seth—. Una criatura que no supiésemos que estaba en la reserva, una especie de enemigo oculto que pudiese entrar en el jardín pero no en la casa.

El abuelo arrugó la frente, tratando de hacer memoria.

—El jardín cuenta con mecanismos de seguridad para impedir que prácticamente ninguna criatura pueda entrar, incluidos los invitados sorpresa. Sea cual sea la naturaleza de este hombre sombra, al parecer no se están aplicando todas las normas.

—Al menos no podría entrar en la casa —dijo la abuela.

El abuelo se dirigió a la puerta.

—Será mejor que vayamos a buscar a Tanu y a Dale.

Seth fue tras sus abuelos a llamar a Tanu y a Dale y estuvo presente mientras les explicaban la situación. Subieron en fila india las escaleras del desván, con el abuelo en cabeza y Seth en la cola. Apartaron el telescopio y se colocaron detrás de la ventana tapada con la cortina. La abuela apuntaba con la ballesta y Tanu sostenía en la mano una poción, lista para ser utilizada.

El abuelo descorrió las cortinas y lo que vieron fue un tramo vacío del tejado, apenas visible a la tenue luz del crepúsculo. Seth se abrió paso entre ellos para acercarse al cristal de la ventana y escudriñó en todas direcciones. El hombre sombra había desaparecido.

—Estaba aquí —les aseguró Seth.

—Te creo —dijo el abuelo.

—De verdad que estaba —insistió Seth.

Esperaron mientras el abuelo alumbraba con una linterna a través del vidrio ligeramente pandeado. No encontraron indicios de ningún intruso. El abuelo apagó la linterna.

—Mantén cerrada la ventana esta noche —le advirtió Tanu—. Si vuelve, ven a buscarme. Si no, mañana por la mañana buscaré por el tejado.

Tanu, Dale y el abuelo salieron de la habitación. La abuela esperó un instante en lo alto de la escalera.

—¿Estarás bien?

—No estoy asustado —dijo Seth—. Solo pensaba que había encontrado algo que nos podía ayudar.

—Seguramente así ha sido. Mantén cerrada esa ventana.

—Lo haré.

—Buenas noches, cariño. Has hecho bien en venir a decírnoslo.

137

—Buenas noches.

La abuela se marchó.

Seth se puso el pijama y se metió rápidamente en la cama. Empezó a sospechar que el hombre sombra había vuelto y que se había quedado encaramado en el tejado, al lado de su ventana. Seguramente el bribón no había querido que los otros le viesen. Pero si Seth miraba ahora, estaría allí, pidiéndole entrar sin articular palabra.

Incapaz de ahuyentar la sospecha, el chico se acercó a la ventana y descorrió la cortina. El hombre sombra no había vuelto.

A la mañana siguiente, Tanu salió al tejado por la ventana del cuarto del chico, pero no encontró ni rastro de que hubiesen tenido visita. Seth no se sorprendió. ¿Desde cuándo dejan huellas de pisadas las sombras?

Durante el desayuno el abuelo intentó informarlo de que no podría abandonar la casa en todo el día. Pero ante las insistentes quejas de su nieto, acabó accediendo a dejarle jugar con Mendigo en el jardín si alguien los vigilaba desde el porche.

Los abuelos, Tanu y Dale se pasaron el día repasando los diarios y otros libros de su valiosa biblioteca, para tratar de dar con alguna información sobre algo que se pareciese a la plaga que estaba afectando a las criaturas de Fablehaven. Iban turnándose para leer en el porche. Mendigo tenía órdenes de llevar a Seth dentro de la casa al menor indicio de algo sospechoso.

El día transcurrió sin incidentes. Seth jugó al fútbol y al béisbol con Mendigo y por la tarde fue a darse un chapuzón. En la comida y en la cena estuvo atento a las conversaciones de los adultos, que comentaron lo frustrados que se sentían ante la falta de cualquier dato que pudiese explicar lo que estaba ocurriendo en Fablehaven. El abuelo aún no había podido comunicarse con la Esfinge.

Después de cenar, Seth suplicó que le dejasen salir un ratito. Hugo estaba allí, hacía poco que había terminado de hacer su faena en el granero, y quería ver qué pasaba si Mendigo practicaba unos lanzamientos con el golem.

En la mano gigantesca de Hugo el bate de béisbol parecía minúsculo. Seth le dijo a Hugo que golpease la pelota lo más fuerte que pudiese, y luego dio instrucciones a Mendigo para que le lanzase la bola a gran velocidad y a media altura. El chico se apartó, temiendo recibir un buen golpe si el lanzamiento era nulo. No le parecía que fuesen a necesitar *catcher*.

Mendigo lanzó la pelota a la velocidad del rayo y Hugo, bateando con una sola mano, la propulsó al cielo. Seth intentó seguirla con la mirada en su descenso en la distancia, pero le fue imposible. Sabía que la pelota había seguido ascendiendo cuando sobrepasó los árboles de la otra punta del jardín, por lo que había debido de aterrizar en pleno bosque, muy lejos de allí.

Seth se volvió hacia Tanu, que estaba sentado en el porche disfrutando de la puesta de sol mientras bebía tranquilamente una infusión de hierbas.

—¿Puedo mandar a Mendigo a buscarla?

—Adelante —respondió Tanu—, si consideras que merece la pena recuperarla.

—Es posible que se haya hecho papilla —se rio Seth.

—Menudo trallazo.

Seth ordenó a Mendigo que fuese a recuperar la pelota rápidamente. Pero el muñeco no respondió. Cuando Tanu repitió la orden, el *limberjack* salió corriendo por el jardín y se internó en el bosque.

Fue entonces cuando Seth vio al hombre sombra entrando en el jardín, no lejos de donde Mendigo había cruzado la línea de los árboles. El fantasma avanzaba hacia Seth con zancadas rápidas cargadas de intención. El chico retrocedió para subir al porche.

—Ahí está —dijo a Tanu, señalándolo—. El hombre sombra.

El samoano miró hacia donde Seth indicaba, con cara de perplejidad.

—¿Entre los árboles?

—No, justo ahí, en el jardín. ¡Está cruzando por ese macizo de flores!

Tanu observó atentamente unos segundos más.

—Yo no veo nada.

139

—Ahora va por el césped, está acercándose, camina deprisa.

—Sigo sin verlo —dijo Tanu, dedicando a Seth una mirada preocupada.

—¿Crees que estoy loco? —preguntó Seth.

—Creo que será mejor que vayamos dentro —contestó Tanu, andando marcha atrás hacia la puerta—. Solo porque yo no pueda verle no quiere decir que tú tampoco le veas. ¿Dónde está ahora?

—Casi en el porche.

Tanu hizo gestos a Seth para que le siguiera y entrase por la puerta trasera.

El chico entró después y cerraron la puerta.

—Aquí está pasando algo —dijo Tanu a voces.

Los otros acudieron rápidamente al salón.

—¿Qué ocurre? —preguntó el abuelo.

—Seth ve al hombre sombra en el jardín —dijo Tanu—. Yo no.

—Está en el porche —dijo el chaval, mirando por una ventana junto a la puerta.

—¿Dónde? —preguntó el abuelo.

—Justo ahí, al lado de la mecedora.

—¿Puede verlo alguien más? —preguntó la abuela.

—Yo no —dijo Dale.

—Nos está haciendo señas para que salgamos —dijo Seth.

La abuela se puso los brazos en jarras y miró a Seth con cara de recelo.

—No nos estarás tomando el pelo, ¿verdad? Sería una broma de pésimo gusto, Seth. Las cosas en Fablehaven están demasiado…

—¡No, no me lo estoy inventando! Nunca mentiría sobre algo tan importante. ¡No puedo entender cómo es que no le veis!

—Descríbenoslo —dijo el abuelo.

—Como dije anoche, es como la sombra de un hombre, pero tridimensional —explicó Seth—. No hay mucho más que decir. Está levantando la mano izquierda, y la señala con la derecha. ¡Oh, Dios mío!

—¿Qué? —preguntó la abuela, intrigada.

—Le falta el meñique y parte del anular.

—Coulter —dijo el abuelo—. O una variante de él.

—O algo que quiere hacernos creer que es una versión de Coulter —añadió la abuela.

El abuelo se acercó a la puerta a grandes pasos.

—Avísanos si avanza hacia mí —le dijo a Seth, y abrió un poco la puerta del porche. Arrimándose a la rendija, advirtió—: Si eres amigo, quédate donde estás.

—No se mueve —dijo Seth.

—¿Eres Coulter Dixon? —preguntó el abuelo.

—Está diciendo que sí con la cabeza —confirmó Seth.

—¿Qué quieres?

—Está indicando que quiere que salgamos con él.

—¿Puedes hablar?

—Ha dicho que no con la cabeza. Está señalándome y haciendo gestos para que salga.

—Seth no va a ir contigo a ninguna parte —dijo el abuelo.

—Se está señalando a sí mismo y luego al interior de la casa. Quiere entrar.

—No podemos invitarte. Podrías ser nuestro amigo, con su mente intacta, solo que en un estado alterado, o bien…

—Está haciendo el gesto de pulgares arriba y diciendo que sí con la cabeza —le interrumpió Seth.

—O bien podrías ser una versión malvada de Coulter, con todos sus conocimientos pero con intenciones siniestras. —El abuelo cerró la puerta y se volvió hacia los demás—. No podemos arriesgarnos a dejarle entrar, o a caer en una trampa.

—Está haciendo gestos de súplica —informó Seth.

El abuelo cerró los ojos y se concentró. Luego, abrió de nuevo la puerta.

—A ver si entiendo lo que está pasando. ¿Puedes recorrer libremente toda la reserva?

—Pulgar arriba —dijo Seth.

—¿Incluso por lugares donde normalmente no podríamos ir nosotros?

—Dos pulgares hacia arriba —dijo Seth—. Eso debe de ser importante.

—¿Y has encontrado algo que tenemos que ver?

141

—Está moviendo la cabeza, como diciendo «más o menos».

—Puedes conducirnos hasta una información de vital importancia.

—Dos pulgares hacia arriba.

—¿Y es urgente? ¿La situación es angustiosa?

—Pulgar arriba.

—¿Y si voy solo yo? —propuso el abuelo.

—Pulgar hacia abajo.

—¿Podríamos ir Tanu y yo con Seth?

—Se está encogiendo de hombros —dijo Seth.

—¿No sabes? ¿Puedes averiguarlo?

—Pulgar hacia arriba.

—Vete a averiguar si podemos ir con él. No puedo mandar a Seth contigo a solas, espero que lo entiendas. Y ninguno de nosotros puede acompañaros hasta que podamos confirmar que no eres una versión malvada de ti mismo que trata de traicionarnos. Danos algo de tiempo para deliberar. ¿Puedes volver mañana por la mañana?

—Dice que no —relató Seth—. Está dibujando una bola con las manos. Ahora se protege los ojos. Creo que quiere decir que no puede salir a plena luz del día. Sí, me ha oído, está haciendo el gesto del pulgar hacia arriba.

—Mañana por la noche, entonces —dijo el abuelo.

—Pulgar arriba.

—Trata de pensar en algún modo de demostrarnos que podemos confiar en ti.

—Se está tocando un lado de la cabeza con un dedo, como diciendo que pensará en algo. Ya se va.

El abuelo cerró la puerta.

—No se me ocurre cómo podemos comprobar que se trata de nuestro querido y leal Coulter. Podría tener todos sus conocimientos y ser un peligro.

—¿Por qué no ha podido entrar en la casa por su propio pie? —preguntó Dale.

—Creo que podría entrar si dejásemos la puerta abierta —respondió Tanu—. En estos momentos es un ser inmaterial. No tanto como para atravesar una puerta, pero sí como para no poder abrirla él solo.

—¿Cómo comprobamos que está de nuestra parte? —preguntó Seth.

—Es posible que tu abuelo esté en lo cierto —le dijo su abuela—. No estoy segura de que haya una manera.

—La situación es tan angustiosa que si me dejase acompañarle, simplemente correría el riesgo —dijo el abuelo—. Pero no permitiré que Seth lo haga.

—Yo correré el riesgo —protestó el chico—. No tengo miedo.

—¿Por qué está empeñado en que vaya Seth? —preguntó Dale.

—Solo él puede verle —dijo Tanu.

—Es verdad —intervino el abuelo—. No me extraña que insistiese en que no podíamos ir con él si no venía Seth. Estaba demasiado ocupado tratando de encontrar una razón oculta.

—Aun así —dijo la abuela—, dudaba de si dejar o no que otras personas acompañasen a Seth. ¿Por qué Seth es el único que puede verle?

Nadie aportó ninguna hipótesis.

—¿Estás seguro que no nos estás tomando el pelo? —preguntó otra vez la abuela a Seth, estudiándole con expresión astuta.

—Lo prometo —respondió Seth.

—No será ningún truquillo para poder salir de la casa y meterte en el bosque, ¿no? —le presionó la abuela.

—Confiad en mí, si lo único que deseara fuese meterme en el bosque, ya estaría allí. Os juro que nunca me inventaría un cuento como este. Y no tengo ni idea de por qué yo soy el único que puedo verle.

—Te creo —dijo el abuelo—. No me gusta nada de todo esto. Me pregunto si nuestro Coulter de sombra podría mostrarse a alguno más de nosotros si quisiera. ¿Podría estar forzando que Seth sea el único que puede verle? Tenemos que hacer todo lo posible por entender lo que significa todo esto. Se nos acumulan las preguntas sin respuesta. Propongo que hablemos otra vez con Vanessa. Si puede ayudarnos en algo, ahora es el momento de acudir a ella. Tal vez en su labor al servicio de nuestros enemigos pudo presenciar algo similar a este fenómeno del hombre sombra.

—Vanessa no es la panacea —dijo la abuela—. Es muy probable que lo único que pueda hacer ella sea lanzar las mismas suposiciones que nosotros.

—Nuestras suposiciones no nos están llevando a gran cosa —dijo el abuelo—. Es posible que no nos quede mucho tiempo. Al menos deberíamos comprobarlo.

—Entraré yo en la caja, si sirve para acelerar un poco las cosas —se ofreció Dale—. Siempre y cuando luego me dejéis salir.

—Vanessa volverá a su cautiverio —le prometió la abuela, que cogió su ballesta.

El abuelo se hizo con una linterna. Tanu fue a coger sus esposas, pero volvió con las manos vacías.

—¿Alguien ha visto mis esposas? Lo único que he encontrado son las llaves.

—Pero ¿se las quitaste en algún momento? —preguntó la abuela. Algo en su manera de formular la pregunta apuntaba a que ya conocía la respuesta.

Bajaron las escaleras del sótano. Cuando llegaron a la Caja Silenciosa, Dale abrió la puerta y entró. La abuela la cerró, la Caja Silenciosa rotó y, cuando abrió la puerta del otro lado, apareció Vanessa de pie con las muñecas esposadas.

—Gracias por dejarme con los grilletes puestos —dijo, y salió de la caja—. Como si no me sintiese ya formando parte de un número barato de magia. ¿Qué hay de nuevo?

—Coulter se halla en una especie de estado oscurecido, de sombra —dijo el abuelo—. No puede hablar. Parece que quiere compartir información con nosotros, pero no sabemos si podemos fiarnos.

—Yo tampoco lo sé —dijo Vanessa—. ¿Tenéis alguna idea sobre cómo se originó la epidemia?

—¿Tú tienes alguna? —replicó la abuela, en tono acusatorio.

—He tenido algo de tiempo para darle vueltas. ¿Qué habéis pensado vosotros?

—Sinceramente, no tenemos ni idea de cómo ha podido originarse —respondió el abuelo—. Bahumat está cautivo, Olloch está petrificado y los otros demonios importantes están obligados a respetar el tratado. No se nos ocurre qué otro ser de Fablehaven posee la capacidad de iniciar algo como esto.

Mientras decía estas palabras, fue asomando una sonrisa en los labios de Vanessa, cada vez más grande.

—¿Y no se os ha ocurrido a ninguno de vosotros la conclusión evidente?

—¿Que se ha originado fuera de Fablehaven? —tanteó la abuela.

—No necesariamente —dijo Vanessa—. Yo tenía en la mente otra hipótesis. Pero no quiero volver a la caja.

—¿No tienes ningún modo de deshacer la conexión que creaste cuando nos mordiste? —preguntó el abuelo.

—Podría mentir y responder que sí —dijo Vanessa—. Sabes que el vínculo es para siempre. Estaría encantada de hacer el juramento de no volver a usar nunca más esas conexiones.

—Sabemos lo que valen tus promesas —repuso el abuelo.

—Teniendo en cuenta que la Esfinge es en estos momentos más mi enemigo que el vuestro, podéis fiaros mucho más de mí de lo que os imagináis. Soy lo bastante oportunista para darme cuenta de cuándo ha llegado el momento de cambiar de bando.

—Y para darte cuenta de cuándo puedes cometer un acto de traición lo suficientemente grave para que la Esfinge te reciba de nuevo con los brazos abiertos —dijo la abuela—. O tal vez la Esfinge está de verdad de nuestra parte, y el que te contrata a ti estaría encantado de verte regresar en cuanto lograses escabullirte.

—Suena muy retorcido —reconoció Vanessa.

—Vanessa —dijo el abuelo—, si no nos ayudas a salvar Fablehaven, podrías pasar el resto de la eternidad metida en esa caja.

—No hay prisión que dure eternamente —respondió ella—. Además, por muy ciegos que parezcáis estar, tarde o temprano llegaréis a la misma conclusión a la que llegué yo.

—Pues que sea temprano —replicó el abuelo, elevando la voz por primera vez—. Estoy a punto de decidir que la Caja Silenciosa es demasiado buena para ti. Podría organizarte una estancia en el Pasillo del Terror. Pronto dejaríamos de preocuparnos por tu capacidad para rondarnos durante el sueño.

Vanessa se puso pálida.

Seth no sabía mucho acerca del Pasillo del Terror. Había

oído que estaba al otro lado de las mazmorras, detrás de una puerta de color rojo sangre, y que los prisioneros que había allí no necesitaban alimento. Al parecer, Vanessa sabía muchos más detalles que él.

—Os lo diré —dijo ella en señal de rendición—. Por descontado, preferiría ir al Pasillo del Terror antes que revelar la información fundamental que podría servirme para comprar mi libertad. Pero esto otro no es esa información. Tampoco os ayudará a estar más cerca de entender cómo empezó la epidemia, pero sí que arroja algo de luz sobre el tema de quién es el culpable. ¿Estáis seguros de que la Esfinge se llevó fuera de la reserva al anterior ocupante de la Caja Silenciosa?

—Los vimos marcharse... —empezó a decir la abuela, pero no terminó la frase.

—¿Los observasteis desde todos los ángulos durante todo el rato? —siguió diciendo Vanessa—. ¿Es posible que la Esfinge pudiese haber soltado al prisionero antes de cruzar la cancela?

El abuelo y la abuela se cruzaron una mirada. Entonces, él miró a Vanessa.

—Los vimos marcharse de aquí, pero no nos fijamos tanto como para estar seguros ahora de que te equivocas. Tu teoría es factible.

—Dadas las circunstancias —dijo Vanessa—, yo diría que probable. No cabe otra explicación.

Solo de imaginar a ese prisionero secreto recorriendo la reserva envuelto en tela de arpillera, volviendo oscuros a los nipsies y a las hadas, a Seth le entraron escalofríos. Tenía que reconocer que era la hipótesis más probable de las que habían barajado.

—¿Qué sabes del prisionero? —preguntó la abuela a Vanessa.

—No más que vosotros —respondió ella—. No tengo ni la menor idea de quién era ni de si fue quién inició la epidemia, pero, por mero proceso de eliminación, todo indica que el prisionero es el culpable. Y, desde luego, no deja nada bien a la Esfinge.

—Tienes razón, deberíamos haber visto esa posibilidad —dijo el abuelo—. Me pregunto si en el fondo será que aún no me he hecho a la idea de que la Esfinge podría ser nuestro mayor enemigo.

—Sigue siendo pura conjetura —les recordó la abuela, aunque sin mucha convicción.

—¿Tienes alguna otra información que pudiera servirnos de ayuda? —preguntó el abuelo.

—No para resolver el misterio de esta plaga —respondió Vanessa—. Necesitaría un poco de tiempo para poder analizar la situación en persona. Si me permitís que os ayude, estoy segura de que podría resultaros útil.

—Bastante pocos somos ahora como para tener que montar guardia frente a ti —respondió el abuelo.

—Vale —replicó Vanessa—. ¿Podríais llevaros esta vez las esposas?

Tanu las abrió y se las quitó.

Vanessa entró de nuevo en la caja. Guiñó un ojo a Seth. Él le sacó la lengua. La abuela cerró la puerta, la caja rotó y salió Dale.

—Empezaba a temer que todo esto fuese un elaborado montaje para libraros de mí —dijo, sacudiendo los brazos como si estuviese quitándose unas invisibles telas de araña.

—¿Se te ha hecho muy largo? —preguntó Seth.

—Lo suficiente —respondió Dale—. Ahí dentro pierdes la noción de las cosas. No se oye nada, no se ve nada, no hueles nada. Empiezas a no tener sensaciones. Te sientes como una mente sin cuerpo. Casi resulta relajante, pero no de una manera positiva. Empiezas a no saber ni quién eres. No me puedo imaginar cómo consigue Vanessa enlazar palabras para formar frases, después de pasarse semanas en ese vacío.

—No estoy segura de que haya algo capaz de dejarla muda —dijo la abuela—. Es una mujer sibilina donde las haya. Hagamos lo que hagamos, no debemos confiar en ella.

—Confiar no —replicó el abuelo—. Pero tal vez nos sea de más ayuda cuando necesitemos información. Se comporta como si estuviese guardándose alguna carta más en la manga, y como no tiene ni un pelo de tonta, seguramente se está guardando algo. ¿Cómo podemos descubrir la identidad del prisionero encapuchado?

—¿Podría Nero haber visto algo en su piedra mágica? —preguntó la abuela.

147

—Posiblemente —respondió el abuelo—. Si no, tal vez aún pueda.

—Iré yo a consultarle —se ofreció Seth. Su anterior visita al trol del precipicio había sido una pasada. El codicioso trol había querido quedarse con él para convertirle en su sirviente, a cambio de dejarles ver una piedra mágica con la que querían averiguar el paradero del abuelo.

—No harás nada de eso —dijo la abuela—. Una vez la idea de disfrutar de un masaje le convenció para ayudarnos. Podríamos tentarle con la misma propuesta.

—Conociendo a Nero, después de haber probado tus habilidades una vez, querrá que firmes como su masajista permanente antes de brindarse a ayudarnos —intervino el abuelo—. Cuando fuisteis, nunca antes había recibido un masaje. La clave para convencerlo fue lo novedoso de la idea. Demostrasteis que la curiosidad le motivaba más que las riquezas.

—¿Tal vez si le ofrecemos una poción especial? —propuso Tanu.

—¿O algo moderno? —probó Seth—. Como un teléfono móvil o una cámara…

El abuelo juntó las manos y se las acercó a los labios, como si estuviera rezando.

—No es fácil saber qué podría dar resultado, pero merece la pena probar con alguna cosa que vaya en esa línea. Con las criaturas transformadas por efecto de la plaga rondando por cualquier parte, solo llegar hasta Nero podría ser lo más difícil del plan.

—¿Y si Nero se ha visto afectado por la plaga también? —se preguntó Dale.

—Si la epidemia transforma criaturas de luz en criaturas oscuras, tal vez haga más oscuras a las que ya lo eran antes —conjeturó Tanu.

—A lo mejor tenemos más suerte si seguimos a Coulter —les recordó Seth a todos.

—No vamos a poder responder a esas preguntas hasta que optemos por alguna de las alternativas y corramos el riesgo —dijo el abuelo—. Consultémoslo con la almohada y mañana decidiremos.

9

Senderos

A Kendra se le escapó un grito al despertar en plena noche, con el rugido de un trueno que se desvanecía. Se sintió confusa, nerviosa y desorientada. El ruido la había sacado del sueño de golpe, tan de sopetón como si le hubiesen dado un puñetazo en la cara. Aunque era su segunda noche en Meseta Perdida, la oscura habitación le resultó extraña en un primer momento y necesitó unos segundos para reconocer el mobiliario rústico hecho con nudosos tablones de madera.

¿Había caído un rayo en la casa? Aunque había estado dormida, tuvo la certeza de que no había oído en su vida un trueno así de fuerte. Había sido como si hubiese explotado dinamita dentro de su almohada. Se incorporó y pasó las piernas por el borde de la cama para sentarse. Se produjo un brillante resplandor, tan intenso que los objetos iluminados por él proyectaron su sombra, y casi al instante le siguió la ensordecedora detonación de otro trueno.

Tapándose las orejas con las manos, Kendra se acercó hasta la ventana y se quedó mirando el patio en penumbra. Con las nubes tapando por completo el firmamento estrellado y sin una sola luz encendida en la hacienda, el patio debería haber estado totalmente a oscuras.

Podía distinguir la silueta de los cactus en la penumbra. El patio tenía una fuente en el centro, caminitos de baldosas, senderos de grava y varios tipos de plantas típicas del desierto. Esperaba ver en llamas alguno de los cactus más altos por culpa de algún rayo, pero no parecía haber pasado nada de eso. No llovía. El patio estaba en silencio. Kendra se notó tensa, aguardando el siguiente fogonazo acompañado de estruendo.

En lugar de producirse más relámpagos y truenos, empezó a llover. Por unos instantes, cayó suavemente; entonces, empezó a diluviar. La chica abrió la ventana y disfrutó del aroma a lluvia que desprendía el suelo del desierto. Un hada con alas como de escarabajo se posó en el alféizar. Emitía un fulgor verde, tenía una cara preciosa y era la más regordeta de todas las hadas que había visto.

—¿Te ha pillado la lluvia? —preguntó Kendra.

—El agua no me importa —respondió con su voz cantarina el hada—. Refresca el ambiente. Este chaparroncillo se irá dentro de unos minutos.

—¿Has visto el relámpago? —preguntó Kendra.

—Cómo no verlos. Tú brillas casi con la misma intensidad...

—Eso me han dicho. ¿Quieres pasar a mi habitación?

El hada emitió una risilla.

—No puedo ir más allá del alféizar. Estás levantada muy tarde.

—Me ha despertado el relámpago. ¿Las hadas soléis quedaros despiertas toda la noche?

—No todas. Normalmente yo no. Pero me da mucha rabia perderme una tormenta. Llueve tan poco por aquí. Adoro la temporada del monzón.

La lluvia caía ya más suavemente. Kendra estiró un brazo para sentir los goterones en la palma de la mano. Un resplandor iluminó las nubes, más lejos que antes y amortiguado por la humedad del aire. Unos segundos después se oyó el trueno.

Kendra se preguntó qué estaría haciendo Warren en esos momentos. Se había marchado en dirección a la cámara en compañía de Dougan, Gavin, Tammy y Neil aproximadamente una hora antes de la puesta de sol. Era posible que hubiese vuelto ya, según sus cálculos. Pero también podía ser que estuviese en la tripa de un dragón.

—Es posible que mis amigos estén a la intemperie con este tiempo —comentó Kendra.

El hada soltó una risilla ahogada.

—¿Los que estaban intentando escalar la meseta?

—¿Los has visto?

—Sí.

—Estoy preocupada por ellos.

El hada volvió a reírse por lo bajini.

—No tiene gracia. Cumplen una peligrosa misión.

—Sí que es gracioso. Creo que no han ido a ninguna parte. No han podido encontrar el modo de subir.

—¿No han escalado la meseta? —preguntó Kendra.

—Ascender por ella puede ser problemático.

—Pero Neil conoce un camino.

—Conocía un camino, por lo que se ve. Ya escampa.

El hada tenía razón. En esos momentos apenas chispeaba. Olía de maravilla, a tierra húmeda.

—¿Qué sabes sobre Meseta Pintada? —preguntó Kendra.

—Nosotras ahí no subimos. Volamos cerca de la meseta, claro; toda la formación posee un aura maravillosa. Pero hay una magia antigua entretejida en ese lugar. Tus amigos tendrán suerte si no consiguen escalar la meseta. Buenas noches.

El hada saltó al aire desde el alféizar y se adentró en la noche con su zumbido de alas, virando hacia arriba, hacia el tejado, hasta perderse de vista. Después de haber tenido compañía, Kendra se sintió sola. Un relámpago latió en algún lugar por encima de su cabeza. Unos segundos después se oyó el rugido del trueno.

Cerró la ventana y volvió a la cama. En parte, quería comprobar si Warren estaba a salvo en su cuarto, pero a la vez le resultaba incómodo asomarse si estaba durmiendo. Estaba segura de que por la mañana oiría todos los detalles sobre lo ocurrido.

Kendra nunca había comido huevos rancheros, pero descubrió que le gustaban un montón. Jamás se le había ocurrido mezclar huevos con guacamole recién hecho, y se daba cuenta de lo que se había perdido. Warren, Dougan y Gavin estaban sentados con ella a la mesa, mientras Rosa trajinaba por la cocina.

—Entonces, no conseguisteis encontrar una ruta para subir

—dijo Kendra, separando la comida del plato con el filo del cuchillo. Se los había encontrado comiendo después de levantarse y ducharse. Ninguno de ellos había mencionado nada aún sobre la misión.

—¿Cómo lo has adivinado? —preguntó Warren.

—Porque no os veo señales de mordiscos —dijo Kendra.

—Muy graciosa —respondió Dougan, y miró por encima del hombro, como si temiese que alguien pudiera estar escuchando a hurtadillas.

—En serio —insistió Warren.

Kendra se dio cuenta de que no debía decir a Dougan y Gavin que hablaba el lenguaje de las hadas.

—Solo tuve que miraros la cara para saber lo que había pasado. Os estabais comportando de manera demasiado normal.

—Neil nos ha dicho que la meseta puede ser caprichosa —explicó Warren—. Hay muchas rutas para subir, pero ninguna se mantiene constante. Solo se abren a ciertas personas en determinados momentos.

152 —Alquilad un helicóptero —dijo Kendra, y se llevó a la boca un poco más de comida.

—Neil dice que la meseta jamás lo permitiría —dijo Dougan.

—Yo le creo —intervino Gavin—. S-s-s-se nota la magia que hay en el lugar, porque te hace sentir sueño. Debías haber visto la cara de Tammy cuando el sendero no aparecía por ninguna parte. Dijo que la última vez que estuvo era imposible no verlo.

—A Neil tampoco le gustó —dijo Warren—. Supongo que su ruta de ascenso ha sido bastante segura.

—Ascender a la meseta ha supuesto siempre un desafío —intervino Rosa, secándose las manos con un trapo de cocina mientras se acercaba a la mesa—. Os aviso de que podría no ser fácil. Especialmente después de que hayan subido otros y hayan trastocado algunas cosas.

Kendra pensó en la aparición que montaba guardia en la entrada a la cámara en Fablehaven. ¿Aquí la meseta propiamente dicha era la guardiana?

—Puede que la ruta de ascenso esté cerrada por un tiempo —dijo Neil, entrando en ese momento en el salón con su sombrero blanco de vaquero en una mano. Llevaba pantalones vaqueros y botas de montaña—. Ha habido periodos de hasta cincuenta años o más en que no hubo ningún camino posible.

—No podemos esperar —señaló Dougan—. Debemos subir ahí arriba.

—Forzar a la meseta es imposible —dijo Neil—. No perdáis las esperanzas todavía. Quiero llevar a Kendra a recorrer toda la base de la altiplanicie.

—¿A Kendra? —preguntó Warren.

—Ella vio la valla que rodea Meseta Perdida antes de que entráramos en la reserva —dijo Neil—. Si el Camino del Anochecer está cerrado, unos ojos como los suyos podrían ayudarnos a encontrar los otros senderos.

Kendra se fijó en que Gavin y Dougan la miraban con interés.

—Estaré encantada de ir a echar un vistazo, si consideras que puede servir de ayuda —soltó ella.

—Iré con vosotros —dijo Warren.

Neil asintió.

—Mara irá con nosotros también. ¿Cuándo estaréis listos para salir?

—Danos veinte minutos —respondió Warren, que miró a Kendra para ver si le parecía aceptable.

—Me parece bien —dijo ella.

Warren se terminó rápidamente la comida y Kendra hizo lo mismo. Cuando hubieron terminado, fueron a la habitación de ella por indicación de Warren. Él cerró la puerta.

—De verdad, ¿cómo te enteraste de que no pudimos encontrar un sendero para subir a la Meseta Pintada? —preguntó Warren.

—Anoche me lo dijo un hada —respondió Kendra.

—Estoy seguro de que los demás no han creído que tu comentario se basaba exclusivamente en la intuición, pero dudo de que vayan a husmear abiertamente. Recuerda: ten mucho cuidado para no desvelar nada sobre tus poderes. Dougan sabe que puedes recargar objetos mágicos escondidos. Punto. Los demás ni siquiera saben eso.

—Lo siento —dijo Kendra—. Tendré cuidado.

—Debemos ser precavidos. Creo que podemos fiarnos de

Dougan y de Gavin, pero no quiero dar nada por hecho. Estoy seguro de que la Sociedad ha puesto agentes en el lugar para asegurarse de que el objeto mágico acabe en su poder. Recuerda que en Fablehaven el plan original fue que Vanessa y Errol robasen ellos mismos el objeto. Aquí el traidor podría ser alguien que haya vivido un tiempo en la reserva. O podría ser Tammy, o Javier.

—Espero que fuese Zack —dijo Kendra.

Warren sonrió enseñando todos los dientes.

—¿Estaría bien, verdad? He hecho algunas indagaciones. Tammy está aquí porque es muy hábil a la hora de encontrar trampas y desactivarlas. Javier es un curtido coleccionista de elementos y en tiempos trabajó para dos o tres de los tratantes más importantes. Tiene mucha experiencia en salir con vida de situaciones arriesgadas. La reputación de ambos es magnífica, pero también lo era la de Vanessa.

—¿Estás preocupado por Neil o por Mara? —preguntó Kendra.

—Si la Esfinge es un sospechoso, entonces cualquiera lo es —dijo él—. No te fíes de nadie. Procura quedarte dentro de la hacienda, a no ser que yo esté contigo.

—¿Crees que seré capaz de encontrar algún sendero? —preguntó Kendra.

Warren se encogió de hombros.

—Tú ves a través de las barreras de los hechizos distractores. Se te dará mejor que a mí encontrar un sendero secreto.

—Creo que deberíamos ponernos en marcha.

Neil y Mara esperaban fuera, en un sucio todoterreno con el motor encendido. Warren y Kendra se montaron en la parte posterior. No condujeron por senderos mucho tiempo. Por el cristal del parabrisas se veía Meseta Pintada, imponente, cada vez más grande. Durante un tramo, Neil forzó el todoterreno para que ascendiera por una pendiente tan pronunciada que Kendra temió que el vehículo volcara hacia atrás. El trayecto, lleno de trompicones y chirrido de ruedas, terminó en una zona plana salpicada de inmensas rocas aisladas y de perfil irregular.

Varios centenares de metros de terreno accidentado los separaban del punto en el que se elevaba hacia el cielo una de las caras de la meseta, de pura piedra lisa.

—Es altísima —dijo Kendra, que se puso la mano a modo de visera para mirar hacia lo alto, a la colorida altiplanicie. Casi no había nubes en el brillante cielo azul.

Neil se acercó a su lado.

—Tienes que buscar agarraderas, alguna cuerda, una cueva, una escalera, algún camino…, cualquier cosa que pueda facilitarnos el acceso. Para la mayoría de los ojos, prácticamente todo el tiempo parece que no hay una ruta posible de ascenso a la cima, ni siquiera para un experto escalador. Los senderos solo están disponibles durante momentos concretos. Por ejemplo, hasta hace poco el Camino del Anochecer aparecía durante la puesta de sol. Rodearemos la meseta varias veces.

—¿Conocéis otros senderos además del Camino del Anochecer? —preguntó Warren.

—Conocemos otros, pero no sabemos dónde debemos buscarlos —dijo Neil—. La otra vía fiable es la Pista de las Fiestas. Se abre las noches festivas. La próxima ocasión será el equinoccio de otoño.

—Escalar la meseta una noche festiva sería una locura —afirmó Mara, cuya voz tenía el resonante timbre de una contralto—. Un suicidio.

—Eso suena al tipo de fiesta que me gusta a mí —bromeó Warren.

Mara actuó como si no le hubiese oído.

—¿Y si llegáis arriba y no podéis encontrar un camino de bajada? —preguntó Kendra.

—Normalmente hay muchos caminos para bajar —respondió Neil—. La meseta está encantada de que se vayan sus visitantes. Yo nunca he tenido problemas para bajar, ni sé de nadie que se haya enfrentado a escollos a la hora de descender.

—Es posible que esas personas ya no estén vivas para contarlo —señaló Warren.

Neil se encogió de hombros.

—¿Podría estar abierto otra vez el Camino del Anochecer? —preguntó Kendra.

Neil puso las manos en alto.

—No es fácil saberlo. Yo supongo que no, por muchas razones. Pero lo comprobaremos esta tarde. A lo mejor tú verás algo con tu aguda visión, algo que a mí se me haya escapado.

Kendra reparó en las patas de conejo de color marrón claro que pendían de los lóbulos perforados de Neil.

—¿Dan buena suerte? —preguntó Kendra, señalando los pendientes.

—Son de chacalope —dijo Neil—. Si pretendemos encontrar un sendero, vamos a necesitar toda la suerte que podamos reunir.

Kendra se contuvo de decirle a Neil algo que saltaba a la vista: que, desde luego, esas patas no le habían traído muy buena suerte al chacalope que las tenía.

Rodearon a pie la meseta. Apenas dijeron nada. Neil se dedicó principalmente a mirar con atención las caras de pura roca desde varios pasos de distancia. Mara se acercaba a la piedra y la acariciaba, y a veces arrimaba la mejilla a la inescrutable superficie. Kendra observaba la meseta lo mejor que podía, de cerca y de lejos, pero no percibió el menor rastro de un sendero.

El sol caía a plomo. Neil le prestó a Kendra un sombrero de ala ancha y un poco de crema solar. Cuando acabaron el recorrido y llegaron de nuevo al todoterreno, Neil sacó una neverita de plástico. Comieron unos bocadillos y frutos secos a la sombra.

Durante la tarde empezó a soplar una cálida brisa. Kendra veía las cosas más interesantes cuando dejaba de observar la meseta y captaba fugazmente la imagen de un hada aquí y allá o de un chacalope a lo lejos. Se preguntó si a los chacalopes les molestaba que Neil llevase esos pendientes. Ninguna criatura, ni siquiera los insectos, se arriesgaban a acercarse a la meseta. La atmósfera estaba cargada. Gavin había estado en lo cierto: había algo en el aire que te adormecía, que te acunaba.

Dieron otra vuelta entera alrededor de la meseta, estudiándola meticulosamente, y se sentaron a la sombra para comer los frutos secos y la cecina que Neil había llevado para cenar. Les dijo que una última vuelta alrededor de la altiplanicie les colocaría más o menos en el punto correcto para buscar el Camino del Anochecer cuando se pusiese el sol.

Mientras marchaban, empezaron a llegar del sur unos nubarrones color plomizo. Cuando se detuvieron un instante para tomar algo de agua, Mara se quedó mirando las nubes que se les aproximaban.

—Esta noche va a caer una buena tormenta —predijo.

Cuando el sol besaba el horizonte, el viento ya soplaba entre las rocas como un gemido constante y espeluznante, que arreciaba produciendo silbidos, aullidos, gritos a cada ráfaga. Unas nubes aciagas oscurecían gran parte del cielo, atravesadas por vetas de magnífico colorido allí donde se hundía el sol.

—Debería estar aquí —dijo Neil, mirando hacia lo alto de un despeñadero en el que no había absolutamente nada—. Un caminito en zigzag.

Mara se apoyó contra la base del precipicio con los ojos cerrados y las palmas pegadas con fuerza a la pared de piedra. Kendra observaba intensamente, tratando de obligar a sus ojos a ver a través de los hechizos que pudieran estar ocultando el sendero. Neil se paseaba de un lado a otro, con claro gesto de frustración. Warren estaba plantado con los brazos cruzados, inmóvil salvo por los ojos. Detrás de ellos, finalmente, el sol desapareció detrás del horizonte.

Una racha de viento particularmente fuerte se llevó por los aires el sombrero de Kendra y la zarandeó. El viento ululó con aullidos inarmónicos.

—Deberíamos volver al todoterreno —dijo Neil, repasando por última vez la meseta con la mirada.

—El Camino del Anochecer está cerrado —anunció Mara en tono solemne.

Cuando iniciaron la marcha de regreso adonde habían dejado aparcado el coche, empezaron a caer sobre las rocas que tenían alrededor gotas de lluvia, que dejaron dibujados en la piedra puntos del tamaño de monedas. A los pocos minutos, las piedras se habían vuelto oscuras por efecto del agua, y resbaladizas y peligrosas en algunos lugares.

Con el todoterreno ya a la vista, treparon por encima y alrededor de varios montones revueltos de piedras mojadas. Llovía con ganas. Aunque Kendra llevaba la ropa empapada, el aire tibio evitaba que se pusiese a tiritar. Miró hacia atrás por encima del hombro y vio una cascada que bajaba por un lado de la meseta. Esa visión hizo que se detuviera. El agua no caía en vertical, sino que dibujaba un ángulo, saltaba y se encabritaba, formando los rápidos típicos de un río profundo. Pero no era un río natural: el agua descendía por una escalera empinada tallada en la cara de la meseta.

—Alto —les dijo Kendra bien fuerte, y señaló hacia allí—. ¡Mirad esa cascada!

Los otros tres se dieron la vuelta y se quedaron mirando la meseta.

—¿Qué cascada? —dijo Warren.

—No es una auténtica cascada —se corrigió Kendra—. Es agua que desciende por una escalera.

—¿Ves unas escaleras? —preguntó Neil.

Ella señaló desde la base de la meseta hasta lo alto.

—Es como si subiese hasta la cima. Ahora no se ven tan bien como antes, pero no me puedo creer que hubiesen estado escondidas. Nos convendrá esperar a que se hayan secado. Sería muy difícil subir por ellas con toda esa agua.

—Las Escaleras Inundadas —dijo Mara con admiración en la voz.

—Yo no veo nada —dijo Warren.

—Yo tampoco —replicó Neil—. Llévanos al pie de las escaleras.

Los demás siguieron a Kendra otra vez a la base de la altiplanicie. Llegar hasta las escaleras no les llevó mucho tiempo. Justo al filo del inicio de los escalones el agua se colaba por una oscura fisura que había en el suelo.

Kendra se acercó a la grieta para echar un vistazo por ella. No se veía el fondo. Podía oír el agua chorrear en las profundidades lejanas.

—Me sorprende que no nos cayésemos en el agujero cuando estuvimos dando vueltas, antes —comentó Kendra, volviéndose hacia los demás.

—Yo no veo ningún agujero —dijo Warren.

—¿Puedes llevarme a las escaleras? —preguntó Neil.

Kendra le cogió de la mano y rodeó con él la abertura del suelo, para continuar por un saliente rocoso hasta encontrarse los dos juntos en el primer escalón. El agua fría les llegaba por los gemelos.

—¿Ahora lo ves? —preguntó Kendra.

—Súbeme unos cuantos escalones —dijo Neil.

Pisando con mucho cuidado, pues, aunque no era profunda, el agua bajaba muy deprisa, Kendra colocó un pie en el primero de los resbaladizos escalones de piedra. Con Neil a remolque, subió cuatro escalones y entonces resbaló, hincando las rodillas y una mano en el gélido río antes de que Neil la ayudase a levantarse.

—Suficiente —dijo él.

Con mucho cuidado, bajaron hasta la cornisa de piedra, rodearon la grieta y se reunieron con Warren y Mara.

—No vi la escalera hasta que empezasteis a subir —dijo Warren—. Y entonces solo parecía tener unos cinco escalones más desde el punto al que llegasteis. Tenía que concentrarme mucho para no dejar de veros.

—Yo vi quince escalones más delante de mí, y luego la escalera terminaba —dijo Neil.

—Pues sigue subiendo —les confirmó Kendra—, gira aquí y allá, llega a rellanos o plataformas en algunos lugares. Estas escaleras conducen a la cima. ¿Habrá dejado de llover mañana por la mañana?

—Cuando cese la lluvia, las escaleras desaparecerán —dijo Mara—. Por eso, aun con tu visión especial, no viste antes las escaleras ni la fisura. Hacía siglos que nadie encontraba las Escaleras Inundadas. Muchos daban por hecho que este camino solo existía en la imaginación popular.

—¿Tenéis que subir las escaleras en mitad de la lluvia? —preguntó Kendra—. ¡Eso va a ser duro!

—Podría ser nuestra única oportunidad —dijo Neil a Warren.

Warren asintió.

—Deberíamos llamar a los demás.

—Necesitaremos que Kendra nos guíe —dijo Neil—. Noté la fuerza del hechizo. Tuve que echar mano de todas mis fuerzas para seguirla. Sin ella, no tenemos la menor oportunidad.

Warren arrugó la frente. El agua le bajaba por la cara, goteándole desde el pelo.

—Tendremos que encontrar otro camino.

Neil negó con la cabeza.

—Esto ha sido pura chiripa, un milagro. No cuentes con que encontremos otro camino, no en muchos años A lo mejor deberíamos dejar en paz lo que haya ahí arriba. Está muy bien protegido.

—Yo os llevaré arriba, si así lo requerís —dijo Kendra—. Necesitaré a alguien cerca de mí para impedir que el agua me lleve por delante.

—No, Kendra —dijo Warren—. No hay ningún peligro inminente que nos fuerce a ello. No hace falta que lo hagas.

—Si no recuperamos lo que vinimos a buscar, es posible que otras personas sí que estén en peligro —repuso ella—. No hace falta que yo entre en la cámara. Solo he de subir la meseta.

—Podría esperar fuera conmigo —se ofreció Neil.

—Podría haber actividad extraña en la meseta durante la tormenta —advirtió Mara. El viento aulló, como si pusiera en relieve sus palabras.

—Nos cobijaremos en el viejo refugio —dijo Neil—. Durante nuestro último viaje pasé el tiempo tranquilamente allí.

Kendra miró a Warren. Él no parecía del todo reacio a dejarla ir. Sospechaba que quería que fuese, pero no porque él la convenciese.

—Esto es importante —insistió Kendra—. ¿Por qué estoy aquí si no es para ayudar en lo que pueda? Hagámoslo.

Warren se volvió hacia Neil.

—¿La última vez no encontrasteis ningún problema en la cima de la meseta?

—Ningún peligro real —dijo Neil—. A lo mejor en parte fue por pura suerte. Sin duda, la meseta no siempre es un lugar seguro.

—¿Crees que podréis proteger a Kendra?

—Eso espero.

—¿Esta lluvia durará un rato? —preguntó Warren a Mara.

—Con alguna que otra interrupción, durará al menos unas cuantas horas.

Empezaron a caminar hacia el todoterreno.

—Podríamos ir a buscar a los demás y estar listos para regresar dentro de menos de media hora —dijo Warren—. ¿Tenéis equipo de montañismo? ¿Cuerdas? ¿Arneses? ¿Mosquetones?

—¿Para nosotros seis? —preguntó Neil—. A lo mejor sí. Reuniré todo lo que tenemos.

Se quedaron callados. Ya estaba. La decisión estaba tomada. Iban a intentarlo.

Mientras Kendra seguía al grupo, fijándose muy bien en dónde ponía el pie al avanzar por las rocas, por encima y alrededor de ellas, intentó no verse a sí misma petrificada de espanto en lo alto de una escalera cubierta de agua, con las majestuosas vistas de un desierto atenazándola de vértigo paralizante. A pesar de la fe de Warren en ella, deseó poder retirar su ofrecimiento.

161

10

Heridas de sombra

Sentado en una silla del porche, Seth examinó el tablero de damas sin poder dar crédito a lo que veían sus ojos. Tanu acababa de saltar dos de sus fichas y en esos momentos superaba en número a Seth por siete piezas a tres. Pero no era esa la causa de su pasmo. Examinó de nuevo su jugada potencial, puso la mano en uno de los dos reyes y saltó seis piezas de Tanu, zigzagueando por todo el tablero.

Levantó la vista hacia Tanu. El samoano le miró a él con los ojos como platos.

—Tú te lo has buscado —se rio Seth, mientras recogía todas las fichas rojas de Tanu menos una. El hombre le había ganado ya dos veces seguidas y la cosa había tenido mala pinta, hasta que de pronto se encontró con la jugada más impresionante de su vida delante de sus narices—. Antes pensaba que los saltos triples eran lo más.

—Nunca había visto tantos saltos en una sola jugada —dijo Tanu, asomando a su rostro una sonrisa.

—Espera un momento —dijo Seth—. ¡Me has engañado! ¡Lo has hecho aposta!

—¿Qué? —dijo Tanu con excesiva inocencia.

—Querías ver si eras capaz de crear el salto más grande de la historia de las damas. ¡Seguro que te has pasado todo el rato maquinando para conseguir que saliera!

—Eres tú el que ha visto la jugada —le recordó Tanu.

—Reconozco el sentimiento de lástima en cuanto lo tengo delante. Prefiero mil veces no acertar con el bate, que tener delante a un *pitcher* que me lanza la bola por debajo. ¿Así es como te vengas de mí por empezar siempre yo?

Tanu cogió un puñado de palomitas de un cuenco de madera.

—Cuando te tocan las negras siempre dices «el carbón va antes que el fuego». Cuando te tocan las rojas dices «el fuego va antes que el fuego». ¿Cómo quieres que me aclare así?

—Bueno, aunque haya sido todo una maniobra tuya, saltar seis fichas ha estado genial.

La sonrisa de Tanu dejó ver un fragmento de almendra que se le había quedado entre dos dientes.

—El salto más largo posible sería de nueve, pero no estoy seguro de que pueda hacer que se dé algo así durante una partida de verdad. Cinco era mi orgulloso récord.

—¡Hola! —exclamó una voz desde el borde del jardín, debilitada por efecto de la distancia—. ¿Stan? ¿Seth? ¿Estáis ahí? ¿Hola?

Seth y Tanu miraron en dirección al bosque. Doren el sátiro estaba justo al otro lado del límite de la hierba, saludando con los dos brazos.

—Hola, Doren —gritó Seth.

—¿Qué crees que querrá? —preguntó Tanu.

—Será mejor que vayamos a ver —dijo Seth.

—¡Deprisa! —los urgió Doren—. ¡Una emergencia!

—Ven, Mendigo —dijo Tanu.

El muñeco gigante siguió a Seth y Tanu, que saltaron la barandilla del porche y continuaron corriendo por el jardín en dirección al sátiro. Doren tenía la cara colorada y los ojos hinchados. Seth nunca había visto al jovial sátiro en semejante estado.

—¿Qué hay? —preguntó Seth.

—Es Newel —dijo el sátiro—. Estaba dando una cabezadita. Esos asquerosos nipsies canijos se vengaron de él y le abordaron mientras dormía.

—¿Cómo está? —preguntó Tanu.

Doren se agarró el pelo con las manos, cogiéndose mechones entre los dedos, y sacudió la cabeza.

—No está bien. Está cambiando, creo, como cambiaron los nipsies. ¡Tenéis que ayudarle! ¿Está Stan por aquí?

163

Seth le dijo que no con la cabeza. El abuelo había ido con la abuela, con Dale y con Hugo a negociar con Nero, con la esperanza de que el trol del precipicio pudiese aportar algo de información utilizando su piedra de las visiones.

—Stan estará fuera toda la tarde —dijo Tanu—. Descríbenos lo que le está pasando a Newel.

—Se despertó gritando, con los nipsies malos encima de él como pulgas. Le ayudé a espantarlos, pero no antes de que le dejasen un montón de heriditas en el cuello, en los brazos y en el pecho. Cuando los echamos, con cuidado de no matar a ninguno, pensábamos que todo estaba bien. Las heridas eran abundantes, pero minúsculas. Hasta nos reímos de eso, y empezamos a planear un contraataque. Se nos ocurrió pringar de bostas sus más bellos palacios.

—Entonces Newel empeoró —dijo Tanu, al hilo de lo anterior.

—No mucho después, empezó a sudar y a delirar. Estaba tan caliente que habría podido freír un huevo en su frente. Se tumbó y enseguida se puso a gemir. Cuando le dejé, parecía atormentado por tenebrosos sueños. El pecho y los brazos parecían más peludos.

—A lo mejor podemos averiguar algo si le observamos —intervino Tanu—. ¿Está muy lejos?

—Tenemos un cobertizo al lado de las canchas de tenis —aclaró Doren—. Cuando le dejé, no había ido demasiado lejos. A lo mejor podemos remediar su mal. Las pociones son tu especialidad, ¿verdad?

—No estoy seguro de a qué nos enfrentamos, pero lo intentaré —contestó Tanu—. Seth, vuelve a la casa y espera a que…

—¡Ni hablar! —le cortó el chico—. Es amigo mío, no está lejos, me he portado bien últimamente y voy con vosotros.

Tanu se dio unos toquecitos con uno de sus gruesos dedos en el mentón.

—Estos últimos días has sido más paciente de lo habitual, y podría ser una insensatez dejarte solo. Tus abuelos podrían cortarme el cuello… Si me prometes que dejarás que Mendigo te devuelva a la casa sin rechistar en cuanto yo lo ordene, puedes venir con nosotros.

—¡Hecho! —exclamó Seth.

—Llévanos —le dijo Tanu a Doren.

El sátiro inició la marcha a paso ligero. Corrieron por un camino que Seth conocía, pues había estado en la pista de tenis muchas veces ese verano. Newel y Doren habían hecho la pista de hierba y Warren les había proporcionado equipamiento a la última. Los dos sátiros eran muy aficionados a ese deporte.

Al poco rato Seth ya tenía flato. Tanu, para ser un hombre tan grande, podía recorrer mucha distancia a gran velocidad. La carrera no parecía cansarle nada.

—¿Newel está en el cobertizo? —preguntó Seth, jadeando, cuando quedaba poco para llegar a la cancha de tenis.

—No, en la caseta del equipamiento —respondió Doren, al que la carrera no le había cansado nada—. Tenemos cobertizos repartidos por toda la reserva. Nunca se sabe dónde podrías decidir echarte a descansar. No queda lejos de la cancha.

—Mendigo, lleva a Seth —ordenó Tanu.

La marioneta de madera cogió al chico en brazos, que se sintió ligeramente ofendido. ¡Tanu ni siquiera se había tomado la molestia de pedirle permiso! Ya no quedaba mucho más para llegar a la cancha. Aunque eso de que le llevasen a uno en brazos era un auténtico alivio. Así Tanu y Doren podían correr a gusto a su ritmo, pero Seth hubiese querido ser el que lo proponía. No le gustaba que le hiciesen de menos.

Abandonaron el camino, trotaron entre la maleza y emergieron en la explanada de hierba impoluta de la pista de tenis recién pintada con tiza. Sin hacer ninguna pausa, Doren cruzó la cancha a toda velocidad y se metió bajo los árboles del otro lado. Las ramas arañaban a Seth mientras Mendigo corría a toda velocidad detrás de los otros, esquivando árboles y arbustos.

Por fin apareció ante su vista un cobertizo de madera. Las paredes estaban desgastadas por la intemperie y astilladas, pero no había rendijas y huecos y el firme suelo ajustaba a la perfección. No había ni una sola ventana, aparte de la puerta con cuatro paños de cristal y cortinas verdes. Por el tejado asomaba el conducto de una estufa. Cuando llegaron al pequeño claro del bosque en el que se levantaba el cobertizo, Mendigo dejó a Seth en el suelo.

—Mantente alejado, Seth —le avisó Tanu, mientras se acercaba ya al cobertizo con Doren.

El sátiro abrió la puerta y entró. Tanu aguardó en el umbral. Seth escuchó un gruñido feroz y Doren salió despedido por la puerta, volando hacia atrás. Tanu le acogió en sus manos y, al contener el impacto del sátiro en pleno vuelo, se tambaleó y dejó libre la entrada.

Una criatura peluda emergió de la casucha. Era Newel, pero a la vez no era Newel. Más alto y más fornido, seguía andando enhiesto como un hombre, pero ahora un pelaje marrón oscuro le cubría por entero, desde los cuernos hasta las pezuñas. Los cuernos eran más largos y más negros y se enroscaban hacia arriba como sacacorchos, rematados en afiladas puntas. Su rostro estaba casi irreconocible, con la nariz y la boca unidas en un hocico, y los labios, que se le movían como temblando, dejaban ver unos dientes afilados como los de un lobo. Lo más inquietante eran sus ojos: amarillos y bestiales, con unas pupilas como dos franjas horizontales.

166

Gruñendo de manera salvaje, Newel se apartó de la puerta con andares pesados. Empujó a Tanu a un lado y agarró a Doren. Rodaron por el suelo. Doren agarró a Newel por el cuello, tensando mucho los músculos en su intento por mantener apartadas de sí aquellas fauces que se abrían y se cerraban.

—Mendigo, inmoviliza a Newel —ordenó Tanu.

El *limberjack* corrió hacia los sátiros. Justo antes de que Mendigo llegase a ellos, Newel se zafó de las manos de Doren, agarró uno de los brazos extendidos de la marioneta y lo lanzó por los aires contra el cobertizo. Entonces, Newel fue a por Seth.

El chico se dio cuenta de que no tenía modo de esquivar al feroz sátiro. Si echaba a correr solo ganaría unos segundos, y además le alejaría de la ayuda de los otros. En lugar de eso, se puso en cuclillas y, cuando Newel casi le había alcanzado, se abalanzó contra sus patas.

La táctica cogió por sorpresa al sátiro furibundo, que perdió el equilibrio y a punto estuvo de caer por encima de Seth, pero dio una voltereta y se estabilizó. Seth tenía la cabeza dolorida, donde una pezuña le había golpeado. Levantó la vista hacia Newel justo a tiempo de ver a Tanu arremetiendo contra él desde un lateral, derribando al sátiro al suelo, como un defensa de fútbol americano con licencia para matar.

Newel se recuperó rápidamente, rodó por el suelo en dirección opuesta a Tanu y se levantó hasta quedar en cuclillas. Newel saltó sobre Tanu, pero este hizo un quiebro para eludir la embestida y bloqueó al enloquecido sátiro con una llave nelson, con los brazos enroscados por debajo de las axilas de Newel y las manos entrelazadas en su nuca. Newel se revolvió y se retorció, pero Tanu le tenía sujeto sin piedad, haciendo uso de la fuerza bruta para que no se soltase. Mendigo y Doren se acercaron rápidamente al lugar del combate.

Tras emitir un tremendo alarido, que estaba entre un rugido y un bramido, Newel giró la cabeza y le clavó los dientes a Tanu en su grueso antebrazo. Con las fauces cerradas con fuerza, se retorció de nuevo y se agachó para levantar a Tanu por encima de sí mismo, consiguiendo zafarse así y lanzar por los aires al samoano con los brazos y las piernas abiertos.

Doren atacó a su mutante amigo, pero este le soltó un revés que sonó con un crujido tan fuerte que pareció un disparo de arma de fuego, y Doren se estampó contra el suelo. En estas, Newel se alejó de Mendigo moviéndose ágilmente. Dos veces intentó agarrar al muñeco gigante, pero Mendigo le eludió. Puesto a cuatro patas, correteaba adelante y atrás, reptando como las arañas, para finalmente avanzar y enredarse en las piernas de Newel. El enfurecido sátiro se puso a dar coces y patadas y logró liberarse, dejando a Mendigo con un brazo partido.

—¡Marchaos! —gritó Doren poniéndose en pie, con la mejilla hinchada—. No podemos ganar. Es demasiado tarde. ¡Yo le distraeré!

Tanu lanzó un frasquito destapado a Seth. Al cogerlo, se salió un poco de líquido.

—Bebe —dijo Tanu.

Seth volcó el frasco y se tragó todo el líquido. Al bajar por su garganta, silbaba y chisporroteaba. Tenía un sabor ácido y afrutado. Newel se abalanzó contra Doren, que se dio la vuelta, plantó las manos en el suelo y arremetió contra el pecho de su amigo con las dos patas. La coz le hizo daño.

—Corre, Doren —le urgió Tanu—. No dejes que te muerda.

167

Mendigo, ayúdame a volver al jardín lo más deprisa que puedas.

El muñeco de madera corrió hacia Tanu, quien se montó a caballito encima de él. Mendigo no parecía lo bastante recio para llevar a un hombre tan grandullón como él, pero salió corriendo de allí a toda velocidad.

Seth notaba un cosquilleo por todo el cuerpo, casi como si las burbujas de la poción estuviesen ahora recorriéndole las venas. Resoplando, Newel se levantó del suelo y dirigió su atención hacia Seth, hacia el que avanzó con pasos pesados, enseñando los dientes y con los brazos estirados. El chico intentó correr, pero, aunque se le movían las piernas, los pies no conseguían ponerse en movimiento.

Newel le atravesó limpiamente, y del cuerpo de Seth brotó una miríada de burbujas cosquilleantes. Mientras iba remitiendo aquella sensación de efervescencia, se dio cuenta de que su cuerpo volvía a aglutinarse. ¡Estaba en estado gaseoso!

—¡Newel! —dijo Doren en tono cortante, apartándose de su enloquecido amigo—. ¿Por qué estás haciendo esto? ¡Vuelve en ti!

Newel le miró despectivamente.

—Ya me darás las gracias después.

—Deja las cosas como están —dijo delicadamente—. Soy tu mejor amigo.

—Enseguida terminamos —respondió Newel gruñendo con su voz gutural.

Seth intentó decir «Ven a por mí, chiflado con cara de cabra», pero aunque su boca podía moverse correctamente para formar las palabras, no le salió ningún sonido.

Rugiendo, Newel se abalanzó sobre su amigo, quien se dio la vuelta y echó a correr en sentido contrario al de Tanu. Al parecer, Newel estaba más interesado en perseguir al otro sátiro que en ir a por el samoano, porque ni siquiera lanzó una mirada a Tanu o a Mendigo. Doren se lanzó a todo correr entre los matorrales; Newel le pisaba los talones. Por primera vez, Seth reparó en un fino cordón de sombra enganchado a Newel. Aquella línea negra que se enroscaba en el aire se perdía de vista entre los árboles.

Se quedó solo en el pequeño claro del bosque, levitando a

pocos centímetros del suelo. Su cuerpo emitía diminutas partículas al aire, sin llegar a disiparse nunca del todo. Intentó moverse otra vez, moviendo los brazos y las piernas con ahínco. Aunque no generó más impulso de tracción que la vez anterior, sí que ahora empezó a deslizarse hacia delante. Enseguida entendió que lo que importaba no era mover los brazos o las piernas. Solo necesitaba pensar en desplazarse en una determinada dirección, y así fue gradualmente deslizándose por el aire.

Con los brazos pegados a los costados y las piernas colgando inmóviles, Seth se deslizó lentamente en la dirección en que había salido corriendo Tanu, con la esperanza de alcanzar la casa antes de volver al estado sólido, por si Newel decidía regresar. En estado gaseoso, Seth podía haber abandonado los caminos para viajar en línea recta por el bosque. Pero los caminos eran bastante directos y no le agradaba especialmente la sensación de disolverse al contacto con ramas y otros obstáculos.

Como su velocidad máxima apenas llegaba a la propia de un paseo tranquilo, estuvo muy ansioso durante todo el aburrido trayecto. Le angustiaba pensar cómo estaría yéndole a Tanu, si Doren había conseguido dejar atrás a Newel o qué haría él mismo si Newel volvía a aparecer. Pero el sátiro transformado no volvió y él permaneció en estado gaseoso hasta que cruzó suavemente el jardín y subió al porche.

Tanu abrió la puerta trasera de la casa y lo dejó pasar. Mendigo aguardaba no lejos de allí, con una profunda raja en uno de sus brazos de madera. Tanu parecía preocupado.

—¿Doren ha logrado escapar? —preguntó.

Incapaz de articular palabra, Seth se encogió de hombros y cruzó los dedos.

—Eso espero yo también. Creo que mi herida va a ser un problema. Mira.

Tanu levantó su fornido brazo. No tenía rastro de sangre, pero gran parte del antebrazo parecía hecho de sombra en lugar de carne.

—¡Oh, no! —exclamó Seth sin que le salieran los sonidos.

—Está volviéndose invisible —dijo Tanu—. Como lo que le pasó a Coulter, solo que más despacio. El trozo invisible ha ido en aumento. No tengo ni idea de cómo frenarlo.

169

Seth sacudió la cabeza.

—No te preocupes. No esperaba que tú tuvieras la respuesta.

El chico meneó la cabeza aún más vigorosamente, por lo que las partículas de su cara se dispersaron en efervescentes burbujas. Se desplazó hasta una repisa y señaló una carpeta negra, y a continuación señaló el brazo de Tanu.

—¿Quieres que tome notas sobre lo que le está pasando a mi brazo? Dejaré que informes a los demás. Pronto volverás al estado sólido.

Seth miró en derredor. Se desplazó hasta una ventana, donde la luz del sol hacía que una maceta proyectase sombra. La señaló y a continuación indicó el brazo de Tanu.

—¿Sombra? —preguntó Tanu. De pronto, en su rostro se vio que había comprendido—. A tus ojos mi brazo está hecho de sombra, no invisible. Como cuando ves a Coulter, convertido en un hombre sombra.

El chico respondió con el gesto de pulgares hacia arriba.

—Será mejor que salga de la casa, por si me vuelvo malvado, como Newel.

El samoano salió al porche. Seth le siguió, flotando por el aire. Se quedaron los dos quietos, uno al lado del otro mirando en silencio los jardines. Una sensación espumosa recorrió todo el cuerpo del chico, con burbujeantes pinchazos por todas partes, como si fuese una botella de refresco que alguien hubiese agitado hasta hacer que se le saliese la espuma sin control. Tras un silbido de efervescencia, el cosquilleo cesó y Seth volvió a encontrarse pisando el porche con los pies, de nuevo con un cuerpo sólido.

—Ha sido una pasada —comentó.

—Una sensación incomparable, ¿verdad? —dijo Tanu—. Solo me queda una poción gaseosa. Ven conmigo, quiero intentar una cosa.

—Siento lo de tu brazo.

—No fue culpa tuya. Me alegro de que no te llevases ningún mordisco.

Bajaron las escaleras del porche y al salir de debajo del alero del tejado quedaron totalmente expuestos a la luz del sol. Tanu guiñó los ojos, se aferró a su brazo y corrió a refugiarse en la sombra.

—Me lo temía —gruñó, apretando los dientes.

—¿Te ha dolido? —preguntó Seth.

—Coulter comentó que no podía venir a vernos hasta que anocheciese. Creo que acabo de confirmar el porqué. Cuando me dio la luz del sol en el brazo, la parte invisible me ardió con un frío insoportable. A duras penas puedo imaginar cómo debe de sentirse eso en todo el cuerpo. A lo mejor debería taparme el brazo con algo y buscar un lugar umbrío lejos de la casa.

—No creo que vayas a volverte malvado —dijo Seth.

—¿Por?

—Newel no se comportaba como si fuese él —aclaró Seth—. Estaba descontrolado. Pero Coulter actuó con calma. Parecía normal, solo que estaba hecho de sombra.

—Tal vez Coulter esté siendo más astuto que Newel —dijo Tanu—. Quizá se nos habría echado encima si le hubiésemos dado la oportunidad de hacerlo. —Tanu sostuvo en alto el brazo. La parte desde la muñeca hasta el codo había desparecido bajo la sombra—. Está extendiéndose más deprisa. —Tenía la frente perlada de sudor. Se sentó pesadamente en las escaleras del porche.

171

Seth vio entonces aparecer al abuelo Sorenson desde el bosque, en la otra punta del jardín. Detrás venía Dale y a continuación Hugo llevando a la abuela subida encima de un hombro.

—¡Abuelo! —exclamó Seth—. ¡Tanu está herido!

El abuelo se dio la vuelta y dijo algo inaudible a Hugo. El golem le cogió con un brazo, colocó bien a la abuela para que no se cayese y cruzó el césped a grandes zancadas. Dale corrió detrás de él. Hugo dejó a los abuelos de Seth al lado del porche. Tanu levantó su brazo herido.

—¿Qué ha pasado? —preguntó el abuelo.

Él les relató el incidente con Newel, explicándoles cómo había cambiado el sátiro, que los había atacado, que habían logrado escapar y que Seth veía la herida como una mancha de sombra. La abuela se arrodilló al lado de Tanu para inspeccionarle el brazo.

—¿Un solo mordisco te ha hecho esto? —preguntó.

—Fue un mordisco bien grande —respondió Seth.

—Para transformar a Newel solo hicieron falta heriditas hechas por los nipsies —dijo Tanu.

—¿Cómo te encuentras? —preguntó la abuela.

—Como si tuviera fiebre. —La sombra le había cubierto la mano entera, salvo las yemas de los dedos, y también se le iba extendiendo por el brazo—. Creo que no me queda mucho tiempo. Saludaré a Coulter de vuestra parte.

—Haremos todo lo que podamos por curarte —le prometió el abuelo—. Intenta resistirte a cualquier inclinación a la maldad.

—Pondré los dos pulgares hacia arriba si podéis fiaros de mí —dijo Tanu—. Intentaré con todas mis fuerzas no engañaros con ese gesto. ¿Se os ocurre algún modo mejor para demostraros que sigo de vuestra parte?

—No se me ocurre qué más podrías hacer —respondió el abuelo.

—Tendrá que permanecer apartado del sol —dijo Seth—. Le da un frío horrible.

—¿A Newel no le afectaba el sol? —preguntó la abuela.

—No parecía —repuso el chico.

—Ni frenó a las hadas que persiguieron a Seth —apuntó el abuelo—. Tanu, quédate en el porche hasta que anochezca. Habla con Coulter cuando llegue.

—Después, si aún soy dueño de mí, exploraré la reserva, a ver qué puedo encontrar —farfulló Tanu con la boca retorcida en una mueca—. ¿Habéis descubierto algo a través de Nero?

—Nos lo encontramos herido en el lecho de la quebrada, apresado bajo un pesado tronco —dijo el abuelo—. Al parecer, unos enanos negros le habían dejado así. Le robaron la piedra mágica y gran parte de sus tesoros. No supo decirnos cómo se había originado la plaga. Las heridas que presentaba no parecían estar transformándole en nada. Hugo movió el tronco y Nero pudo regresar, mal que bien, a su guarida.

Tanu empezó a respirar con dificultad; los ojos se le cerraban y el sudor le chorreaba por la cara. Tenía el brazo entero desaparecido bajo la sombra.

—Siento oír eso…, era el no va más —dijo con un hilo de voz—. Mejor… entrad en la casa…, por si acaso.

El abuelo puso una mano sobre el hombro sano de Tanu para tranquilizarle.

—Te curaremos. Buena suerte. —Se levantó—. Hugo, quiero que te quedes en el granero, montando guardia al lado de *Viola*. Estate preparado para venir aquí si te llamamos.

El golem se marchó con sus largos pasos en dirección al granero. Dale dio unas palmadas a Tanu en el hombro bueno. El abuelo entró en la casa y todos los demás le siguieron, dejando a Tanu gimiendo en los escalones del porche.

—¿No podemos hacer nada por él? —preguntó Seth, asomándose a mirar por la ventana.

—No en el sentido de evitar lo que está pasando —respondió la abuela—. Pero no descansaremos hasta que Tanu y Coulter puedan volver a nuestro lado.

Dale se puso a examinar el brazo fracturado de Mendigo.

—¿Visteis alguna criatura oscura cuando fuisteis a encontraros con Nero? —preguntó Seth.

—Ninguna —respondió el abuelo—. No nos salimos de los caminos y nos dimos prisa. Hasta ahora no he sido consciente de la suerte que hemos tenido. Si tenemos claro que podemos fiarnos de Tanu y Coulter, quizá podamos intentar una última excursión mañana por la mañana antes del amanecer. Si no, tal vez sea el momento de plantearnos abandonar Fablehaven hasta que podamos regresar armados con un plan.

—No rechaces la ayuda que nos puedan ofrecer Tanu y Coulter solo porque yo tenga que estar presente para poder verlos —le suplicó Seth.

—Te guste o no, debo tomar eso en consideración —dijo el abuelo—. No pienso ponerte en peligro.

—Si soy el único que puede verlos, a lo mejor quiere decir que hay algo que solo yo puedo hacer para ayudarlos —razonó el chico—. Quizás haya razones más importantes para dejarme estar con vosotros, aparte de simplemente para poder seguirlos. A lo mejor es nuestra única esperanza de éxito.

—No descartaré esa idea —dijo el abuelo.

—¡Stan! —replicó la abuela en tono de reproche.

El abuelo se volvió para mirarla y ella dulcificó su expresión.

—¿Le has guiñado un ojo? —preguntó Seth al abuelo—. ¿Estáis intentando que cierre el pico y nada más?

El abuelo miró a Seth con cara divertida.

—Cada día te vuelves más intuitivo.

173

11

La vieja tribu de los pueblos

Gavin se reunió con Kendra en el vestíbulo, cargado con una lanza de madera que tenía la punta de piedra negra. A pesar de su primitivo diseño, el arma tenía un aspecto magnífico y parecía peligrosa, con la cabeza firmemente fijada y la punta y el filo bien afilados. Aun así, Kendra se preguntó por qué Gavin prefería la lanza a un arma más moderna.

Kendra se había calzado unas botas recias y se había puesto un poncho con capucha sobre la ropa limpia y seca.

—¿Crees que vamos a ver algún mamut? —le preguntó.

Gavin sonrió y levantó un poco la pesada lanza.

—Ayer no estabas con nosotros, así que no oíste todos los detalles. Desde el punto de vista técnico, la meseta no forma parte de la reserva. Es más antigua. E indomable. El t-t-tratado que fundó esta reserva no nos protegerá cuando estemos allí arriba.Rosa dijo que solo las armas fabricadas por el pueblo que vivía en Meseta Pintada sirven de algo frente a las criaturas que nos encontraremos. Esta lanza tiene más de mil años de antigüedad. Utilizan un tratamiento especial para conservarla como nueva.

—¿Los otros tuvieron que usar armas la última vez? —preguntó Kendra.

—Supuestamente no —respondió Gavin—. Las llevaron, pero llegaron a la cámara sin problemas. Las complicaciones surgieron cuando llegaron hasta el dragón. Pero me temo que las cosas han podido cambiar desde la última vez. El camino que siguieron ellos ha desaparecido. Además, cuando ayer tratamos de escalar hasta la meseta se notaba un peso preocupante en el ambiente. Sinceramente, creo que deberías quedarte fuera de esto, Kendra.

Ella se sintió como si estuviese de nuevo en Fablehaven, cuando unas semanas antes Coulter se negó a llevarla en determinadas excursiones junto a Seth simplemente por el hecho de ser chica. Sus dudas sobre si escalar o no la meseta se desvanecieron al instante.

—¿Cómo pensáis encontrar las escaleras sin mí?

—No me importa que nos guíes hasta el pie de las escaleras —dijo Gavin—. Pero si no conseguimos subirlas sin ti, a lo mejor es que no se nos ha perdido nada allí arriba.

Kendra respiró hondo lentamente.

—Aunque yo soy la única persona que puede encontrar un camino de ascenso, de alguna manera crees que la meseta es más tuya que mía, ¿no es así?

—No era mi intención ofenderte —dijo, levantando la mano que tenía libre—. Solo sospecho que no te han dado suficientes clases de entrenamiento en combate. —Hizo girar la lanza de la manera más natural, y el arma silbó al cortar el aire.

—Ese movimiento quedaría muy guay en un desfile —dijo Kendra sin denotar sentimiento alguno—. Eres un encanto por preocuparte por mí.

Sin ningún tipo de entrenamiento concreto, ¿no había ella conducido a las hadas en un asalto que sirvió para apresar a un poderoso demonio? ¿No había ayudado a Warren a retirar el objeto mágico de la cámara en Fablehaven? ¿Qué había hecho Gavin?

El chico clavó en ella una mirada intensa y dijo muy convencido:

—Tú me ves como un imbécil adolescente que te suelta el rollo de que las chicas no tienen nada que hacer en una aventura. Para nada. Me preocupa que no salgas con vida de esta. No soportaría que te hiciesen daño. Kendra, insisto en que le digas a Warren que prefieres quedarte.

No pudo resistir las ganas de soltar una carcajada. La sorpresa que asomó al rostro de Gavin, que pasó de la vehemencia a la inseguridad, no hizo sino que le pareciese más gracioso aún. Tardó unos segundos en poder decir algo. Gavin se había quedado tan alicaído que quiso tranquilizarle.

—Vale, antes te lo he dicho en tono sarcástico. Pero de verdad que eres un encanto. Aprecio tu preocupación. Yo también estoy asustada, y en parte me encantaría seguir tu consejo. Pero yo no voy a entrar en la cámara, sino que me quedaré con Neil en el campamento de la meseta. No haría esto solo por pasarlo bomba. Creo que merece la pena el riesgo.

Tammy entró en el vestíbulo con una ligera chaqueta con capucha y con un tomahawk en una mano. Se había ceñido la capucha a la cara de modo que solo se le veían los ojos, la nariz y la boca.

—No me puedo creer que vayamos a trepar por una cascada —dijo—. El sendero ya era bastante duro.

—La última vez que fuisteis no visteis nada en lo alto de la meseta, ¿verdad? —preguntó Kendra.

—Sí vimos algo —la corrigió Tammy—. Una cosa grande. Tenía al menos diez patas y se ondulaba al moverse. Pero en ningún momento se nos acercó demasiado. La meseta no debería representar ningún problema. Lo que me preocupa es cómo vamos a sortear esas trampas otra vez.

Warren, Neil, Dougan, Hal y Rosa aparecieron por el pasillo en dirección a la puerta. Dougan llevaba un hacha enorme de piedra. Warren portaba otra lanza.

Hal se acercó a Kendra con sus andares lentos pero decididos, con los pulgares enganchados en las presillas de los vaqueros.

—¿De verdad vas a llevar a estos chiflados a lo alto de la meseta? —preguntó.

Ella respondió que sí con la cabeza.

—Supongo que podría prestarte esto. —Sostuvo en alto un cuchillo de piedra enfundado en una vaina de gamuza.

—Preferiría que fuese desarmada, como Neil —intervino Warren.

Hal se rascó el bigote.

—Es verdad que Neil tiene talento para salir con vida de cualquier cosa. Quien a hierro mata a hierro muere, ¿no es así? Tal vez no sea mala idea —dijo, y se guardó el cuchillo.

—Solo tenemos equipo de escalada para cinco personas —anunció Warren—. Yo ascenderé en retaguardia sin arnés, simplemente agarrándome a la cuerda.

—¿Tienes la llave? —preguntó Rosa.

Dougan dio unas palmadas en su macuto.

—No serviría de mucho llegar allí arriba sin ella.

—Deberíamos ponernos en camino —recomendó Neil.

Fuera seguía lloviznando. Neil se puso al volante del todoterreno, junto a Kendra, Warren y Tammy. Dougan los siguió con la camioneta, con Gavin de copiloto. El todoterreno, con el hipnótico vaivén de los limpiaparabrisas, avanzó chapoteando por los charcos y alguna que otra vez dio coletazos al derrapar a causa del barro.

En un momento dado, Neil aceleró y avanzaron a gran velocidad por un arroyo, levantando sendas cortinas de agua a los lados del todoterreno como si le hubiesen salido alas. Se acercaban a la meseta por una ruta menos directa que antes, más serpenteante y no tan escarpada. El trayecto duró casi el doble de tiempo que la vez anterior.

Finalmente pararon en la misma zona llana y salpicada de bólidos en la que habían aparcado anteriormente. Neil apagó el motor y las luces. Todos salieron de los vehículos y se cargaron el equipo al hombro. Warren, Dougan y Gavin encendieron unas grandes linternas sumergibles.

—¿Ves las escaleras? —le preguntó Dougan a Kendra, tratando de ver algo en medio de la oscuridad y la lluvia.

—A duras penas —respondió Kendra. En realidad, distinguía las Escaleras Inundadas más claramente de lo que admitió, pero no quería que se le notase mucho que podía ver en la oscuridad.

Fueron avanzando con cuidado por las rocas mojadas, rodeando varias depresiones en las que se había estancado el agua. En parte, Kendra se preguntaba por qué se molestaban en no pisar el agua, teniendo en cuenta la escalada que estaban a punto de emprender. La capucha de su poncho amplificaba el golpeteo de las gotas de lluvia.

Cuando les quedaba poco para llegar a la fisura al pie de las escaleras, Kendra se vio al lado de Neil.

—¿Qué pasa si deja de llover mientras estamos en las escaleras? —preguntó Kendra.

—A decir verdad, no tengo ni idea. Me gustaría creer que las escaleras perdurarán mientras permanezcamos en ellas. Pero, por si acaso, deberíamos salir corriendo.

Warren ayudó a Kendra a ponerse un arnés, le abrochó las correas y pasó una cuerda por una serie de ganchos metálicos. En cuanto estuvieron todos enganchados los unos a los otros, Kendra los llevó por la estrecha cornisa que quedaba entre la pared vertical del precipicio y la fisura.

—No os fijéis en las escaleras —les indicó Neil—. Dirigid la atención a la persona que tenéis delante. Puede que os cueste algún esfuerzo.

Kendra puso un pie en la corriente de agua de la base de las escaleras y empezó a subir. Las botas le proporcionaban mejor agarre que las zapatillas de deporte que había llevado antes. A medida que los escalones iban haciéndose más altos, se fue tornando imposible ascender sin utilizar las manos. Las mangas y las perneras de los pantalones se le empaparon. El torrente de agua hacía que pareciera que iba a caerse a cada paso que daba.

Tras subir al menos un centenar de escalones, llegaron al primer rellano. Kendra se dio la vuelta, miró hacia abajo y se quedó impactada al comprobar lo empinado que parecía el ascenso desde esa perspectiva, mucho más de lo que le había parecido mientras trepaba. Si se caía, sin duda bajaría rodando por toda la escalera de piedra sin labrar, y su cuerpo sin vida, arrastrado por el agua, se colaría por la fisura del suelo. Se retiró para apartarse del filo, temerosa de caer por el tobogán de agua más doloroso de toda su vida.

Se dio la vuelta. Delante de ella el agua descendía en vertical desde una altura de unos treinta metros antes de estrellarse ruidosamente contra la superficie del rellano. Las escaleras se tornaban tan empinadas que parecían una escala de mano, que subía por un lado de la cascada.

Kendra guio al resto del grupo y empezó a escalar por los peldaños más empinados que había encontrado hasta el momento, procurando no hacer caso del estruendo y de la rociada de la cascada a su lado. Ningún peldaño tenía suficiente profundidad para poner toda la suela del pie en él, y muchas veces entre escalón y escalón había una distancia de más de medio metro. Fue ascendiendo con mucha precaución, siempre con las manos bien aferradas al escalón siguiente, y con el aroma a piedra mojada llenándole las fosas nasales. Se concentraba exclusivamente en el siguiente peldaño, sin pararse a pensar en el vacío que tenía a sus espaldas o en que podría resbalar y arrastrar a todos los demás en su caída. El viento arreció y le echó la capucha hacia atrás, por lo que su larga melena ondeó como un estandarte. Los brazos le temblaban de miedo y agotamiento.

¿Por qué se había ofrecido voluntaria para aquello? Debería haber escuchado a Gavin. Él había intentado brindarle una escapatoria, pero el orgullo le había impedido considerar esa opción.

Estiró un brazo para llegar al siguiente escalón, se agarró lo mejor que pudo, levantó el pie derecho y a continuación el pie izquierdo. Mientras repetía aquel agotador proceso, se imaginó que solo estaba a unos metros del suelo.

Por fin Kendra llegó a lo alto de la catarata y a otro saliente de considerable profundidad. Detrás de ella subió Neil, impulsándose con los brazos. Al mirar hacia arriba vieron que les quedaba aún un buen trecho de ascensión. Kendra refrenó el impulso de mirar hacia abajo.

—Lo estás haciendo muy bien —la animó Neil—. ¿Necesitas un descanso?

Kendra asintió con la cabeza. Había estado tan rebosante de adrenalina mientras trepaba por el lateral de la cascada que no había reparado en lo fatigadas que notaba las extremidades. Se puso la capucha y esperó un ratito en la cornisa antes de reanudar la ascensión.

Ahora la escalera zigzagueaba, formando numerosos tramos cortos. A veces la riada seguía el mismo trazado que la escalera; otras, saltaba por algún sitio y tomaba un atajo. Ascendieron peldaño a peldaño, rellano tras rellano. A Kendra le dolían las piernas y empezaba a quedarse sin resuello, por lo que necesitaba hacer pausas con más frecuencia cuanto más alto subía.

El viento empezó a soplar con más fuerza, azotándole el poncho y empujando la lluvia contra su cuerpo, haciendo que

179

hasta los escalones más firmes de la escalera pareciesen traicioneros. Costaba distinguir si la tormenta en sí estaba empeorando o si era solo que el viento soplaba con mayor violencia ahora que la elevación era mayor.

Después de avanzar con sumo cuidado palmo a palmo por un estrecho saledizo, Kendra se encontró en la base del último tramo de escalones, con el viento azotándole el pelo lateralmente. El último tramo era casi tan empinado como las escaleras de al lado de la cascada, salvo que esta vez tendrían que subirlo directamente en medio del agua.

—¡Estos son los últimos escalones! —gritó Kendra a Neil por encima del estruendo del viento y la lluvia—. Son empinadas y el agua cae a gran velocidad. ¿Esperamos a ver si la tormenta amaina un poco?

—La meseta está intentando echarnos atrás —respondió Neil—. ¡Continúa!

Kendra se echó hacia delante para meterse en el agua y comenzó a subir, trepando con ayuda de manos y pies. El agua le lamía las piernas y le salpicaba la cara al rebotar en sus brazos. Tanto si se movía como si se detenía, era como si el torrente de agua estuviese a punto de arrancarla de las resbaladizas escaleras. Cada paso que daba era un peligro, y la llevaba aún más alto, incrementando la distancia que habría de recorrer en caso de caerse. El resto del grupo ascendía siguiendo su estela.

Uno de sus pies resbaló cuando ella le confió todo el peso de su cuerpo, y la rodilla topó dolorosamente contra un escalón; el agua chorreaba abundantemente al caerle por el muslo. Para estabilizarla, Neil apoyó una de sus manos en la parte baja de su espalda y la ayudó a subir. Cada vez estaba más arriba, hasta que al final solo le quedaban diez escalones para la cima, luego cinco, y después su cabeza asomó por encima del borde de la meseta y Kendra remontó los últimos escalones. Enseguida se alejó de la escalera y del río hasta una zona de roca firme salpicada de charcos.

El resto del grupo terminó de escalar y se arremolinó a su alrededor, mientras el viento los abofeteaba con más violencia aún, apiñados como estaban en lo alto de la meseta. Un relámpago resplandeció en el cielo, el primer relámpago en el que

Kendra se fijaba desde que habían salido. Por un instante toda la extensión de la meseta quedó iluminada. A lo lejos, hacia el centro, vio unas antiguas ruinas: capa sobre capa de muros derruidos y escaleras que en su día debieron de formar un complejo urbano de la tribu de los pueblos más impresionante que la estructura que lindaba con la hacienda. Por unos segundos llamó su atención el movimiento de un gran número de personas que bailaban brincando salvajemente bajo la lluvia en el extremo más cercano de las ruinas. Antes de que le diera tiempo a reflexionar sobre esta escena, el fogonazo del relámpago se había apagado. La distancia, la oscuridad y la lluvia se combinaron para impedir que ni siquiera a la aguda vista de Kendra pudiesen aparecer los participantes en aquella danza. Retumbó el trueno, amortiguado por el viento.

—¡Kachinas! —gritó Neil.

El navajo de mediana edad soltó rápidamente a Kendra del equipamiento de escalada, sin tomarse la molestia de quitarle el arnés. Otro relámpago alumbró la noche, y vieron que aquellas personas habían dejado de participar en su frenética danza. Los celebrantes iban ahora a por ellos.

—¿Qué quiere decir esto? —gritó Warren.

—¡Esos son kachinas, o seres de la misma familia! —gritó Neil—. Viejos espíritus de la Naturaleza. Hemos interrumpido una ceremonia en la que daban la bienvenida a la lluvia. Debemos refugiarnos en las ruinas. Tened a mano las armas.

Tammy estaba teniendo dificultades para soltar la cuerda que tenía atada al cuerpo, por lo que la cortó con el tomahawk.

—¿Cómo llegamos hasta allí? —preguntó Warren.

—No pasando entre ellos —respondió Neil, que empezó a correr agachado por el perímetro de la meseta—. Intentaremos rodearlos.

Kendra los siguió. No le hacía ninguna gracia que el borde del precipicio quedase a poco menos de diez metros de ellos. La luz de las linternas cabeceaba y se bamboleaba en mitad de la lluvia, lo que hacía visibles franjas aisladas de relucientes gotas, junto con zonas ovaladas del suelo. Kendra prefirió no encender su linterna —la luz la distraía—. Podía ver perfectamente quince metros como mínimo en todas direcciones.

—¡Tenemos compañía! —exclamó Dougan, su voz era casi inaudible en medio de aquel vendaval.

Kendra miró por encima de su hombro. Dougan tenía el foco de su linterna apuntando hacia una persona de complexión delgada, peluda, con cabeza de coyote. La criatura humanoide se aferraba a una vara que llevaba en lo alto un montón de sonajas, y lucía un complicado collar de cuentas. Echó la cabeza hacia atrás y lanzó un aullido, un grito agudo y melodioso que atravesó la tempestuosa noche.

Neil se detuvo en seco. Delante de él, impidiéndole el paso, su linterna alumbró a un bruto de casi dos metros y medio de alto, con el pecho descubierto y una enorme máscara pintada. ¿O era su verdadera cara? El tipo blandía una cachiporra larga y torcida.

Girando sobre sus talones, Neil se lanzó a correr en dirección al interior de la planicie. De pronto, por todas partes había figuras de aspecto extraño. Un ser alto y cubierto de plumas con cabeza de halcón agarró a Tammy por un brazo, la arrastró unos pasos, dio varias vueltas como si estuviese practicando con un disco y la lanzó por el filo de la meseta. Kendra vio con espanto cómo Tammy salía despedida dando vueltas por el aire, agitando los brazos como si intentase nadar, y desaparecía de su vista. La criatura la había lanzado tan lejos, y la mayor parte de la meseta era tan vertical, que Kendra imaginó que la pobre mujer se precipitaría en caída libre todo el camino hasta abajo.

La chica esquivó a un malicioso chepudo que llevaba una flauta larga, para caer en las garras de una criatura peluda de aspecto relamido, con cuerpo de hembra humana y cabeza de lince rojo. Kendra lanzó un grito y luchó para soltarse, pero la mujer lince la tenía agarrada con mucha fuerza por la parte superior del brazo y la arrastró hacia el filo de la meseta. Los tacones de sus botas patinaron en el resbaladizo suelo de piedra. Notó el olor a pelambre mojado de la criatura. ¿Qué se sentiría bajando por el aire derecha al fondo, en medio de la tormenta nocturna, descendiendo al mismo tiempo que las gotas de lluvia?

En estas apareció Gavin en medio de la oscuridad, trazando semicírculos en el aire con su lanza. Maullando y reculando, la mujer lince dejó caer a Kendra en el suelo y levantó las zarpas para protegerse, pero un gran corte en diagonal apareció en su felino rostro. Gavin atacaba con la lanza, daba vueltas con ella, lanzaba cuchilladas, obligando a la feroz criatura a retroceder, evitando hábilmente su contraataque, produciéndole cortes y pinchazos mientras ella retrocedía despacio con las fauces abiertas.

Kendra, a cuatro patas en el suelo, vio a Dougan blandiendo el hacha para obligar a retroceder al hombre coyote. Ahí estaba Warren, usando su lanza para mantener a raya a un broncíneo escorpión gigante. Y ahí llegaba Neil, corriendo hacia Kendra. Al mirar por encima de su hombro, Kendra vio que estaba a unos palmos del borde del alto precipicio. Gateando, se apartó del abismo.

El hombre de las plumas y cabeza de halcón se unió a la mujer lince en su ataque contra Gavin. Este utilizó el extremo de la lanza para golpear a la mujer lince, mientras con el otro extremo intentaba herir al atacante plumado, que no paraba de emitir chillidos.

Neil llegó hasta Kendra y la aupó para ponerla de pie.

—Móntate a caballo y sujétate —le ordenó casi sin aliento.

Ella no estaba segura de cómo dejaría Neil atrás a sus numerosos enemigos con ella montada a caballito a su espalda, pero aun así se subió encima de él sin rechistar. En cuanto se aferró a su cintura con las piernas, él empezó a transformarse. Se inclinó hacia delante como si quisiese ponerse a gatas, pero no bajó tanto hasta el suelo como Kendra había pensado. El cuello se le ensanchó y se le alargó, las orejas le crecieron hasta asomarle por encima de la cabeza y el torso se le hinchó. En cuestión de segundos, Kendra se encontró montada a horcajadas de un corcel zaíno que corría a medio galope.

Sin silla de montar ni bridas, no había mucho a lo que agarrarse y Kendra se encontró rebotando hacia delante a cada zancada que daba el caballo, saliéndose de su sitio. El gigante con la cara como una máscara se interpuso en su camino de huida, con la pesada cachiporra levantada en posición de ataque. El corcel ralentizó la marcha y se alzó sobre los cuartos traseros, golpeando al grandullón con los cascos delanteros. La inmensa figura cayó derribada. Pero Kendra no consiguió mantenerse agarrada y cayó también al suelo, aterrizando en un charco de lodo.

El corcel recorrió toda la zona haciendo cabriolas, arremetiendo y abalanzándose contra todos, pisoteando a los enemigos caídos y poniendo en fuga a los otros. Kendra miró en derredor y vio a Gavin dando una voltereta vertical para acercarse a recuperar el tomahawk caído de Tammy. Haciendo girar la lanza con gran destreza, se libró de cuatro adversarios. Cerca de él yacían un par de cuerpos inmóviles.

Su mirada se cruzó con la de Kendra y, tras un último y amplio movimiento semicircular con la lanza, corrió a toda velocidad hasta ella. Las criaturas se lanzaron tras él. Kendra se levantó del suelo. Cuando Gavin ya estaba cerca, echó hacia atrás un brazo y lanzó el tomahawk en dirección a ella. El arma no alcanzó a Kendra por poco; la hoja de piedra negra se empotró en el hombro de un hombre ancho y lleno de bultos que tenía la frente enorme y la cara deformada. Kendra no se había dado cuenta de que se le había acercado por detrás. Aquel tipo desfigurado cayó desplomado emitiendo un balido gutural. Gavin la cogió de la mano y salieron corriendo juntos bajo la lluvia.

Kendra oyó una trápala de cascos a su lado. Gavin entregó la lanza a Kendra, la agarró por la cintura y la subió al corcel zaíno con una fuerza asombrosa. Un instante después se había montado él detrás de un salto. Le pidió la lanza y utilizó la mano libre para sujetar a Kendra.

—¡Adelante, Neil! —gritó.

Neil incrementó el paso hasta alcanzar un furioso galope y cruzó la borrascosa meseta a una velocidad que Kendra no hubiese creído posible. Cegada por la intensa lluvia, daba gracias porque Gavin la sujetara. No parecía costarle nada mantenerse sentado en el veloz corcel, mientras agarraba la lanza con la otra mano como si estuviese en una justa.

Kendra pestañeó varias veces para intentar ver algo en medio de la lluvia torrencial y distinguió el contorno de las ruinas, que surgían a la vista. El caballo saltó por encima de una valla baja, lo cual hizo que Kendra sintiese cosquillas en el estómago; al instante estaban pasando entre escombros y muros derruidos. El estrépito de los cascos sonaba contra la piedra. Entonces el caballo se detuvo delante del vano de una puerta de la construcción menos dañada de las ruinas.

El caballo se deshizo debajo de Kendra y Gavin, que se vieron de pie bajo la lluvia al lado de Neil. No tenía puesta la ropa que llevaba antes; lo único que tenía ahora eran pieles de animal.

—Quedaos ahí dentro hasta que vuelva —les ordenó, señalando con el pulgar el vano vacío de la puerta. Se frotó un costado como si le doliese.

—¿Te encuentras bien? —preguntó Gavin.

—Retener a mi otra forma cuesta un montón —respondió Neil, y empujó suavemente a Kendra hacia el edificio.

Otro relámpago iluminó el cielo, destacando elementos extraños en las ruinas y creando sombras entre ellas. Inmediatamente después se oyó la explosión del trueno: Neil era de nuevo un caballo, y salió galopando bajo la tormenta.

Gavin cogió a Kendra de la mano y ella le llevó al cobijo de la edificación. Una parte del tejado se había hundido, pero las paredes estaban enteras e impedían que pasase el viento, salvo cuando entraban ráfagas por el hueco de la puerta.

185

—He perdido mi linterna —le dijo él.

Kendra tenía la suya colgada del arnés de escalada. No era tan grande como las otras, pero cuando la encendió, descubrió que el foco era muy luminoso. El agua que entraba torrencialmente por el trozo abierto de la cubierta se derramaba por todo el suelo y formaba hileras de barro y se colaba a regueros por una trampilla que comunicaba con una cavidad subterránea.

—Mírate —se admiró él—, no te has deshecho de tu equipamiento ni cuando los salvajes danzantes de la lluvia se empeñaban en querer tirarte por el precipicio.

—Lo llevaba fijado al arnés —dijo ella—. Gracias por salvarme. Has estado genial ahí fuera.

—Es la-r-r-r, r-r-r... Es la r-razón por la que quisieron que viniera. Cada cual tiene lo suyo. Aquí es donde brillo yo, zurrando monstruos con lanzas primitivas.

Kendra se sintió avergonzada. Su comportamiento cuando los atacaron había dejado claro que no tenía ni la menor idea de cómo defenderse en un combate. Se armó de valor para reconocerlo abiertamente, antes de que él hiciese algún comentario sobre sus deficiencias.

—Tenías razón, Gavin, no debí haber venido. No sé lo que esperaba encontrar. Has tenido que cuidar de mí en lugar de poder ayudar a los demás.

—¿Q-qué quieres decir? Gracias a ti, tuve una excusa para escapar del peligro a lomos de Neil. Lo has hecho mucho mejor de lo que esperaba.

Kendra intentó sonreír. Era muy amable por no echarle aquello en la cara, pero sabía que para él había sido una carga.

—No me puedo creer que Tammy ya no esté con nosotros —dijo Kendra.

—Espero que no te culpes por lo que le ha pasado. Ocurrió tan deprisa que nadie tuvo tiempo de salvarla. En el fondo no sabíamos lo que tenían en la mente, hasta que el tipo de la cabeza de halcón la lanzó por los aires. —Gavin meneó la cabeza—. Desde luego, no querían vernos en su meseta. Nos presentamos por sorpresa en la fiesta equivocada.

Para hacer menos dolorosa su pérdida, Kendra se sorprendió deseando que Tammy fuese una infiltrada secreta al servicio de la Sociedad del Lucero de la Tarde. Esperaron sin decirse nada más, escuchando el viento soplar en el exterior con más fuerza que nunca, como si estuviera haciendo un último esfuerzo por barrerlos de la faz de la meseta.

Alguien entró por el vano de la puerta. Kendra dirigió rápidamente el foco de la linterna hacia allí, convencida de que sería Neil. En cambio, quien estaba plantado en el umbral era el hombre coyote, con un feo tajo visible por debajo de la pelambre empapada y apelmazada de su pecho. Kendra se llevó un buen susto y a punto estuvo de que se le cayera la linterna. El intruso agitó el cayado. Incluso con el ulular del viento Kendra pudo oír el estrépito de las sonajas. El coyote habló con voz humana, recitando algo en un extraño y melodioso idioma.

—¿Has-has-has pillado algo? —preguntó Gavin en voz baja.

—Nada.

El hombre coyote se adentró sigilosamente en la habitación, enseñando los dientes. Gavin se colocó delante de Kendra y entonces avanzó hacia él con la lanza en ristre. Cuando el coyote y el muchacho se hallaban cerca el uno del otro, Kendra quiso apartar la mirada. Pero, en vez de eso, se aferró a la linterna como si fuese su salvavidas y dirigió el foco directamente a los ojos del hombre coyote. Él movió la cabeza para evitar la luz, pero ella mantuvo el haz sobre su rostro y Gavin le pinchó con la lanza.

Poco a poco, a base de pinchazos, el chico fue haciendo retroceder al intruso. El hombre coyote asió la lanza repentinamente por debajo de la cabeza y tiró de la vara para acercar a Gavin hacia sí. Él, en vez de resistirse, brincó hacia delante y con gran destreza propinó una patada al hombre coyote justo donde tenía el pecho herido. Tambaleándose hacia atrás y gimiendo de dolor, el hombre coyote soltó la lanza y dejó caer su cayado. Gavin cargó contra él, azuzando a su enemigo con la punta de piedra de la lanza hasta que salió huyendo de la habitación lamiéndose las nuevas heridas.

Jadeando, se apartó de la entrada.

—Si vuelve, pienso hacerte un regalito: brocheta de coyote.

—Ya nos ha dejado un regalito —dijo Kendra.

—¿Quiere eso decir que pretendes quedártelo? —preguntó Gavin, agachándose para recoger el cayado con el manojo de sonajas atado a él. Lo agitó suavemente—. Sin duda, es mágico.

—Se lo lanzó a Kendra.

—¿Me perseguirá para recuperarlo? —preguntó ella con aprehensión.

—Si alguna vez da contigo, devuélveselo. Yo no me preocuparía. Teniendo en cuenta que la reserva está alrededor de esta altiplanicie, imagino que no podrá salir de aquí.

—¿Y si viene a por él esta noche?

Gavin puso cara de pillo.

—Brocheta de coyote, ¿recuerdas?

Kendra sacudió la vara con fuerza para escuchar el sonido de las sonajas. Fuera, el viento empezó a soplar con más fuerza, hubo resplandores de relámpagos y estallaron varios truenos, ahogando el estrépito de las sonajas. Siguió agitando la vara enérgicamente, tratando de oír las sonajas por encima del ulular del vendaval en el exterior. El viento gimió aún más fuerte. Empezó a caer granizo contra el tejado, y por el hueco que había en él entraron balines de agua congelada, que rebotaron por todo el suelo.

—Yo en tu lugar, tendría mucho cuidado con cómo agito ese palo —dijo Gavin.

Kendra paró y sujetó el cayado sin moverlo. A los pocos segundos el granizo había cesado y el viento no soplaba tan fuerte.

—¿Esta cosa controla la tormenta? —exclamó Kendra.

—Al menos influye en ella —respondió Gavin.

Kendra observó el cayado con gran asombro. Se lo tendió al chico.

—Tú te lo has ganado, deberías quedártelo.

—N-n-no —respondió él—. Es un recuerdo para ti.

Kendra asió el cayado con cuidado, sin moverlo. En el transcurso del siguiente minuto la tormenta se transformó en un arrullo. El viento ya no soplaba con la violencia de antes. La lluvia había pasado a ser llovizna.

—¿Crees que los demás estarán bien? —se preguntó Kendra.

—Espero que sí. Dougan tiene la llave. Si no aparecen, tal vez tengamos que volver a las escaleras, luchando solos contra todos. —Apoyándose en su lanza, Gavin miró a Kendra desde donde estaba—. Tal como han salido las cosas, sé que parece que acerté de pleno en cuanto a lo que te dije del peligro, pero esto es mucho peor de lo que había imaginado, pues de lo contrario habría insistido mucho más en que no te trajesen. ¿Estás segura de querer seguir?

—Estoy bien —mintió ella.

—Lo de deslumbrar al coyote fue muy inteligente de tu parte. Gracias.

El viento y la lluvia volvieron a cobrar intensidad, pero sin llegar a azotar la meseta con la furia de antes. Empezaron a verse con regularidad amplias franjas de cielo iluminadas por los relámpagos, acompañadas del rugido de los truenos. Al quinto fogonazo, tres hombres entraron dando tumbos por la puerta. Warren, Dougan y Neil cruzaron la estancia en dirección a Kendra y Gavin. Dougan ya no llevaba el hacha. Warren asía la mitad superior de su lanza partida. Neil renqueaba entre los dos, apoyándose en ellos.

—Qué feas se han puesto las cosas ahí fuera —comentó Dougan—. ¿Habéis tenido visita?

—El c-c-coyote pasó a vernos —dijo Gavin.

—¿Entró hasta aquí? —preguntó Neil, que venía con aspecto demacrado.

Gavin respondió que sí con la cabeza.

—Tuve que repelerle con la lanza.

—Entonces Kendra y yo no estaremos a salvo aquí dentro, después de todo —dijo Neil—. Antiguamente las criaturas que pululaban por la meseta no se hubieran atrevido a poner un pie en la sala del tiempo. Pero, en fin, no tengo mucha información sobre el rito que interrumpimos. Hemos debido de dejar sin efecto todas las protecciones.

—Desde luego, el tipo entró aquí —dijo Kendra—. Y se dejó esto. —Levantó el cayado.

Neil lo miró con extrañeza.

—Es un recuerdo para ella —reiteró Gavin.

—Es preciso que entremos en la cámara —dijo Neil—. Cualquier otro lugar será más seguro esta noche que la meseta.

Dougan y Warren le ayudaron a llegar a la trampilla del suelo.

—Siento no haberte servido de mucho como guardaespaldas —se disculpó Warren con Kendra—. Nos atacaron tan por sorpresa… y vi que Gavin se ocupaba de ti mucho mejor de lo que yo hubiera podido. Gavin, nunca he conocido a ningún hombre capaz de superar a tu padre en una refriega, pero tú no le vas a la zaga.

—Solo gracias a todo lo que él me enseñó —respondió el muchacho con una sonrisa de orgullo.

A sus pies se abría el hueco del suelo. A modo de escala había un tronco largo, puesto de pie, con palos clavados a los lados. Alumbraron el hueco con las linternas y vieron que el suelo de debajo quedaba a poco menos de cuatro metros. Gavin bajó por la escala en primer lugar, llevando en la mano la linterna de Kendra. A continuación bajaron Dougan, Kendra y, finalmente, Neil, que descendió con ayuda de los brazos y de una pierna. Cuando hubo llegado al suelo, vieron que Warren no venía tras él y oyeron los sonidos de una escaramuza. Con la lanza en ristre, Gavin subió rápidamente por la escala a una velocidad inaudita.

Pasados unos instantes de gran tensión, Warren y él descendieron por la escala.

—¿Qué pasaba? —exclamó Kendra—. ¿Estáis bien?

—No va a haber brocheta de coyote —se lamentó Gavin—. No ha aparecido.

—Pero sí otros —dijo Warren—. El hombre halcón y un bruto extrañísimo. Yo me quedo con Neil. No podemos dejar a nadie en la superficie. Hay demasiados enemigos rondando por todas partes.

—¿Y un dragón es menos peligroso? —preguntó Kendra.

Warren se encogió de hombros.

—Ninguna de las opciones es apetecible, pero al menos las grutas están diseñadas para poder sobrevivir en ellas en un momento dado.

Kendra esperaba que Warren tuviese razón. No pudo evitar recordar que la última vez solo habían salido de aquellas cuevas una persona y media, de las tres que habían entrado.

Dougan sacó la llave de su bolso. Se trataba de un disco de plata de gran grosor, del tamaño de un plato llano. La sala subterránea presentaba una espaciosa depresión circular en el centro. El agua se reunía en la depresión, pero, en vez de encharcarse, se escurría hacia más abajo. Con Warren ayudando a Neil, se metieron todos en aquel hueco circular.

—Esa sala es una kiva —les explicó Neil—. Un lugar para celebrar ceremonias sagradas.

Dougan apretó un bultito del disco y varios dientes metálicos de extrañas formas salieron del canto como las cuchillas de una navaja de bolsillo. Cuando soltó el botón, los irregulares dientes volvieron a meterse. De rodillas en el centro de la depresión circular, introdujo el disco en una hendidura redonda, en la que quedó perfectamente encajado. A continuación, presionó el centro del disco y lo giró.

Acompañado por un chasquido que lo hizo temblar y por un retumbar subterráneo, el suelo de la depresión circular empezó a rotar. Dougan había quitado la mano de la llave, pero el suelo seguía girando, y conforme giraba iba hundiéndose, como si se hallasen sobre la cabeza de un destornillador gigante. Sin dejar de rotar, poco a poco descendieron a una inmensa cámara en la que las paredes irregulares le daban el aspecto de una caverna natural. Kendra miró hacia arriba y vio que el agujero redondo del techo iba alejándose cada vez más. Los sonidos de la tormenta fueron debilitándose. Precedido por un último estruendo reverberante, el suelo giratorio se detuvo.

12

Obstáculos

$\mathcal{D}$ougan se puso en cuclillas al lado de Neil.

—¿Qué tal tu pierna?

Con la frente arrugada, Neil probó a mover la rodilla.

—Creo que me he desgarrado un tendón. No podré caminar con normalidad hasta dentro de un tiempo.

—¿Quién te hirió? —preguntó Kendra.

—Yo mismo —respondió Neil, compungido—. Era una lesión de viejo, por haber corrido demasiada distancia, demasiado deprisa y por un terreno demasiado firme.

—Llámala lesión de héroe —dijo Warren—. Deberías haberle visto derribar a algunas de las criaturas que me tenían apresado.

—Puedes usar mi lanza como muleta —se ofreció Gavin.

—Tendremos todos más probabilidades de salir con vida si la lanza se queda en tus manos —respondió Neil.

Gavin le pasó la lanza.

—Cuando empiecen los problemas, pásamela.

—Si fuese mejor para la misión, yo podría quedarme atrás con Neil —sugirió Kendra.

Warren negó con la cabeza.

—Si hubiésemos podido dejarte a salvo arriba, perfecto. Pero aquí abajo tendremos más probabilidades de sobrevivir si estamos todos juntos.

—Tammy mencionó a una bestia descomunal cubierta de tal cantidad de cuchillos que parecían plumas —dijo Dougan. Iluminó la inmensa cámara con su linterna, mostrándoles la boca de tres cuevas diferentes—. La bestia debería estar al fondo de ese pasadizo, el más ancho. Dijo que merodeaba por aquí para dar caza a los rezagados.

—Hablando de Tammy —dijo Kendra—, ¿podemos hacerlo sin ella? ¿Su cometido no era hacer que superáramos las trampas?

Dougan se puso en pie y se desperezó.

—Perderla ha sido una tragedia y va a suponer un duro golpe para la misión, pero nos dio tanta información que no estaremos dando vueltas sin rumbo, al menos no hasta después de vencer al dragón. —Movió la linterna para iluminar la salida más angosta de la cámara—. Por ejemplo, ese túnel va empinándose cada vez más hacia abajo para descender en vertical hasta profundidades insondables. Nos interesará ir por la caverna mediana.

—D-d-d-deberíamos ponernos en marcha —sugirió Gavin.

Warren se bajó de la plataforma circular en la que habían descendido y pisó el suelo de la cámara, golpeándolo con el extremo partido de su lanza para comprobar su consistencia. Los demás le siguieron. Dougan intentó ayudar a Neil, pero el navajo rechazó cualquier ayuda sin decir nada y prefirió avanzar cojeando, apoyándose con todo el peso de su cuerpo en la lanza. Aunque no emitió quejido alguno, por su manera de apretar la mandíbula y por la tensión de los músculos de alrededor de los ojos era evidente el dolor que estaba sufriendo.

Warren llevaba una linterna, igual que Dougan. Gavin, cubriendo la retaguardia, conservaba la linterna de Kendra. Alumbró una reluciente formación rocosa que había adosada a una pared, con forma de órgano de tubos que parecía que estaban derritiéndose. La abertura del pasadizo de tamaño mediano estaba guardada por altas estalagmitas, unas formaciones de piedra ahusadas de color caramelo que parecían querer tocar las estalactitas que colgaban del techo.

Después de pasar entre las estalagmitas, descendieron por el escarpado y sinuoso pasadizo. Estalactitas minúsculas, semejantes a pajitas de refresco, pendían en frágiles racimos. Las paredes pandeadas eran de color amarillo tostado. Algunos tramos de la bajada estaban tan en pendiente que Neil se sentó y

193

fue bajando con el trasero pegado al suelo. Kendra se agachó y fue agarrándose a las protuberancias de la roca con la mano libre, mientras con la otra asía el cayado de las sonajas, procurando evitar que sonase.

Kendra oyó el sonido de un curso de agua, más allá, delante de ellos. El rumor constante fue sonando cada vez más fuerte hasta que vieron el paso cortado por una sima en cuyo lecho había un río de aguas rápidas y profundas. La única manera de cruzarla era pasar saltando por una hilera escalonada de toscas columnas de piedra, ninguna de ellas de la misma altura exactamente.

Warren alumbró con la linterna las tres columnas más anchas y tentadoras.

—Tammy nos advirtió de que esas tres son una trampa, que están articuladas de manera que se hunden si las pisas. Como podéis ver, hay suficiente cantidad de columnas como para tomar rutas alternativas sin tener que pisar las tres de mayor tamaño.

194   Warren desenrolló una cuerda, dio un extremo a Dougan y empezó a pasar de una columna a otra, saltando sin detenerse ni perder el pie en ningún momento. A pesar de su confianza, Kendra se notó en tensión hasta verle sano y salvo al otro lado de la sima.

—Atad la cuerda al arnés de Kendra —dijo Warren.

Dougan se puso de rodillas y pasó la cuerda por los enganches de metal y los mosquetones de Kendra.

—¿Has visto cómo lo ha hecho?

Ella dijo que sí con la cabeza.

—No pienses en la caída que hay —sugirió Gavin, devolviéndole la linterna—. Yo te sujetaré la vara de la lluvia.

Kendra le entregó el cayado del hombre coyote.

La chica se acercó al borde de la sima. La lisa parte superior de la primera columna estaba a un pasito de distancia. Intentó imaginarse que estaba cruzando de piedra en piedra por un arroyo poco profundo y dio un paso al frente. La siguiente columna era más redondeada e iba a tener que saltar para llegar hasta ella, pero tenía sitio suficiente para los dos pies. Si no fuera por el tenebroso vacío que se abría abajo, el salto no habría resultado tan intimidante, pero no conseguía hacer que su cuerpo se moviese.

—Pon una mano en la cuerda —dijo Warren a lo lejos—. Recuerda que si te caes, yo estoy aquí para subirte.

Kendra apretó los labios. Si se caía, se balancearía hasta la otra punta de la sima y se estamparía contra la pared, y se golpearía seguramente con alguna que otra columna por el camino. Pero agarrarse a la cuerda sí que le procuró cierta ilusión de seguridad. Reprendiéndose a sí misma para pensar como Seth, lo cual significaba para ella no pensar en absoluto, saltó a la siguiente columna, hizo equilibrios y se estabilizó.

Salto tras salto, paso a paso, fue avanzando alrededor de dos de las tres columnas más grandes. Cerca del otro lado de la sima, para sortear la última de las tentadoras y traicioneras columnas iba a tener que vérselas con unas columnas tan pequeñas que solo tenían sitio para un pie cada vez.

—Pásalas de un tirón, Kendra —le aconsejó Warren—. Cinco pasos rápidos, como si estuvieses jugando a la rayuela. Casi estás conmigo. Si te caes, no pasa nada.

Kendra planificó los pasos. Warren tenía razón: si se caía, ahora el balanceo hasta el otro lado de la sima no suponía ya una amenaza. Reuniendo valor una última vez, saltó, saltó, saltó, saltó y saltó, y se lanzó sin ningún equilibrio en los brazos abiertos de Warren.

Dougan, Neil y Gavin festejaron su logro al otro lado de la sima. Warren desató a Kendra, anudó la cuerda de escalada en su enorme linterna y la lanzó por encima del vacío en dirección a Dougan, que la cogió al vuelo.

—Neil no quiere jugársela a cruzar las columnas con un solo pie —dijo Dougan desde el otro lado—. Cree que lo mejor es tirarse aposta con la cuerda por el vacío, lo cual significa que será mejor que cruce yo a continuación para ayudarte a sujetarlo.

—De acuerdo —respondió Warren.

—Creo que puedo llevarle en brazos —intervino Gavin. Nadie replicó—. No sería muy diferente de los ejercicios de entrenamiento que solía obligarme a hacer mi padre. Soy más fuerte de lo que parezco.

—En cualquier caso, será mejor que cruce antes para amarrarte mejor —dijo Dougan, atándose la cuerda alrededor del cuerpo.

—¿Cómo volvió Javier por aquí con las piernas heridas? —se preguntó Kendra.

—Tammy cargó con él —dijo Warren—. Javier tenía una poción con la que redujo su peso.

—Ya puestos, ¿cómo salieron de aquí? —siguió ella—. Creía que estas grutas estaban pensadas para que la gente no pudiese volver, a no ser que se hubiesen apoderado del tesoro.

Warren movió la cabeza afirmativamente, observando a Dougan cruzar.

—Eso pensaba yo también. Tammy y Javier tuvieron la sensación de que el dragón era una muerte segura, por lo que se arriesgaron a desandar el camino, y la apuesta les salió bien.

Aunque sus movimientos no eran gráciles, Dougan cruzó la sima sin contratiempos. Warren lanzó la linterna con la cuerda en dirección a Gavin, que la cogió con una mano y empezó a fijar la cuerda al cuerpo de Neil.

—¿Estás seguro de que Neil no te pesará demasiado? —preguntó Dougan a gritos.

Gavin se inclinó hacia delante y se subió a Neil sobre un hombro. Sin responder nada, pasó a la primera columna y a continuación dio un saltito para llegar a la segunda. Además de llevar a Neil sobre un hombro, Gavin sostenía el cayado, que sonaba a cada salto que daba. Kendra notaba que las tripas se le encogían a cada brinco, y en un momento dado se le retorcieron violentamente cuando él se tambaleó con torpeza, encaramado en el extremo pequeño y redondeado de una columna. Gavin dudó en el mismo punto en el que Kendra se había detenido, estudiando los cinco saltos consecutivos que completarían la empresa de cruzar la sima. Colocándose a Neil con un solo movimiento rápido, Gavin saltó de columna en columna y al llegar a suelo firme, al otro lado del abismo, cayó de hinojos.

—¡Bien hecho! —le felicitó Dougan, dándole unas palmadas en la espalda—. Creo que nunca más subestimaré la fortaleza de la gente joven.

—F-f-f-fue más duro de lo que pensaba —dijo Gavin entre jadeos—. Por lo menos, lo hemos logrado.

Warren ayudó a Neil a bajarse del hombro del muchacho. Enrolló la cuerda y encabezó la marcha por la gruta, que seguía descendiendo aunque ya no con la misma pendiente de antes. Gavin usó el foco de la linterna para alumbrar unas rutilantes zonas de calcita que había en las húmedas paredes de la gruta. También iluminó unas ondulaciones de colores que parecían lonchas de beicon. Kendra prácticamente podía saborear la roca con cada respiración que hacía. El ambiente resultaba incómodo de tan fresco. Deseó que se le secara pronto la ropa.

El pasadizo iba estrechándose, hasta que tuvieron que ponerse todos de lado para poder continuar. De pronto se ensanchó y se encontraron en una espaciosa caverna. Warren se detuvo e indicó a los demás mediante gestos que hiciesen lo mismo.

—¿Vainas estranguladoras? —preguntó Dougan.

—No te vas a creer cuántas —respondió Warren—. Venid hacia delante muy despacio. No salgáis del todo de la protección que ofrece el pasadizo.

Los demás se acercaron agachados hasta poder disfrutar de una panorámica de la atestada caverna. Millares de bulbos flotaban en el aire. Jaspeados con tonalidades canela, marrones y negras, eran casi esféricos, o con la parte superior un poco más estrecha. Su textura era fibrosa, como la cáscara del grano. Los de menor tamaño eran como pelotas de gomaespuma, y los más grandes como pelotas de playa. Todos permanecían en movimiento constante, flotando perezosamente hasta rozarse unos con otros, en cuyo caso se repelían con suavidad mutuamente.

—¿Qué son? —preguntó Kendra.

—Si los tocas, explotan y sueltan un gas altamente tóxico —le explicó Dougan—. El gas puede penetrar en tu organismo a través de la respiración o hasta por mero contacto con tu piel. Morirás casi al instante, y el veneno irá licuando tu cuerpo poco a poco. Al final tus despojos se evaporarán en forma de un vapor que podrán absorber otras vainas estranguladoras.

—Si uno de nosotros toca ni tan siquiera una vaina estranguladora pequeña, todos los que estamos en la caverna pereceremos, y no se podrá entrar sin riesgo hasta que hayan pasado varias horas —dijo Warren.

Kendra intentó imaginarse cómo sería adentrarse por esa caverna. Las vainas estranguladoras flotaban a una altura de entre treinta y sesenta centímetros del suelo hasta casi rozar el techo, sin tocar en ningún momento las paredes. Entre ellas había algo de espacio, pero no mucho, y su constante deslizamiento por el aire quería decir que se abrían y cerraban una y otra vez huecos lo bastante grandes para dejar pasar a una persona.

—¿Adónde estamos intentando llegar? —preguntó.

—Hay varios pasadizos falsos repartidos por todo el perímetro de la sala —contestó Dougan—. Pero el verdadero camino adelante es a través de un agujero que hay en el centro.

Kendra vio una zona elevada en el centro de la caverna. Rodeado de rocas, el agujero no era visible. Se trataba de un buen sitio para esconderse durante el camino a través de la caverna, sobre todo porque donde más se aglomeraban las vainas estranguladoras era en el centro de la sala.

—Tammy contó que la clave consistía en permanecer agachados —relató Warren—. Las vainas estranguladoras nunca tocan el suelo ni el techo ni las paredes ni las estalagmitas ni las estalactitas ni otras vainas. Dijo que rara vez descienden tanto como para tocar a una persona que esté tumbada en el suelo de la caverna. Así pues, nos pegaremos al suelo y permaneceremos tan cerca de las estalagmitas como nos sea posible.

—¿Podrás apañártelas, Neil? —preguntó Dougan.

Este asintió estoicamente.

—Yo lo intentaré primero —dijo Warren—. Volved todos al pasadizo. Os avisaré con un grito si rozo una vaina estranguladora y contamino la caverna. En ese caso, regresad a la sima y esperad. De lo contrario, os avisaré en cuanto me haya metido a salvo en el agujero.

El resto del grupo se retiró al angosto pasadizo, ahuyentando la oscuridad con la ayuda de dos linternas.

—Tú irás la segunda, Kendra —le informó Dougan.

—¿No debería ir Gavin? —sugirió ella—. Si todo lo demás falla, Warren y él podrían continuar el camino y recoger el objeto mágico. Luego irías tú, Dougan, para poder ayudarlos, y finalmente Neil y yo.

—Tiene su lógica —comentó Neil.

—Solo que yo soy el más grande y, por tanto, el que más probabilidades tiene de tocar una vaina estranguladora aun estando tumbado boca abajo —dijo Dougan—. Gavin a continuación, luego Kendra, luego yo y al final Neil.

Esperaron en silencio. Kendra oyó un rugido distante a su espalda, leve, como si fuese el último rebote de un eco.

—¿Has oído eso? —le susurró Kendra a Gavin.

—Sí —contestó él, y le estrechó la mano para tranquilizarla.

Incluso dentro de una cueva oscura rodeada de altas probabilidades de perecer, Kendra no pudo evitar preguntarse si quizás aquel gesto había tenido algo de romántico. Dejó su mano en la de él, disfrutando de su contacto, pensando en el contraste entre su tartamudez y la seguridad con la que la había protegido en el exterior de la meseta.

—¡He llegado bien! —gritó Warren por fin.

—Supongo que me toca —dijo Gavin—. Kendra, me llevaré la vara. Y la lanza, Neil; podrías tropezarte con ella ahí fuera. O-os veo al otro lado, chicos. —Le pasó a Kendra su linterna y dijo en voz más alta—: Warren, ¿puedes alumbrarme el camino?

—Claro —le respondió.

Se alejó por el pasadizo hasta perderse de vista. Parecía que había transcurrido mucho menos tiempo del que Warren había tardado cuando se oyó exclamar a Gavin:

—¡Le toca a Kendra!

Con la boca seca y las palmas de las manos húmedas, ella empezó a reptar. Donde terminaba el pasadizo, se detuvo a mirar la caverna y a observar las vainas estranguladoras que subían y bajaban como en sueños, que se deslizaban a un lado y otro, en todas las combinaciones posibles. Podía ver la cabeza de Warren en el centro de la sala. Sostenía en alto una linterna.

—Kendra —dijo Warren—, yo iré detrás. Tú pega la tripa al suelo y sigue el foco de mi linterna. Deja que vaya diciéndote cómo avanzar. Tengo la ventaja de poder ver todo tu cuerpo de una vez, junto con las vainas estranguladoras que estén cerca de ti. Dio resultado con Gavin.

—Pero si choco con una vaina, moriréis conmigo.

—Si haces estallar una vaina estranguladora y el gas no llega hasta mí, el que me matará será tu abuelo. Adelante.

Kendra se postró y avanzó reptando como una lombriz. El suelo de la caverna no era ni liso ni especialmente rugoso. Kendra fue avanzando lentamente, impulsándose con las rodillas y los codos, contoneando la cintura, dando gracias por tener el foco de la linterna de Warren como guía. Mantenía la mirada clavada en el suelo, apenas consciente de los bulbos que subían y bajaban por encima de ella cual grotescos globos de aire.

Se encontraba a más de la mitad del camino hasta el centro de la caverna cuando oyó que Warren tomaba aire sonora y rápidamente.

—Mantente tumbada, Kendra, ¡lo más pegada al suelo que puedas! —Kendra apoyó la mejilla en la piedra, exhaló el aire de los pulmones y se figuró penetrando en la roca—. Cuando yo te lo diga, rueda hacia la izquierda y quédate boca arriba. Piensa cuál es la izquierda desde tu perspectiva; no gires a la derecha. Preparada, casi, casi, ¡ya!

Kendra rodó hacia la izquierda y se quedó boca arriba, manteniendo el cuerpo lo más pegado al suelo que podía. Aunque deseaba cerrar los ojos, no podía evitar mirar. A su alrededor había infinidad de vainas estranguladoras. Se quedó mirando una vaina gigante que descendía a su lado hasta quedar a escasos centímetros del suelo de la caverna, precisamente donde antes había estado ella, y volvía a ascender hasta una altura suficiente como para haberle quedado por la cintura.

—Quédate quieta —le ordenó Warren, con tensión en la voz.

Aunque la vaina estranguladora gigante no tocó a ninguna de las demás, su ascensión afectó a las que había alrededor y las desplazó en nuevas direcciones. Un par de vainas estranguladoras del tamaño de balones de baloncesto estuvieron a punto de chocar justo encima de la nariz de Kendra, tan cerca de su cara que dio por hecho que las dos le rozarían la piel y se romperían. Pero, en vez de eso, se alejaron deslizándose suavemente sin haberla tocado, por muy muy poco.

Temblando, Kendra tomó aire lentamente y observó cómo

se dispersaba con toda parsimonia el conjunto de vainas estranguladoras que flotaban encima de ella. Del rabillo del ojo se le escapó una lágrima.

—Bien hecho, Kendra —dijo Warren, aliviado—. Rueda de nuevo sobre tu izquierda y ve siguiendo el haz de luz de mi linterna.

—¿Ya? —preguntó Kendra.

—Sí, sí.

Rodó sobre su costado y fue avanzando palmo a palmo, tratando de serenar su respiración.

—Acércate deprisa —le indicó Warren—. Has llegado a una zona libre.

Al propulsarse rápidamente por el suelo de la caverna notó cuánto le dolían los codos. El foco de la linterna la guio primero hacia la derecha y a continuación hacia la izquierda.

—Más despacio —dijo Warren—. Espera, detente, retrocede un poco.

Kendra alzó la vista y vio que una vaina estranguladora del tamaño de una pelota de vóleibol descendía hacia su cabeza en diagonal. Sin duda, dibujaba una trayectoria de colisión.

—¡No ruedes sobre ti! —la avisó Warren—. ¡Tienes otra al otro lado! ¡Sóplala!

Kendra arrugó los labios y vació los pulmones en dirección a la vaina estranguladora que se cernía sobre ella. La bocanada de aire hizo desviarse de su curso al moteado bulbo.

—¡Quédate tendida! —ordenó Warren.

Esta vez sí que cerró los ojos y esperó en la oscuridad a que una vaina estranguladora le rozase la piel y estallara.

—Vale —dijo Warren—. Ya casi estás, Kendra. Repta hacia delante.

Abrió los ojos y siguió el foco de luz hasta la barrera de roca que formaba el borde del agujero. ¡Qué cerca estaba Warren! Él le ordenó esperar y, a continuación, aprovechando que el aire quedó despejado momentáneamente, le dijo que pasase por encima de las rocas. Entonces, la ayudó a estabilizarse en unos travesaños de hierro que había atornillados en la pared de la cavidad. Sorprendida por estar con vida, temblando de la conmoción, descendió por los peldaños hasta donde aguardaba Gavin.

—Parece que has pasado por momentos de peligro —le dijo.

—Ha sido horrible —reconoció Kendra—. Pensé que iba a fastidiarla. Tuve que apartar una soplando.

—Yo soplé tres —dijo Gavin—. Me puse chulito y quise darme prisa. Casi me cuesta el cuello. Quizás deberías sentarte.

Kendra se dejó resbalar hasta el suelo con la espalda apoyada contra la pared, y pegó sus rodillas al pecho. Todavía no podía creer que hubiese sobrevivido. En dos o tres ocasiones las vainas estranguladoras se le habían acercado tanto que casi no había podido soportarlo. Inclinó la cabeza hacia delante y trató de no venirse abajo. La aventura no había terminado aún.

Antes de que le diera tiempo a darse cuenta, Dougan había bajado por los travesaños y se encontraba en pie al lado de Gavin.

—Podría haber vivido toda mi vida sin haber pasado por esa experiencia. —Por su forma de decirlo, parecía estar temblando—. He pasado por algunas cosas muy peligrosas, pero nunca había notado la muerte tan cerca.

Kendra se sintió aliviada al comprobar que no era la única a la que la experiencia de cruzar la caverna reptando por el suelo le había resultado un verdadero trauma.

—¿El dragón no es nuestro siguiente gran problema? —preguntó Gavin.

—Según Tammy, sí —afirmó Dougan—. Hasta ahora ha acertado en todo.

Fue entonces cuando oyeron una explosión, seguida de la voz estrangulada de Neil gritando: «¡Corred!».

Un instante después, Warren se plantó en el suelo de un salto, al lado de la escalera.

—Vamos, vamos, vamos —exclamó, tirando de Kendra para ponerla de pie.

Echaron a correr como locos por el pasadizo, cuyo suelo estaba desnivelado aquí y allá, y doblaron por varias esquinas antes de frenar la carrera.

—¿Te encuentras bien? —le preguntó Dougan a Warren, rodeándole los hombros con un brazo.

—Creo que sí —dijo él—. Lo veía venir: Demasiadas vainas estranguladoras encima de Neil. Le avisé, y empecé a bajar la escalera por si acaso, dejando la linterna apoyada en las rocas de la parte superior del agujero. Cuando oí que una vaina estranguladora se rompía, me dejé caer y no sé cómo me las apañé para aterrizar sin torcerme un tobillo. Creo que aquí no hay peligro. —Se dio la vuelta y golpeó la pared de la caverna con un puño, con tanta fuerza que pudo haberse hecho sangre.

—L-l-l-l-lo has hecho muy bien —le dijo Gavin—. De no haber sido por ti, nunca habría podido atravesar la caverna.

—Ni yo —dijo Kendra.

—Sí, te debemos la vida —coincidió Dougan.

Warren asintió y se encogió de hombros, apartándose de él.

—Se la debía a Neil. Él me salvó la mía. Un sitio peligroso. Mala suerte. Deberíamos seguir adelante.

Los demás siguieron a Warren. La cueva empezaba a presentar una pendiente hacia arriba por primera vez. Kendra intentó no pensar en Neil, tendido inerte en la sala cavernosa llena de extraños bulbos flotantes. Entendía lo que Warren había querido decir al comentar que se la debía. De no haber sido por Neil, ella también estaría muerta. Y ahora Neil había perdido la vida.

Gavin se abrió paso por delante de Kendra y de Dougan y agarró a Warren.

—Espera —dijo en un susurro cargado de urgencia.

—¿Qué pasa? —preguntó Warren.

—Huelo a dragón —respondió Gavin—. Ha llegado la hora de que me gane el sueldo. Si consigo lograr un pasaje seguro para todos, silbaré. Cuando entréis en la sala, no miréis a la dragona, y menos aún a los ojos.

—¿Dragona? —preguntó Dougan.

—Huele a hembra —dijo Gavin—. Pase lo que pase, ni os planteéis atacarla. Si las cosas se ponen feas, salid corriendo.

Warren se hizo a un lado. Gavin pasó por delante de él y dobló una esquina. Warren, Dougan y Kendra aguardaron en silencio. No tuvieron que esperar mucho rato.

Un alarido ensordecedor desgarró el aire, haciendo que los tres se tapasen inmediatamente las orejas con las manos. Siguió una sucesión de rugidos y bramidos, aparentemente demasiado potentes como para proceder de un animal. La única

203

criatura a la que Kendra había oído alguna vez emitir sonidos a ese volumen era Bahumat, lo cual no era precisamente un pensamiento alegre.

Los ensordecedores bramidos continuaron, haciendo vibrar el suelo de piedra. Para Kendra, aquel tumulto parecía pertenecer a un centenar de dragones, en vez de a uno solo. Finalmente el clamor remitió y entonces el silencio pareció mucho más intenso que antes. Se quitaron las manos de las orejas. Un segundo después oyeron un silbido agudo y penetrante.

—Esa es la señal —dijo Dougan—. Yo primero. Warren, ve detrás con Kendra.

Dougan echó a andar, mientras Warren y Kendra esperaban un poco antes de iniciar la marcha a cierta distancia. Enseguida vieron una luz al frente. Dougan apagó la linterna. Llegaron a una cámara de tal extensión que a Kendra le pareció imposible que pudiera caber dentro de la meseta. La gigantesca sala le recordó el comentario que había hecho Hal cuando les describió unas cavernas tan enormes que en ellas cabría un estadio de fútbol entero. Había dado por hecho que estaba exagerando. Pero al parecer no.

La colosal cámara estaba iluminada gracias a unas piedras blancas resplandecientes que había encajadas en las paredes, y que hicieron recordar a Kendra las piedras del interior de la torre invertida. El alto techo quedaba tan lejos que Kendra dudaba de que ni siquiera Hugo sería capaz de lanzar una roca tan alto como para alcanzarlo. Warren y ella observaron a Dougan, que se adentró más aún en la sala para echar un vistazo y a continuación les hizo una señal para que se acercasen.

La sala era más ancha y larga que alta. Había estalagmitas que se elevaban más de diez metros. Aunque sabía que se suponía que no debía mirar, Kendra no pudo evitar dirigir la vista hacia Gavin, que se encontraba en pie a unos cincuenta metros de ella, de espaldas, con los brazos y las piernas abiertos, mirando a un dragón encaramado a una roca de forma rectangular. Era como si estuvieran enfrascados en una intensa competición a ver cuál de los dos sostenía la mirada por más tiempo, los dos absolutamente inmóviles.

La dragona relucía como una moneda recién acuñada, con

la infinidad de capas superpuestas de escamas envolviéndola en una metálica armadura. Una alta aleta le recorría desde la coronilla de su fiera cabeza hasta la base del cuello. Sin contar la cola con aspecto de látigo y el largo cuello en curva, el cuerpo de la dragona venía a tener el tamaño del de un elefante. En los costados tenía un par de brillantes alas plegadas.

Los ojos de la dragona se movieron hacia Kendra. Eran muy brillantes, como de oro líquido. Abrió ligeramente la boca y formó una especie de sonrisa llena de dientes afilados.

—¿Tú osas cruzar mi mirada, pequeña? —preguntó la dragona, y sus sedosas palabras resonaron como una placa de metal.

Kendra no supo qué hacer. Se sentía estúpida por haber desobedecido las instrucciones recibidas. Se había sentido inquieta por Gavin y, al mirarle, la dragona le había resultado fascinante. El ardor de su mirada le produjo escalofríos. Notaba el cuerpo entumecido. ¿Qué había dicho Warren sobre los domadores de dragones? La mayoría de la gente se quedaba congelada cuando un dragón les dirigía la palabra. Los domadores de dragones le respondían.

205

—Eres muy bella —dijo Kendra lo más fuerte que pudo—. ¡Mis ojos no han podido resistirse!

—Esta criatura resulta casi elocuente —musitó la dragona sin apartar la mirada de Kendra—. Acércate, cielo.

—¡Kendra, aparta la mirada! —ordenó Gavin—. Chalize, no olvides nuestro pacto.

Kendra intentó girar la cabeza, pero los músculos del cuello no le respondían. Intentó cerrar los ojos, pero los párpados se negaban a obedecer. Aunque se sentía inmovilizada por el miedo, su mente permanecía lúcida.

—Tus compañeros no debían mirarme —canturreó Chalize, con sus brillantes ojos atravesando aún a Kendra. La dragona se movió por primera vez, agachándose más aún, como disponiéndose a dar un salto.

—¡No olvides lo que has prometido, lagarto! —chilló Gavin.

La dragona le miró con los ojos entrecerrados.

—¿Con que lagarto, eh?

Kendra bajó la vista al suelo. Warren apareció a su lado, Dougan al otro, y la instaron a marcharse con ellos. Ella los acompañó, arrastrando los pies, prestando atención a la conversación sin levantar la vista.

—Te ha hablado muy educadamente, Chalize —dijo Gavin—. Los de tu especie no pueden devorar criaturas sin motivo.

—Rompió tu promesa y puso sus ojos sobre mí. ¿Qué otro motivo iba a necesitar? —Sus palabras eran tan duras como el choque de dos espadas.

Gavin empezó a hablar en un idioma ininteligible, tan diferente de cualquier lengua humana como los chirridos de los delfines o los gemidos de las ballenas. La dragona respondió de manera similar. El volumen de la conversación era más elevado que cuando habían estado hablándose en inglés.

Kendra sintió el impulso de mirar hacia atrás. ¿La dragona estaba aún ejerciendo su influjo sobre ella, o simplemente es que se había vuelto loca? Resistiéndose al impulso de mirar, mantuvo la vista apartada de Gavin y Chalize.

En estas, Kendra, Warren y Dougan llegaron al pie de una escalinata larga y ancha.

Mientras subían por ella, la discusión tocó a su fin. Kendra podía imaginarse a Gavin mirando fijamente a la dragona otra vez. ¿Cómo había salido bien parado después de haberla insultado? ¿Cómo podía conversar con ella en su propio idioma, un idioma que evidentemente no conocían ni las hadas, ya que ella no había entendido ni una frase del diálogo? Desde luego, Gavin escondía muchos más secretos de lo que se veía a simple vista.

Con las piernas ardiendo del esfuerzo, llegaron a lo alto de la escalinata y divisaron un nicho muy profundo que tenía una puerta de hierro. Al penetrar hasta allí, vieron que estaba cerrada con un candado y que no había ninguna llave a la vista. Esperaron un rato sin que ninguno de ellos se atreviera a mirar hacia atrás.

Finalmente oyeron unas rápidas pisadas en la escalinata. Gavin se les acercaba por detrás, introducía una llave de oro en el candado y abría la puerta.

—Deprisa —dijo.

Entraron rápidamente por la puerta y se encontraron en

un pasillo con las paredes hechas de bloques de piedra negra. Gavin se detuvo para cerrar la puerta tras ellos y entonces corrió para darles alcance. El suelo estaba hecho de baldosas. De unos huecos practicados en la pared salía el resplandor de unas piedras.

—Hablaste como los dragones —dijo Dougan, maravillado.

—¿Empiezas a entender por qué mi padre no dijo nada a nadie sobre mi existencia? —le preguntó Gavin.

Dougan se quedó asombrado.

—Sabía que eras un domador de dragones con un talento innato, pero esto...

—Si te preocupa mi bienestar, por favor nunca digas a nadie lo que has oído.

—Perdona que mirase a la dragona —dijo Kendra.

—N-n-n-no pasa nada —contestó Gavin—. ¿Cómo lograste replicarle?

—No lo sé —dijo Kendra—. Mi cuerpo no se movía, pero estaba perfectamente lúcida. Recordé que los domadores de dragones hablan con ellos, así que cuando me atrapó con su mirada, probé a ver qué pasaba. El resto de mi cuerpo estaba paralizado, pero mi boca aún funcionaba.

—Generalmente, la mente se queda paralizada junto con el cuerpo —dijo Gavin—. Posees verdadero potencial como domadora de dragones.

—¿Cómo pudiste mirarla a los ojos? —preguntó Warren—. Siempre había creído que los domadores de dragones evitan el contacto visual.

—¿T-también tú estabas mirando? —le acusó Gavin.

—Lo justo para verte a ti.

—Reté a Chalize a que intentase doblegarme sin tocarme —dijo Gavin—. Nuestro pacto consistía en que si no lo conseguía, nos dejaría entrar y salir sin hacernos nada.

—¡Qué te hizo pensar que podrías vencerla! —exclamó Dougan.

—Siempre he sido inmune al embrujo de los dragones —dijo Gavin—. Por alguna anomalía innata, su mirada no me hechiza. Podría haberme cortado la cabeza de un solo rabotazo, pero es una hembra joven y ha vivido siempre en soledad, por

207

lo que mi desafío la divirtió. Desde luego, a ella debía de parecerle una competición que no podría perder de ningún modo.

—Por lo que he podido atisbar, parecía bastante pequeña —dijo Warren.

—M-m-m-m-muy misterioso —dijo Gavin—. Chalize es un ejemplar joven y aún tiene por delante gran parte de su desarrollo físico. No debe de tener más de cien años. Sin embargo, esta cámara lleva aquí al menos diez veces más tiempo. La caverna en la que habita estaba llena de marcas de garras y de boquetes de un dragón mucho más grande y viejo.

—Me di cuenta —coincidió Warren—. Entonces, ¿dónde estaban sus padres?

—Quise saber cómo había llegado aquí, pero se negó a contestar. Hay algo en todo esto que me resulta sospechoso. Por lo menos, me entregó la llave, tal como había prometido.

—Su juventud explica por qué atacó a los otros tan rápidamente —dijo Dougan.

—De acuerdo —coincidió Gavin—. Normalmente, los dra-
gones prefieren jugar con su comida. Los ejemplares jóvenes son más impulsivos.

—¿Todos los dragones son tan metálicos como ella? —preguntó Kendra—. Casi me parecía un robot.

—Cada dragón es único —repuso el chico—. He visto otros dragones con escamas parecidas, pero Chalize es la más metálica que he visto. Todo su cuerpo está embutido en una aleación de cobre. Incluso puedes notárselo en la voz.

Dougan le echó un brazo por los hombros a Gavin.

—Supongo que no hace falta que te lo diga, pero: bien hecho ahí atrás. Eres un fenómeno.

—Gr-gr-gracias —dijo el muchacho, bajando la vista con timidez.

Cuando iniciaron la marcha por el pasillo, Warren se puso en cabeza y fue comprobando la solidez del suelo mediante golpecitos con la lanza partida. Les advirtió de que no tocasen las paredes, y de que estuviesen atentos por si veían algún cable trampa. Ahora que habían avanzado más allá de donde Tammy había llegado, cualquier peligro era posible.

El corredor acababa en una puerta de bronce. Detrás encontraron una escalera de caracol que descendía. Comprobando el firme de cada escalón antes de arriesgarse a pisarlo, fueron bajando aún más en la tierra. Al cabo de cientos de escalones sin fin, las escaleras terminaban en otra puerta de bronce.

—Esto podría ser la morada del guardián —susurró Warren—. Kendra, quédate ahí.

Warren fue el primero en cruzar la puerta, que no estaba cerrada con llave, seguido de Dougan y Gavin. Kendra se asomó a mirar cuando hubieron entrado. La sala, con el techo muy alto, hizo pensar a Kendra en el interior de una catedral, sin bancos ni ventanas. Había estatuas en hornacinas elevadas; de la pieza principal salían estancias más pequeñas que albergaban diversos ornamentos; unos murales descoloridos decoraban las paredes y el techo; y un imponente y barroco altar dominaba el extremo de la nave.

Warren, Dougan y Gavin cruzaron el espacio con mucho cuidado, todos mirando en diferentes direcciones, mientras Kendra observaba desde la puerta. Llegaron al altar, miraron en derredor y poco a poco fueron relajándose. Empezaron a buscar por todas las salas laterales, moviendo tal o cual tesoro, pero no encontraron a ningún guardián que les saliera al paso.

Cansada de esperar, y dudando de la existencia real de algún peligro, Kendra entró en la nave. Warren estaba explorando más detenidamente el altar, tocando unas joyas con cierta vacilación.

—¿Nada? —preguntó Kendra.

Warren levantó la visa.

—Es posible que no hayamos despertado o activado aún al guardián. Pero, si quieres que te dé mi opinión, creo que alguien se llevó el objeto mágico hace un montón de tiempo. No veo nada sospechoso. Esta nave debería haber albergado el reto más temible, a no ser que el guardián haya caído ya.

—Eso explicaría por qué Tammy y Javier pudieron salir de las grutas sin encontrar el objeto escondido —observó Kendra.

—Cierto, y por qué alguien puso aquí un dragón nuevo hace un siglo —coincidió Warren.

Kendra rodeó el altar y, al llegar al otro lado, se quedó de piedra al leer lo que había inscrito allí en letras plateadas.

209

—¿Has leído esto? —preguntó en voz baja.

—Está en un idioma que no me resulta conocido —dijo Warren.

—Debe de ser un idioma de hadas —susurró Kendra—. Para mí es como inglés.

—¿Qué dice?

Mirando a su alrededor para asegurarse de que Dougan y Gavin no pudieran oírla, leyó en alto las palabras sin elevar mucho la voz:

—Por cortesía del mayor aventurero del mundo, este objeto mágico tiene nuevo hogar en Fablehaven.

13

Admirador secreto

Seth estaba tumbado en la cama, metido debajo de las sábanas, totalmente vestido aunque descalzo, con las manos entrelazadas por detrás de la cabeza, y miraba fijamente el techo abuhardillado de la habitación del desván en penumbra. Meditaba acerca de la diferencia entre valentía y estupidez, una diferenciación que el abuelo había tratado de recalcarle una y otra vez. Se consideraba en posesión de unas definiciones útiles. La temeridad era cuando corrías riesgos sin una buena razón. La estupidez era cuando asumías un riesgo calculado con el objeto de conseguir algo importante.

¿Había sido estúpido anteriormente? ¡Desde luego! Asomarse a mirar por la ventana en la noche del solsticio de verano cuando le habían advertido de que no debía mirar había sido una estupidez. El único beneficio que había sacado de ello había sido satisfacer su curiosidad, pero a cambio había estado a punto de conseguir que mataran a su familia. Este verano también había corrido algunos riesgos por razones poco sólidas. Por supuesto, a veces, cuando el riesgo le parecía desdeñable, no le importaba ser un poco estúpido.

Pero también había actuado con valor. Se había tomado una sobredosis de poción de la valentía para enfrentarse a la aparición, con la esperanza de salvar a su familia. El riesgo había merecido la pena.

¿Iba a ser peligroso escabullirse de la casa para seguir el rastro de las versiones de sombra de Coulter y Tanu por el bosque? Sin duda alguna. La cuestión era si el riesgo estaba justificado.

Esa tarde Tanu había finalizado su transformación en hombre sombra justo al otro lado de la ventana. Había aguardado en el porche a la sombra hasta la puesta de sol, momento en que se había marchado al bosque. Unas horas más tarde, con la noche cada vez más cerrada, las sombras calladas de Tanu y Coulter habían regresado. Visibles solo para Seth, se habían quedado quietas a mitad de camino entre el jardín y la casa, de modo que el abuelo pudo dirigirse a ellos desde la terraza del porche. Tanu había indicado que todo iba bien, haciendo la señal de los dos pulgares hacia arriba, y había hecho gestos a Seth para que fuese con ellos, invitando igualmente al abuelo a unirse al grupo. A base de mímica, Coulter había expresado que él iría por delante de los otros en el viaje, para evitar encuentros con criaturas peligrosas.

Sin embargo, el abuelo había declinado la invitación. Había dicho que si a Tanu y a Coulter se les ocurría cómo podía acompañarlos él sin que fuese Seth, entonces accedería a ir con ellos. Mientras les decía esto, Seth se quedó detrás de él gesticulando disimuladamente, señalando a hurtadillas a su abuelo y diciendo que no con la cabeza, y luego señalándose a sí mismo y a ellos y guiñándoles un ojo. Nadie salvo Seth pudo ver el gesto de Tanu con el que le dio a entender que había captado el mensaje.

Hacía un buen rato que reinaba el silencio en la casa. Si iba a llevar a la práctica el mensaje que había transmitido por mímica a Tanu y a Coulter, había llegado el momento de hacerlo. Pero vaciló. ¿De verdad iba a hacer oídos sordos a una orden directa del abuelo e iba a poner su vida en manos de la versión de sombra de Tanu y Coulter? Si Tanu y Coulter tenían en cuenta lo que era mejor para él, ¿estarían dispuestos a permitir que se escabullera de la casa con ellos en contra de los deseos de su abuelo? Con suerte, debían de estar convencidos de que no le pasaría nada y de que al final el abuelo les daría las gracias a los tres.

¿Cuáles eran las posibilidades? Tal vez le habían tendido una trampa. Tal vez moriría o él mismo quedaría convertido en sombra. Pero también era posible que acabase resolviendo el misterio de la plaga, devolviendo a Tanu y Coulter a su estado original y salvando Fablehaven.

Seth salió sigilosamente de debajo de las sábanas, se calzó y empezó a atarse los cordones. La cuestión de fondo era que el abuelo habría estado dispuesto a jugarse el pellejo apostando a que las sombras de Tanu y de Coulter iban en serio al brindarse a aportar una ayuda valiosa. Y habría ido con ellos si hubiera podido ir él solo. Sencillamente, no estaba dispuesto a poner en peligro la vida de Seth. Para el chico esto demostraba que merecía la pena correr aquel riesgo. Si tanto le quería su abuelo para evitar que corriese un riesgo que merecía la pena, entonces pasaría por encima de él.

Con el calzado bien atado, Seth sacó su bolsa de emergencias de debajo de la cama. Luego, bajó de puntillas las escaleras del desván, estremeciéndose con cada crujido. Al llegar al pie de las escaleras, la casa seguía a oscuras y en silencio. Seth cruzó a toda prisa el pasillo y bajó las escaleras hasta el vestíbulo. Entró un instante en el gabinete del abuelo, tiró de la cadenilla que encendía la lámpara del escritorio y rebuscó en la bolsa de las pociones de Tanu.

Después de examinar varios frascos, Seth encontró el que quería, lo cogió y cerró la bolsa.

Apagó la lámpara y fue sigilosamente hasta la puerta trasera. Giró el pestillo y salió por la puerta, donde la luz de la luna bañaba el jardín de tonalidades plateadas.

—¿Tanu? —susurró Seth en un susurro forzado—. ¿Coulter?

Dos sombras con forma humana emergieron de detrás de un seto, una más alta y voluminosa que la otra. Seth saltó por encima de la barandilla del porche y cayó sobre el césped. Inmediatamente se acercaron a él otras dos figuras, una más grande que Tanu y la otra algo más alta que Coulter.

Seth destapó la poción que había hurtado y se bebió todo su contenido. Cuando Mendigo y Hugo llegaron hasta él, un cosquilleo efervescente le recorría ya todo el cuerpo y quedó suspendido levitando sobre el suelo, convertido en una versión gaseosa de sí mismo. Mendigo y Hugo intentaron en vano ponerle las manos encima.

Por supuesto, el abuelo no se había fiado de él. Por supuesto, Mendigo y Hugo habían estado apostados en el jardín con la orden de impedirle salir del recinto ajardinado. ¿Era culpa suya que el abuelo no hubiese tenido la precaución de esconder las pociones de Tanu?

Coulter y Tanu le hicieron señas para que los siguiese. Mentalizándose para desplazar su cuerpo, se deslizó tras ellos lo más deprisa que pudo. Mendigo permanecía a su lado, intentando agarrarle una y otra vez, produciéndole cosquilleos burbujeantes allí donde ponía sus manos de madera. Avanzaba tan despacio que se le hacía insufrible. Hugo acudió a la casa y se puso a dar mamporros en la pared. Seth intentó no prestar atención a las luces que empezaron a encenderse en la casa.

Casi había recorrido toda la distancia que le separaba del bosque, cuando Dale le llamó a su espalda.

—Seth, obedece a tu abuelo y vuelve aquí ahora mismo.

—Sin querer mirar atrás siquiera, el chico negó con la cabeza.

Cuando llegó al inicio del bosque, el abuelo le dijo desde el porche:

—¡Espera, Seth, vuelve! ¡Tanu! ¡Coulter! Esperad, oídme, si vais a hacerlo, por lo menos dejad que vaya con vosotros.

Las figuras de sombra se detuvieron. Negando enérgicamente con la cabeza, Seth se cruzó de brazos y volvió a descruzarlos. Era una trampa. En cuanto recuperase el estado sólido, el abuelo le llevaría a casa a rastras. Agitó una mano para instarles a continuar.

—Seth, no les indiques que sigan —le pidió el abuelo—. Tanu, Coulter: si de verdad sois dueños de vuestros actos, esperadme.

Las figuras de sombra se encogieron de hombros mirando a Seth y se quedaron quietas. Mediante gestos más insistentes, el chico les indicó que continuaran adelante. ¿Es que no conocían al abuelo?

—Mendigo —dijo el abuelo—. Déjalo. Vendrás con Seth y conmigo. Hugo, ve a por la carreta. Creo que la carreta sería el medio más rápido para llegar a nuestro destino, ¿me equivoco?

Tanu asintió con la cabeza. Seth se dio la vuelta para mirar a su abuelo y también respondió afirmativamente con la cabeza.

—Tendremos que esperar a que te solidifiques —dijo el abuelo—. Dejad que vaya a por una linterna y a ponerme ropa más apropiada.

Entró en la casa. Seth indicó a Tanu y a Coulter con los brazos que siguieran adelante, pero ellos dijeron que no con la cabeza.

—Te he visto —dijo Dale desde la terraza del porche—. Deja de decirles que continúen. Tu abuelo no te está engañando. Es verdad que quiere ir con vosotros, y si quieres que te dé mi opinión, os irán mejor las cosas con él que sin él.

Seth se relajó y se quedó flotando en medio de la oscuridad junto a las sombras de sus amigos. Si el abuelo le estaba preparando una jugarreta, suponía que siempre podría idear otra estrategia para marcharse.

El abuelo volvió vestido para el viaje. Dio instrucciones a Dale para que esperase en casa con la abuela, y para que huyesen de Fablehaven si no conseguían volver o si lo hacían en forma de sombras. Seth se deslizó hacia Hugo, que aguardaba preparado para tirar de la carreta de madera como si fuese una carretilla india gigante. Tanu y Coulter se subieron al carro, y también el abuelo y Mendigo. Seth se quedó flotando al lado de la carreta, esperando a transformarse.

Por fin terminó la tediosa espera, con una descarga de burbujas, y Seth se impulsó con los brazos para subirse a la carreta junto a los demás. Los hombres de sombra se sentaron delante. El abuelo y Seth se acurrucaron en la parte trasera.

—Estoy haciendo esto en contra de mi mejor criterio —dijo el abuelo.

—Es preciso que corramos este riesgo —declaró Seth con su mejor voz de adulto—. No pienso abandonar a Tanu y a Coulter cuando podría ayudarlos.

—Vámonos, Hugo —ordenó el abuelo.

La carreta se puso en movimiento de un tirón y Hugo empezó a recorrer el sendero a grandes zancadas hasta coger un ritmo veloz. El cálido aire de la noche envolvía a Seth como una caricia mientras la carreta avanzaba por la oscuridad. Al llegar a una bifurcación del camino, Tanu le indicó qué dirección debían tomar, Seth tradujo su gesto y el abuelo emitió la orden a Hugo.

Con Hugo brincando infatigable delante de la carreta, recorrieron la pista que conducía al lugar en el que antiguamente se levantaba la Capilla Olvidada. Una vez allí, tomaron varios

caminos más y acabaron en una senda llena de baches y maleza por la que Seth nunca había transitado. La carreta saltó y
rebotó por aquel camino irregular, hasta que Tanu y Coulter les
indicaron que debían parar.

El abuelo encendió la linterna que iluminó una cuesta cubierta de hierba, con una leve pendiente que subía hasta una
empinada montaña con una cueva a un lado.

—Dime que no están señalando hacia la cueva —dijo el
abuelo.

—Pues sí —respondió Seth—. Ya están bajando de la carreta.

—Podríamos dar media vuelta ahora mismo —dijo el abuelo—. Esa es la guarida de Graulas, uno de los demonios más
importantes de Fablehaven. Entrar en su guarida nos pondría a
su merced. Sería un suicidio.

Coulter hizo gestos indicando la cueva y se dio unos golpecitos en la sien con su dedo de sombra.

—Graulas tiene información relevante —tradujo Seth.

Tanu y Coulter asintieron a la vez con la cabeza y les hicieron gestos para que los siguieran.

El abuelo se acercó mucho a Seth y le dijo al oído, para que
solo lo oyera él:

—Supuestamente, Graulas es el demonio más poderoso de
Fablehaven, aunque en los últimos años ha estado hibernando.
Sería el último en querer compartir de buen grado cualquier
información con nosotros.

Tanu señaló la cueva, hizo el gesto de los pulgares hacia
arriba, abrió y cerró la mano que tenía libre, imitando una boca
parlante, y señaló a Seth.

—¿Graulas quiere hablar conmigo? —preguntó el chico—.
Abuelo, los dos me están respondiendo con los pulgares arriba.
Aquí era donde querían traerme. Espera aquí, que yo iré a ver.

El abuelo agarró a su nieto del brazo.

—He venido con vosotros porque quería ver qué se traían
entre manos. Si todo iba bien… Pero esto es una locura. Mendigo y Hugo no podrán pisar los dominios de Graulas. El tratado no nos protegerá. Volvemos a casa.

—De acuerdo —replicó Seth, y se apoyó alicaído con la espalda contra la carreta.

El abuelo aflojó la mano con la que asía el brazo de su nieto.

—Tanu, Coulter: esto es demasiado pedir. Vamos a volver.

Soltándose del abuelo de un tirón repentino, Seth se bajó de la carreta de un salto y echó a correr pendiente arriba en dirección a la boca de la cueva. Si Mendigo y Hugo no podían seguirle hasta allí, entonces el abuelo no podría detenerle.

—¡Mendigo, trae aquí a Seth! —bramó el abuelo.

El muñeco de madera saltó limpiamente de la carreta y acortó la distancia con Seth en cuestión de segundos, pero se detuvo en seco a unos quince pasos del camino. El chico continuó colina arriba, pero la marioneta ya no podía seguir subiendo.

El abuelo se puso de pie, con los puños cerrados apoyados en la cadera.

—¡Seth Michael Sorenson! ¡Vuelve a esta carreta ahora mismo!

El chico lanzó una mirada hacia atrás pero no ralentizó la marcha. Los Coulter y Tanu de sombra subían a la carrerilla, uno a cada lado de Seth. La boca de la cueva estaba cada vez más cerca.

—¡Seth, espera! —gritó el abuelo desde el pie de la cuesta, presa de la angustia—. Voy con vosotros. —Al chico no le gustó el tono resignado de su voz.

Se detuvo un momento y se quedó mirando a su abuelo, que subía trabajosamente por la hierba crecida, linterna en mano.

—Puedes venir, pero no te acerques tanto que puedas cogerme.

El abuelo le lanzó una mirada furibunda con los músculos de la mandíbula tensos.

—La única cosa más alarmante que lo que hay en esa cueva será el castigo que te ganarás si salimos vivos de esta.

—Si salimos vivos de esta, habré tomado la decisión correcta. —Seth esperó hasta que su abuelo estuvo a unos diez pasos de distancia, y entonces reanudó la subida hasta la cueva.

—¿Eres consciente de que vamos derechos a la muerte? —dijo el abuelo en tono sombrío.

—¿Quién mejor que un demonio para darnos información sobre una epidemia del mal? —replicó Seth.

Junto a la entrada de la cueva se elevaba un poste alto de madera. Unos grilletes de hierro oxidado colgaban de la punta. Evidentemente, en algún momento había habido víctimas encadenadas ahí. Solo de pensarlo, a Seth le entró un escalofrío. Las sombras de Tanu y Coulter no continuaron más allá del poste. Seth les hizo señas para que le siguieran. Ellos negaron con la cabeza y le indicaron mediante gestos que siguiese él adelante.

La abertura de la cueva era tan grande que habría podido pasar por ella un autobús escolar. Seth entró con sonoras pisadas y se dio cuenta de que al haber estado más preocupado pensando que el abuelo quería impedirle salvar Fablehaven, no se había parado a pensar en si tal vez debía impedirse él mismo el hacerlo. Esperaba que Tanu y Coulter no fuesen esbirros al servicio de este demonio, sin voluntad propia.

Las paredes y el suelo de tierra lisa dieron la impresión a Seth de que la cueva no era de origen natural, sino el resultado de una excavación. Al ir adentrándose por ella, recorrió dos curvas y a continuación la cueva se abrió a una gran sala con el aire algo viciado y el techo abovedado, a través del cual asomaban unas cuantas raíces retorcidas.

Unos muebles podridos y rotos se mezclaban con montones revueltos de huesos blanquecinos. Una mesa enorme, hundida en el centro por el peso, sostenía gran número de libros mohosos, acompañados de los pegotes de cera de velas derretidas. Contra una pared había unos toneles desvencijados, apilados en precario equilibrio, de los que se escapaba su rancio contenido. Entre un revoltijo de cajas destrozadas, Seth se fijó en el destello de unas joyas.

En la abombada pared del fondo las telarañas cubrían con su velo una silueta encorvada, de grandes dimensiones. La chepuda figura estaba sentada en el suelo con la espalda apoyada en la pared de tierra, inclinada hacia un lado. Seth miró hacia atrás por encima del hombro para mirar a su abuelo. Este permanecía totalmente inmóvil, salvo por la mano temblorosa con la que asía fuertemente la linterna.

—Ilumina esa cosa del rincón —dijo Seth.

El foco de la linterna alumbraba en ese momento la mesa abarrotada.

El abuelo no respondió nada. Tampoco se movió.

Entonces, una voz dijo algo, una voz más profunda que la que hubiese podido imaginar Seth alguna vez en su vida, una voz lenta y fatigosa, como al borde de la muerte.

—¿No... tienes... miedo... de... mí?

Seth entrecerró los ojos para tratar de ver mejor aquella forma envuelta en telarañas que estaba en el rincón.

—Claro que sí —respondió él, y se acercó un poco más—. Pero mis amigos me han dicho que querías hablar conmigo.

La figura se removió en su sitio, haciendo temblar las telarañas y produciendo una nube de polvo que se elevó por el aire.

—¿No... sientes... miedo... como... el que... sentiste... en... la arboleda? —Por su voz parecía triste y cansando.

—¿Con la aparición? ¿Cómo sabes eso? No siento el miedo que sentí allí. El miedo de allí me resultó incontrolable.

La figura volvió a moverse. Una de las telarañas más grandes se rasgó y se movió perezosamente como impulsada por una corriente de aire. La voz estruendosa dijo ahora con algo más de fuerza:

219

—Tu abuelo... es en estos momentos preso de esa clase de miedo. Coge... su luz... y acércate.

Seth fue hasta el abuelo, que seguía sin moverse. El chico le dio unos suaves toques con un dedo en las costillas, pero la única reacción que obtuvo fue un leve estremecimiento. ¿Por qué el abuelo se encontraba tan incapacitado? ¿Graulas estaba dirigiendo su magia específicamente hacia él? Una parte astuta y retorcida de la mente de Seth deseó que el abuelo se quedara así, para no meterse en líos si salían de allí con vida. Le arrebató la linterna de entre los dedos.

—¿Mi abuelo se pondrá bien? —preguntó.

—Sí.

—¿Tú eres Graulas?

—Sí. Acércate.

Pisando con mucho cuidado entre los desechos en descomposición, fue acercándose hasta el demonio, que se puso a apartar las capas de telarañas que le cubrían con una mano ancha y gruesa con garras. De su ropa subían volutas de polvo. Seth se tapó la nariz y la boca para protegerse del putrefacto hedor.

Aunque el demonio estaba sentado en el suelo y estaba encorvado hacia un lado, el chico solo le llegaba a la altura del hombro hinchado.

Cuando la luz de la linterna alumbró la cara del demonio, dio involuntariamente un paso hacia atrás. Su tez era como la cabeza de un pavo: roja, llena de pliegues y flácida, como si la tuviese horriblemente infectada. Estaba calvo y no tenía orejas visibles. Un par de curvados cuernos de carnero le salían de cada lado de su ancho cráneo, y una película lechosa le empañaba los ojos, negros y fríos.

—¿Puedes creer... que un día fui... uno de los seis... demonios... más temidos... y respetados... del mundo? —preguntó, respirando trabajosamente. El cuerpo entero se le mecía del esfuerzo que debía hacer con cada silbante inhalación de aire.

—No lo dudo —respondió Seth.

El demonio sacudió la cabeza pellejuda, haciendo balancearse los pliegues de carne roja.

—No me trates con condescendencia.

—No lo hago. Te creo.

Graulas tosió. Las telarañas se agitaron y se levantó polvo.

—Nada... ha llamado mi atención... en cientos de años —gruñó en tono cansino. Cerró los ojos. Su respiración se hizo más lenta y su voz más firme—. Acudí a este penoso zoológico para morir, Seth, pero para los de mi especie la muerte es un proceso my lento, muy muy lento. El hambre no me vence. La enfermedad no tiene nada que hacer. Duermo profundamente, pero no descanso.

—¿Por qué viniste aquí a morir? —preguntó Seth.

—Para abrazar mi destino. Seth, yo he conocido la auténtica grandeza. Caer desde la grandeza, desde las cumbres más elevadas hasta las profundidades más hondas, sabiendo que uno podría haberlo evitado, seguro de que uno jamás recuperará lo que ha perdido, le paraliza a uno la voluntad. La vida no tiene más sentido que el que uno elija darle, y yo dejé de engañarme hace mucho tiempo.

—Lo siento —respondió Seth—. Tienes una araña enorme en el brazo.

—Da lo mismo —dijo el demonio, resollando—. No te he hecho venir aquí para darte lástima con mi estado. Por muy durmiente que me haya quedado, no puedo adormecer todos mis dones. Sin hacer un esfuerzo consciente, sin necesidad de herramientas ni de conjuros, esta reserva sigue expuesta a mi atenta mirada. Toda, excepto unas cuantas zonas seleccionadas. No soporto la fútil monotonía de todo lo de ahí fuera y trato denodadamente de ignorarlo, de mirar a mi interior, y aun así no puedo evitar percibir mucho de lo que sucede. Nada ha despertado mi curiosidad… hasta que llegaste tú.

Graulas abrió sus ojos empañados.

—¿Yo?

—Tu valentía en la arboleda me sorprendió. La sensación de sorpresa era una reacción que había olvidado por completo. He visto tantas cosas que siempre sé lo que puedo esperar. Calculo las probabilidades de que algo salga de tal o cual manera, y mis predicciones nunca se ven frustradas. Antes de que finalizase tu confrontación con la aparición, la poción falló. Yo vi que la valentía artificial te abandonaba. Tu muerte era segura. Sin embargo, pese a mi certidumbre, le quitaste el clavo. Si hubieses sido un héroe de legendaria fama, curtido y bien entrenado, pertrechado de amuletos y talismanes, me habría quedado hondamente impresionado. Pero ¿un simple muchacho llevando a cabo semejante hazaña? Me sorprendió muchísimo.

Seth no supo bien qué responder. Observó al demonio y esperó.

Graulas se inclinó hacia delante.

—Te preguntas por qué te he traído aquí.

—¿Para averiguar qué sabor tengo?

El demonio le miró con aire taciturno.

—Te he traído aquí para darte las gracias por hacerme sentir sorpresa por primera vez en siglos.

—De nada.

El demonio movió la cabeza ligeramente con gesto de negación. ¿O solo se le movieron los ojos?

—Quería agradecértelo concediéndote algo que necesitas en estos momentos: conocimientos. Es probable que no sirva para salvaros, pero quién sabe. Tal vez vuelvas a asombrarme.

221

A juzgar por tu actuación en la arboleda, podría ser un error de juicio considerarte incapaz de cualquier cosa. Siéntate.

Seth se agachó en cuclillas sobre una estantería volcada y corroída.

—La aparición no era nada sin el clavo —dijo Graulas con voz ronca—. Un ser débil, fortalecido gracias a un talismán dotado de un tremendo poder oscuro. Tus amigos deberían haberse esforzado más para recuperarlo.

—Tanu se pasó horas buscándolo —dijo Seth—. Al final llegó a la conclusión de que debió de destruirse cuando yo lo saqué.

—Un talismán de tal potencia no se destruye fácilmente. Cuando tu amigo se puso a buscarlo, ya era demasiado tarde.

—¿Qué pasó con el talismán?

—Primero medita sobre lo que pasó contigo. ¿Por qué supones que eres el único capaz de ver la sombra de tus amigos?

—¿Es algo que me otorgó el clavo?

Graulas se echó hacia atrás y cerró los ojos; una expresión de dolor parecía recorrerle de pronto todo su repugnante semblante, como si estuviese haciendo frente a una repentina oleada de dolor.

—El talismán dejó su marca en ti. Da gracias porque el clavo no entrase en contacto directo con tu piel, pues te habría poseído. A partir de ese momento puedes ver determinadas propiedades oscuras que para la mayor parte de los ojos son invisibles. Y ganaste inmunidad frente al miedo mágico.

—¿En serio?

—Mi presencia inspira un horror paralizante en los humanos, similar al aura que rodeaba a la aparición. Este terror que rezuma de mí forma parte de mi naturaleza. Si te queda alguna duda, mira a tu abuelo.

Seth se levantó, agitó los brazos y flexionó los dedos.

—La verdad es que no siento miedo. Es decir, me preocupa que puedas estar engañándome y que puedas matarme a mí y a mi abuelo. Pero no me siento petrificado como cuando estuve con la aparición.

—Esta visión que te ha sido concedida podría ayudarte a encontrar la fuente de la magia que está transformando a las criaturas de Fablehaven —dijo Graulas—. Tus amigos que se hallan en estado oscurecido siguen siendo de fiar. Para ser criaturas tan frágiles, a veces los seres humanos poseen una fuerza asombrosa. Una de ellas es la capacidad de mantenerse dueños de sí mismos. La misma magia que ha alterado a las criaturas de Fablehaven no ha conseguido adueñarse de la mente de Coulter ni de Tanugatoa.

—Me alegra saberlo —dijo Seth.

Graulas hizo una pausa aún con los ojos cerrados, haciendo mucho ruido al respirar.

—¿Querrías conocer lo que pienso sobre el origen de los problemas actuales que aquejan Fablehaven?

—¿Tuvo algo que ver con el prisionero que liberó la Esfinge?

Graulas abrió los ojos.

—Muy bueno. ¿Acaso conoces la identidad del cautivo?

—¿O sea que la Esfinge es realmente un traidor? —exclamó Seth—. No, ninguno de nosotros sabe quién era el prisionero. ¿Lo sabes tú?

Graulas se humedeció los labios; su lengua tenía un color amoratado y estaba salpicada de llagas.

—Su presencia era inconfundible, aunque casi nadie habría sido capaz de captar su auténtica identidad. Era Navarog, el príncipe de los demonios, señor de los dragones.

—¿El prisionero era un dragón?

—El más importante de todos los dragones oscuros.

—Parecía de tamaño humano.

—Estaba disfrazado, naturalmente. Muchos dragones puedes adquirir forma humana cuando les conviene. Navarog no recuperó su auténtica forma mientras estuvo dentro de la finca. Sus asuntos en Fablehaven le imponían mayor sigilo.

Seth volvió a sentarse en la estantería volcada.

—Lo has dicho en pasado. ¿Ya no está?

—Se marchó de Fablehaven el mismo día que la Esfinge le liberó —contestó Graulas—. Nunca había sido formalmente admitido en Fablehaven, por lo que los muros no podían retenerle. Pero no se marchó hasta después de haber cometido ciertas fechorías. En primer lugar, acudió a la arboleda para llevar-

223

se el clavo. El oscuro talismán se había hundido ya bien hondo en la tierra, motivo por el cual Tanugatoa no lo vio. Pero asomó a la superficie en cuanto fue llamado. Entonces, Navarog se lo llevó a Kurisock.

—¿El otro demonio?

—Hay unos cuantos lugares en Fablehaven en los que no puedo entrar a través de mis sentidos. Uno de ellos es la casa y el jardín en el que vives con tus abuelos. Otro es la mansión que en su día fue la residencia del encargado. Y otro es el minúsculo territorio gobernado por Kurisock. No puedo decir con exactitud qué hizo Navarog con el clavo, pero sí que lo tenía cuando entró en los dominios de Kurisock y que cuando se marchó el talismán ya no estaba en su poder. Después de entregar el clavo, Navarog huyó de la reserva.

—¿Adónde iría desde aquí? —preguntó Seth.

—Dado que estoy atado a esta reserva, mi visión no llega más allá de los confines de la finca —explicó Graulas—. No tengo ni idea de adónde podría haber ido un dragón tan poderoso como Navarog.

—Entonces, para salvar Fablehaven, tengo que hablar con Kurisock —dijo Seth.

—Sería curioso observar qué tal te iría si te enfrentases a él —musitó Graulas con un destello en su ojo. Algo en aquella mirada lo convenció de que el demonio estaba de alguna manera jugando con él—. No me preguntes por qué Navarog acudió a ver a Kurisock. Si este ha hecho alguna vez una gran hazaña, yo desde luego no tengo noticia. En alguna ocasión ha provocado daños devastadores, pero carece de las facultades de un maestro de la estrategia. Hubo un tiempo en que Navarog me habría traído el talismán directamente a mí.

—¿Solo quieres utilizarme para ponerle la zancadilla a un rival tuyo?

—¿Rival? —bramó Graulas, casi riendo guturalmente—. Hace mucho tiempo que dejé de medirme contra otros.

—¿Qué hago para detener a Kurisock?

—Kurisock es más sombra que sustancia. Para interactuar con el mundo material, se infiltra en otro ser. A cambio de tomar prestada su forma física, dota de poder al organismo en el que reside. Dependiendo de con quién se fusione simbólicamente Kurisock, los resultados pueden ser impresionantes.

—Así pues, no actúa solo.

—En mi larga existencia nunca he visto que la oscuridad transformase a los seres de una manera tan infecciosa como lo que está pasando en esta reserva. No sé cómo está ocurriendo. Por el juramento que le obliga, Kurisock no puede salir de los límites de sus dominios aquí en Fablehaven. Debe de haberse compinchado con una entidad muy poderosa, y el clavo debe de estar amplificando sus capacidades.

—¿El clavo haría cosas diferentes para Kurisock de las que hizo para la aparición?

—Sin lugar a dudas —respondió Graulas—. El clavo es una mina de poder oscuro. Sin él, la aparición no habría resultado tan intimidatoria. Con ella, se convirtió en una de las criaturas más peligrosas y poderosas de Fablehaven. Con el clavo, Kurisock se transformó en un ser de gigantesco poder. Con el talismán, es posible que sus habilidades hayan aumentado tanto que expliquen esta violenta epidemia de oscuridad.

225

—Tú eres un demonio, ¿no? —dijo Seth recelosamente—. Sin ánimo de ofender, pero ¿no deberías alegrarte por esta plaga?

Graulas tosió y su moribundo cuerpo se convulsionó.

—El péndulo oscila entre la luz y la oscuridad una y otra vez. Hace mucho tiempo que perdí el interés en ello. Aquello que reavivó mi interés fuiste tú, Seth. Siento curiosidad por ver qué tal se te dará enfrentarte a esta amenaza.

—Lo haré lo mejor que pueda. ¿Qué más puedes contarme?

—Lo demás tendrás que averiguarlo con ayuda de tus amigos —dijo Graulas—. No disponéis de mucho tiempo. La oscuridad infecciosa está extendiéndose de manera inexorable. Solo hay un par de refugios seguros en la reserva, y ni siquiera allí podréis resistir indefinidamente. Yo no puedo ver el santuario de la reina de las hadas. Es un lugar que repele la oscuridad. Muchas criaturas de la luz han buscado refugio alrededor de su estanque. Y los centauros, entre otros, se han retirado a terrenos protegidos, en un extremo apartado de la reserva, dentro de un círculo de piedras al que no puede acceder la oscuridad. Esos serán los últimos lugares en caer.

—Y la casa —añadió Seth.

—Si tú lo dices… —dijo Graulas—. Ahora debo descansar. Coge a tu abuelo y márchate. Este es otro triunfo que puedes añadir a tu lista: pocos mortales han llegado a mi presencia y han vivido para contarlo.

—Una cosa más —pidió Seth—. ¿Cómo sabían Coulter y Tanu que podría fiarme de ti?

—Coulter estaba por ahí explorando, buscando el origen de la plaga. Vino a verme. En su estado actual, aunque puedo verle y oírle claramente, no podía hacerle daño. Le dije que tenía información que quería compartir contigo y le convencí de que era un sincero admirador tuyo. Después, convencí también a Tanugatoa. Por suerte para ti, les estaba diciendo la verdad. Anda, vete y salva este ridículo y desdichado zoológico, si te atreves.

Graulas cerró los ojos. Su rostro blandengue y lleno de surcos se distendió y a continuación la cabeza se le descolgó hacia delante como si acabase de sumirse en un estado de inconsciencia.

Seth dejó colgar la linterna de una cuerda que llevaba atada a la cintura y regresó junto a su abuelo, al que agarró por debajo de los brazos. El contacto pareció servir para hacer que espabilase y para sacarle de su trance. Seth le ayudó a salir de la cueva por su propio pie. Coulter y Tanu los esperaban fuera. En cuanto hubieron salido de nuevo a la luz de la luna, el abuelo experimentó un espasmo y movió los brazos de manera descontrolada, por lo que Seth le soltó.

—¡Estamos fuera! —exclamó el abuelo, atónito.

—Graulas nos ha dejado salir. ¿Captaste algo de lo que nos dijo?

—Cosas sueltas —contestó el hombre, con la frente arrugada—. Me costaba escucharle con atención. ¿Cómo has soportado el terror? ¿Y el frío?

—En realidad, el aire de la cueva estaba bastante cargado —dijo Seth—. Supongo que soy inmune al miedo mágico. Tiene algo que ver con que sobreviviera a la aparición. Debemos mantener una larga charla.

El abuelo se inclinó hacia delante y se limpió los pantalones con las manos.

—Eres consciente de que no podemos fiarnos de lo que Graulas te haya contado…

—Lo sé. Pero debemos tomarlo en consideración. Estoy casi seguro de que me ha dicho la verdad. Si pretendiese hacernos algún daño, lo único que tenía que hacer era sentarse a observar cómo caíamos todos. Por lo menos esto nos proporciona algún hilo del que tirar.

El abuelo asintió en silencio, mientras se dirigía hacia Hugo y la carreta.

—Lo primero es lo primero. Volvamos a casa a rápidamente.

14

De vuelta a casa

*E*l sol del amanecer bañaba en luz dorada la parte superior de la Meseta Pintada, con las ruinas de los pueblos proyectando largas sombras más allá del filo del precipicio más próximo. Un lagarto esquelético correteó por encima de una pared semiderruida. Su avance se veía interrumpido por pausas impredecibles. La tierra sedienta y el aire árido habían absorbido ya toda el agua del aguacero. Una cálida brisa y unas cuantas nubes suaves y esponjosas sugerían que la tormenta podría no haber sido más que un sueño.

Kendra, Dougan, Gavin y Warren marchaban por una zona de piedra rojiza, alejándose de las ruinas. Cuando llegaron al filo de la meseta, Kendra se asomó a contemplar un ave de presa que sobrevolaba trazando un amplio círculo ladeando sus pardas alas en la brisa. El aire resultaba llamativamente nítido. El panorama desértico (extensiones de arena y piedra horadadas por cañones y dominadas por escarpados riscos) se veía con tal nitidez que Kendra tuvo la sensación de haberse puesto unas gafas graduadas que realmente hubiera necesitado.

Salir de la gruta había resultado casi tan arduo como entrar. Después de mucho rebuscar, probar y equivocarse, al final habían llegado a la conclusión de que el objeto mágico no estaba ni escondido ni camuflado, sino que sencillamente se lo habían llevado de allí. Warren había avisado a Kendra para que no compartiese ni con Dougan ni con Gavin la traducción de la inscripción del altar. Al final cada uno había escogido varios tesoros de la cámara y se habían marchado.

Al volver a la guarida de Chalize, Kendra había conseguido no poner los ojos en el metálico dragón y Gavin había obsequiado a la cobriza bestia con una selección de los tesoros más lindos que habían robado.

Después, Warren había comprobado con éxito el aire de la cueva de las vainas estranguladoras. Atravesar la cueva había sido complicado y peligroso, pero lo consiguieron. Kendra había evitado mirar a Neil, del que Warren dijo que estaba ya prácticamente licuado del todo.

Kendra se había caído en la sima, pero osciló hasta la pared, que no le había quedado muy lejos, y Warren la había subido. Los demás cruzaron la cavidad sin incidentes. Cuando llegaron a la plataforma en la que habían empezado, Dougan introdujo la llave y, girando en espiral, ascendieron hasta la kiva.

Sin saber qué enemigos podrían estar acechándolos, el recorrido por la meseta resultó muy tenso. Pero, con Gavin encabezando la comitiva, fue para ellos un alivio no encontrar ni rastro de las criaturas que los habían atacado la noche anterior.

Ahora iban andando junto al borde de la meseta. Kendra llevaba en la mano la vara del tiempo que le había quitado al hombre coyote y, en los bolsillos, joyas que tintineaban al entrechocar. Gavin se había quedado con una pesada corona de oro con zafiros incrustados, que se había puesto en la cabeza. Dougan llevaba un cáliz labrado en platino y cristal. Warren portaba varios anillos nuevos y se abrazaba a una espada envainada que tenía la empuñadura nacarada.

A medio camino aproximadamente del borde de la meseta encontraron un sendero que descendía de la altiplanicie en una serie de pronunciados desniveles. En el trayecto de bajada no se toparon con ningún problema. La calma reinaba en la meseta. El calor era cada vez más intenso y la agradable brisa se aquietaba.

En cuanto llegaron al pie de la ladera, Kendra se sorprendió al darse todos la vuelta y ver que el sendero zigzagueante por el que habían bajado había desaparecido. Iniciaron la marcha alrededor de la meseta para volver a los vehículos, hasta que Gavin divisó el cadáver de Tammy, tendido entre dos rocas altas con forma de bala. Mientras Dougan y Gavin se acercaban para inspeccionar la escena más de cerca, Warren acompañó a Kendra por una ruta desde la que no se veía el cadáver.

El todoterreno y la camioneta estaban aparcadas no muy lejos de donde Gavin había encontrado a Tammy. Warren y Kendra esperaron junto a los vehículos hasta que Dougan y Gavin aparecieron cargados con un bulto tapado. Warren acudió hasta ellos a paso ligero para echarles una mano. Entre los tres colocaron los restos mortales de Tammy en la parte trasera de la camioneta.

—No tenemos las llaves del todoterreno —dijo Dougan—. Las perdimos con Neil.

—Yo puedo ir detrás —se ofreció Gavin.

—Antes de que volvamos a la hacienda, os propongo una cosa —dijo Dougan—. Por si acaso aún tenemos entre nosotros a un traidor, a alguien que trabaje en la reserva, por ejemplo, propongo que digamos que la misión ha sido un éxito. —Dougan levantó el cáliz de platino y cristal—. Mi recomendación es que guardemos este objeto en nuestra caja fuerte como si se tratase del objeto mágico, a ver si el señuelo sirve para desenmascarar a algún enemigo. —Envolvió el cáliz bien envuelto en su poncho.

—Qué buena idea —aprobó Warren.

—Además, transmitir el mensaje de que hemos recuperado el objeto no hará ningún daño —dijo Kendra—. Esa falsa información podría servir para que la Sociedad deje de buscarlo en otros sitios.

—Siempre y cuando no sean ellos quienes realmente se lo llevaron de aquí —murmuró Gavin.

—Una hipótesis posible —reconoció Dougan—. Pero hasta que sepamos más sobre este objeto desaparecido, lo mejor que podemos hacer para despistar a la Sociedad es decir que lo hemos conseguido.

En el viaje de vuelta a la hacienda, Kendra iba sentada entre Dougan y Warren. Se sentía un poco culpable por no decirles a Gavin y Dougan que probablemente el objeto mágico no estaba en manos de la Sociedad del Lucero de la Tarde, sino que lo habían trasladado a Fablehaven. Habían pagado un alto precio para llegar hasta la última cámara de la gruta, y detestaba la idea de despedirse de ellos con la sensación de que la misión había sido un fracaso total. Pero si la Esfinge era un traidor, Warren y ella no podían arriesgarse a permitir que llegase a sus oídos una información vital a través de Dougan y Gavin.

Kendra trató de no pensar en Tammy, tendida en la parte trasera de la camioneta. Se sentía mal porque Gavin tuviese que ir detrás con el cadáver. Y se resistió a pensar en Neil, tan valiente y discreto y cuya recompensa a cambio de un heroico rescate había sido ser devorado lentamente por unos extraños globos en una caverna.

Kendra había hablado poco en toda la mañana, y durante el trayecto en camioneta no soltó prenda. Se sentía al límite. Le escocían los ojos. El peligro la había mantenido alerta toda la noche. Ahora que había pasado, le resultaba mucho más difícil ignorar el cansancio.

Rosa, Hal y Mara salieron de la hacienda cuando la camioneta se detenía. Hal fue hacia ellos con sus andares lentos y decididos, y mientras los demás salían del vehículo echó un vistazo a la parte trasera.

—¿Tammy? —preguntó Hal, con la atención puesta en el bulto.

Dougan asintió con la cabeza.

—No está el todoterreno —observó Hal—. Deduzco que Neil tuvo problemas.

—Vainas estranguladoras —le informó Dougan.

Hal hizo un movimiento afirmativo con la cabeza y desvió la mirada. Rosa se metió el puño cerrado en la boca para morderse los nudillos y ahogar así los sollozos. Se apoyó en Mara, la cual mantuvo una expresión estoica y una intensa mirada en sus ojos negros. Contemplar su dolor hizo que a Kendra se le saltaran las lágrimas.

—Entró en la cámara —dijo Hal.

—Tuvimos que hacer frente a serios problemas en la meseta —explicó Warren—. Neil fue un auténtico héroe. Ninguno de nosotros habría podido entrar en la gruta de no haber sido por él. Capear la noche fuera de la cámara habría significado una muerte segura, así que Kendra y él entraron con nosotros.

231

—Supongo que visteis que era un *skinwalker*, un chamán navajo —dijo Hal.

—Se transformó en corcel zaíno y nos llevó a todos a lugar seguro —afirmó Gavin.

—¿Encontrasteis lo que habíais ido a buscar? —preguntó Hal.

Dougan levantó el cáliz, que seguía envuelto aún en su poncho.

—Os dejaremos tranquilos en cuanto podamos reservar un vuelo.

—Llamaremos a Stu por radio —se ofreció Hal—. Puede meterse en Internet y reservaros los billetes. Habéis tenido que pasar una noche tremenda. —Apoyó una mano en el lado de la camioneta—. Entrad en la casa. Yo me ocuparé de ella.

Kendra siguió a Warren al interior de la hacienda, evitando cruzar la mirada con Rosa o con Mara. ¿Qué debían de pensar de ellos? Unos desconocidos que se presentaban en su reserva, que arrastraban a uno de sus amigos a una peligrosa meseta para recuperar un objeto mágico y que volvían para darles la noticia de su fallecimiento, sin siquiera un cuerpo que enterrar.

—¿Estás bien? —le preguntó Warren.

Kendra no creía que quisiera escuchar lo que de verdad le pasaba por la mente, así que se limitó a asentir con la cabeza.

—Estuviste fenomenal. Ha sido una pesadilla. Ve a descansar un poco, ¿vale? Si necesitas cualquier cosa, dímelo.

—Gracias —respondió Kendra, que entró en su dormitorio y cerró la puerta. Después de quitarse las botas y los calcetines, se metió en la cama, se tapó la cabeza con la almohada y lloró. Sus lágrimas y su llanto amortiguado la ayudaron a librarse del miedo y de la pena experimentados la noche anterior. Enseguida el agotamiento pudo con ella y Kendra se quedó dormida, sin llegar a soñar nada.

Una luz rosada entraba por su ventana cuando Kendra se despertó. Se limpió las legañas de los ojos y chasqueó la lengua. Notaba la boca seca y con mal sabor. Al incorporarse para sentarse, se sintió atontada y con un ligero dolor de cabeza.

Eso de dormirse cada día a una hora distinta nunca le había sentado nada bien.

Alguien le había dejado un vaso de agua en la mesilla de noche. Bebió un poco, contenta de deshacerse así del desagradable sabor de boca. Cruzó la habitación pisando sin hacer ruido, salió al pasillo y se dirigió a la cocina. Mara levantó la vista. Estaba limpiando la mesa con una bayeta.

—Debes de tener hambre —dijo Mara con su voz ronca.

—Más o menos —respondió Kendra—. Siento mucho lo de Neil.

—Conocía los riesgos —contestó ella sin modificar el tono de su voz—. ¿Prefieres tomar algo ligero? ¿Sopa y tostadas?

—No hagas nada por mí. Ya comeré algo después. ¿Has visto a Warren?

—Está en el patio.

Kendra recorrió el pasillo a toda prisa. Sentía frías las baldosas al contacto con sus pies descalzos. Salió al patio. Aunque el sol estaba poniéndose, los guijarros del sendero de grava aún despedían calor, y crujían bajo sus pies, clavándosele aquí y allá. Varias hadas revoloteaban por allí. Warren se encontraba de pie en un camino enlosado, junto a un cactus en flor, con las manos entrelazadas a la espalda. Se dio la vuelta y sonrió a Kendra.

—Te has levantado.

—Seguramente no pegaré ojo en toda la noche.

—A lo mejor sí. Apuesto a que estás más cansada de lo que tú misma eres consciente. Tenemos billetes reservados para mañana a las once de la mañana.

—Genial.

Warren se acercó a ella.

—He estado pensando. Sin divulgar todo lo que sabemos, quiero advertir a Dougan sobre la Esfinge, simplemente decirle lo justo para que se ande con cuidado.

—Vale.

—No queremos que la Esfinge se entere de que estamos pendientes de él, pero creo que también podemos equivocarnos si guardamos demasiado en secreto nuestras sospechas. Estaba esperándote. Quiero que estés presente para corroborar lo que yo explique. No le digas más que yo. ¿Te parece que es un disparate?

Kendra reflexionó unos segundos.

—Contarle algo a quien sea ya es un riesgo, pero creo que necesitamos a alguien como Dougan para que le vigile.

—Estoy de acuerdo. Como lugarteniente de los Caballeros del Alba, Dougan está muy bien conectado y no se me ocurre ningún otro caballero de alto rango que me parezca más de fiar que él. —La acompañó de nuevo a la casa. Llegaron a una puerta cerrada y llamaron con los nudillos.

—Adelante —dijo Dougan.

Entraron en un dormitorio recogido y limpio, no como el de Kendra. Dougan estaba sentado a un escritorio, escribiendo en un cuaderno.

—Tenemos que hablar —dijo Warren.

—Por supuesto. —Dougan les indicó que se sentaran en su cama. Él ocupaba la única silla de la habitación. Kendra y Warren tomaron asiento en el colchón.

234

—Corren tiempos inseguros —empezó diciendo Warren—. Es preciso que te comunique una cosa. Kendra está aquí para verificar mis palabras. Recuerdas cuando te interrogué acerca de la identidad del capitán.

—Sí —respondió Dougan, en un tono que daba a entender que no quería que volviera a preguntarle al respecto.

—Acabamos discutiendo acerca de la Esfinge. Sea cual sea su vinculación con los Caballeros del Alba, como mínimo ha sido desde hace tiempo uno de nuestros más fieles colaboradores. Como lugarteniente, tú estás cerca del capitán, así que hay algo que quería que supieras. Como bien sabes, Fablehaven es una de las cinco reservas secretas.

—En efecto.

—¿Tenías noticia de que este mismo verano la Esfinge se llevó el objeto mágico escondido en Fablehaven?

Dougan se le quedó mirando sin decir nada, haciendo un ligero mohín con los labios. Negó con la cabeza de manera casi imperceptible.

—Entonces dudo de que te haya llegado la noticia de que además se llevó con él a un prisionero que había estado confinado en la celda más segura de la propiedad, ¿no? Un detenido que llevaba encerrado allí desde el momento de la fundación de la reserva. Un cautivo anónimo con una reputación infame.

Dougan carraspeó.

—No sabía nada.

—Todo el suceso estuvo rodeado de un halo de misterio, de sospechas —continuó Warren—. Nada de ello demuestra que la Esfinge sea un traidor. Pero, teniendo en cuenta todo lo que hay en juego, junto con la naturaleza de nuestra actual misión, quiero estar seguro de que la Esfinge no es la única persona que sabe que el objeto mágico de Fablehaven fue retirado, si entiendes lo que quiero decir.

Dougan asintió en silencio.

—¿Tú viste el objeto mágico? —le preguntó a Kendra.

—Lo vi en acción —dijo ella—. Yo misma lo recargué. La Esfinge vino a Fablehaven y se lo llevó personalmente.

—Si lo que nos contaste es cierto, y la Esfinge no es quien nos dirige, querrás asegurarte de que el capitán esté al tanto de todo esto —dijo Warren—. Si nos engañaste y la Esfinge es el capitán, asegúrate al menos de que algún otro lugarteniente conozca los detalles de lo que te estamos contando. No debería haber una sola persona que tuviese el control sobre más de un objeto mágico.

—Comprendo lo que insinúas —dijo Dougan con voz firme.

—Insinuaciones es lo único que tenemos —repuso Warren—. Te cuento todo esto por pura precaución. No tenemos ninguna intención de acusar erróneamente a un aliado inocente. Aun así, en el caso de que realmente la Esfinge esté trabajando para el bando contrario, por favor, procura que no se entere de nuestras inquietudes. Si es un traidor, ha ocultado bien el secreto y no se detendrá ante nada con tal de impedir que alguien lo descubra.

—Una manera de protegeros frente a él sería acusarle abiertamente —dijo Dougan.

—Dudamos si hacerlo o no… —empezó a decir Warren.

—Porque si está de nuestra parte, necesitamos desesperadamente su ayuda —terminó Dougan—. Difundir falsas acusaciones sobre su deslealtad provocaría una oleada de desconfianza y disensión.

—Y si, como verdadero aliado nuestro, está haciéndolo muy bien al ocultar objetos mágicos, tomando medidas (esperemos) para que nadie sepa el paradero de más de un objeto mágico, no queremos frustrar sus esfuerzos. Dougan, esperamos que nuestras sospechas sean infundadas. Pero no puedo pasar por alto ni la menor probabilidad de que podamos estar en lo cierto. Los resultados serían devastadores.

—Catastróficos —coincidió Dougan—. Ahora entiendo por qué me sondeabais acerca del capitán. Mantendré esto en secreto, y estaré bien atento.

—Es todo lo que pedimos —añadió Warren—. Tenía el presentimiento de que podíamos confiar en ti. Disculpa por perturbarte con esto.

—No me pidas disculpas —dijo Dougan—. Así es como los caballeros nos supervisamos entre nosotros. Nadie está libre de sospecha. Habéis hecho lo correcto al compartir conmigo vuestras inquietudes. ¿Alguna cosa más? —Se quedó mirando atentamente tanto a Warren como a Kendra.

—No, que yo sepa —dijo Kendra.

—Para que conste —intervino Warren—, nosotros conocemos cuatro de las cinco reservas secretas. Esta, Fablehaven, Brasil y Australia. No sabemos cuál es la quinta.

—Nosotros tampoco, sinceramente —dijo Dougan con seriedad—. Por eso estamos solicitando de manera insistente cualquier información sobre las reservas secretas. En todo este tiempo nuestra política consistía en no inmiscuirnos en estos misterios. Aunque rara vez hablábamos sobre el tema de las reservas secretas abiertamente, la mayoría de nosotros dábamos por hecho que si poníamos en común nuestros conocimientos, al final averiguaríamos dónde estaban las cinco. Corre el rumor de que has estado llevando a cabo una investigación privada sobre el tema.

Warren se levantó, riendo entre dientes.

—Por lo que se ve, no tan privada como suponía. Las cuatro reservas que he mencionado son las que he logrado conocer, y sabía de su existencia antes de haber iniciado realmente mis pesquisas.

—Indagaré sobre este asunto de la Esfinge y os avisaré de

cualquier hallazgo importante. Hacedme saber cualquier nueva información que descubráis.

—Cuenta con ello —dijo Warren, y se marchó con Kendra de la habitación.

Kendra se despertó a la mañana siguiente justo después del amanecer. A su lado en la cama tenía un libro de tapa dura de Louis L'Amour, que había tomado prestado de una estantería del salón. Había terminado necesitando la compañía de esa novela mucho menos de lo que había pensado. Antes de la medianoche, cuando apenas llevaba leído un tercio del *western*, se le habían empezado a cerrar los ojos y había apoyado la cabeza en la almohada. Eso era lo último que recordaba.

Kendra dejó la novela en la mesilla de noche y apagó la lamparita. Se sentía tan descansada que no quería intentar volver a dormirse, así que se puso en pie y se vistió. ¿Se habrían levantado ya los demás?

El pasillo al que daba su dormitorio estaba en silencio. Se dirigió a la cocina y no encontró a nadie allí. En la hacienda nunca había sido la primera en despertarse, y no podía imaginarse que todos los demás se hubiesen quedado dormidos hasta después del alba.

Abrió la puerta principal de la casa y se encontró con que Gavin se acercaba andando por el sendero de acceso.

—Buenos días —le dijo Kendra.

—Si tú lo dices —respondió él.

—¿Qué ha pasado?

—Javier ha desaparecido, junto con la caja fuerte.

—¿Qué?

—Echa un vistazo al todoterreno.

Kendra miró más allá de Gavin, al coche que estaba aparcado en el mismo sendero de acceso. Tenía todos los neumáticos pinchados.

—¿Ha reventado las ruedas?

—Y no han podido encontrar la furgoneta por ninguna parte —dijo Gavin—. Han salido todos en moto y a caballo a ver si encuentran su rastro.

—Entonces, ¿Javier era un espía?

—Es-es-es-eso parece. Al menos, el objeto mágico que se llevó era el señuelo. Aun así, Dougan se comportó como si realmente estuviera preocupado. Aunque Javier tuviera un pasado cuestionable de los tiempos en que vendía sus servicios al mejor postor, en los últimos años había demostrado ser un hombre muy de fiar. Dougan dijo que si Javier estaba trabajando en secreto para la Sociedad, entonces cualquiera también.

—¿Y ahora qué hacemos? —se preguntó Kendra.

—Nos marchamos igualmente, tal como habíamos planeado. Venía a la casa para tomar algo de desayuno.

—¿Por qué no me ha despertado nadie? —preguntó ella.

—A mí tampoco vino nadie a despertarme —dijo Gavin—. Querían que descansásemos después de lo de ayer. Pero el ruido de las motos me sacó de la cama. M-m-mi ventana da a la parte de delante de la casa. ¿Tienes hambre?

Gavin entró en la hacienda y fue directo a la cocina, donde cogió leche de la nevera y cereales de la despensa.

—Yo tomaré un cuenco —dijo Kendra—. ¿Quieres zumo de naranja? ¿Tostadas?

—Por favor.

Mientras Kendra le servía un poco de zumo y metía las rebanadas en la tostadora, Gavin puso la mesa, colocando la leche entre los cuencos de cereales, y luego buscó las conservas de un tipo de arándanos llamado *boysenberry*. Kendra untó las tostadas con mantequilla y las puso en la mesa, vertió leche en su cuenco de cereales y empezó a comer.

Estaban enjuagando los cuencos en el fregadero cuando Dougan entró en la hacienda a grandes y rápidos pasos. Warren venía detrás, pegado a sus talones.

—¿Ha habido suerte? —preguntó Gavin.

—Encontramos la camioneta abandonada cerca de la entrada de la reserva —informó Dougan con tono muy frío—. Le destrozó los neumáticos. Debía de tener a un cómplice esperándole al otro lado de la valla.

—¿Podremos llegar al aeropuerto igualmente? —preguntó Kendra.

—Hal tiene neumáticos de recambio. —Dougan se sirvió

un vaso de agua—. Pese a todo, deberíamos poder seguir adelante con el programa. —Dio un trago largo—. Después de todo lo que ha pasado, casi me parece apropiado que tengamos que dar por concluida nuestra estancia aquí con otra nota amarga. No me sorprendería nada que decidan no permitirles nunca más a los Caballeros del Alba el acceso a este recinto.

—Es como si fuésemos lo contrario de un pata de chacalope —coincidió Warren—. Mirando las cosas por el lado positivo, por lo menos nosotros no nos disponemos a confesar a nuestro malévolo jefe que nos hemos partido las piernas y que hemos desvelado nuestra identidad verdadera por robar un objeto mágico de pega. Creo que el viejo Javier podría acabar teniendo peor día que nosotros. —Dio una palmada y se frotó las manos—. Hora de disfrutar de un poco de terapia culinaria. ¿Qué hay para desayunar?

Sentado en el suelo al lado de su cama, encorvado para leer un viejo y mohoso diario, Seth revisaba página tras página en busca de dos nombres: Graulas y Kurisock. Miró el reloj de pared. Eran casi las doce de la noche. Kendra estaba al caer. No quería que su hermana descubriese que había empezado a leer los diarios de Patton. Le tomaría el pelo toda la vida con eso.

Sus ojos dieron con la palabra «Kurisock», y Seth se detuvo para leer atentamente el pasaje del diario:

> Hoy fui de nuevo a visitar el territorio adjudicado a Kurisock. Sigo sospechando que el demonio desempeñó un papel fundamental en la tragedia que acabó con mi tío, cuyos detalles no pretendo narrar en un volumen tan expuesto a cualquiera como este diario. A decir verdad, si mi dolor por la desgracia acaecida no disminuye, tal vez nunca divulgue los pormenores.
>
> Baste decir que crucé la frontera del reino de Kurisock y que me acerqué a espiar su foso humeante, una aventura fétida que no me reportó revelación alguna. No oso adentrarme más en su territorio, no vaya a ser que, desprovisto de toda protección, me vea incapaz de defenderme y dé mi vida a cambio de nada. Debo admitir, mal que

me pese, que investigar a Kurisock de esta manera constituye una empresa infructuosa, y por lo menos pretendo cumplir el consejo de no llevar a cabo nuevas incursiones en sus dominios.

Dudo de la conveniencia de dejar a mi tía a su destino, pero la mujer que yo conocía ya no existe. Temo que su horrible estado sea imposible de revertir.

Seth había encontrado anteriormente referencias a Kurisock y a su foso de alquitrán, pero ningún pasaje aportaba tantos datos acerca de la naturaleza del demonio como lo que Graulas le había contado. Había encontrado también numerosas menciones a una tragedia que había afectado al tío de Patton. Pero esta era la primera anotación en la que dejaba caer que Kurisock podría haber tenido algo que ver en la caída de su tío. Y hasta ahora Seth nunca había leído nada sobre una rara enfermedad que aquejaba a la tía de Patton.

Se oyeron las fuertes pisadas de alguien que subía las escaleras del desván. Seth dio un respingo y cerró como pudo el diario para meterlo rápidamente debajo de la cama. Trató de adoptar una pose casual cuando se abrió la puerta y Dale asomó la cabeza.

—Han vuelto.

Seth se puso en pie, dando gracias porque la persona que había subido las escaleras fuese Dale y no Kendra. Su hermana tenía la asombrosa habilidad de adivinar cuándo él había estado haciendo algo a escondidas, y no le apetecía nada que se enterase de que había abandonado su rudeza habitual y se había convertido en un ratón de biblioteca, mientras ella había estado por ahí corriendo aventuras.

Siguió a Dale por las escaleras hasta la planta principal, y llegó al vestíbulo de la casa justo cuando la abuela entraba por la puerta rodeando con un brazo a Kendra. Warren y el abuelo entraron con las maletas y cerraron la puerta.

Seth cruzó el espacio hasta Kendra y, con desgana, aceptó el abrazo que le ofrecía. Retrocediendo unos pasos, la miró con el entrecejo fruncido.

—Si os habéis visto las caras con otra pantera tricéfala voladora, vais a tener que comprarme antidepresivos, chicos.

—Nada de eso —dijo Kendra—. Solo era un dragón.

—¡Un dragón! —exclamó Seth con envidia—. ¿Me he perdido una lucha con un dragón?

—No fue una lucha —le aclaró Warren—. Teníamos que cruzar por delante de él sin que nos hiciera nada.

—¿Adónde habéis ido, para haber tenido que correr por delante de un dragón? —gimió Seth, temiendo la respuesta pero incapaz de resistirse a la tentación de preguntar.

—A otra reserva secreta —respondió su hermana con vaguedad, y miró a su abuela.

—Puedes decírselo —dijo ella—. Esta noche, todos vamos a tener que poner en común nuestras informaciones. Aquí han pasado muchas cosas y estoy segura de que vosotros también tendréis mucho que contarnos. Tenemos que encajar todas las piezas del puzle para poder avanzar algo.

—Estábamos en una reserva llamada Meseta Perdida, en Arizona —dijo Kendra—. Fuimos a recuperar otro objeto mágico más. Tuve que ayudar a dar de comer a unos zombis.

Seth se puso pálido.

—Diste de comer a unos zombis —susurró admirado. Se golpeó el lado del muslo con el puño cerrado—. ¡¿Por qué me torturas con este tipo de cosas?! ¡Seguro que hasta lo disfrutaste!

—Pues no —reconoció Kendra.

Seth se tapó los ojos con las manos.

—¡Es como si te ocurrieran a ti las cosas más alucinantes solo porque eres demasiado miedica para disfrutarlas!

—Tú charlaste con un antiguo y poderoso demonio —le recordó el abuelo.

—Lo sé, y fue una pasada. Pero a ella no le importa ni un pimiento —se quejó—. Ella simplemente se alegra de no haber estado allí. Lo único por lo que se pondría celosa sería enterarse de que he encabezado un desfile montado en un unicornio mientras unas bailarinas cantaban canciones de amor.

—No pretendas proyectar en mí tus sueños secretos —dijo Kendra con una sonrisilla de suficiencia.

Seth notó que las mejillas se le ponían un poco coloradas.

—No intentes fingir que prefieres ver un dragón en vez de un unicornio.

—A lo mejor tienes razón —reconoció ella—. Sobre todo si el unicornio no se empeña en hipnotizarme y zamparme. Pero esa dragona era bastante bonita. Todo su cuerpo brillaba, hecho de cobre.

—¿Dragona? —preguntó Seth—. ¿Era un dragón chica? Bueno, eso me hace sentir un poco mejor.

—Sé que es bastante tarde —los interrumpió el abuelo—, pero tengo la sensación de que no podemos esperar hasta mañana para contarnos toda la nueva información y para empezar a diseñar un plan. ¿Nos reunimos todos en el salón?

Tras dejar el equipaje en el vestíbulo, los abuelos, Kendra, Seth, Warren y Dale pasaron al salón y tomaron asiento. Para asombro de todos menos de Kendra, Warren reveló la información relativa a que el objeto mágico de Meseta Perdida había sido trasladado a Fablehaven por Patton Burgess, y pasó a contarles que Javier había robado el objeto señuelo. El abuelo, por su parte, les contó que Coulter y Tanu se habían transformado en dos sombras y les habló de todo lo que Seth había descubierto hablando con Graulas.

—No me puedo creer que ese viejo demonio os dejase escapar a los dos con vida —dijo Warren—. ¿De verdad creéis que podéis fiaros de él?

—Estoy seguro de que no podemos fiarnos de él —respondió el abuelo—. Sin embargo, después de haberlo meditado un poco y de haberme documentado, ahora creo que tal vez nos haya dicho la verdad, puede que por puro aburrimiento, o bien como parte de un complicado plan diseñado por la Sociedad, o bien para obtener cierta venganza personal contra un rival.

—A lo mejor estaba realmente impresionado con mis heroicidades —añadió Seth, levemente ofendido.

—Sospecho que sí lo estaba, pues de lo contrario no se habría fijado en ti en primer lugar. Aun así, no termino de creerme que la sola admiración le impulsase a darte voluntariamente una información tan importante.

—Y yo no termino de creer que estuviese contándoos la verdad, en absoluto —dijo la abuela—. Graulas es un maquinador. No tenemos forma de corroborar nada de lo que dijo sobre Kurisock.

—Al mismo tiempo, nada de lo que hemos encontrado contradice lo que le contó a Seth —replicó el abuelo—. Un demonio como Graulas no invita a los humanos a su guarida ni les deja salir de ella con vida. Lleva siglos en estado inactivo y décadas hibernando. Algo ha debido de despertar genuinamente su interés y espabilarle de su letargo.

—La epidemia misma puede haber penetrado en su estado de hibernación —dijo la abuela—. Quizá lo único que le mueve es participar en la destrucción de esta reserva. ¿Hemos leído los mismos diarios? Graulas nunca ha ocultado su desprecio por Fablehaven. Para él esta reserva es su vergonzosa tumba.

—Yo tampoco soy capaz de entender por completo sus actos, pero hay muchos aspectos de su explicación que sí son factibles —mantuvo el abuelo—. Concuerda con lo que nos contó Vanessa sobre la Esfinge. Es coherente con el hecho de que nunca hayamos encontrado el clavo oxidado que Seth le extrajo a la aparición. Apunta a una fuente factible de la plaga. Esta tarde Hugo y yo exploramos el estanque en el que vive ahora Lena y es cierto que la magia que protege el santuario impide el paso a la oscuridad. Tal como decía Graulas, muchas de las criaturas de luz que quedan por aquí se han congregado en ese lugar.

—¿No crees que la desesperación puede estar influyendo en tu opinión? —preguntó la abuela.

—¡Pues claro que sí! ¡Para aferrarnos desesperadamente a una esperanza, necesitamos una esperanza! Esta es nuestra primera pista razonable desde que Vanessa sugirió que el prisionero de la Caja Silenciosa podría tener algo que ver. Nos proporciona algo en lo que centrar nuestra atención, y suena bastante creíble.

—¿Hablasteis con Vanessa? —preguntó Kendra.

—Dos veces —dijo Seth con aire de suficiencia y disfrutando con la mirada que le lanzó su hermana.

—¿Y qué os dijo?

La abuela le explicó que Vanessa había nombrado al prisionero como probable origen de la plaga, les había ofrecido su ayuda para encontrar un remedio y había apuntado que ella conocía otros espías en el seno de los Caballeros del Alba.

243

—Suponía que podría tener información útil —dijo Kendra.

—¿Cuál es el siguiente paso para saber en qué anda metido Kurisock? —preguntó Warren.

—Esa es la cuestión —dijo el abuelo—. Si el demonio puede fusionarse con otras criaturas, dando lugar verdaderamente a un nuevo ser, de pronto debemos reconsiderar a cada ente de la reserva como posible origen de la plaga. ¿Quién sabe qué relación entre dos seres podría haber generado esta epidemia de mal?

Seth tenía algo que añadir, pero quiso formularlo con mucho cuidado.

—Antes, cuando estaba jugando en el desván, di sin querer un golpe a un diario, que se cayó y se abrió por una página que justamente hablaba sobre Kurisock. —Todos le miraban atentamente. Tragó saliva y continuó—. Patton pensaba que Kurisock tuvo algo que ver con la destrucción de su tío.

—Uno de los grandes secretos de Patton —murmuró la abuela—. Nunca explicó del todo cómo encontró la muerte su tío, pero es evidente que tuvo que ver con la caída de la vieja mansión y con por qué nadie tiene permiso para entrar allí. ¿Es posible que Kurisock haya franqueado de alguna manera las fronteras de sus dominios?

El abuelo negó con la cabeza.

—Es imposible que los haya abandonado personalmente. Al igual que Graulas, está constreñido a la parcela de tierra que él rige, incluso en los días festivos. Pero sin duda ha podido orquestar desde lejos este caos.

—Debemos plantearnos si debemos abandonar Fablehaven por el momento —intervino la abuela—. Esta plaga ha engullido demasiado terreno en muy poco tiempo.

—Estaría dispuesto a marcharme si no encontrásemos más pistas —repuso el abuelo—. Pero ahora han surgido dos nuevas razones para quedarnos. Tenemos una posible fuente de la plaga que debemos investigar, y tenemos motivos para sospechar que tal vez haya un segundo objeto mágico escondido en la reserva.

La abuela suspiró.

—No hay nada en los diarios ni en los relatos que…

El abuelo levantó un dedo.

—Patton nunca habría comunicado esta clase de información tan sensible, al menos no abiertamente.

—Pero ¿sí que la transmitió en la escena del crimen? —preguntó la abuela dubitativamente.

—En un idioma de runas que ni Warren, ni Dougan ni Gavin reconocieron siquiera —le recordó el abuelo—. Un misterioso idioma de hadas que solo Kendra podría descifrar. Ruth, si es posible que haya un objeto mágico aquí, debo quedarme hasta que lo recuperemos o hasta que compruebe que no está.

—Por lo menos, ¿podríamos sacar de aquí a los niños? —preguntó la abuela.

—Ellos siguen corriendo un gran peligro al otro lado de los muros de Fablehaven —dijo el abuelo—. Es posible que lleguemos a un punto en el que no les quede más remedio que huir de la reserva, cuando tengáis que iros todos los demás; sin embargo, de momento, mientras los chicos permanezcan dentro de la casa, creo que están más seguros aquí.

—Excepto yo —le corrigió Seth—. Yo no puedo quedarme en la casa. Graulas dijo que debo averiguar el modo de detener a Kurisock.

El abuelo se puso colorado.

—Motivo por el cual precisamente tú no deberías participar. Seguramente Graulas estaba tentándote para ponerte en peligro. Si el clavo te abrió los ojos a determinados elementos de la oscuridad, quién sabe qué otras cosas podrían influir en ti. Más que cualquiera de nosotros, tú no debes correr ningún riesgo.

Warren rio entre dientes.

—Entonces, será mejor que le encerremos en la Caja Silenciosa.

Seth sonrió sin que le hiciera ni pizca de gracia.

—Vamos, ayúdame, Seth, por tu propio bien. Si no te comportas con madurez a lo largo de toda esta situación de crisis, haré caso a la propuesta de Warren —le prometió el abuelo.

—¿Y qué se sabe de nuestros padres? —preguntó Kendra—. ¿Habéis sabido algo de ellos?

—Les dije que os mandaríamos a casa el jueves —dijo el abuelo.

245

—¡El jueves! —exclamó Kendra.

—Hoy es viernes —dijo Seth—. ¿Nos vamos a casa dentro de menos de una semana?

—Es madrugada del sábado, técnicamente —señaló Dale—. Ya son más de las doce de la noche.

—Fue la única manera que encontré de darles largas —dijo el abuelo—. El colegio empieza dentro de dos semanas. Algo se nos ocurrirá para entonces.

Seth se dio unos golpecitos en la sien, pensativo.

—Si eso quiere decir no ir al cole, a lo mejor deberíamos encerrar a mis padres en las mazmorras.

—Haremos lo que debamos hacer —dijo el abuelo con un suspiro, pues no parecía que le hubiera hecho mucha gracia el comentario de Seth.

15

Domingo de brownies

Kendra estaba sentada delante de un plato de tortitas rellenas de manzana aún calientes, espolvoreadas con azúcar glas, pero con el apetito satisfecho después del tercer bocado. Sonriendo a la abuela, cortó otro trozo con ayuda del tenedor y lo mojó en sirope. La abuela le dedicó una gran sonrisa. Las tortitas de los sábados eran una tradición en el hogar de los Sorenson, y las de manzana eran las favoritas de Kendra.

Su escaso apetito no tenía nada que ver con la comida. Estaba haciendo esfuerzos por quitarse de la cabeza el sueño que había tenido esa noche.

En él, había vuelto a la feria ambulante, la misma del sueño de la limusina, la misma en la que había dado vueltas perdida como una chiquilla, solo que esta vez estaba montada en la noria y se elevaba tanto que las luces de la feria titilaban muy abajo y la música de órgano eléctrico se volvía tenue. Entonces, volvía a bajar y la envolvían los olores, las imágenes y los sonidos de la animada feria. Iba ella sola en un asiento, aunque había otros amigos y familiares montados también en la atracción. En asientos alternos por encima y por debajo de ella iban sus padres, Seth, el abuelo, la abuela, Lena, Coulter, Tanu, Vanessa, Warren, Dale, Neil, Tammy, Javier, Mara, Hal y Rosa.

A medida que la noria iba dando vueltas, fue ganando velocidad de un modo alarmante, hasta que Kendra se vio meciéndose precariamente en el asiento, notando el empuje del viento por todas partes al descender hacia delante, hacia atrás, elevarse de espaldas, elevarse de frente, mientras el engranaje de la máquina chirriaba y todos los que iban montados en ella gritaban. La enorme noria había vibrado y se había ladeado, sin girar ya verticalmente. Con el sonido de la madera al partirse y de los gemidos metálicos, varios asientos sueltos empezaron a desengancharse y a caer en picado.

Kendra no había logrado distinguir cuáles de sus amigos o familiares se estaban cayendo. Intentó obligarse a despertar, pero le costaba aferrarse a la escurridiza noción de que aquella espeluznante escena era puramente imaginaria. Al ascender hacia lo más alto, la noria se inclinó todavía más, amenazando con desplomarse por completo en cualquier momento. Se dio cuenta de que Seth estaba debajo de ella, agarrado a un mástil de la atracción con las piernas colgando.

Entonces, la noria terminó de caer de lado y Kendra se salió de su asiento: se precipitó en la oscuridad junto con sus seres queridos, con las luces de la feria cada vez más intensas a medida que se acercaba al suelo. Se había despertado un segundo antes del impacto.

No necesitaba un análisis profesional para hacer su propia interpretación. La trágica escapada de Meseta Pintada la había dejado traumatizada, y luego llegar a casa y enterarse de cuánto se había extendido la plaga, infectando no solo a las criaturas de Fablehaven, sino también a Coulter y Tanu, había hecho que sintiera que el peligro los tenía cercados por todas partes. Gente mala iba a por ella. Demasiadas personas que se suponía que eran buenas no eran ya de fiar. No resultaba seguro volver a casa de sus padres. Tampoco estaban a salvo si se escondían en Fablehaven. Ella y todas las personas a las que quería corrían un grave peligro.

—No comas más de lo que quieras —dijo la abuela.

Kendra se dio cuenta de que se había pasado el rato moviendo las tortitas con el tenedor, alargando el momento de tener que llevarse otro bocado a la boca.

—Estoy algo tensa —confesó, y se tomó otro trozo, esperando que su rostro transmitiera que le gustaba lo que estaba masticando.

—Yo me tomo las suyas —se ofreció Seth, que casi se había terminado su montaña de tortitas.

—Cuando termine el estirón que estás dando, te vas a poner como una bola —predijo Kendra.

—Cuando termine el estirón que estoy dando, no comeré tanta comida —replicó él, engullendo la última tortita de su plato—. Además, yo no estoy cuidando mi línea para que me vea Gavin.

—No es eso —protestó Kendra, intentando no ruborizarse.

—Luchó contra la dama jaguar y amansó a la dragona para salvarte —atacó Seth—. Además, tiene dieciséis años, así que tiene carné de conducir.

—No vuelvo a contarte nada nunca más.

—No hará falta. Para eso tendrás a Gavin.

—No chinches a tu hermana —le reconvino la abuela con tono de sermón—. Ha tenido una semana muy dura.

—Apuesto a que yo también podría amansar dragones —dijo Seth—. ¿Te he contado que soy inmune al miedo?

—Unas cien veces —murmuró Kendra, y le pasó su plato deslizándolo por la mesa—. Mira, Seth, estaba pensando que parece una coincidencia muy grande que uno de esos diarios se cayese y justo se abriese por la página que hablaba de Kurisock. De hecho, ya de entrada me cuesta mucho imaginar qué juego puede hacer que los libros se caigan de las estanterías. ¿Cómo va esto? Si no supiera lo inútil que es leer, podría sospechar que estabas leyendo atentamente esos diarios a propósito.

Seth no levantó la vista del plato y se dedicó a meterse comida en la boca sin decir ni pío.

—No hace falta que intentes ocultar tu nuevo amor por la lectura —continuó Kendra—. ¿Sabes qué? Yo podría ayudarte a obtener un carné de biblioteca, y así podrás añadir un poco de variedad a todos esos viejos y aburridos…

—¡Fue una emergencia! —estalló Seth—. Fíjate bien en lo que digo: una lectura de emergencia, nada de la disparatada idea de divertirme leyendo. Si estuviera muriéndome de hambre, también comería espárragos. Si me pusieran una pistola en la cabeza, también vería culebrones en la tele. Y para salvar Fablehaven, leería un libro, ¿vale?, ¿estás contenta?

—Ándate con cuidado, Seth —dijo la abuela—. El amor a la lectura puede ser muy contagioso.

—Ya no tengo más ganas de comer —declaró él, que se levantó de la mesa y salió por la puerta hecho un basilisco.

Kendra y la abuela soltaron una carcajada.

El abuelo entró en la cocina mirando por encima del hombro en la dirección en que Seth se había marchado.

—¿Qué bicho le ha picado?

—Kendra le ha acusado de haber leído voluntariamente —dijo la abuela en tono grave.

El abuelo levantó las cejas.

—¿Llamo a las autoridades?

La abuela negó con la cabeza.

—No permitiré que mi nieto se vea sometido en público a la humillación de ser sorprendido leyendo. Tendremos que llevar en silencio esta desgracia.

—Tengo una idea, abuelo —anunció Kendra.

—¿Tapar las ventanas con tablones para que los reporteros no le pillen en el acto? —tanteó el abuelo.

Kendra sonrió divertida.

—No, una idea de verdad. Sobre Fablehaven.

Le hizo un gesto para que continuase.

—Deberíamos hablar con Lena. Si lo que le pasó al tío de Patton es un secreto y Kurisock tuvo algo que ver, a lo mejor ella podría contarnos los detalles del suceso. Tenemos que averiguar todo lo que podamos sobre el demonio.

El abuelo mostró una sonrisa cómplice.

—Estoy tan de acuerdo con eso que, de hecho, ya he planeado pasar por el estanque para eso mismo. Por no hablar de que me encantaría saber si ella ha oído hablar del objeto mágico que supuestamente Patton trajo a la reserva.

—Yo conozco su idioma —repuso Kendra—. Podría hablar con ella directamente.

—Ojalá pudiera aceptar tu ayuda —dijo el abuelo—. Eres brillante y capaz. Imagino que serías una gran baza a la hora de intentar contactar con Lena. Pero esta plaga es demasiado peligrosa y podríamos vernos transformados en sombra por el camino. La condición con la que estoy permitiendo que tu hermano y tú permanezcáis en Fablehaven es que no os aventuréis a salir de esta casa hasta que sepamos mejor lo que está pasando ahí fuera. Los dos ya habéis corrido demasiado peligro.

—Tú mandas —dijo Kendra—. Solo pensé que tal vez tendría más suerte en conseguir que Lena nos dijera algo. Necesitamos información.

—Cierto —respondió el abuelo—. Pero debo declinar tu ofrecimiento. No pienso tolerar que te conviertas en sombra. ¿Veo que han sobrado tortitas?

—Pero si ya tomaste un montón —dijo la abuela.

—Hace más de tres horas —respondió él, sentándose en la silla que Seth había dejado libre—. Incluso después de trasnochar, los viejos como yo seguimos levantándonos con el sol. —Guiñó un ojo a Kendra.

Warren entró en la cocina con una cuerda enrollada.

—¿Más tortitas?

—Solo estaba aprovechando las sobras —respondió el abuelo.

—¿Tú vas al estanque con el abuelo? —preguntó Kendra.

—En un primer momento sí —respondió Warren—. Después, Hugo y yo iremos en misión de reconocimiento. Me acercaré a Kurisock todo lo que pueda.

—No te acerques tanto que te vuelvas una sombra —le avisó Kendra.

—Haré todo lo posible por permanecer intacto —dijo él—. Y si me convierto en sombra, no os preocupéis, que no os guardaré rencor por no haber podido cumplir mi última voluntad de tomar unas cuantas tortitas de manzana más.

—Vale, vale —dijo el abuelo—. Coge un plato. Las compartiré contigo.

251

Por la noche, Kendra se había sentado en la cama a ojear un diario, con la espalda apoyada en el cabecero. Mientras, iba lanzándole alguna que otra mirada a Seth, que también repasaba un tomo a su característica velocidad habitual, deteniéndose ocasionalmente para leer con atención algún párrafo. Ella intentaba concentrarse en su lectura, pero eso de ver a su hermano enfrascado en un texto hacía que se le fuesen los ojos hacia él constantemente.

—Puedo ver que me estás mirando —dijo el chico sin levantar la vista—. Debería empezar a cobrar entrada.

—¿Has encontrado algo interesante?

—Nada que nos sirva.

—Yo tampoco —dijo Kendra—. Nada nuevo.

—Me sorprende que alguna vez encuentres algo, repasando el libro tan despacio…

—Y a mí me sorprende que no se te pase nada por alto, pasando las páginas tan deprisa…

—¿Quién sabe cuánto tiempo nos queda? —replicó Seth, que cerró el diario y se frotó los ojos—. Hoy nadie ha encontrado nada.

—Le dije al abuelo que debía dejarme hablar con Lena —dijo Kendra—. Ella ni siquiera se dejaría ver delante de él.

—Podríamos escabullirnos esta noche e ir al estanque —se ofreció Seth.

—¿Estás loco?

—Es broma. Casi. Además, Hugo y Mendigo no nos dejarían salir del jardín en la vida. Me alegré cuando el abuelo dijo que había visto a Doren en el estanque. Estaba seguro de que Newel le había cazado.

Kendra cerró su libro.

—El abuelo obtuvo buena información de algunos de los sátiros y dríades.

—Que solo venía a confirmar lo que ya sabemos —replicó Seth—. Última hora: la plaga está por todas partes.

—Warren volvió sano y salvo de los dominios de Kurisock.

—Sin nueva información, excepto que un gigante de niebla monta guardia a la entrada. Ni siquiera llegó al foso de alquitrán.

Ella alargó el brazo para llegar a la lamparita de la mesilla de noche.

—¿Apago la luz?

—Por mí, sí. Creo que se me van a derretir los ojos si intento leer más.

Kendra apagó la luz.

—No entiendo por qué te molestaste tanto con esto de que te hayamos pillado leyendo.

—Solo me dio vergüenza. ¿Y si se entera todo el mundo?

—Simplemente pensarán que eres una persona normal e inteligente. La mayoría de las personas a las que merece la pena conocer son gente que disfruta leyendo. A todo el mundo en nuestra familia le gusta leer. La abuela fue profesora en la universidad.

—Sí, claro. Como antes me reía de ti, ahora parece que soy un hipócrita.

Kendra sonrió.

—No, solo parece que por fin tienes dos dedos de frente.

Él no respondió. Kendra se quedó mirando el techo, dando por hecho que la conversación había terminado.

—¿Y si no somos capaces de arreglar este problema? —dijo Seth cuando ella estaba a punto de quedarse dormida—. Sé que hemos sobrevivido a situaciones espeluznantes en otros momentos, pero esta plaga me parece diferente. Nadie ha visto nunca nada igual. En realidad no sabemos ni lo que es, y menos aún cómo reparar los daños. Además, se extiende muy deprisa, transformando a los amigos en enemigos. Deberías haber visto a Newel.

—Yo también estoy preocupada —respondió Kendra—. Lo único que sé con certeza es que Coulter tenía razón: incluso cuando procuras prepararte lo mejor posible, estas reservas pueden ser mortíferas.

—Siento que algunas de las personas con las que subiste a Meseta Perdida no lograran volver con vida —dijo Seth en voz baja—. Por eso, me alegro de no haber estado allí.

—También yo —respondió Kendra en un susurro.

—Que duermas bien.

—Y tú.

—Kendra, Seth, despertaos, no tengáis miedo. —La voz retumbó en toda la habitación, como si saliese de las paredes.

Kendra se incorporó, con los ojos somnolientos pero alerta. Seth estaba ya recostado sobre un brazo, pestañeando en medio de la oscuridad.

—Kendra, Seth, soy el abuelo —dijo la voz. Sonaba ciertamente como él, pero amplificada—. Os hablo desde el desván secreto, donde nos hemos refugiado Dale, Warren, vuestra abuela y yo. Los brownies se han infectado y se han vuelto contra nosotros. No abráis la puerta hasta que vayamos a buscaros mañana por la mañana. Sin adultos en la habitación, estaréis totalmente a salvo de cualquier daño. Esperamos pasar la noche aquí sin incidentes.

Seth miró a su hermana, aunque no exactamente a los ojos. El chico no podía verla igual de bien que ella a él.

El abuelo repitió el mensaje usando las mismas palabras, por si la primera vez no se habían despertado. A continuación, repitió el mensaje por tercera vez y añadió al terminar:

—Los brownies solo pueden entrar en la vivienda entre el anochecer y el amanecer, así que evacuaremos la casa por la mañana. Lamentamos no haber previsto esto. Los brownies forman una comunidad aislada de los demás y prácticamente nunca entran en contacto con otras criaturas de Fablehaven. Su morada, debajo del jardín, cuenta con muchas de las protecciones de las que goza también esta casa. A pesar de eso, deberíamos haber sabido que la plaga encontraría el modo de infectarlos. Perdonad la molestia. Intentad dormir un poco.

—Sí, claro —dijo Seth, y encendió la lamparita de la mesilla de noche.

—Justo lo que necesitábamos —suspiró Kendra—. Brownies malos.

—Me pregunto qué pinta tendrán.

—¡Ni se te ocurra asomarte a mirar!

—Ya lo sé, por supuesto que no lo haré. —Seth salió de la cama y se acercó corriendo a la ventana.

—¿Qué haces?

—Quiero ver una cosa. —Descorrió las cortinas—. Tanu está aquí fuera. Su sombra.

—¡No te atrevas a abrir la ventana! —le ordenó Kendra, levantándose de la cama para acudir junto a su hermano.

—Nos está haciendo señas para que nos quedemos aquí —informó Seth.

Kendra se asomó a mirar por encima del hombro de su hermano, pero no vio nada en el tejado. Entonces, apareció un hada volando; brillaba con un resplandor violeta oscuro, como si la iluminase una luz negra.

––Está señalando a las hadas y haciendo gestos de que no abramos la ventana —anunció Seth—. Mira, hay más hadas justo pasado el tejado. Cuesta distinguirlas, son muy oscuras. —Hizo el gesto de los pulgares hacia arriba para Tanu y cerró la cortina—. Hacía un tiempo que no se dejaba ver ninguna hada malvada. Apuesto a que esto era una trampa. Seguro que los brownies iban a asustarnos para que saliésemos, y así las hadas habrían podido transformarnos.

—Creía que el abuelo había prohibido a las hadas entrar en el jardín —dijo Kendra, volviendo a su cama.

Seth se puso a andar arriba y abajo.

—No ha debido de funcionar, por alguna razón. No sabía que el abuelo podía dar avisos que se oyesen en la casa entera.

—En el desván secreto tienen toda clase de cachivaches curiosos.

—Qué pena que no tengan una puerta que dé a nuestro lado.

—No importa. Vendrán a buscarnos por la mañana. Deberíamos intentar dormir. Seguramente mañana será un día agotador.

Seth arrimó la oreja a la puerta.

—No oigo nada.

—Lo más probable es que haya diez brownies malvados esperando pacientemente al otro lado, listos para abalanzarse sobre nosotros.

—Los brownies son canijos. Todo lo que necesitamos son unas buenas botas, un par de protecciones para las espinillas y un cortabordes de jardín.

Esa imagen arrancó unas risillas a Kendra.

—Dijiste que los nipsies son mucho más pequeños que los brownies, pero que eso no les impidió contaminar a Newel.

—Supongo que así es —dijo él. Abrió un armario ropero y sacó unas cuantas prendas.

—¿Qué estás haciendo?

—Quiero vestirme, por si tenemos que salir pitando de aquí. No mires.

255

Cuando Seth hubo terminado de vestirse, volvió a la cama. Kendra reunió su ropa, apagó la lamparita, le pidió a Seth que no mirase y se cambió. Luego, se metió en la cama con los zapatos puestos.

—¿Cómo se supone que voy a pegar ojo? —preguntó Seth al cabo de un par de minutos.

—Haz como si no pasara nada. Están tan en silencio que podría tratarse de una noche normal y corriente.

—Lo intentaré.

—Que duermas bien, Seth.

—Que no te pique ningún brownie.

Seth durmió con un sueño ligero el resto de la noche, despertándose frecuentemente con un sobresalto, con el cuerpo rígido, confuso y desorientado. Encendió la lámpara unas cuantas veces para asegurarse de que no había brownies feroces correteando por la habitación. Incluso se asomó a mirar debajo de la cama, por si las moscas.

Al final se despertó cuando se colaba entre las cortinas una luz rosada. Salió de la cama sin molestar a Kendra, cruzó hasta la ventana y esperó a que la luz del sol, cada vez más intensa, iluminara el horizonte. No vio ninguna hada mientras esperaba.

Unos minutos después de que la luz directa del sol iluminase la mañana, Seth oyó que las escaleras del desván crujían. Zarandeó a Kendra para despertarla y se dirigió a la puerta.

—¿Quién anda ahí?

—Me alegro de que estés levantado —dijo Warren—. No abras la puerta.

—¿Por qué no?

—Han preparado varias trampas que se activarán al abrirla. De hecho, pensándolo mejor, si quieres puedes abrir rápidamente la puerta, pero no salgas y hazte a un lado. Asegúrate de que Kendra se aparte también.

—Vale.

Kendra salió de su cama y se colocó al lado de la puerta. Él asió el pomo, lo giró lentamente y tiró de él a toda velocidad para abrir la puerta, colocándose detrás de ella de un salto. Tres flechas entraron silbando en la habitación y se clavaron en la pared de enfrente, bien arriba.

—Bien hecho —aprobó Warren—. Echad un vistazo a la escalera.

Seth se asomó por la puerta. Un montón de cables cruzaban de parte a parte el tramo de escaleras, a diferentes alturas, en horizontal y en diagonal. Muchos de los cables pasaban por poleas o ganchos que habían sido fijados a la pared. En lo alto de las esquinas de la escalera habían colocado varias ballestas, la mayoría de las cuales apuntaban a la puerta del desván y otras en posición defensiva. En el pasillo, una pistola puesta de pie en una repisa ingeniosamente diseñada apuntaba hacia lo alto de las escaleras. Warren se agachó, pegado a la pared, a un tercio de camino por las escaleras, tras haber pasado ya por encima de varios de los alambres con mucho cuidado.

—¿De dónde han salido todas estas armas? —preguntó Kendra desde detrás de Seth.

—Los brownies se han hecho con un arsenal saqueando la mazmorra —dijo Warren—. Muchas otras armas están hechas a propósito para esto. Esta escalera es solo el principio. La casa entera está plagada de trampas que se accionan al pasar. Nunca había visto nada igual.

—¿Cómo bajamos las escaleras? —preguntó Kendra.

Warren meneó la cabeza ligeramente.

—Tenía pensado desarmar las trampas, pero las cuerdas son complicadas. Algunas están montadas de tal manera que activan varias trampas a la vez; otras son señuelos. Me está costando lo mío comprobar qué hace cada cable. Cuando abriste la puerta, una de las flechas me pasó rozando la oreja. No la vi venir.

—A lo mejor podríamos salir por el tejado y bajar desde ahí —propuso Seth.

—Hay al menos una docena de hadas oscuras al acecho. De momento no podemos plantearnos salir de la casa.

—¿El abuelo no había prohibido a las hadas entrar en el jardín? —preguntó Kendra.

Warren asintió con la cabeza.

—Antes de prohibírselo, unas hadas oscuras debieron de

esconderse en las cercanías de la casa. Lo que hizo tu abuelo no sirve para expulsar a criaturas que ya hayan accedido al jardín. Solo servirá para impedir que entren más.

—Menuda historia —comentó Seth.

—Lo de anoche estuvo perfectamente planificado —dijo Warren—. Esta plaga no se está extendiendo al tuntún. Alguien dirigió un asalto deliberado y coordinado. Lo peor de todo es que antes de que vuestros abuelos se despertaran, los brownies se apoderaron del registro.

—¡Oh, no! —se lamentó Kendra—. Si los brownies han alterado el registro, eso podría explicar también la presencia de las hadas oscuras.

—Bien pensado. —Warren retrocedió un paso y se desperezó—. Cualquier cosa podría acceder a la casa de un momento a otro. Tenemos que salir de aquí.

—¿Hugo está bien? —preguntó Seth.

—El golem ha estado pasando estas noches en un recinto seguro del granero. Vuestro abuelo está haciendo todo lo posible para evitar que Hugo se infecte. Vendrá en cuanto le llamemos. Hasta ese momento, debería estar bien en el granero.

—O sea que ahora tenemos que hacer virguerías para poder bajar las escaleras, jugándonos el pellejo —dijo Kendra.

—¿Y si lanzo el caballito balancín por los escalones? —propuso Seth—. Podríamos resguardarnos todos y esperar a que se disparen todas las trampas.

Warren se le quedó mirando unos segundos.

—Pues eso podría dar resultado perfectamente. Dadme un minuto para retroceder. Apartaos de la puerta, por si activo una o dos trampas sin querer.

Seth fue a por el unicornio mecedor y lo arrastró hasta cerca del umbral de la puerta. Pensó que los rieles curvos de debajo del caballito ayudarían a que el juguete bajase patinando bastante bien hasta el pie de la escalera. De hecho, en otras circunstancias podría haber intentado bajar las escaleras montado a lomos del caballito mecedor, por pura diversión. ¿Por qué las ideas geniales tendían a ocurrírsele en el momento menos indicado?

—Estoy listo —dijo Warren desde abajo—. Apartaos bien

de la puerta. Imagino que será bombardeada por una lluvia de proyectiles, dardos y flechas.

Seth colocó el caballito mecedor en lo alto de las escaleras y se tumbó en el suelo detrás de él.

—Lo empujaré con los pies y rodaré por el suelo para apartarme.

Kendra se puso al lado de la puerta.

—Yo cerraré de golpe en cuanto empiece la cosa y me haré a un lado.

Seth puso las suelas de los zapatos en la grupa del unicornio.

—¡A la una…, a las dos… y a las tres!

Dio un empujón al caballito mecedor y rodó hacia un lado. Kendra tiró fuerte de la puerta para cerrarla rápidamente y se apartó con un impulso.

Se oyó un disparo, y se abrió un boquete en la puerta. Un proyectil de ballesta atravesó volando el agujero y se empotró en la pared de enfrente, retemblando al clavarse. Seth oyó que el caballito balancín terminaba su descenso con gran estrépito, seguido del sonido de las cuerdas de unos arcos al dispararse y el ruido mucho más fuerte de varios proyectiles más al encajarse en la puerta.

—Ha sido alucinante —dijo Seth a Kendra.

—Estás loco —contestó Kendra.

—¡Bien hecho! —dijo Warren a voces desde abajo—. El caballito ha dado una voltereta al caer y no ha tocado algunas de las cuerdas más altas, pero ahora tenemos el camino bastante despejado.

Mirando desde lo alto de la escalera, Seth vio una serie de varas emplumadas clavadas en el suelo, alrededor de donde estaba Warren en esos momentos. El caballito mecedor estaba tumbado de costado, apoyado en el último escalón, acribillado a flechas y sin el cuerno.

—¿No ha sido alucinante? —preguntó Seth.

Warren ladeó la cabeza con cara de estar algo avergonzado.

—Perdona, Kendra… Ha sido una pasada.

—Todos los chicos estáis de atar —dijo Kendra.

—Fijaos bien dónde pisáis al bajar la escalera —les indicó

259

Warren—. Al menos dos de las ballestas siguen armadas. ¿Y veis esa hacha atada a aquella cuerda? Se soltará y saldrá volando hacia vosotros si tocáis ese cordel casi vertical de la izquierda.

Seth empezó a bajar las escaleras, pasando por debajo de varios cables, tratando de evitar hasta los cordeles menos tensos con los que el caballito balancín ya había tropezado. Kendra esperó hasta que su hermano hubo llegado junto a Warren y entonces bajó con mucho cuidado los escalones.

El pasillo del final de la escalera estaba cubierto de otra maraña de cables. Aunque había algunas ballestas, la mayoría de las trampas implicaban catapultas de curioso diseño, creadas para lanzar cuchillos y hachas de menor tamaño.

Seth reparó en un pequeño trozo de madera negra que colgaba de un ganchito dorado, en la pared.

—¿Eso es del cuerpo de Mendigo?

Warren asintió.

—He visto varios trozos suyos por la casa. Ha pasado la noche en el exterior. Los brownies lo han descuartizado.

Seth alargó el brazo para coger el fragmento de la marioneta. Warren le puso el brazo encima del codo para impedírselo.

—Espera. Todos los trozos de Mendigo están enganchados a alguna trampa.

Los abuelos Sorenson aparecieron un poco más allá, en el pasillo.

—Gracias a Dios que estáis bien —dijo la abuela, poniéndose una mano sobre el pecho—. No vengáis por aquí. Nuestro dormitorio es un nido de trampas horribles. Además, tarde o temprano tenemos que acabar todos abajo.

—Deberíais haber visto la escalera del desván —dijo Warren—. Estaba repleta de trampas mortales, más que en ninguna otra zona de la casa que hayamos visto hasta ahora. Seth tiró el caballito de juguete por las escaleras para activar aposta la gran mayoría.

—Oímos el estrépito y nos preocupamos —dijo el abuelo—. ¿Qué hacemos ahora, Warren?

—Resultará complicado activar adrede todas las trampas —dijo Warren—. Muchas están protegidas por otros mecanismos trampa. Lo mejor que podemos hacer es bajar uno por uno los escalones, sorteando individualmente los obstáculos. Yo os ayudaré desde aquí mientras vais bajando.

—Yo primero —dijo el abuelo.

—¿Dónde está Dale? —preguntó Kendra.

—Estaba conmigo —respondió Warren—. Mientras os ayudaba a escapar del desván, él siguió por el pasillo en dirección al garaje. Quiere comprobar que no les ha pasado nada a los vehículos.

—Todo el mundo fuera del pasillo —dijo el abuelo.

La abuela retrocedió un paso y desapareció por una puerta. Seth y Kendra se sentaron al pie de las escaleras del desván.

—Ve con ojo, Stan —dijo Warren—. Algunos cables se ven más que otros. La mayoría son bastante visibles, pero hay unos cuantos que están hechos con sedal de pescar o con hilo. Como ese que tienes justo delante, a la altura de las rodillas.

—Lo veo —dijo el abuelo.

—Si rozas un cable sin querer, túmbate boca abajo. La mayoría de las trampas parecen estar diseñadas para acertar en blancos que se encuentren de pie.

Warren procedió a guiar a Stan por el pasillo. Seth y Kendra escuchaban las indicaciones de Warren conforme su abuelo iba bajando los escalones hasta el vestíbulo. A medida que iba perdiendo la compostura por efecto de la impaciencia, fue soltando una cantidad creciente de exabruptos.

Finalmente, el abuelo llegó al salón y Warren empezó a dar indicaciones a la abuela. Estando la abuela en las escaleras, se oyó un estruendo impresionante en el vestíbulo. Warren dijo a voces que nadie había resultado herido. Al poco, fue a recoger a Kendra, y Seth se quedó solo, esperando en el último escalón.

Por fin Warren volvió a por él. A Seth no le costó demasiado sortear los cordeles del pasillo, pasando por encima o por debajo de ellos, aunque hubo unos cuantos difíciles de ver. Al llegar a lo alto de las escaleras que bajaban al vestíbulo, Seth se rio entre dientes. Del techo del vestíbulo colgaban: dos armarios (uno de pared y otro precioso), una vitrina, una armadura y una pesada mecedora cubierta de pinchos. Al parecer, también un armarito de porcelanas había estado colgado del techo, pero se había caído y había producido el estrépito que había oído antes.

Seth fue bajando los escalones con mucho cuidado, haciendo caso de los consejos de Warren sobre qué cables debía pasar por encima, cuáles pasar por debajo y cómo colocar el cuerpo. Había más cables en las escaleras que antes en el pasillo, y varias veces Seth se sintió como si fuese un contorsionista. Estaba impresionado de que sus abuelos hubiesen podido arreglárselas para bajar.

Cuando llegó al salón, se sintió aliviado al ver que en la planta baja había menos trampas que las que abarrotaban el pasillo de arriba y las escaleras. Todos los muebles que no estaban vinculados a alguna trampa habían sido transformados en objetos amorfos e inutilizables.

—Algunos de esos cables estaban muy cerca unos de otros —comentó Seth, enjugándose el sudor de la frente.

—Pensaba que eras inmune al miedo —le incitó Kendra.

—Al miedo mágico —aclaró Seth—. Sigo experimentando los sentimientos normales. Tengo tan pocas ganas como cualquiera de que un reloj de pared me haga papilla.

Dale entró en el salón, esquivando un grueso cordel y al mismo tiempo pasando el pie por encima de un alambre que parecía de hilo.

—Han saboteado los vehículos —dijo—. Hay piezas de motor por todo el garaje, conectadas a trampas.

—¿Qué hay del teléfono? —preguntó el abuelo.

—No hay línea —informó Dale.

—¿No tienes el móvil? —preguntó Kendra.

—Los brownies se lo han llevado de mi tocador —dijo el abuelo—. Vuestra abuela y yo tenemos suerte de no haber resultado contaminados. Había varios brownies en el dormitorio cuando nos despertamos. Si Warren y Dale no hubiesen entrado sin llamar y no hubiesen dado la voz de alarma, estoy seguro de que esos monstruillos nos habrían transformado en sombras mientras dormíamos.

—Vuestro abuelo estuvo increíble —dijo Warren—. Utilizó la colcha para mantenerlos a raya, mientras se retiraba al desván por la puerta del armario de su cuarto de baño.

El abuelo restó importancia a su acción moviendo la mano.

—¿Qué hay de la puerta de la verja, Dale?

—Recorrí el camino de grava hasta donde me atreví, manteniendo atrás a las hadas a base de polvos refulgentes, tal como me dijiste. La cancela está cerrada y bloqueada, con infinidad de criaturas montando guardia.

El abuelo arrugó el entrecejo y se dio un puñetazo en la palma de la mano.

—No puedo creer que haya perdido el registro. Lo han utilizado para acorralarnos.

—Y ahora podrían dejar entrar en Fablehaven a quien les dé la gana —dijo Kendra.

—Si se les antoja, sí —dijo el abuelo—. Imagino que Vanessa estaba en lo cierto. La Sociedad ha terminado con Fablehaven. No tienen ni idea de que puede haber un segundo objeto mágico escondido aquí. No va a venir nadie. La Esfinge tan solo quiere que esta reserva se autodestruya.

—¿Qué hacemos? —preguntó Seth.

—Nos retiraremos al bastión más cercano en el que encontremos una relativa seguridad —respondió el abuelo—. Con suerte, en el estanque podremos diseñar un plan.

—Deberíamos haberos sacado de aquí cuando tuvimos la oportunidad, chicos —se lamentó la abuela.

—No nos habríamos ido, ni aunque hubiésemos podido —le aseguró Seth—. Ya se nos ocurrirá un modo de detener esta plaga.

El abuelo arrugó la frente, meditabundo.

—¿Podemos conseguir las tiendas de campaña?

—Creo que sí —respondió Dale—. Están en el garaje.

—¿Qué más deberíamos llevar? —preguntó el abuelo.

—Tengo más polvos refulgentes en el desván y mi ballesta —respondió la abuela.

—Las pociones de Tanu están por todo su cuarto, conectadas con trampas —dijo Warren—. Trataré de coger alguna.

—Mientras estás arriba, mira a ver si puedes llevarte algún retrato de Patton —soltó Kendra—. Necesitamos un cebo para Lena.

—Buena idea —dijo el abuelo.

263

—¿Qué hacemos con Mendigo? —preguntó Seth, señalando con la cabeza en dirección a un rincón del salón, donde colgaba del techo el torso del muñeco de madera conectado mediante una red de alambres a dos ballestas y a dos pequeñas catapultas.

—Demasiadas piezas para armar el puzle —dijo la abuela—. Ya volveremos a componerlo, si alguna vez salimos de esta.

—Los chicos y tú quedaos aquí —intervino el abuelo—. Voy a por provisiones a la despensa. Ruth, dale a Seth un poco de manteca de morsa.

El chico se dio una palmada en la frente.

—No me extraña que no viese ningún hada oscura en el jardín cuando me asomé a mirar por la ventana esta mañana. ¿Cómo es posible que las viese anoche, después de haber dormido un rato?

—Puede resultar difícil predecir a qué hora de la noche dejará de hacer efecto la leche —le explicó su abuela—. La única forma segura de hacer que no se pase es permanecer despierto. Nosotros guardamos una partida de manteca de morsa en el desván, así que ya nos hemos tomado nuestra dosis del día.

Seth metió un dedo en la mantequilla que su abuela le ofreció y la probó.

—Prefiero la leche.

Warren le dio unas palmaditas a Seth en el brazo.

—Abrir la puerta de la nevera puede significar acabar con una flecha clavada en el cuello, así que es mejor la manteca.

—Dividámonos y reunamos lo que vamos a necesitar —dijo el abuelo—. Esta casa ya no es un refugio seguro. No quiero quedarme aquí ni un minuto más de lo necesario.

Seth se puso en cuclillas al lado de Kendra, mientras Warren, Dale y el abuelo salían del salón. La abuela se apoyó contra la pared. Adornados con pinchos, hojas de cuchillo y alambre de espino, ninguno de los muebles resultaba demasiado acogedor.

16

Refugio

*H*ugo cruzó el jardín de atrás con sus pesadas y veloces zancadas, tirando de la carreta vacía sin miramientos entre los setos y por encima de los arriates de flores, hasta llegar a la terraza del porche y dejarla apoyada ahí. Warren abrió la puerta trasera y saltó del porche a la carreta, registrando el paisaje con la mirada en busca de hadas, con los puños llenos de polvos refulgentes. Al cabo de unos instantes, indicó a los demás mediante gestos que ya podían salir.

El abuelo, la abuela, Kendra, Seth y Dale se apiñaron en la carreta, cada uno cargado con una tienda de campaña o con algún saco de dormir.

—Hugo, corre al estanque lo más rápido que puedas —le ordenó el abuelo.

La carreta salió disparada hacia delante, dando tumbos y botes con Hugo al frente, cruzando el jardín a una velocidad de vértigo. Kendra perdió el equilibrio y cayó de hinojos. Cogió un puñado de polvos refulgentes de la bolsa que la abuela le había confiado. El resto del grupo hizo lo mismo, excepto Dale, que llevaba una red en una mano y un arco compuesto en la otra, con un carcaj con flechas colgado de un hombro.

Cruzaron el jardín con gran estruendo sin ver hadas por ninguna parte. Luego, Hugo tiró por un camino de tierra. Kendra sabía que la entrada al estanque no quedaba muy lejos. Estaba empezando a albergar la esperanza de poder llegar a su destino sin toparse con ninguna resistencia, cuando un grupo de hadas oscuras apareció ante su vista, un poco más adelante.

—Justo delante de nosotros —dijo el abuelo.

—Las veo —repuso Dale.

—Espera a que estén más cerca —le avisó Warren—. A esta velocidad los polvos no se quedarán suspendidos en el aire para protegernos. Tenemos que tirar a dar.

Las hadas se desplegaron y atacaron la carreta desde todas direcciones. De pie en la parte delantera de la carreta, el abuelo lanzó su puñado de polvos hacia delante con un gesto amplio del brazo. Mientras se producían fogonazos y chispas, algunas de las hadas que se les venían encima desviaron el rumbo. Kendra lanzó su puñado de rutilantes polvos plateados. Se produjo un chisporroteo eléctrico que liquidó a las hadas en pleno vuelo cuando entraron en contacto con la volátil sustancia.

Hugo siguió corriendo a toda velocidad, virando bruscamente de vez en cuando para ayudarlos a esquivar a las hadas, que volaban hacia ellos como flechas. Las oscuras hadas chillaban cada vez que les lanzaban puñados de polvos. Ellas disparaban vetas de sombra contra la carreta. Y cada vez que la energía negra chocaba contra los polvos, se producían fogonazos cegadores.

El alto seto que cercaba el estanque apareció ante su vista. Desde el camino salía un senderillo que se metía por una abertura del seto. Tres sátiros oscuros montaban guardia delante de la entrada al estanque, con la cabeza tan de cabra como las patas.

Dale hizo girar la red por el aire para espantar a las hadas. Una densa formación de hadas de sombra se les acercó velozmente por un costado, pero la abuela las frio con los polvos.

—¡Hugo, ábrete paso entre los sátiros! —gritó el abuelo.

Este agachó la cabeza y se abalanzó hacia la entrada. Dos de los sátiros agarraron al tercero de ellos y lo lanzaron de manera acrobática por los aires, y a continuación saltaron para apartarse del camino del golem que se les venía encima. El sátiro volador pasó por encima de Hugo con los peludos brazos estirados al frente y enseñando los dientes. Warren apartó al abuelo justo a tiempo. El hombre cabra aterrizó grácilmente encima de la carreta un instante antes de que Dale se arrojase sobre él y le hiciese un placaje que acabó con los dos sobre la carreta.

Sin que le diesen ninguna orden, Hugo se apartó de la parte anterior de la carreta de un salto y le dio un último empujón para asegurarse de que atravesaba el hueco del seto. El golem trotó a por Dale, que seguía rodando por el suelo con el hombre cabra. Del carcaj que Dale llevaba colgado a la espalda se habían salido casi la mitad de las flechas. Los otros dos sátiros oscuros corrieron a por Hugo cada uno desde un lado. Sin interrumpir sus zancadas en ningún momento, el golem hizo un gesto extendiendo los brazos en cruz como cuando el árbitro de béisbol canta que el corredor ha llegado a la base, golpeando al mismo tiempo a los dos asaltantes, que salieron despedidos dando volteretas por la hierba.

Dale se las apañó para zafarse del hombre cabra y estaba poniéndose de pie cuando Hugo agarró por un brazo al sátiro oscuro, lo elevó bien alto y le propinó una patada que lo mandó al camino de tierra, mientras el sátiro gruñía enseñando los dientes. Hugo cogió a Dale en brazos como acunándolo y cruzó el seto a toda velocidad, saliendo a la pradera de césped que rodeaba el estanque.

Kendra lanzó exclamaciones de júbilo junto al resto del grupo mientras la carreta iba frenando poco a poco hasta detenerse. Docenas de hadas oscuras volaron hacia diferentes puntos de la muralla de seto, se elevaban y se quedaban sobrevolándola, pero ninguna la cruzó. Los sátiros contagiados se levantaron del suelo y se acercaron al hueco del seto, gruñendo de furia frustrada. Hugo depositó con mucho cuidado a Dale de pie en el suelo. Dale parecía conmocionado, con la ropa destrozada y manchada de tierra y un arañazo en un codo.

—Buen trabajo, hermano mayor —dijo Warren, saltando de la carreta para examinar a Dale—. Esa bestia no llegó a morderte, ¿verdad?

Dale respondió que no con la cabeza. Warren le dio un abrazo.

El abuelo se bajó de la carreta y se puso a inspeccionar a Hugo, estudiando las zonas descoloridas que le habían dejado las hadas al alcanzarle con su energía negra.

—¡Qué pasada, Hugo! —exclamó Seth, entusiasmado.

—Menudos reflejos —le felicitó el abuelo.

El golem lució una sonrisa llena de huecos y bultos irregulares.

—¿Se pondrá bien? —preguntó Seth.

—Gran parte de la tierra y de las piedras que componen el cuerpo de Hugo son temporales —dijo el abuelo—. Se le desprenden constantemente y vuelve a coger más. Como has visto, puede incluso hacer que le vuelva a crecer poco a poco un brazo o una pierna. La plaga tendría que esforzarse en llegar muy hondo para conseguir afectarle.

Mientras el abuelo decía esto, el golem se limpió con las manos la tierra descolorida y dejó su cuerpo totalmente libre de máculas.

Desde su posición elevada en la carreta, Kendra repasó con la mirada el paisaje. El estanque parecía igual a como lo recordaba, rodeado de una pasarela de madera blanqueada que comunicaba entre sí doce cenadores ornamentados. La cara interna de los setos estaba primorosamente cortada y el césped de la pradera parecía recién segado.

Pero ahí terminaba lo conocido. El claro del bosque que rodeaba el estanque, con su diseño de parque, nunca había estado tan concurrido. Revoloteaban hadas por todas partes, a centenares, de todas las tonalidades y variedades. En los árboles que se asomaban al estanque se podían ver posadas aves exóticas, entre ellas unos cuantos búhos dorados con rostro humano. Había sátiros retozando por la pasarela y dentro de los cenadores, haciendo sonar sus pezuñas contra los tablones de madera mientras perseguían a alegres damiselas que no parecían tener más edad que alumnas de último curso del instituto. A un lado del estanque se había instalado un pulcro asentamiento de hombres y mujeres de corta estatura y complexión recia, ataviados con ropajes de confección casera. Al otro lado del agua, varias mujeres altas y elegantes conversaban en corros, con unos vestidos vaporosos que le recordaron a Kendra las hojas de los árboles. En un rincón apartado del jardín, pegados al seto, Kendra observó a dos centauros que la miraban con gran atención.

—¡Seth, Stan, Kendra! —los llamó una voz jovial—. ¡Me alegro de veros por aquí!

Kendra se dio la vuelta y vio a Doren correteando alegremente en dirección a la carreta, seguido de un sátiro desconocido cuyas patas blancas y lanudas estaban cubiertas de topos marrones.

—¡Doren! —exclamó Seth, saltando de la carreta—. ¡Cuánto me alegro de que Newel no te diera alcance!

—Fue una persecución épica —presumió Doren, sonriendo de oreja a oreja—. Me salvé gracias a dar varios giros abruptos. Puede que ahora sea más grandullón, pero ha perdido agilidad. Eso sí: es tenaz. Si no se me hubiese ocurrido venir aquí, habría terminado atrapándome.

Kendra se bajó de la carreta.

El sátiro de las patas blancas le dio a Doren un codazo.

—Este es Verl —dijo.

Verl tomó la mano de Kendra y se la besó.

—Encantado —dijo con una expresión bobalicona y voz melosa, luciendo una ridícula semisonrisa. Tenía unos cuernos pequeños y gruesos y cara aniñada.

Doren propinó un empellón a Verl en el hombro.

—¡A ella ni tocarla, pedazo de burro! Es la nieta del encargado.

—Yo podría ser tu encargado —persistió Verl, reteniendo su mano lánguidamente.

—¿Por qué no te das un chapuzón, Verl? —dijo Doren, apartándole y alejándose con él varios pasos, antes de volver. Kendra ignoró a Verl cuando el sátiro se dio la vuelta y le guiñó un ojo al tiempo que movía los dedos en señal de cursi despedida—. No le hagas caso. Está un poco embriagado por la presencia de tanta ninfa atrapada en el mismo recinto que él. Por lo general, jamás se acercan a menos de lo que alcanza el oído. El chico se apunta carreras cuando en realidad ha pinchado.

—No puedo creer la cantidad de criaturas que hay por aquí —confesó Seth.

Kendra siguió la mirada de su hermano, hasta un grupo de seres con aspecto de mono, peludos y de color pardo rojizo, que brincaban acrobáticamente en lo alto de un cenador. Cada uno parecía tener unas cuantas piernas o brazos de más.

—Ya no quedan muchos lugares seguros —dijo Doren—. Hasta algunos nipsies se han refugiado aquí, los únicos que no se volvieron oscuros, que no llegan ni a medio reino. Están construyendo un pueblecito debajo de uno de los cenadores. Trabajan deprisa.

269

—¿Quiénes son esas mujeres altas de allí? —preguntó Kendra.

—Estas damas señoriales son las dríades. Ninfas del bosque. Más accesibles que las acuáticas, pero ni de lejos tan animadas como las hamadríades, a las que les encanta coquetear.

—¿Qué son las hamadríades? —preguntó Seth.

—Las dríades son seres del bosque en su conjunto. Las hamadríades están relacionadas con cada árbol concreto y son las jovencitas más alegres que ves mezcladas con los sátiros entre los cenadores.

—¿Me puedes presentar a un centauro? —preguntó Seth.

—Te irá mejor si te presentas tú mismo —respondió Doren en tono agrio—. Los centauros son unos arrogantes. Les ha dado por creer que los sátiros somos criaturas frívolas. Por lo que se ve, tener un poco de diversión de vez en cuando nos hace indignos de su compañía. Pero por mí que no quede. Ve a decirles hola, a lo mejor puedes unirte a ellos y ponerte a mirar fijamente a todo el mundo.

—¿Esas gentecillas de ahí son enanos? —preguntó Kendra.

—No les ha hecho ni pizca de gracia verse obligados a asomarse a la superficie. Pero en tiempos de guerra, cualquier agujero es trinchera. Aquí han venido a refugiarse toda clase de seres. Incluso hemos visto aparecer un puñado de brownies, lo cual no puede ser un buen augurio para vosotros.

—Hemos perdido el control de la casa —dijo Seth—. Unos brownies malvados han robado el registro.

Doren movió la cabeza con tristeza.

—Hay situaciones que tienden a ir de mal en peor.

—Doren —dijo el abuelo, acercándosele por un lado—, ¿cómo lo llevas? Siento mucho lo de Newel, de corazón.

La pena recorrió el semblante de Doren.

—Voy tirando. Era un gamberro cabeza de chorlito y petardo que se volvía loco por unas faldas, pero era mi mejor amigo. Siento mucho lo del isleño grandote, vuestro amigo.

—Tenemos que montar estas tiendas —anunció el abuelo—. ¿Te importaría echarnos una manita?

De pronto Doren pareció incómodo.

—Ah, sí, claro, me encantaría, pero la cosa es que... resulta que le prometí a unos de esos enanos que me daría un voltio a ver qué tal estaban acomodándose. —Empezó a retroceder—. Todos vosotros significáis para mí mucho más que ellos, pero no puedo permitir que el vínculo especial que nos une interfiera con un compromiso férreo, especialmente cuando esos chiquitines están fuera de su elemento.

—Comprensible —dijo el abuelo.

—Ya me contaréis más cosas después, cuando hayáis montado…, digo…, cuando estéis más tranquilos. —Dio media vuelta y se alejó al trote.

El abuelo se sacudió las manos como si estuviese limpiándoselas de polvo.

—La manera más segura de librarse de la compañía de un sátiro es hablarle de arrimar el hombro.

—¿Por qué le has ahuyentado? —preguntó Seth.

—Porque los sátiros pueden tirarse horas parloteando, y necesito que Kendra venga conmigo al embarcadero.

—¿Ahora? —preguntó Kendra.

—No hay motivos para posponerlo.

—A ver si lo adivino —dijo Seth—. No estoy invitado.

—Demasiados espectadores pueden impedir el contacto —aclaró el abuelo—. Si quieres, puedes ayudar a Warren y a Dale con las tiendas. Kendra, no te dejes el retrato de Patton.

Seth acompañó a Kendra y al abuelo hasta la carreta y allí se desvió y fue corriendo a unirse a una fila de enanos que pasaba por allí, marchando como soldados. Ninguno le llegaba por encima de la cintura.

—¿Cómo están ustedes, señores? —preguntó.

Cuando los enanitos levantaron la vista, Seth vio que, a pesar de sus bigotes ralos, eran todas mujeres. Una de ellas escupió a sus pies. Seth saltó para evitar el escupitajo.

—Perdonen, es que soy miope —dijo Seth.

Las enanitas prosiguieron su camino sin prestarle más atención. El chico corrió sin prisa hasta el estanque. ¿A quién le apetecía montar tiendas de campaña, pudiendo estar cerca de todas esas asombrosas criaturas, ahí acorraladas para su disfrute personal? Además, así les daba a Warren y Dale la oportunidad de hablarse de hermano a hermano.

Seth estaba impresionado con la cantidad de sátiros que pululaban por allí. Había dado por hecho, vagamente, que Newel y Doren podrían ser los únicos. Pero contó por lo menos cincuenta, algunos mayores que otros, unos sin camisa, otros con chaleco, y su pelambre variaba entre el negro, el castaño, el rojo, el dorado, el gris y el blanco.

Los sátiros poseían una energía incombustible. Perseguían hamadríades, bailaban en corrillos, se peleaban y entablaban espontáneos juegos acrobáticos. Aunque sus bulliciosas payasadas resultaban tentadoras, la relación de Seth con Newel y Doren había reducido algo de la mística que rodeaba a los sátiros. Tenía más curiosidad por trabar contacto con criaturas a las que veía por primera vez en su vida.

Se acercó sigilosamente hasta el grupito de dríades. Había aproximadamente veinte esbeltas damas, ninguna de las cuales medía menos de metro ochenta de estatura. Muchas lucían la tez bronceada de las nativas americanas. Algunas eran blancas, otras rubicundas. Todas tenían hojas y ramas entretejidas con las largas trenzas de sus cabellos.

—Has tenido la mejor idea, hermano —dijo una voz en su oído. Sobresaltado, Seth se dio la vuelta y vio a Verl detrás de él, mirando boquiabierto a las dríades—. Las hamas son unas crías; estas son mujeres.

—No voy buscando novia —le aseguró Seth.

Verl sonrió con cara de lobo hambriento y le guiñó un ojo.

—Vale, ninguno de nosotros busca novia, somos caballeros que hemos visto ya mucho mundo y estamos por encima de esas cosas. Mira, si necesitas refuerzos, haz una señal y volveré. —Le dio un codazo a Seth para empujarle hacia las majestuosas mujeres—. Resérvame a la pelirroja para mí.

Las dos pelirrojas que Seth podía ver le sacaban a Verl por lo menos una cabeza. Tener a ese sátiro sediento de amor a su vera le produjo de repente un ataque de vergüenza. Las mujeres no solo eran preciosas, sino que intimidaban por su insólita estatura. Seth retrocedió acobardado.

—¡No, Seth, no! —gritó Verl, presa del pánico, retrocediendo con él—. No flaquees ahora. ¡Ya lo tenías! La morena de la izquierda te estaba comiendo con los ojos. ¿Es que necesitas que rompa el hielo por ti?

—Me has hecho pasar vergüenza —murmuró Seth, continuando su retirada—. Yo solo quería conocer a una dríade.

El sátiro sacudió la cabeza con aire cómplice y le dio una palmada en la espalda.

—¿No es eso lo que queremos todos?

Seth se encogió de hombros para apartarse de él.

—Necesito estar un rato a solas.

Verl levantó las manos.

—El tipo necesita su espacio. Me hago cargo. ¿Quieres que allane el camino, que te espante a los moscones?

Seth clavó la mirada en el sátiro, sin estar muy seguro de lo que quería decir.

—Supongo que sí.

—Dalo por hecho —dijo Verl—. Cuéntame: ¿cómo conociste a Newel y Doren?

—Un día estaba robando sin querer el guiso de una ogra. ¿Por?

—¿Por?, pregunta él. ¿Me estás tomando el pelo? ¡Newel y Doren son ni más ni menos que los sátiros más guays de todo Fablehaven! ¡Esos tíos son capaces de meterse a una tía buena en el bote con solo guiñarle el ojo a cincuenta metros de distancia!

Seth empezaba a comprender que Verl era el equivalente en sátiro de un plasta. Si quería librarse de él, iba a tener que echar mano de una buena dosis de ingenio.

—Eh, Verl, acabo de ver que la pelirroja te estaba mirando.

El sátiro palideció.

—No.

Seth trató de no alterar su semblante.

—Es cierto. Ahora le está susurrando algo a su amiga. No te quita el ojo de encima.

Verl se atusó los cabellos.

—¿Qué está haciendo ahora?

—Casi no sé cómo describirlo. Se pirra por ti, Verl. Deberías ir a hablar con ella.

273

—¿Yo? —dijo con un hilo de aguda voz—. No, no, todavía no, mejor dejaré que la cosa macere suavemente un tiempo.

—Verl, es tu momento. Nunca tendrás una ocasión mejor.

—Te oigo, Seth. Pero, sinceramente, no me siento bien entrometiéndome en tu territorio. No soy ningún usurpador. —Levantó un puño—. Que tengas buena caza.

El chico se quedó mirando cómo Verl se marchaba correteando a toda prisa. Entonces, posó la vista en los centauros. No se habían movido de sitio desde que Seth los había divisado por primera vez. Los dos eran varones de cintura para arriba, asombrosamente anchos de pecho y musculados, y tenían una mirada inquietante. Uno tenía cuerpo de caballo plateado; el otro de color marrón chocolate.

Después de haber contemplado a las dríades, de repente los hoscos centauros le parecieron mucho menos intimidantes.

Seth empezó a caminar hacia ellos. Los centauros le vieron acercarse, por lo que Seth mantuvo la vista baja casi todo el camino. No cabía duda: eran las criaturas más imponentes de todas las que alcanzaba a ver.

Cuando estuvo cerca, Seth alzó la vista. Ellos le miraron ceñudos. El chico se cruzó de brazos y miró por encima del hombro, tratando de comportarse como si estuviese hastiado, pero con naturalidad.

—Estos estúpidos sátiros me sacan de mis casillas.

Los centauros le miraban sin decir nada.

—Vamos, que no hay manera de encontrar un poco de paz para meditar sobre los recientes problemas que nos asolan, y para analizar pormenorizadamente los asuntos más importantes. ¿Sabéis?

—¿Pretendes burlarte de nosotros, joven humano? —preguntó el centauro plateado con la melodiosa voz de un barítono.

Seth decidió abandonar el papel.

—Solo quería acercarme a conoceros.

—Nosotros no solemos alternar —dijo el centauro plateado.

—Estamos todos atrapados aquí —respondió Seth—. Podríamos conocernos un poco.

Los centauros le miraron con expresión de gravedad.

—Nuestros nombres son difíciles de pronunciar en tu idioma —dijo el centauro marrón, con una voz aún más grave y áspera que la de su compañero—. El mío se traduciría como Pezuña Ancha.

—A mí me puedes llamar Ala de Nube —dijo el otro.

—Yo me llamo Seth. Mi abuelo es el encargado.

—Pues le hace falta más práctica a la hora de encargarse de las situaciones —se burló Pezuña Ancha.

—Ya salvó Fablehaven en otra ocasión —replicó Seth—. Vosotros dadle tiempo.

—No hay mortal capaz de hacer frente a semejante tarea —afirmó Ala de Nube.

Seth espantó una mosca con la mano.

—Espero que te equivoques. No he visto muchos centauros por aquí.

Ala de Nube estiró los brazos, haciendo sobresalir los tríceps.

—La mayoría de los de nuestra especie se han congregado en otro refugio.

—¿En el corro de piedra? —preguntó Seth.

—¿Conoces la existencia de Grunhold? —Pezuña Ancha parecía sorprendido.

—No sabía cómo se llamaba. Solo he oído decir que había otro lugar en Fablehaven que repelía a las criaturas oscuras.

—Nosotros somos de allí, igual que toda la especie —dijo Pezuña Ancha.

—¿Por qué no os vais al galope hasta allí? —preguntó Seth.

Ala de Nube dio un pisotón en la tierra.

—Grunhold está lejos de aquí. Teniendo en cuenta cómo se ha extendido la oscuridad, sería una irresponsabilidad intentar hacer ese viaje.

—¿Alguno de los de vuestra especie ha resultado contaminado? —preguntó Seth.

Pezuña Ancha arrugó el entrecejo, mirándole con curiosidad.

—Algunos. Dos que vigilaban el terreno junto a nosotros se transformaron y nos persiguieron hasta aquí.

—Tampoco es que ninguna zona de Fablehaven vaya a servir de refugio durante mucho más tiempo —intervino Ala de Nube—. Yo quiero saber si hay alguna magia capaz de resistir indefinidamente una oscuridad que lo invade todo.

—Ya nos hemos presentado mutuamente —declaró Pezuña Ancha—. Si nos disculpas, joven humano, preferimos seguir conversando en nuestra propia lengua.

—De acuerdo. Me alegro de haberos conocido —dijo Seth, y se despidió tímidamente con la mano.

Los centauros no respondieron nada ni se pusieron a charlar entre ellos. Seth se marchó de allí, decepcionado por no poder oír cómo sonaba su idioma, y seguro de que su adusta mirada seguía clavada en su espalda. Doren tenía razón. Los centauros eran unos cretinos.

Kendra contempló la fotografía enmarcada color sepia que tenía en las manos. Incluso con aquel peinado anticuado y con su denso mostacho, Patton era un hombre increíblemente apuesto. No sonreía, pero algo en su expresión delataba claramente una mezcla de picardía y petulancia. De todos modos, era muy posible que se viera influida por haber leído tantos pasajes de aquellos diarios que él había escrito tiempo atrás.

El abuelo caminaba a su lado por el pequeño embarcadero que salía de la base de uno de los pabellones. A un lado del pantalán flotaba el cobertizo de las barcas que había construido Patton. Las aguas del estanque estaban serenas. Kendra no veía ni rastro de las náyades. Su mirada paseó por la zona hasta posarse en la isla del centro del estanque, donde se hallaba, escondido entre la maleza, el diminuto santuario dedicado a la reina de las hadas.

—Creo que también voy a preguntarle a Lena si puede recuperar el cuenco —dijo Kendra.

—¿El cuenco del santuario? —preguntó el abuelo.

—Estuve hablando con un hada, Shiara, que me dijo que las náyades se quedaron con el cuenco como si fuese un trofeo.

El abuelo frunció el entrecejo.

—Ellas cuidan del santuario. Di por hecho que confiar el cuenco a su cuidado sería la mejor manera de asegurarnos de que lo devolviesen a su sitio, ya que está prohibido pisar la isla.

—Shiara dijo que no me habrían castigado si lo hubiese devuelto yo personalmente. Me pareció que me lo decía de verdad. Estaba pensando que si pudiera conseguir que me diesen el cuenco…

—… tal vez podrías utilizarlo como un pretexto para acceder sana y salva a la isla y hablar con la reina de las hadas sobre el problema de la plaga. Las probabilidades de éxito no son para tirar cohetes, pero al menos podemos preguntarles por el cuenco.

—Vale —dijo Kendra. Se fue por el embarcadero a grandes pasos y miró hacia atrás al ver que el abuelo no la acompañaba.

—Me quedaré aquí para que puedas hablar con Lena —dijo él—. La última vez no tuve suerte.

Kendra llegó al extremo del embarcadero y se detuvo a unos palmos del borde.

Sabía que no debía acercarse demasiado al agua para que las náyades no pudieran cogerla.

—¡Lena, soy Kendra! Tenemos que hablar.

—Mira quién lo ha estropeado todo con estos trotatierras sin techo —dijo una insidiosa voz de mujer desde debajo del agua.

—Creía que a estas alturas la marioneta la habría estrangulado —respondió una segunda voz.

Kendra frunció el entrecejo. En una de sus anteriores visitas al estanque, las náyades habían liberado a Mendigo. Como el *limberjack* continuaba a las órdenes de la bruja Muriel, había apresado a Kendra y se la había llevado a la colina en la que antiguamente se elevaba la Capilla Olvidada.

—Podríais llamar a Lena, ya que estáis —dijo Kendra—. Le he traído un regalo que querrá ver.

—Y tú podrías marcharte de aquí con tus patosos andares sobre esos zancos que tienes, ya que estás —la reprendió una tercera voz—. Lena no quiere tratos con ningún pisatierras.

Kendra elevó la voz aún más.

—Lena, te he traído un retrato de tu trotatierras favorito. Una fotografía de Patton.

—Vete a cavar un hoyo y métete dentro —dijo con voz viperina la primera de las náyades, con un puntito de desesperación—. Hasta un ser inhalador de oxígeno y tonto de remate debería darse cuenta de cuándo no es bienvenida su compañía.

—Hazte vieja y muérete —le espetó otra náyade.

277

—¡Kendra, espera! —la llamó una voz conocida, etérea y musical. Lena llegó nadando hasta quedar a la vista de Kendra y la miró desde debajo del agua, con la cara casi rozando la superficie. Estaba aún más joven que la última vez que la había visto. En sus cabellos negros no quedaba ni uno solo gris.

—Lena —dijo Kendra—, necesitamos tu ayuda.

Ella miró a la chica con sus ojos negros y almendrados.

—Has dicho algo de una fotografía.

—Patton sale muy guapo en ella.

—¿Qué le importará a Lena un viejo retrato reseco? —dijo una voz chillona.

Las otras náyades prorrumpieron en risillas.

—¿Qué necesitas? —preguntó Lena pausadamente.

—Tengo motivos fundados para creer que Patton trajo un segundo objeto mágico a Fablehaven. Te estoy hablando de los objetos mágicos serios, los que anda buscando la Sociedad. ¿Sabes algo del asunto?

Lena se quedó mirando fijamente a Kendra.

—Lo recuerdo. Patton me hizo prometer que jamás contaría a nadie el secreto, salvo si era estrictamente necesario. Ese hombre era tan raro con sus misterios… Como si nada de todo eso importase realmente.

—Lena, necesitamos desesperadamente localizar el objeto mágico. Fablehaven está al borde de la hecatombe.

—¿Otra vez? ¿Y esperas canjear la fotografía a cambio de información sobre el objeto escondido? Kendra, el agua la echaría a perder.

—No te daría la foto en sí —dijo Kendra—. Es solo para que le eches un vistazo. ¿Cuánto tiempo hace que no ves su cara?

Por un instante pareció herida, pero casi de inmediato recobró la compostura.

—¿No te das cuenta de que encontrar el objeto escondido es irrelevante? Todas las cosas que pasan ahí arriba encuentran su final. Todo es pasajero, ilusorio, temporal. Lo único que puedes mostrarme es una imagen plana de mi amado, un recuerdo sin vida. El hombre de verdad desapareció. Y tú también desaparecerás.

—Si realmente no tiene importancia, Lena —dijo el abuelo

desde más atrás, en el embarcadero—, ¿por qué no nos lo dices? Esa información no significa nada para ti, pero aquí, ahora, para el breve lapso de tiempo en que nosotros vivimos y respiramos, sí tiene importancia.

—Ya está el viejo dando la lata —se quejó una náyade invisible.

—No le respondas, Lena —la animó una segunda voz—. No digas nada hasta que se aburra y se largue. Estará muerto antes de que te des cuenta.

Siguió un coro de risitas.

—¿Has olvidado nuestra amistad, Lena? —preguntó el abuelo.

—Por favor, dinos algo —suplicó Kendra—. Por Patton. —Sostuvo en alto el retrato.

Lena abrió mucho los ojos. Su rostro rompió la superficie del agua y pronunció sin sonido el nombre de Patton.

—No nos obligues a tirar de ti hasta el fondo —la avisó una voz.

—Tocadme y así me impediréis que os abandone —murmuró Lena, embelesada mirando la imagen que Kendra sostenía en alto.

Los ojos de Lena se dirigieron a Kendra.

—Muy bien. Tal vez esto es lo que él habría querido. Escondió el objeto mágico en la vieja mansión.

—¿En qué lugar de la mansión?

—Costará encontrarlo. Ve a la habitación que queda más al norte en la tercera planta. La caja fuerte que contiene el objeto mágico aparece cada lunes a las doce del mediodía durante un minuto.

—¿La caja fuerte tiene una llave?

—Una combinación: dos veces a la derecha hasta el treinta y tres, una vez a la izquierda hasta el veintidós y luego a la derecha hasta el treinta y uno.

Kendra miró al abuelo, detrás de ella. Estaba anotando los números.

—¿Lo tienes? —preguntó ella.

—Treinta y tres, veintidós y treinta y uno —dijo él, y dirigió a Lena una curiosa mirada.

Su antigua ama de llaves apartó la vista tímidamente.

—Tengo otra pregunta —dijo Kendra—. ¿Qué le hizo Kurisock al tío de Patton?

—No lo sé —respondió Kendra—. Nunca compartió conmigo esa historia. Le causaba mucho dolor y yo nunca le insistí sobre el tema. Él quiso contármelo, creo, en sus últimos años. Varias veces me dijo que algún día me contaría la historia.

—Entonces, ¿no sabes nada de Kurisock? —preguntó Kendra.

—Solo que es un demonio de esta reserva. Y que es posible que haya tenido algo que ver con la aparición que usurpó la mansión.

—¿Qué aparición? —preguntó Kendra.

—Sucedió antes de mi caída en la mortalidad. Como te he dicho, nunca me contó los detalles. La aparición que destruyó a Marshal sigue morando en la mansión, sin duda. Patton escondió allí el objeto mágico porque estaría bien protegido.

—¿Marshal era el tío de Patton?

—Marshal Burgess.

—Una última cosa. Hay un cuenco de plata. La reina de las hadas me lo dio a mí.

Lena asintió en silencio.

—Olvídate del cuenco. Tú lo arrojaste al estanque y ahora es nuestro.

—Necesito que me lo devolváis —dijo Kendra. Se oyó un coro de sonoras carcajadas procedentes de las otras náyades—. Es la clave para que pueda presentarme de nuevo ante la reina de las hadas sin correr peligro. Tal vez sea nuestra única esperanza de vencer esta plaga.

—Acércate a la orilla, que yo te lo daré —se burló una náyade invisible.

Varias vocecillas se rieron.

—El cuenco es su más preciado recuerdo —dijo Lena—. Nunca renunciarán…, nunca renunciaremos a él. Será mejor que me vaya. Mis hermanas se ponen muy nerviosas cuando paso demasiado tiempo cerca de la superficie.

Kendra notó que los ojos se le llenaban de lágrimas.

—Lena, ¿eres feliz?

—Lo suficiente. Mis hermanas han hecho denodados esfuerzos para rehabilitarme. Ha sido todo un detalle de tu parte dejarme ver a Patton, pero ha hecho que vuelvan a dolerme mis viejas heridas. Por la bondad de tu gesto, te he dicho lo que querías saber. Disfruta del tiempo que te quede en esta vida.

Lena se sumergió en el estanque. Kendra la siguió con la mirada, pero el estanque era profundo y enseguida la perdió de vista.

El abuelo se acercó a su nieta y le puso las manos en los hombros.

—Bien hecho, Kendra. Muy bien hecho.

—El marchito ha agarrado a la repelente —observó una voz.

—¡Tírala al agua! —exclamó otra voz.

—Vámonos de aquí —dijo Kendra.

281

17

Preparativos

*L*a tienda de campaña más grande de las tres que Dale había traído era la mayor que Seth había visto en toda su vida. Aquella monstruosidad de planta cuadrada estaba hecha de tela de anchas rayas moradas y amarillas y tenía una cubierta curvilínea de pendiente pronunciada que subía hasta un mástil central altísimo en cuyo pináculo ondeaba un estandarte. La portezuela de la amplia entrada se levantaba y se sujetaba con unas cañas, formando una abertura de tamaño considerable. Las tiendas más pequeñas eran también bastante espaciosas, pero sus dimensiones y su colorido resultaban menos excéntricos.

Seth estaba sentado a la entrada de la tienda que ocuparían él, Warren y Dale. Los abuelos compartían la más grande. Y Kendra tenía una para ella sola, cosa que a Seth no le gustó nada, pero por desgracia no se le ocurrió ningún argumento razonable para convencer a nadie de que el reparto debía hacerse de otra manera. Había resuelto que, si seguía haciendo buen tiempo, se iría a dormir a uno de los cenadores.

Una dríade descalza se acercó a la tienda del abuelo. Su larga melena color caoba le llegaba por debajo de la cintura y sus ropajes evocaban el recuerdo de las brillantes hojas del otoño. La ninfa se agachó para pasar por la entrada de la tienda. ¿Qué altura debía de tener, a juzgar por eso? ¿Dos metros quince? ¿Más?

Seth había visto un buen número de personajes interesantes entrando y saliendo de la tienda del abuelo en la última hora. Pero cuando había pretendido entrar él, la abuela le había echado con movimientos de las manos y le había prometido que en breve podría formar parte de la conversación.

Un hada roja con las alas como los pétalos de una flor pasó volando como una flecha. No estaba seguro de si había salido de la tienda del abuelo o si había venido a toda velocidad desde detrás y había pasado zumbando por encima de la tienda. Se quedó revoloteando unos instantes no lejos de Seth, antes de largarse de nuevo a toda velocidad.

Arrancando abstraído puñados de césped, Seth resolvió dejar de sentirse excluido. Era evidente que los abuelos preferían recabar noticias y opiniones de un modo que les permitiera regular la información, y transmitirle únicamente los datos y las ideas que consideraban apropiados para su frágil cerebro. Pero la mitad de la gracia consistía en escuchar los detalles directamente de boca de las criaturas mágicas, y tanto si sus abuelos lo creían como si no, Seth sabía que era lo bastante maduro para asimilar cualquier cosa que ellos pudieran oír. Además, ¿qué culpa tenía él de que las paredes de una tienda de campaña fuesen tan delgadas?

283

Se levantó y se fue andando a la parte posterior de la tienda amarilla y morada, y se sentó a la sombra sobre el césped, con la espalda apoyada en la pared de tela. Aguzando el oído, trató de parecer aburrido y ocioso. Lo único que oyó fue el ruido de los sátiros jugando en la pasarela de madera.

—No vas a oír nada —dijo Warren, que apareció por un lateral de la tienda.

Seth se levantó de un brinco, con aire de culpabilidad.

—Solo quería relajarme a la sombra.

—Esta tienda está hecha a prueba de escuchas por arte de magia, cosa que tal vez sabrías ya si nos hubieras ayudado a montarla.

—Perdona, es que estaba…

Warren levantó una mano.

—Si yo estuviese en tu lugar, también habría estado ansioso por conocer a todas las criaturas que hay aquí. No te preocupes, si realmente hubiésemos necesitado tu ayuda, habría ido a pescarte. ¿Te lo has pasado bien?

—Los centauros no fueron muy amables —dijo Seth.

—Parecía que estaban hablando contigo. Eso por sí solo ya es toda una hazaña.

—¿Qué les pasa?

—En una palabra: arrogancia. Se tienen a sí mismos por el culmen de toda la creación. Todo lo demás está por debajo de ellos.

—Más o menos como las hadas —dijo Seth.

—Sí y no. Las hadas son unas presumidas y prácticamente todos nuestros asuntos les parecen un rollo, pero por mucho que finjan, sí que les importa lo que pensemos de ellas. Sin embargo, los centauros ni buscan ni aprecian nuestra admiración. En todo caso, la dan por sabida. A diferencia de las hadas, los centauros ven a todas las demás criaturas como seres inherentemente inferiores a ellos.

—Eso me recuerda a mi profesora de Matemáticas —dijo Seth.

Warren sonrió.

Seth se fijó en que había unas hadas oscuras flotando por encima de la parte más próxima del cerco de seto.

—Esta plaga ha afectado a los centauros igual que a todo el mundo.

—De no haber sido así, dudo de que mostraran el más mínimo interés —dijo Warren—. Para ser justos, tienen excusas para ser tan altivos. Los centauros suelen ser unos pensadores magníficos, unos artesanos de gran talento y unos guerreros formidables. El orgullo en sí es su mayor defecto.

—¡Seth! —le llamó la abuela desde el otro lado de la tienda—. ¡Dale! ¡Warren! ¡Kendra! Venid a reuniros con nosotros.

—¿Lo ves? —dijo Warren, y él mismo pareció aliviado—. Ha terminado la espera.

En parte, Seth se preguntó si Warren se había dejado caer por la zona de atrás de la tienda de campaña para comprobar discretamente si de verdad estaba hecha tan a prueba de escuchas como se suponía.

Rodearon la tienda para llegar a la parte delantera y se cruzaron con la altísima dríade del vestido otoñal y con un sátiro mayor que lucía barbita de chivo y unas profundas arrugas de tanto reír. Kendra abrió su tienda de campaña y salió. Dale acudió a la carrerilla desde la zona del asentamiento de los enanitos. Los abuelos aguardaban en la entrada de la tienda de campaña y les dieron la bienvenida. Tanto Stan como Ruth tenían cara de cansados y parecían atribulados por tantas preocupaciones.

La tienda era tan grande que Seth casi había esperado encontrarla amueblada. Pero solo había un par de sacos de dormir enrollados en un rincón y varios útiles. Se sentaron todos en el suelo, que era bastante cómodo gracias al mullido césped de debajo. La luz del sol que se filtraba por la tela amarilla y morada daba a la habitación una extraña luminosidad.

—Tengo una pregunta —dijo Kendra—: si los brownies malvados robaron el registro, ¿cómo es que no pueden cambiar sin más las normas y permitir el acceso aquí a las criaturas oscuras?

—La mayoría de las fronteras y límites de Fablehaven quedaron establecidos en el tratado que fundó la reserva y, por tanto, no es posible modificarlos mientras esté vigente el tratado —le explicó la abuela—. El registro simplemente nos permitía regular el acceso a la reserva en su conjunto y determinar qué criaturas podían cruzar las barreras que protegían nuestro hogar. Las barreras mágicas que salvaguardan esta área son diferentes de la mayoría de las fronteras que hay en Fablehaven. La mayor parte de las fronteras están fijadas para limitar el acceso a determinados tipos de criaturas; hay ciertos sectores en los que pueden entrar las hadas, o los sátiros, o los gigantes de niebla, y así sucesivamente. Algunas criaturas gozan de más espacio para moverse que otras, dependiendo de lo potencialmente dañinas que puedan ser. Dado que la mayoría de las fronteras se dividen de acuerdo con cada especie, cuando las criaturas de luz empezaron a volverse oscuras conservaron el acceso a esas mismas áreas.

—Pero la frontera que rodea el estanque y este jardín actúa en función de la vinculación a la luz o a la oscuridad —dijo el abuelo—. Cuando una criatura empieza a atraer más oscuridad que luz, esa criatura ya no puede entrar aquí.

—¿Cuánto tiempo repelerá la oscuridad este lugar? —preguntó Seth.

285

—Ojalá lo supiéramos —dijo la abuela—. Quizá bastante tiempo. Quizás una hora más. Solo podemos estar seguros de que estamos entre la espada y la pared. Casi nos hemos quedado sin elección. Si no acertamos con una acción eficaz, la reserva caerá en poco tiempo.

—He consultado con mis contactos de máxima confianza de entre todas las criaturas congregadas aquí —dijo el abuelo, adoptando una actitud más oficial—, para calibrar el grado de apoyo que podríamos esperar de las diversas razas. He conversado con al menos un delegado de prácticamente todas ellas, excluyendo los brownies y los centauros. En conjunto, estos se sienten aquí tan arrinconados e intimidados por la plaga que creo que podemos contar con una ayuda considerable de su parte, cuando haga falta.

—Pero no queremos que estén presentes mientras debatimos una estrategia —dijo la abuela—. Nos hemos guardado determinadas informaciones esenciales. Si llegaran a contaminarse con la plaga, la mayoría, por no decir todos, nos traicionarían sin reparos.

—¿Por qué todas las criaturas se transforman de un modo tan absoluto? —preguntó Kendra—. Seth dijo que Coulter y Tanu seguían ayudándonos después de haberse transformado.

—Esa es una pregunta difícil —dijo el abuelo—. La respuesta más corta es que como seres no mágicos, como seres mortales, los humanos nos vemos afectados de manera diferente por la epidemia. Lo demás pertenece al ámbito de la pura conjetura. En su mayor parte, las criaturas mágicas son lo que son, sin reservas. Suelen ser menos conscientes de sí mismas que los humanos, se fían más de sus instintos. Nosotros, los humanos, somos seres en conflicto. Nuestras creencias no siempre concuerdan con nuestros instintos y nuestra conducta no siempre refleja nuestras creencias. Nos debatimos constantemente entre lo correcto y lo incorrecto. Libramos una batalla entre la persona que somos y la persona que esperamos llegar a ser. Tenemos mucha práctica en pelear con nosotros mismos. Como consecuencia, en comparación con las criaturas mágicas, nosotros los humanos somos más capaces de reprimir nuestras tendencias naturales para elegir deliberadamente nuestra identidad.

286

—No lo pillo —dijo Seth.

—Cada ser humano posee un potencial considerable para la luz y también para la oscuridad —continuó diciendo el abuelo—. A lo largo de la vida adquirimos mucha práctica en optar por una u otra. Si hubiese tomado otras decisiones, un héroe de fama mundial podría haber acabado siendo un malvado villano. Yo creo que cuando Coulter y Tanu fueron transformados, su mente se resistió a la oscuridad de un modo que casi ninguna criatura mágica es capaz de imaginar.

—Sigo sin entender cómo alguien tan simpático como Newel pudo volverse malo instantáneamente —dijo Seth.

El abuelo levantó un dedo.

—Yo no considero como buena o como mala a prácticamente ninguna criatura mágica. Lo que son determina en gran medida cómo se comportan. Para ser bueno, tienes que ser consciente de la diferencia entre lo correcto y lo incorrecto y luchar por escoger lo correcto. Para ser auténticamente malo, tienes que hacer lo contrario. Ser bueno o ser malo es una elección personal.

»Por el contrario, las criaturas de Fablehaven son luminosas u oscuras. De manera intrínseca, unas construyen, otras nutren, otras juegan. Del mismo modo, unas destruyen, otras engañan, otras ansían el poder. Unas aman la luz, otras aman la oscuridad. Pero cambia su naturaleza y, si no oponen mucha resistencia, su identidad cambiará también. Igual que un hada se convierte en diablillo, o un diablillo recobra su naturaleza de hada. —El abuelo miró a su mujer—. ¿Me estoy poniendo demasiado filosófico?

—Un poquito —dijo ella.

—Las preguntas que empiezan con un «por qué» son las más difíciles de contestar —dijo Dale—. Al final acabas haciendo suposiciones, en vez de basarte en certezas.

—Creo que entiendo lo que quieres decir —dijo Kendra—. Un demonio como Bahumat odia de manera automática y destruye porque no ve otra opción. No está cuestionándose sus actos ni resistiéndose a una consciencia. Alguien como Muriel, que escogió deliberadamente ponerse al servicio de la oscuridad, es más maligna.

287

—Entonces, Newel se comportaba de manera diferente porque había dejado de ser Newel —concluyó Seth—. La plaga le anuló por completo. Él es otra cosa.

—Esa es la idea —dijo el abuelo.

Warren suspiró.

—Si un oso hambriento se comiese a mi familia, aunque tal vez no hubiese tenido intenciones perversas, aunque solo estuviese comportándose como un oso, entendería que su naturaleza le ha convertido en una amenaza y le dispararía. —Lo dijo en un tono que hacía pensar que esa conversación le exasperaba.

—Habría que detener al oso —coincidió la abuela—. Stan solo está precisando que no echarías la culpa al oso igual que culparías a una persona responsable.

—Entiendo la precisión —dijo Warren—. Yo tengo una opinión diferente de las criaturas mágicas. Se me ocurren muchas que han elegido llevar a cabo buenas o malas acciones, con independencia de su naturaleza. Para mí, a las criaturas oscuras habría que exigirles responsabilidades por lo que son y por lo que hacen, con más contundencia de lo que transmite Stan.

—Y tienes todo el derecho —dijo el abuelo—. Es un tema en gran medida filosófico, aunque hay quienes comparten tu punto de vista y que lo utilizarían como una excusa para eliminar a todas las criaturas oscuras, una idea que a mí me parece detestable. Estoy de acuerdo en que todas las criaturas de la luz pueden ser mortíferas; pensemos en las náyades, que ahogan a inocentes por pura diversión. La misma reina de las hadas aniquila a todo aquel que pase cerca de su santuario sin haber sido invitado. Por otro lado, las criaturas de la oscuridad pueden resultar útiles; pensemos en Graulas, que nos ha facilitado información fundamental, o en los trasgos que patrullan nuestra mazmorra de manera totalmente fiable.

—Dejando a un lado este fascinante debate —dijo la abuela en tono irritado—, el asunto que tenemos entre manos consiste en detener a toda costa esta plaga. Nos hallamos al borde de la destrucción.

Todo el mundo asintió en silencio.

El abuelo se estiró la camisa y, con cierta pesadumbre, cambió de tema.

—Lena no pudo decirnos mucho de Kurisock, salvo confirmar que tuvo alguna relación con el bicho que ahora controla la vieja casona. Pero sí pudo hablarnos del segundo objeto mágico.

Y les relató los detalles sobre la localización de la caja fuerte, cuándo aparecía y la combinación para abrirla.

—¿Alguna idea de qué podría ser el objeto mágico? —preguntó Warren.

—No dijo nada —respondió Kendra.

—El objeto podría ejercer poder sobre el espacio o el tiempo —apuntó la abuela—. Podría potenciar la vista. O podría otorgar la inmortalidad. Supuestamente, esos son los poderes de los cuatro objetos mágicos que siguen por ahí escondidos.

—¿Creéis que el objeto mágico podría ayudarnos a revertir la plaga? —preguntó Seth.

—Podemos esperar que sí —respondió el abuelo—. De momento, la tarea más apremiante es recuperarlo. Además de para coger el objeto mágico, aventurarnos a una excursión a la casona nos serviría también como útil misión de reconocimiento. Todo lo que podamos descubrir sobre Kurisock y sobre los que se asociaron con él podría ayudarnos a desentrañar el misterio de esta plaga.

Dale carraspeó.

—Sin ánimo de poner en duda lo que dices, Stan, teniendo en cuenta lo que sabemos sobre la vieja casona, tal vez las probabilidades de que alguno de nosotros logre salir de allí no son muy altas.

—Sabemos que hay una presencia terrorífica que ronda el lugar —admitió el abuelo—. Pero ese rumor se inició con Patton, que tenía motivos sólidos para querer ahuyentar a la gente.

—Porque él escondió el objeto mágico allí —dijo Kendra.

—Es más —continuó el abuelo—, sabemos de alguien que sin querer entró en la mansión y sobrevivió para contarlo.

Todos los ojos se clavaron en Seth.

—Supongo que así fue. Ese día no había tomado leche aún. Acababa de escapar de Olloch, así que no podía ver lo que las cosas eran realmente. De hecho, a lo mejor solo por eso pude salir de allí.

—Yo me he preguntado lo mismo —dijo la abuela.

—Pasearse por la reserva sin haber tomado leche tiene sus ventajas y sus inconvenientes —afirmó el abuelo—. Hay pruebas de que si eres capaz de percibir a las criaturas mágicas, ellas harán un mayor esfuerzo para percibirte a ti. Además, muchas de las criaturas oscuras se alimentan del miedo. Si no las reconoces tal como son, el miedo disminuye y su motivación para hacerte daño se reduce.

—Pero solo porque no puedas ver a las criaturas mágicas no significa que no estén ahí —intervino Dale—. Pasearse por la reserva sin haber tomado leche es una manera estupenda de ir a parar alegremente a alguna trampa mortal.

—Ese es el inconveniente —afirmó el abuelo.

La abuela se inclinó hacia delante con entusiasmo.

—Pero si sabemos adónde vamos y tenemos cierta idea de lo que nos espera allí, y si no nos salimos del camino ni a la ida ni a la vuelta, no beber la leche podría proporcionarnos la ventaja que necesitamos para pasar por delante de la aparición y llegar hasta la caja fuerte. Seth, ¿cuánto rato estuviste en la casona hasta que empezó a perseguirte el torbellino?

—Varios minutos —respondió Seth—. El tiempo suficiente para subir a la planta de arriba, salir al tejado, averiguar dónde me encontraba, volver a la habitación y empezar a regresar por el pasillo.

—Parece que nuestra mejor opción va a ser no tomar la leche —dijo Warren—. ¿Decís que la caja fuerte aparecerá mañana?

—Al mediodía —dijo el abuelo—. Y después ya no volverá a aparecer hasta dentro de otra semana. No podemos permitirnos esperar hasta entonces.

—Atención al horario de verano —puntualizó la abuela—. En esta época del año para nosotros, las doce del mediodía en el horario estándar se corresponden con la una en punto.

—Al haber una aparición guardando la caja fuerte, acertar con la hora es fundamental —dijo el abuelo—. ¿Cuándo empezó a aplicarse lo del horario de verano?

—Alrededor de la Primera Guerra Mundial —respondió la abuela—. Probablemente después de la creación de esa caja fuerte.

—Entonces, guiémonos por el horario estándar y esperemos que la caja fuerte no sea tan inteligente como mi teléfono móvil, que se actualiza automáticamente él solito —dijo el abuelo—. Queremos llegar a esa habitación a la una en punto de mañana al mediodía.

—Dale y yo podemos ocuparnos de esto —se ofreció Warren.

—Yo debería ir —soltó Seth—. Si estoy allí, Coulter y Tanu pueden explorar el lugar por nosotros.

—No pueden estar fuera cuando es de día —le recordó el abuelo—. Y tenemos que llevar a cabo esta misión en torno al mediodía. De hecho, por mera precaución y dado que no pueden ayudarnos, no les menciones nada de todo esto.

—A lo mejor mañana amanece nublado —intentó Seth—. Además, yo soy el único que ha estado alguna vez en el interior de la casona. Sé a qué habitación se refería Lena. ¿Y si la aparición recurre al miedo mágico? ¡A lo mejor yo soy el único que no se queda paralizado!

—Tomaremos en consideración tu valeroso ofrecimiento —dijo el abuelo.

—No veo cómo vamos a lograrlo sin incurrir en ciertas pérdidas —soltó la abuela con el entrecejo fruncido—. Hay demasiado en juego como para que fracasemos. Es preciso que varias personas vayan a por la caja fuerte desde diferentes posiciones. Algunos no lo conseguiremos, pero otros seguro que lo logran.

—Estoy de acuerdo —dijo su marido—. Dale, Warren, Ruth y yo deberíamos combinarnos en una ofensiva unida.

—Y yo —insistió Seth.

—Yo también podría ir —se ofreció Kendra.

—Tus ojos no pueden dejar de ver a las criaturas mágicas —le recordó el abuelo—. Tu capacidad para ver y ser vista podría delatarnos.

—Podría veniros bien mi presencia para tener a alguien que pueda contaros lo que está pasando de verdad —mantuvo Kendra.

—Llevaremos manteca de morsa —dijo Warren—. Nos quitaremos el velo de los ojos si surge la necesidad.

—Entonces seremos nosotros cinco —afirmó Seth como si la cuestión estuviese zanjada—. Más Hugo.

—Hugo, sí —dijo el abuelo—. Cinco… No estoy tan seguro.

291

—Incluso me quedaré atrás si queréis —propuso Seth—. Solo entraré en la mansión si tiene sentido que entre. Si no, me retiraré. Pensadlo. Si la cosa sale mal, estamos todos acabados, de alguna manera. Yo podría estar allí para contribuir a que todo salga bien.

—Tiene su parte de razón —concedió Warren—. Y nos vendrá de perlas tenerle cerca si el miedo se apodera de nosotros. Sabemos que esa clase de miedo existe.

—De acuerdo —dijo el abuelo—. Puedes venir con nosotros, Seth. Pero Kendra no. No tengo nada contra ti, querida. Pero tu capacidad para ver podría realmente echar por tierra nuestra posible única ventaja.

—¿Necesitamos ayuda de alguna de las otras criaturas? —preguntó Seth.

—Dudo de que puedan entrar en la mansión —respondió la abuela.

—Pero sí que pueden servirnos para una maniobra de distracción —sugirió Warren—. Desviar la atención. Al otro lado del seto nos esperan muchas criaturas oscuras.

—Bien pensado —dijo el abuelo, animándose—. Podríamos enviar varias partidas en diferentes direcciones. Hadas, sátiros, dríades.

—E incluso centauros también —añadió la abuela.

—Buena suerte —se mofó Dale por lo bajo.

—Seth habló con ellos hoy —dijo Warren—. A lo mejor, si les picamos el orgullo…

—Tal vez viniendo de los niños, si se lo dicen como si estuvieran muy desesperados… —musitó el abuelo—. Aparte de ellos, hablaré con representantes de las otras criaturas que se han reunido aquí. Conseguiremos suficiente ayuda para armar un buen follón mañana. Recordad: no toméis manteca de morsa al despertar. Mañana el estanque debería aparecer poblado de mariposas, cabras, marmotas y ciervos.

—¿Y qué hay de esos búhos dorados? —preguntó Kendra—. ¿Esos que tienen cara humana?

—¿Los ástridos? —dijo la abuela—. Poco se sabe de esas criaturas. Rara vez interactúan con otras.

—Prepararé la carreta —dijo Dale—. Si vamos todos ciegos y bien tapados, Hugo podría conseguir sacarnos de aquí a hurtadillas y llevarnos hasta la casona sin que nadie se entere.

—¿Y no irán a por Hugo? —preguntó Seth.

—Los golems no son un blanco fácil —dijo la abuela—. Puede que muchos enemigos potenciales no se tomen la molestia de ir a por él si da la impresión de ir solo.

El abuelo juntó las manos con una palmada y las frotó enérgicamente.

—El tiempo vuela. Pongámonos manos a la obra.

El sol empezaba a ponerse cuando Kendra y Seth cruzaron a buen paso un espacio libre de la pradera de césped en dirección a los centauros. La luminosidad dorada del cielo destacaba la musculatura inflada del pecho, de los hombros y de los brazos de las dos criaturas, que permanecían inmóviles mirando el estanque.

—Creo que no deberías venir —dijo Kendra entre dientes—. Tienes demasiado mal genio. Es preciso que les supliquemos de todo corazón.

—¿Crees que soy tonto de remate? —replicó Seth—. ¡Cualquiera sabe suplicar!

Kendra le dedicó una mirada de desconfianza.

—¿Tú sabes rogar humildemente que te conceda un favor un idiota que encima te lo restriega por la cara?

Seth vaciló.

—Pues claro que sí.

—Será mejor que no lo eches a perder —le advirtió Kendra, bajando la voz hasta un susurro—. Recuerda que, al humillarnos, los estaremos manipulando. El orgullo es su punto débil, y nosotros vamos a aprovecharnos de él para conseguir lo que necesitamos. Es posible que se pongan chulos, pero si hacen lo que les pedimos, entonces seremos nosotros quienes tendremos la sartén por el mango.

—¿Y si nos dan la espalda? —preguntó Seth.

—Lo habremos intentado —respondió Kendra simplemente—. Y lo dejaremos ahí. No podemos permitirnos tener más problemas, no con todo lo que hay en juego mañana. ¿Sabrás comportarte?

—Sí —respondió él con más decisión que antes.

—Sígueme el cuento —dijo Kendra.

—Déjame que te presente primero.

Mientras se acercaban, los centauros ni los miraron. Cuando Kendra y Seth estuvieron finalmente ante ellos, aquellas criaturas mantuvieron su solemne mirada tozudamente fija en algún inescrutable objeto de interés que debía de haber en otra parte.

—Pezuña Ancha, Ala de Nube, esta es mi hermana, Kendra —dijo Seth—. Quería conoceros.

Ala de Nube bajó la vista hacia ellos. Pezuña Ancha no.

—Acudimos a vosotros con un encargo urgente —dijo Kendra.

Ala de Nube la miró por un instante. El pelo plateado que le cubría los cuartos se estremeció fugazmente.

—Ya declinamos antes la invitación a reunirnos con vuestro abuelo.

—Esto es otra cosa —dijo Kendra—. Hemos diseñado un plan para recuperar un objeto que podría ayudarnos a revertir la plaga. Muchas de las otras criaturas reunidas aquí nos han brindado su ayuda, pero sin vosotros no tendremos quién nos dirija.

Ahora los dos centauros la miraron.

Kendra prosiguió.

—Necesitamos desviar la atención de las criaturas oscuras que están vigilando la zona, para que mi abuelo y un puñado de gente puedan salir de aquí a escondidas para ir a por el objeto. Ninguna de las demás criaturas posee la velocidad ni la capacidad para liderar la salida por la abertura principal del seto.

—Solo los centauros contaminados podrían verdaderamente suponer un desafío para nosotros —consideró Ala de Nube, mirando a Pezuña Ancha.

—Podríamos dejar atrás a los centinelas sátiros fácilmente —dijo Pezuña Ancha.

—¿Cómo sabemos que ese plan nos garantiza el liderazgo? —preguntó Ala de Nube.

Kendra titubeó y le lanzó una mirada a Seth.

—Mi abuelo está dispuesto a arriesgar su vida, y la de su familia, con tal de llevar a cabo el plan —dijo Seth—. No podemos garantizaros que vaya a funcionar, pero al menos nos da a todos una oportunidad.

—Sin vuestra ayuda, nunca saldremos de dudas —exageró Kendra—. Por favor.

—Os necesitamos —dijo Seth—. Si el plan da resultado, habréis rescatado Fablehaven de la incompetente gestión de mi abuelo. —Miró a Kendra en busca de aprobación.

Los centauros se arrimaron el uno al otro y cuchichearon entre sí.

—Vuestra falta de liderazgo es ciertamente un problema —sentenció Pezuña Ancha—. Pero Ala de Nube y yo no lo vemos como algo que nos afecte. Debemos declinar la invitación.

—¿Qué? —gritó Seth—. ¿Lo dices en serio? Entonces, me alegro de que la mitad de la reserva esté presente aquí para presenciar quién se quedó de brazos cruzados mientras Fablehaven estaba en peligro.

Kendra lanzó a su hermano una mirada fulminante.

—Nos importa más bien poco el destino de los sátiros o de los humanos, y menos aún sus reacciones a nuestra indiferencia —declaró Ala de Nube.

—Gracias de todos modos —dijo Kendra, agarrando a Seth por el brazo para llevárselo de allí. Pero él se soltó.

—Muy bien —repuso él, enfadado—. Entonces mañana saldré yo ahí fuera. Buena suerte. Y no os olvidéis de que no tenéis siquiera el valor de un chaval humano.

Los centauros se pusieron rígidos.

—¿Me engaño, o este mocoso nos ha tildado de cobardes? —preguntó Ala de Nube en tono peligroso—. Nuestro veredicto de no liderar vuestra maniobra de distracción no ha tenido nada que ver con el miedo. Pensamos que es inútil.

Pezuña Ancha clavó en Seth una mirada feroz.

—El joven humano ha debido de decirlo sin pensar.

Seth se cruzó de brazos y le sostuvo la mirada sin decir nada.

—Si se empeña en no retirar el insulto —dijo Pezuña Ancha como anunciando un presagio—, exigiré una reparación inmediata. Nadie, grande o pequeño, pisotea mi honor.

—¿Quieres decir un duelo? —preguntó Seth sin poder creérselo—. ¿Vas a dar prueba de tu valentía matando a un crío?

—Acaba de plantear una duda válida —dijo Ala de Nube, poniendo una mano en el hombro de Pezuña Ancha—. Tener tratos con gorrinos solo servirá para que nos ensuciemos.

—Vosotros dos estáis muertos para nosotros —declaró Pezuña Ancha—. Marchaos.

Kendra trató de llevarse a Seth a rastras, pero su hermano era demasiado fuerte.

—Todo músculo pero nada de espina —gruñó Seth—. Vamos a buscar a unos sátiros que quieran liderarnos. O a lo mejor algún enanito. Dejemos a estos ponis asustados fingiendo tener honor.

Kendra quiso estrangular a su hermano.

—Hicimos oídos sordos a tu insulto porque nos das lástima —dijo Pezuña Ancha echando chispas—. Aun así, ¿persistes?

—Pensaba que estaba muerto —dijo Seth—. A ver si te aclaras, jamelgo.

Pezuña Ancha cerró los puños y unos músculos enormes se le inflaron en los antebrazos. Las venas se le hincharon en el cuello fornido.

—Muy bien. Mañana al amanecer tú y yo resolveremos la cuestión de mi honor.

—No, no la resolveremos —dijo Seth—. Yo no peleo con mulas. Lo que más me preocupa son las pulgas. Eso, y los problemas reales que estamos tratando de resolver. Si quieres, puedes venir a matarme a mi tienda de campaña.

—Pezuña Ancha tiene todo el derecho a retarte a duelo después de un insulto deliberado —afirmó Ala de Nube—. Yo soy testigo de la afrenta. —Extendió un brazo e indicó toda la zona que los rodeaba—. Además, este lugar es un refugio para criaturas de luz. Como ser humano, tú aquí eres un intruso. Como las náyades del estanque, Pezuña Ancha podría matarte si quiere, y lo haría con absoluta impunidad.

Kendra notó que el corazón le daba un vuelco.

Seth pareció temblar.

—Lo cual no demostrará nada en relación con tu honor —dijo Seth con la voz casi firme—. Si os importa vuestro honor, dirigid la maniobra de mañana.

Los centauros juntaron las cabezas y deliberaron en voz baja. Al cabo de unos instantes se separaron.

—Seth Sorenson —anunció con gravedad Pezuña Ancha—. Nunca en mi larga vida me han plantado cara de manera tan descarada. Tus palabras son imborrables. Aun así, no ignoro que han sido dichas con el desacertado empeño de recabar mi ayuda, en contraposición con la patosa adulación que intentaste en un primer momento. Por la insolencia de negarte a aceptar mi reto, debería aplastarte aquí mismo. Pero en reconocimiento del desesperado valor que hay detrás de tus palabras, detendré mi mano por el momento y olvidaré que esta conversación ha tenido lugar, si te pones de rodillas, me suplicas que te perdone, afirmas que estás loco y te declaras un gallina de tomo y lomo.

Seth vaciló. Kendra le dio un codazo. Él negó con la cabeza.

—No. No voy a hacer eso. Si lo hiciera, entonces sí que sería un gallina. Lo único que retiraré es lo que he dicho de que mi abuelo ha gestionado mal la reserva. Tienes razón en lo de que estábamos fingiendo al adularos.

Pezuña Ancha desenvainó una enorme espada, que silbó con un sonido metálico. Kendra no había reparado en la vaina que llevaba colgada a un costado. El centauro blandió la espada en alto.

—Esto no me procura el menor placer —gruñó Pezuña Ancha, reconcentrado.

—Se me ocurre algo mejor —dijo Seth—. Si dirigís la maniobra de distracción de mañana, y yo regreso con vida, me batiré en duelo contigo. Así podrás reparar tu honor como es debido.

Kendra creyó ver que el centauro respiraba aliviado. Deliberó unos segundos con Ala de Nube y dijo:

—Muy bien. Has logrado lo que te proponías, pero no sin un precio. Mañana dirigiremos la maniobra de distracción. Pasado mañana al despuntar el día zanjaremos la cuestión de tu insolencia.

Kendra agarró a Seth por una mano. Esta vez él dejó que se

lo llevase de allí. Ella esperó para hablar hasta que estuvieron lejos de los centauros.

—¿Qué demonios te pasa? —Tuvo que echar mano de toda su capacidad de control para no preguntárselo a grito pelado.

—He conseguido que nos ayuden —dijo Seth.

—Sabías que eran arrogantes, sabías que quizá no querrían ayudarnos, ¡y aun así te empeñaste en insultarlos! ¡Conseguir que te maten no solo es una mala idea, sino que además daña nuestras posibilidades de salvar Fablehaven!

—Pero no estoy muerto —dijo él, palpándose el torso como asombrado de ver que estaba intacto.

—Deberías estarlo. Y probablemente acabarás así.

—No en los próximos dos días.

—No cantes victoria antes de tiempo. Todavía no les hemos contado a los abuelos lo que ha pasado.

—No se lo cuentes —le suplicó Seth, repentinamente desesperado—. Bastante mal están las cosas ya. Haré lo que me pidas, pero no se lo cuentes.

Kendra levantó las manos.

—Ahora sí que estás suplicando.

—Si se lo dices, no me dejarán ir a la casona. Pero me van a necesitar. Además, se van a preocupar sin necesidad. Perderán la concentración y cometerán errores. Escucha: puedes contárselo al final. Puedes hacerme parecer todo lo tonto que tú quieras. Pero espera a después de haber registrado la casona.

Parecía lógico.

—De acuerdo —consintió Kendra—. Esperaré hasta mañana por la tarde.

La sonrisa forzada de Seth la tentó a cambiar de idea.

18

La vieja casona

$\mathcal{A}$ solas, Kendra se apoyó en la lisa barandilla del cenador a contemplar cómo iban colocándose en posición docenas de criaturas por todo el jardín. Dríades y hamadríades se apiñaron alrededor de los huecos por donde podría atravesarse el seto. Doren dirigía a una manada de sátiros por el sendero en dirección al hueco principal. Grupos de hadas patrullaban el aire en rutilantes formaciones. Pezuña Ancha y Ala de Nube se colocaron en posición en el centro del campo, cerca de Hugo y de la carreta.

No participaban todas las criaturas. La mayor parte de las hadas revoloteaban en torno al enrejado de la pasarela de madera y jugaban entre las flores. Los enanitos se habían refugiado todos sin excepción en sus tiendas de campaña, después de quejarse al abuelo de que correr no era su fuerte. Las criaturas más semejantes a animales se habían metido en sus escondrijos. Muchos sátiros y ninfas observaban las maniobras desde otros pabellones.

Aun en la sombra, el calor de media mañana resultaba incómodo. Kendra se abanicó con una mano sin mucho ánimo. No podía ver a Seth, ni a la abuela, ni a Warren ni a Dale, que habían desmontado una de las tiendas y se habían escondido debajo de ella en la carreta. El abuelo se había puesto en la parte delantera para supervisar los preparativos finales, con los brazos en jarras.

Kendra había mantenido su palabra y se había contenido de decirle nada a nadie sobre el pacto entre Seth y Pezuña Ancha.

Los abuelos se habían llevado una alegría inmensa al enterarse de que los centauros colaborarían en la maniobra de distracción. Kendra había hecho todo lo posible por aparentar la misma alegría.

El abuelo levantó un pañuelo con el brazo, lo agitó unos segundos y a continuación lo soltó. Mientras el sedoso cuadrado de tela descendía delicadamente hasta el suelo, Ala de Nube reculó; sus músculos de equino se tensaron y destensaron bajo su argéntea capa de pelo.

En una mano sostenía un arco de grandes dimensiones y cruzada en sus anchas espaldas llevaba una aljaba de flechas del tamaño de jabalinas. Pezuña Ancha desenvainó su fabulosa espada con una floritura, arrancándole un destello a la luz del sol con su bruñida hoja.

Los dos centauros cruzaron al galope la hierba en dirección al hueco del seto, levantando matas de hierba con sus cascos difuminados por la polvareda, galopando con una velocidad tan fluida que Kendra se quedó atónita al contemplarlos. Hombro con hombro, se metieron a la carga por el hueco del seto, abriéndose paso con su estampida sobre los sátiros oscuros, que intentaron impedirles el paso.

Con un grito triunfal, veinte sátiros iniciaron la marcha junto al seto, a ambos lados del hueco, y siguieron a los centauros por él para a continuación desperdigarse en todas direcciones. Unas cuantas hamadríades salieron corriendo junto a ellos. Si bien los sátiros eran raudos y ágiles, las ninfas los superaban con diferencia, pues más parecían volar que correr y dejaban atrás a cualquier perseguidor con gran facilidad.

Kendra sonrió para sí. ¡No había sátiro presa de enamoramiento súbito capaz de dar alcance a una hamadríade que no desease ser apresada!

Por todo el jardín, dríades y sátiros salían a hurtadillas por las aberturas camufladas del seto, muchas veces a cuatro patas. Las hadas pasaron volando por encima de la muralla vegetal y viraban bruscamente hacia el cielo en cuanto sus umbrías hermanas les salían al paso. Los sátiros que observaban la maniobra desde la pasarela de madera silbaban, daban pisotones y las animaban a gritos. Muchas náyades asomaron a la superficie, con la cabeza chorreando agua y los ojos abiertos como platos mientras observaban el tumulto.

En medio de todo aquel jaleo, Hugo se abalanzó hacia delante tirando de la carreta. El abuelo se había escondido bajo la tienda con los demás. Kendra contuvo la respiración mientras veía cómo el gigantesco golem se metía por el hueco del seto sin que nadie le molestase, y siguió con la mirada la carreta, que se alejaba dando tumbos, hasta que la perdió de vista.

Cuando la carreta hubo atravesado el hueco principal, lo cruzaron unas cuantas altas dríades que se dispersaron después en diferentes direcciones, con sus vestidos vaporosos y sus largos cabellos ondeando tras ellas. Sátiros y hamadríades habían empezado a volver entre el seto y a través del hueco. Unos reían, otros parecían confundidos.

Kendra miró hacia atrás, a las náyades, cuyos cabellos como manojos de hierbas relucían cubiertos de cieno; sus caras mojadas tenían un aspecto sorprendentemente frágil y juvenil, sobre todo si se tenía en cuenta que su pasatiempo favorito consistía en ahogar humanos. Kendra cruzó su mirada con una de ellas y la saludó con la mano. En respuesta, todas sin excepción se sumergieron súbitamente en el agua.

A lo largo de los siguientes veinte minutos volvieron más hadas, sátiros y dríades. Conforme regresaban al jardín, eran recibidos con abrazos de bienvenida de sus amigos. Luego, la mayoría se daba la vuelta para esperar con ansiedad el regreso del resto de sus seres queridos.

Transcurrieron los minutos y las llegadas fueron escaseando. Con los flancos cubiertos de sudor, los centauros entraron al galope por el hueco, haciendo grandes esfuerzos y forzando a un enjambre de hadas oscuras a abandonar su persecución. En la aljaba de Ala de Nube solo quedaban dos flechas.

Menos de un minuto después, haciendo quiebros y luchando contra varios sátiros oscuros, Doren reapareció por el hueco encabezando una comitiva de desesperados sátiros. Apartando a sus adversarios a base de empujones, media docena más de sátiros cruzó como pudo el hueco y fueron recibidos con abrazos de sus amigos.

Kendra divisó a una figura familiar en el umbral del seto. Verl, con su pelambre blanca como la nieve embadurnada de arena, con el pecho y los hombros llenos de mordeduras y arañazos, hacía denodados esfuerzos para dar un paso al frente. Había logrado salir al jardín, pero de pronto sus ojos se abrieron mucho con una expresión de pánico al notar que una barrera invisible le impedía entrar.

Kendra vio cómo su rostro aniñado empezaba a deformarse y a adquirir un aspecto más propio de una cabra, y vio cómo empezaba a oscurecérsele la capa de pelo blanco. Unos sátiros negros que no cesaban de balar le empujaron por la espalda y se amontonaron encima de él. Unos segundos después, cuando Verl se puso de pie, tenía cabeza de cabra y el pelo negro como el azabache.

Los sátiros y las hamadríades se apartaron del hueco. Kendra bajó por la escalera del cenador y corrió hacia Doren.

—¿Han salido sin problemas? —preguntó el sátiro, sin resuello.

—Sí —dijo Kendra—. Qué horror lo que le ha pasado a Verl.

—Un espanto —estuvo de acuerdo Doren—. Por lo menos la mayoría hemos podido volver. Lo peor se produjo cuando una bandada de hadas oscuras arrinconó a una de nuestras dríades más poderosas. La transformaron en un abrir y cerrar de ojos, y entonces ella fue a pillar a un puñado de los nuestros. Veo que los centauros han podido regresar. —Movió la cabeza señalando hacia donde se encontraban Pezuña Ancha y Ala de Nube, rodeados de animados sátiros y soportando estoicamente la adulación.

—Han sido muy rápidos —dijo Kendra.

Doren asintió en silencio, mientras trataba de limpiarse un poco el barro que le había manchado la clavícula.

—Saben correr y pelear. Ala de Nube inmovilizó a dos sátiros oscuros, clavándolos con una sola flecha en un árbol. Pezuña Ancha lanzó a la dríade oscura a una zanja. Hacia el final, apareció un centauro oscuro y los obligó a batirse en retirada.

Pezuña Ancha y Ala de Nube se alejaron de sus admiradores al trote. Kendra contempló con desesperación la musculada espalda de Pezuña Ancha. Si Seth sobrevivía a la huida de la casona, aquel centauro estaría esperándole. Se preguntó si no le valdría más a su hermano dejarse transformar en sombra.

Debajo de la tienda, junto a cuatro personas más, Seth respiraba un aire caliente y cargado. Cerró los ojos e intentó concentrarse en otra cosa que no fuese su sensación de incomodidad, y se imaginó lo refrescante que sería sacar la cabeza y notar la caricia del viento mientras Hugo corría a grandes zancadas por el camino.

Hacía bochorno, pero el calor y la humedad reinantes no eran nada comparadas con la atmósfera asfixiante de debajo de la tienda.

Para Seth, aquella mañana había tenido tintes surrealistas: había visto cabras y ciervos corriendo por el jardín y marmotas congregándose en su campamento particular junto al estanque. El abuelo había dedicado gran parte del tiempo a revisar los planes junto a un par de caballos y a dar órdenes a un grupo de rocas extrañamente móviles.

Kendra le había señalado cuál de las cabras era Doren, y había ejercido de intérprete cuando se habían deseado buena suerte mutuamente. Seth solo había oído balidos de ovino.

El panorama de los alrededores del estanque había sido tan absurdo que por un momento Seth se preguntó si lo que en realidad hacía la leche era volver loco a todo el mundo. Pero cuando el montón de rocas le levantó del suelo y le llevó delicadamente hasta la carreta, entendió que estaban pasando muchas más cosas de las que podían distinguir sus ojos.

La carreta dio un fuerte bote y Seth se golpeó la cabeza contra el lateral. Reptó hacia el centro de la abarrotada carreta y apoyó la cabeza en sus brazos cruzados, tratando de tranquilizarse y respirando aquel aire tibio y asfixiante.

Durante el primer tramo del trayecto en carreta había estado nervioso, consciente de que en cualquier momento podrían echárseles encima las criaturas oscuras. Pero a medida que fueron avanzando, cada vez parecía menos probable que sufriesen alguna desagradable visita. Por lo visto, el plan estaba funcio-

303

nando. Lo único que tenían que hacer era llegar a la casona sin asfixiarse.

El incómodo tedio del camino en carreta se convirtió en la máxima preocupación de Seth. Iba tendido prácticamente inmóvil, con el cuerpo entero rezumando sudor; se imaginó que acercaba la cara al conducto de ventilación de un aparato de aire acondicionado que lo envolvía con su frescor. Se imaginó a sí mismo bebiéndose a tragos un vaso de tubo lleno de agua helada, cuyo vidrio estaba tan frío que le dolían las manos, tan gélida el agua que le daba pinchazos en los dientes.

Estaba tumbado al lado de Warren y quiso entablar conversación con él, o al menos intercambiar algunas quejas susurradas, pero le habían advertido estrictamente que no dijese ni una palabra. Acató las órdenes con firmeza, permaneciendo quieto y callado, incluso reprimiendo la tos cuando le entraron ganas de toser. Entre tanto, la carreta rodaba interminablemente por el camino.

El chico se metió una mano en el bolsillo y palpó la porción de manteca de morsa que llevaba envuelta en plástico transparente. Cada uno llevaba un trozo, por si llegaba un momento en que se hacía preferible ver criaturas mágicas que seguir ciegos aposta. Deseó poder tomársela simplemente para distraer la mente de aquel ambiente tan miserable. ¿Por qué no habría traído alguna chocolatina? ¿O agua? Le daba pena pensar en su precioso kit de emergencias, olvidado debajo de su cama. ¿Cómo se le había olvidado traerlo cuando había bajado la escalera llena de trampas? ¡Tenía grageas de gelatina!

El viaje se hizo más accidentado, como si Hugo estuviese pasando sobre una tabla de lavar gigantesca. Seth apretó la mandíbula para evitar que le castañeteasen los dientes. La traqueteante vibración le impedía pensar con facilidad.

Por fin la carreta se detuvo de golpe. Seth oyó un sonido susurrante y el abuelo se asomó a mirar.

—Hemos llegado al borde del jardín —anunció con voz queda—. Tal como temía, Hugo no puede seguir adelante. Salgamos. No hay ninguna amenaza a la vista.

Feliz y contento, Seth gateó por la carreta para salir de debajo de la tienda y se sintió un poco aliviado al comprobar que

304

los demás tenían la cara tan colorada y estaban tan empapados en sudor como él. Notaba la ropa pegajosa y mojada, y aunque el aire no era tan fresco como había esperado, aun así era muy preferible al ambiente cargado de la carreta.

Detrás de esta se extendía una maltrecha calzada de losas, flanqueada por los restos de antiguas cabañas y cobertizos. Muchas de las losas estaban descolocadas y entre los huecos crecían altas hierbas. El irregular camino de piedra explicaba la sensación de haber estado yendo por una tabla de lavar durante la última parte del trayecto. Seth había caminado por aquella calzada una vez, ¡debía haberlo adivinado!

Ante ellos la carretera trazaba una curva cerrada sobre sí misma y daba paso a un camino de acceso a vehículos por el que se llegaba a la fachada de una majestuosa casona. Comparada con la vetusta carretera y con los decrépitos cobertizos que la bordeaban, la casona se encontraba en excelente estado de conservación.

El edificio tenía una altura de tres plantas, con cuatro señoriales columnas en el pórtico de entrada. Las plantas trepadoras habían invadido los grises muros, y unos recios postigos verdes protegían las ventanas.

Seth contempló boquiabierto la casona, asimilando la fantasmagórica diferencia de la mansión respecto de su visita anterior. Ahora, cientos de cabos negros y finos convergían en la casona desde todos los puntos cardinales y penetraban por los muros, algunos de ellos bastante gruesos, pero la mayoría finos y difíciles de ver. Las oscuras cuerdas salían serpenteando desde el inmueble en todas direcciones. Muchas desaparecían bajo el suelo; otras se metían en zigzag entre la vegetación circundante.

—¿Qué son todos esos cables? —preguntó Seth.

—¿Qué cables? —contestó el abuelo.

—O sogas o cuerdas o lo que sean —aclaró el chico—. Están por todas partes.

Los demás le miraron con cara de preocupación.

—¿Vosotros no los veis? —Seth ya sabía la respuesta.

—No hay ningún cable —confirmó Warren.

—He visto este tipo de cuerda antes —dijo el chico—. Van

como conectadas a las criaturas oscuras. Es como si todas las cuerdas se juntasen en la casona.

El abuelo arrugó los labios y soltó un fuerte suspiro.

—Hemos descubierto pistas que indican que el culpable ha sido una criatura que de alguna manera se fusionó con Kurisock. Y nos han dado información de que la aparición que ronda esta propiedad tiene algo que ver con ese demonio.

—¿Qué podría ser esa criatura? —preguntó Warren.

—Cualquier cosa —respondió el abuelo—. Cuando se fusionó con Kurisock, se transformó en un ente diferente.

—Pero si se fusionó con ese demonio, ¿cómo es posible que esté aquí? —preguntó Dale—. Kurisock no puede salir de sus dominios.

El abuelo se encogió de hombros.

—¿Sabéis lo que se me ocurre? Que tienen una especie de conexión en la distancia. Algo así como unas cuerdas oscuras que al parecer unen al monstruo de la casona con las criaturas oscurecidas que hay por toda la reserva.

—¿Seguimos igualmente con el plan de recuperar el objeto mágico? —preguntó Warren.

—No veo otra alternativa —respondió el abuelo—. Puede que Fablehaven no sobreviva otra semana. Esta podría ser nuestra única oportunidad. Además, no podemos pensar en derrotar a lo que sea que habita en este lugar hasta que hayamos confirmado qué es.

—Estoy de acuerdo —dijo la abuela.

Dale y Warren asintieron en silencio.

El abuelo miró su reloj de pulsera.

—Será mejor que nos pongamos en marcha, o se nos pasará la oportunidad.

Dejando atrás a Hugo, el abuelo los llevó hasta la escalinata de la entrada a la mansión. Seth iba en estado de alerta máxima, atento a la aparición de cualquier animal sospechoso. Pero no vio ni rastro de vida. Ni aves, ni ardillas, ni insectos.

—Silencio —murmuró Dale con recelo.

El abuelo levantó la mano y movió un dedo en círculos, dando a entender que diesen una vuelta alrededor de la casona. Tan cerca del edificio, Seth no pudo evitar tocar alguna de las cuerdas oscuras y sintió un gran alivio al descubrir que eran tan intangibles como una sombra. Mientras avanzaban, se iba preparando para un ataque en cualquier momento, sobre todo cada vez que doblaban una esquina del edificio. Sin embargo, terminaron de dar una vuelta entera a la casona sin toparse con ningún obstáculo. Localizaron varias ventanas lo suficientemente grandes como para caber por ellas, y una puerta trasera.

—¿La última vez la puerta principal no estaba cerrada con llave? —le susurró el abuelo a Seth.

—No.

—Ruth y yo entraremos por ella —dijo—. Warren entrará por la puerta de atrás. Dale, elige una de las ventanas laterales. Seth, tú espera fuera. Si no lo conseguimos, salvo que haya una razón monumentalmente grande para hacer lo contrario, vuelve de inmediato con Hugo y ve a informar a tu hermana y al resto de las criaturas. Si nos convertimos en sombra nosotros también, trataremos de ponernos en contacto con vosotros. Recordadlo todos: vamos a la tercera planta, a la habitación que queda más al norte. —Hizo un gesto para indicarles cuál era la parte norte de la casona—. Probablemente estará al final de un pasillo. La combinación es 33-22-31. —Miró la hora en su reloj de pulsera—. Disponemos de unos siete minutos, aproximadamente.

—¿Cuál es la señal para entrar? —preguntó Warren.

—Silbaré —dijo el abuelo, y se llevó dos dedos a los labios.

—Acabemos con esto —soltó Dale.

Warren y Dale se dirigieron a los laterales de la casona corriendo a paso ligero, mientras los abuelos subían la escalinata. El abuelo intentó abrir la puerta principal, comprobó que no estaba cerrada con llave y regresó, mirando su reloj de pulsera. Seth había apretado tanto los puños que cuando abrió las manos se dio cuenta de que las uñas le habían dejado unas diminutas medias lunas en las palmas de las manos.

Sin quitar los ojos del reloj, el abuelo se acercó lentamente los dedos a los labios.

Un penetrante silbido estremeció el silencio. Asiendo la ballesta con fuerza en una mano y un puñado de polvos refulgentes en la otra, la abuela siguió a su marido por la puerta principal. Él cerró la puerta.

Del interior de la casa a Seth le llegó un crujido de madera y el estrépito del cristal al hacerse añicos. Supuso que Dale estaba entrando por una de las ventanas. Volvió a reinar el silencio.

El chico flexionó los dedos de las manos y se dio unos toquecitos en los dedos de los pies. Podía notar los latidos de su corazón. Mirar la casa sumida en el silencio era como una tortura. Necesitaba ver lo que estaba pasando dentro. ¿Cómo podría deducir si había una razón monumentalmente grande para entrar y echarles una mano, si no sabía lo que estaba pasando?

Seth subió la escalinata del pórtico, empujó la puerta para abrirla un poquito y se asomó a mirar por el resquicio. La casa estaba prácticamente tal como él la recordaba: bien amueblada pero cubierta de una densa capa de polvo y adornada con festones de telarañas. Los abuelos estaban petrificados al pie de una escalera en curva. En lo alto de la escalera se elevaba del suelo al techo el vórtice de un remolino de polvo. Todos los cables y alambres de diverso grosor convergían en el torbellino, formando un cúmulo de sombra que tenía vagamente forma humana.

Seth dio un paso para cruzar el umbral. El aire parecía haberse enfriado muchísimo. Su respiración producía volutas blancas de vaho delante de su cara. La mano con que la abuela sostenía la ballesta temblaba como si estuviese haciendo denodados esfuerzos para levantarla bajo una presión tremenda.

La columna de polvo giratoria se deslizó por los escalones. Los petrificados abuelos de Seth no hicieron el menor movimiento para apartarse de su camino. Aunque él no notaba el mismo terror paralizante que tenía atenazados a sus abuelos, el frío era real y la imagen resultaba espeluznante. Si no pasaba a la acción, sus abuelos estarían condenados; el negro epicentro de la plaga de sombras se cernía sobre ellos.

Sacó la manteca de morsa de su bolsillo, rasgó la película de plástico que la envolvía, untó un dedo en la pasta y se lo metió en la boca. Al tragarla, la escena se volvió mucho más nítida. La columna de polvo desapareció, reemplazada por una espectral mujer envuelta en vaporosos ropajes negros; sus pies descalzos levitaban a varios centímetros de las escaleras.

¡Seth la reconoció! ¡Era la misma aparición que se había presentado en el exterior de la ventana del desván la noche del solsticio de verano del año anterior! ¡Ella había luchado en el bando de Muriel y Bahumat durante la batalla de la Capilla Olvidada!

Todas las hebras oscuras convergían en aquella mujer. Tanto su ropa como su piel estaban impregnadas de sombra. Sus ojos eran dos cavidades negras vacías. Unas cintas ondulantes de tela salieron de la aparición en dirección a los abuelos de Seth, desplazándose como si las moviese una suave brisa.

—¡Abuelo! ¡Abuela! —chilló Seth. Ellos no se movieron—. ¡Stan! ¡Ruth! ¡Corred! —Seth gritó tan fuerte que la voz le hizo un gallito.

Ninguno de los dos pestañeó. La aparición hizo una pausa. Sus pozos sin alma miraron a Seth una milésima de segundo. El chico corrió hacia sus abuelos, avanzando más deprisa que las lenguas de tela, pero con más distancia por recorrer. Las hilachas de tela negra llegaron antes que él y abrazaron al abuelo y a la abuela Sorenson como si fuesen tentáculos. Seth frenó en seco y contempló, conmocionado, que la sombra se apoderaba de ellos.

Dio media vuelta y salió disparado por la puerta principal. Sus abuelos eran sombras. Tenía que darse prisa. A lo mejor todavía podía rescatar a Dale o a Warren.

Mientras rodeaba la casona a todo correr, Seth trató de convencerse a sí mismo de que encontraría la manera de devolver a sus abuelos a su estado normal. Y a Tanu. Y a Coulter. Se preguntó cuánto tiempo quedaba para que se produjese la aparición prevista de la caja fuerte. Aunque todos los demás fracasasen, él tenía que llegar como fuera a aquella habitación de la planta superior y hacerse con el objeto mágico.

Saltaba a la vista cuál era la ventana por la que había entrado Dale, gracias a los postigos desvencijados y al vidrio roto. Dando un salto, Seth se agarró al alféizar y se aupó. Dale estaba en un saloncito polvoriento, inmóvil, de espaldas a la ventana.

—Dale, da la vuelta —dijo Seth entre dientes—. Tienes que salir de aquí.

Dale no dio muestras de haber oído el aviso. No se inmutó.

309

Delante de él, a través de una puerta abierta, Seth vio que la aparición se deslizaba hacia ellos.

El chico saltó desde la ventana y corrió a la parte trasera de la casa. A lo mejor mientras la dama de sombra se apoderaba de Dale, él podía subir las escaleras a toda velocidad.

Abrió la puerta de atrás y se encontró a Warren despatarrado en el suelo, en la otra punta de la cocina, en una posición que hacía pensar que había estado intentando andar a cuatro patas.

¿Cuánto tiempo tardaría en arrastrarlo fuera? ¿El tiempo que le llevase le haría desaprovechar su única oportunidad de subir las escaleras? Tal vez. ¡Pero no podía dejarle ahí simplemente! Se agachó y metió los brazos por debajo de Warren y empezó a tirar de él hacia atrás por el suelo de baldosas en dirección a la puerta.

—Seth —dijo Warren casi sin voz.

—¿Estás consciente? —preguntó él, sorprendido.

Warren dobló las piernas y Seth le ayudó a ponerse de pie.

—Hace tanto frío… como en la arboleda —farfulló.

—Tenemos que darnos prisa —exclamó Seth. Cruzó la cocina a todo correr, pero Warren no fue tras él. Una vez más, pareció quedarse paralizado.

Seth volvió y le agarró de las manos. La vida volvió a asomar a sus ojos.

—Es tu tacto —murmuró Warren.

—Corre —dijo Seth, llevando a su amigo de la mano por toda la casa en dirección al vestíbulo.

Dando tumbos y corriendo con zancadas mecánicas, Warren logró avanzar a un paso aceptable. Llegaron al pie de las escaleras y empezaron a subir. Respirando con dificultad, Warren avanzó a trompicones, tirando de sí escalón a escalón con ayuda del brazo que tenía libre y apoyándose en las rodillas. Seth hizo todo lo posible por ayudarlo.

Al mirar hacia abajo, vio que la aparición de sombra volvía al vestíbulo. Con sus ropajes ondeando e hinchándose con una lentitud onírica, la mujer se deslizó en dirección a ellos, levitando hacia arriba y hacia delante.

Alcanzaron el pasillo de la segunda planta, pasando por delante de una fotografía de Patton y Lena que había colgada en la pared. Seth sostuvo a Warren con las dos manos y ese contacto extra pareció insuflarle fuerzas. Arrastrando los pies, llegaron al pie de la escalera que subía a la tercera planta, justo cuando la espectral mujer llegaba a la segunda y comenzaba a recorrer el pasillo.

Estaban casi en lo alto de las escaleras cuando Warren tropezó peligrosamente.

Seth no pudo seguir agarrándole y Warren descendió varios escalones dando tumbos hasta detenerse hecho un bulto inmóvil. El chico saltó hasta él y agarró una de las manos de Warren entre las suyas.

Warren le miró; tenía las pupilas dilatadas, una más que la otra, y un hilillo de sangre le manaba de la comisura de los labios.

—Ve tú —dijo sin voz. Metió la mano en una bolsita que llevaba colgada de la cintura y sacó un puñado de polvos refulgentes.

La figura de sombra apareció al pie de la escalera, arrastrando tras de sí sus incontables cables oscuros. Warren le arrojó el puñado de polvos. No se produjeron ni chisporroteos ni fogonazos. Sus trémulos ropajes flotaron hacia ellos.

311

Seth soltó a su amigo y subió a todo correr por las escaleras, saltando de dos en dos los peldaños. Si no lograba apoderarse del objeto mágico, todos esos sacrificios habrían sido en vano. Corrió como una exhalación por el pasillo de la tercera planta en dirección al extremo norte de la casona, aliviado al ver lo rápido que corría sin tener que llevar a Warren a remolque, y con la mirada clavada en la puerta del fondo del pasillo. Sus brazos y piernas se movían como potentes émbolos. Al llegar a la puerta la embistió con el hombro y asió con fuerza el pomo.

Estaba cerrada con llave.

Retrocedió unos pasos y dio una patada en la puerta. Esta se estremeció, pero no se abrió. El impacto le había hecho daño en la espinilla. Lo intentó de nuevo con otra patada, pero también fue en vano. Retrocedió unos cuantos pasos más, se agachó y se abalanzó con los hombros bajos, transformándose en un proyectil, apuntando no ya a la puerta, sino más allá de ella. La madera crujió y se partió, la puerta se abrió de par en par y Seth siguió dando tumbos hasta aterrizar con las manos y las rodillas.

Al levantarse, cerró como buenamente pudo la desportillada puerta. La habitación en la que había irrumpido era una espaciosa alcoba con dos ventanas cerradas con postigos. Una inmensa alfombra oriental cubría el suelo de madera noble. Una de las paredes estaba totalmente cubierta de estanterías de libros. En una zona de estar había un par de sillas, cerca de una cama con dosel. Seth no vio ninguna caja fuerte.

¿Habían hecho bien en tener en cuenta lo del horario de verano? ¿Había aparecido ya la caja fuerte y había vuelto a desaparecer? ¿O aún no había llegado la hora? Tal vez la caja se encontrase allí en esos momentos, pero oculta. Fuera cual fuera la respuesta, a Seth solo le quedaban unos segundos para ir a reunirse con los demás, convertido él también en una sombra.

Corrió hacia la librería y empezó a sacar libros de las estanterías como un loco, ayudándose con los dos brazos, con la esperanza de encontrar una caja fuerte oculta en la pared. Al ver que eso no daba resultado, se dio la vuelta y registró a toda velocidad la habitación con la mirada y de pronto ahí estaba, en un rincón donde antes no había nada: una pesada caja fuerte negra, casi tan alta como Seth, con una rueda plateada en el centro para introducir la combinación.

Cruzó la habitación a zancadas y empezó a girar la rueda de la combinación. Giraba suavemente, no como la rueda de su taquilla, que lo hacía a trompicones y hacía un clic en cuanto llegabas al número correcto. Giró la rueda a la derecha dos veces hasta el 33, luego a la izquierda una vez hasta el 22, y luego otra vez a la derecha directamente hasta el 31. Cuando tiró del asa, la puerta se abrió sin hacer el menor ruido.

Apoyada en el fondo de la caja fuerte había un único objeto: una esfera dorada de aproximadamente treinta centímetros de diámetro, su pulida superficie interrumpida por diversos roscas y botones. Seth no tenía ni idea de para qué podía servir aquel artilugio.

Extrajo la esfera de la caja fuerte. Era algo más pesada de lo que parecía. Cuando Seth había entrado en la habitación, la había encontrado fresca, pero ahora la temperatura estaba cayendo en picado rápidamente. ¿Estaría cerca la dama de sombra? Quizás estaba ya al otro lado de la puerta.

Seth corrió hacia la ventana y abrió los postigos de par en par. No daba a ningún voladizo, pues la fachada bajaba en vertical las tres plantas hasta el jardín. Desesperado, empezó a pulsar los botones de la esfera.

Y, de repente, ya no estaba solo en la habitación.

Un hombre alto con bigote apareció delante de él. Llevaba una camisa blanca con las mangas remangadas, unos pantalones grises con tirantes y unas botas negras. Era bastante joven y de complexión fuerte. Seth lo reconoció enseguida de haberlo visto en las fotos. Era Patton Burgess.

—Debes de ser el reventador de cajas fuertes más joven que he visto en mi vida —dijo Patton en tono simpático. De pronto su gesto cambió—. ¿Qué está pasando?

La puerta de la habitación se abrió de golpe. La umbrosa aparición levitaba en el umbral. La frente de Patton se cubrió de gotitas de sudor y trató de darse la vuelta muy tieso, con ligeros espasmos. Seth le tomó de la mano y el hombre se giró para mirar de frente a la aparición.

—Hola, Ephira.

La aparición retrocedió de modo casi imperceptible.

—¿Qué te ha pasado? —Patton retrocedió de espaldas en dirección a la ventana, sin soltarle la mano a Seth—. Supongo que la oscuridad siempre fue una espiral hacia abajo.

—No hay tejado —le avisó Seth en voz baja.

Patton se dio la vuelta y saltó al alféizar de la ventana. Soltó la mano de Seth y dio un salto, no hacia abajo, sino hacia arriba, contorsionándose para alcanzar el borde del alero de la cubierta. Luego, se aupó, moviendo las piernas como tijeras. Entonces, alargó el brazo hacia abajo para tenderle a Seth la mano.

—Vamos.

Ephira se deslizó por la habitación con la cara crispada por la furia, yendo a por Seth con sus movimientos ondulantes, que hacían que la tela del vestido se estirase y se encogiese de nuevo. Agarrando la esfera con un brazo y confiando ciegamente en Patton, Seth se encaramó al alféizar, alargó la mano que

313

tenía libre y se impulsó hacia arriba. Patton abrazó firmemente a Seth por la cintura y tiró de él hasta el tejado.

—Tenemos que salir de aquí —dijo el chico.

—¿Quién eres tú?

—El nieto del encargado. Fablehaven está al borde de la destrucción.

Patton corrió por el tejado. Las tejas gimieron y se partieron al pisarlas con sus botas. Seth le siguió. Patton se dirigía a la esquina de la cubierta. Cerca de ella había un árbol bastante alto. ¡No podía ser que pensase en saltar!

Sin el menor titubeo, Patton se lanzó al aire desde el tejado con los brazos extendidos para abrazarse a una gran rama, que se combó y se partió. La soltó y se agarró a una rama más baja. Tirando de sí mano tras mano, Patton fue acercándose al tronco del árbol. Una vez junto a él, se columpió para subir las piernas y se sentó a horcajadas en la recia rama.

—Lánzame el Cronómetro.

—¿Esperas que yo salte?

—Cuando saltar es la única opción que tienes, saltas. Y tratas de hacerlo bien. Lánzalo.

Seth lanzó la esfera a Patton, que la cogió hábilmente con una mano.

—¿A qué rama debería apuntar?

—Salta hacia la izquierda de donde he caído yo —contestó Patton—. ¿La ves? Te he dejado a ti la mejor rama.

La rama estaba por lo menos a tres metros del tejado, y a una distancia hacia abajo de entre metro y medio y casi dos metros. No sería difícil errar el salto. Seth ya veía sus manos tocando la rama sin poder aferrarse a ella de manera segura.

—No pienses —le ordenó Patton—. Coge carrerilla y tírate. Parece más difícil de lo que es. Cualquiera podría hacerlo.

Seth clavó la vista en el suelo. Caerse desde esa altura implicaría una muerte casi segura. Retrocedió un poco para coger impulso. Las tejas crujieron bajo sus pies.

Mirando por encima del hombro, vio que la aparición venía flotando hacia él por el tejado. Eso fue el incentivo extra que necesitaba. Dio tres pasos y se tiró al vacío desde el tejado. Mientras caía, la rama subió al encuentro de sus brazos extendidos. El impacto fue demoledor, pero pudo aferrarse bien. La rama osciló arriba y abajo, pero no se partió.

Como había hecho Patton, avanzó pasando una mano y luego otra por la rama hacia el tronco del árbol. Patton estaba bajando ya por él hacia el suelo. Seth descendió como loco, angustiado por la dama de sombra que tenía encima. En los últimos tres metros no había rama a la que agarrarse. Se colgó de la última y se dejó caer. Patton le cogió.

—¿Tienes modo de salir de aquí? —le preguntó.

—Tengo a Hugo —dijo Seth—. El golem.

—Llévame.

Cruzaron el jardín a todo correr. Cuando Seth echó la vista atrás, ya no vio a Ephira.

—¿Adónde habrá ido?

—Ephira no soporta la luz del día —dijo Patton—. Salir al tejado como ha hecho le habrá hecho mucho daño. Nunca fue muy veloz, y hoy parecía llevar más carga que nunca. Sabe que no puede alcanzarnos, o al menos no si pretende venir detrás de nosotros. ¿Tienes alguna idea de lo que le ha pasado?

—¿Sabes esa aparición que había en la arboleda del valle que hay entre las cuatro colinas?

Patton le dirigió una mirada de sorpresa.

—A decir verdad, sí.

—Creemos que Kurisock se apoderó del clavo que le confería poder a la aparición.

—¿Y cómo perdió el clavo la aparición?

Llegaron a la carreta y se montaron rápidamente en ella.

—Vamos, Hugo —dijo Seth casi sin resuello—, corre al estanque lo más deprisa que puedas. —La carreta empezó a dar botes por la maltrecha calzada. Seth encontró los polvos refulgentes que quedaban y le dio una parte a Patton—. De hecho, yo se lo saqué.

—¿Tú se lo sacaste? —Patton parecía atónito—. ¿Cómo?

—Con unos alicates y un poco de poción de la valentía.

El hombre lo miró con una sonrisa de oreja a oreja.

—Creo que tú y yo nos vamos a entender a las mil maravillas.

—Vigila por si aparece alguna criatura oscura —dijo Seth—.

No se sabe cómo, entre Kurisock, la dama de sombra y el clavo se ha extendido por todo Fablehaven una plaga que transforma las criaturas de luz en criaturas de oscuridad. Hay de todo: hadas oscuras, enanos, sátiros, dríades, centauros… Si la oscuridad se extiende a los humanos, se transforman en personas de sombra.

Una sonrisita asomó al rostro de Patton.

—Parece que he ido a aparecer en un momento más revuelto de lo que había planeado.

—Cosa que me recuerda que… —dijo Seth—, ¿cómo es que estás aquí? Ni siquiera estás viejo.

—El Cronómetro es uno de los objetos mágicos. Tiene poder sobre el tiempo. Nadie sabe todo lo que es capaz de hacer. Yo he aprendido un par de truquillos. Pulsé determinado botón del Cronómetro a sabiendas de que cuando alguien volviese a apretarlo, yo volvería a ese mismo instante del tiempo y permanecería en él durante tres días. Has debido de pulsar ese botón y me has hecho venir a este punto.

—¿En serio? —dijo Seth.

—Solo pulsé ese botón como una medida adicional de precaución para proteger el objeto mágico. Suponía que si alguna vez lo cogía un ladrón, tarde o temprano el culpable pulsaría el botón y entonces yo podría quitárselo de las manos. Jamás se me ocurrió pensar que acabaría metido en semejante aprieto.

—Mi abuelo Sorenson se ha convertido en sombra. Igual que mi abuela. Todo el mundo, menos mi hermana Kendra.

—¿Por qué nos dirigimos al estanque?

—Porque los brownies oscuros se han adueñado de la casa. El estanque repele a las criaturas oscuras.

—Claro. El santuario. —Patton pareció reflexionar sobre el asunto. Y añadió dubitativamente—. ¿Qué tal está Lena? ¿Ha muerto ya?

—No, de hecho es una náyade otra vez.

—¿Qué? Eso no es posible.

—Últimamente han estado pasando toda clase de cosas imposibles —dijo Seth—. Es una larga historia. Lena fue quien nos habló de la caja fuerte. Creo que deberíamos escondernos debajo de la tienda. —Seth empezó a levantar la tela.

—¿Por qué?

—Hay criaturas oscuras por todas partes. Cuando vinimos a la casona, ninguno de nosotros tomó ni una gota de leche. Nos escondimos debajo de la tienda y así ninguna criatura oscura nos molestó.

Patton se acarició el bigote.

—Yo no necesito beber la leche para ver a las criaturas que viven aquí.

—Yo acabo de tomar un poco de manteca de morsa, así que ahora las puedo ver. A lo mejor no sirve de mucho que nos escondamos.

—Después de lo que ha pasado en la casona, apuesto a que podemos contar con que nos tenderán una seria emboscada. Deberíamos evitar los caminos. Dile a Hugo que abandone la carreta y que nos lleve al estanque campo a través.

Seth sopesó la idea.

—Podría dar resultado.

—Por supuesto que dará resultado. —Patton le guiñó un ojo.

—Hugo, detente —le ordenó Seth. El golem obedeció—. Vamos a dejar la carreta aquí. Nos llevarás por el bosque de regreso al estanque lo más deprisa que puedas. Procura que no nos vea ninguna criatura. Y coge la tienda; la necesitaremos otra vez en el refugio.

El golem se echó la tienda al hombro, cogió con un brazo a Seth y con el otro a Patton y echó a trotar entre los árboles.

317

19

Duelo

Con el trotar de sus pezuñas resonando contra los tablones de madera encalada, Doren correteaba por la pasarela detrás de Rondus, un sátiro corpulento de pelaje color caramelo y unos cuernos enroscados, cada uno hacia un lado. Resollando, Rondus cruzó por un cenador y empezó a bajar los escalones hacia el jardín. A solo unos pasos de distancia, Doren pegó un salto y aterrizó sobre el fornido sátiro. Juntos cayeron de bruces violentamente y se estamparon en la hierba, por lo que se mancharon la piel de verde.

Doren se incorporó con agilidad y echó a correr tras una hamadríade menuda que tenía el pelo corto y vaporoso. Rondus se abalanzó sobre un sátiro chiquitín y delgado, agarrándole las dos patas en un abrazo salvaje. El pequeño sátiro cayó lanzando un grito.

Kendra estaba sentada en una silla de mimbre en un cenador cercano, observando la jugada del corre que te pillo combinado con placajes. Cada vez que le hacían un placaje a uno, se convertía también en placador hasta que todos habían sido derribados. El último en ser objeto de placaje se convertía en el primero en ir a placar en la siguiente ronda.

La ágil hamadríade esquivó varias veces a Doren, pero él la persiguió con insistencia hasta que finalmente le puso una mano en la cintura, la levantó en brazos y la dejó otra vez sobre la hierba. Los sátiros se hacían placajes los unos a los otros como si el objeto del juego consistiese en lesionar a los demás, pero a las hamadríades las trataban con más delicadeza. Ellas les devolvían discretamente el favor dejándose pillar. Tras haber visto a las hamadríades en acción un rato antes, Kendra sabía que los sátiros jamás habrían podido echarles el guante si ellas no querían.

Lo que más le gustaba a Kendra era ver a las hamadríades pillar a los sátiros. Las ninfas nunca se lanzaban contra ellos ni los atrapaban con los brazos, sino que derribaban a los sátiros sobre la hierba a base de empujones y suaves codazos siempre en el instante más oportuno, o poniéndoles la zancadilla. Lo que para los sátiros parecía ser un trabajo arduo, para las hamadríades parecía que era lo más fácil del mundo.

Aquel juego disparatado ayudó a Kendra a distraerse de sus preocupaciones. ¿Y si no volvía nadie de la excursión a la casona? ¿Y si sus amigos y parientes habían sido transformados en sombras, imposibles de ver para ella? ¿Cuánto tiempo tardaría en correr su misma suerte?

—¿Quieres bajar a jugar esta ronda? —preguntó Doren desde la hierba, elevando la voz en dirección al pabellón.

—Hacer placajes no es una de mis diversiones favoritas —respondió Kendra—. Prefiero mirar.

—No es tan duro como parece —dijo Doren—. Por lo menos, no lo sería para ti.

En ese preciso instante, Hugo entró por el hueco del seto, en la otra punta del jardín, quitándose de encima sátiros oscuros, sosteniendo a Seth en alto con una mano y a un desconocido con la otra. Una vez dentro del parque, Hugo redujo la velocidad.

—Vaya, que me arranquen los cuernos y que me llamen cordero —murmuró Doren—. Patton Burgess.

—¿Patton Burgess? —preguntó Kendra.

—Vamos —dijo el sátiro, corriendo ya por la hierba.

Kendra saltó por encima de la barandilla del cenador y corrió detrás de Doren. ¿Dónde estaba la carreta? ¿Dónde estaban el abuelo y la abuela? ¿Y Warren y Dale? ¿Cómo era posible que Patton Burgess estuviese con Hugo y con Seth?

El golem los dejó en el suelo. Patton se alisó los tirantes y se colocó bien las mangas.

—¡Patton Burgess! —exclamó Doren—. ¡Has salido de la

tumba! Debía de haber supuesto que tarde o temprano volverías a aparecer.

—Me alegro de ver que no eres un bicho sarnoso que gruñe sin parar —dijo Patton con una sonrisa—. Me dio mucha pena cuando me enteré de lo de Newel. Y tú debes de ser Kendra.

La chica se detuvo delante de él, algo jadeante después de la carrera. Patton le resultaba familiar por las fotografías, pero estas no le hacían justicia del todo.

—Eres tú de verdad. He leído tus diarios.

—Entonces juegas con ventaja —dijo Patton—. Estoy deseando conocerte mejor.

Kendra miró a Seth.

—¿Y los demás?

—Hechos sombra.

Kendra se tapó los ojos con las manos. Lo último que deseaba hacer era romper a llorar delante de Patton.

—La criatura que mora en la casona es la dama que había en la ventana la noche del solsticio de verano —siguió diciendo Seth—. La misma dama de sombra que ayudó a Muriel y Bahumat. Ella es el epicentro de la plaga.

—Kendra, no tienes por qué avergonzarte de sentir pena —dijo Patton.

Ella alzó la vista con los ojos bañados en lágrimas.

—¿De dónde has salido tú?

Patton lanzó un vistazo a Doren y levantó en la mano la esfera dorada.

—El objeto que había en la casona me permitió viajar aquí temporalmente.

Kendra asintió en silencio, dándose cuenta de que no deseaba entrar en detalles en relación con el objeto mágico en presencia del sátiro.

El ruido del trote de un caballo les hizo volverse a todos a la vez. Ala de Nube se les acercó al trote y se detuvo delante de Seth, pateando el suelo al pararse. El centauro miró a Patton y a continuación inclinó ligeramente la cabeza.

—Patton Burgess. ¿Cómo has alargado tu expectativa de vida?

—Todos tenemos nuestros secretillos —respondió él.

Ala de Nube desvió la mirada hacia Seth.

—Pezuña Ancha te envía sus felicitaciones por verte de regreso sano y salvo. Desea recordarte tu compromiso de mañana.

—Lo recuerdo —dijo él.

—¿Qué compromiso? —preguntó Patton.

—Seth debe responder por sus atroces insultos —dijo Ala de Nube.

—¿En un duelo? —exclamó Patton—. ¡Un centauro contra un chiquillo! Eso es jugar sucio, incluso tratándose de Pezuña Ancha.

—Yo mismo presencié el diálogo —replicó Ala de Nube—. Pezuña Ancha le dio al joven humano numerosas oportunidades para que suplicara clemencia.

—Insisto en tener unas palabritas con Pezuña Ancha —dijo Patton.

—No me cabe duda de que estará encantado de hablar contigo —respondió Ala de Nube.

El centauro se marchó trotando.

—Te ha tratado con amabilidad —se maravilló Seth.

—Tiene motivos para ello —respondió Patton—. Recientemente entregué a los centauros de Fablehaven su más preciada posesión. Bueno, recientemente para mí… Hace mucho tiempo para vosotros. Háblame de ese duelo.

Seth lanzó una mirada a Kendra.

—Cuando salimos camino de la casona esta mañana, un puñado de criaturas de las que se han reunido aquí salieron por el seto como una maniobra de distracción, para que Hugo pudiese salir sin problemas con nosotros montados en la carreta. Queríamos que los centauros encabezasen la carga, así que Kendra y yo fuimos a suplicarles. Cuando rechazaron nuestra proposición, yo, básicamente, los llamé cobardes.

Patton se estremeció.

—Las únicas palabras que escucha un centauro son los insultos. Continúa.

—Intentaron que retirase lo que había dicho, pero él siguió enfrentándose a ellos —dijo Kendra.

—Al final acepté el reto a un duelo si encabezaban la maniobra —añadió Seth.

—¿Y lo hicieron? —preguntó Patton.

—Sí, y muy bien además —confirmó Kendra.

Pezuña Ancha y Ala de Nube galopaban ya hacia ellos. Patton emitió un silbidito.

—Tú insultaste aposta a Pezuña Ancha, él te retó, acordasteis las condiciones y él cumplió su parte.

—Eso es —respondió Seth.

Los centauros se detuvieron delante de Patton.

—Saludos, Patton Burgess —dijo Pezuña Ancha, agachando la cabeza un segundo.

—Tengo entendido que quieres obtener una reparación de este jovenzuelo —le contestó Patton.

—Su insolencia fue flagrante —respondió Pezuña Ancha—. Nos comprometimos a resolver la cuestión mañana al despuntar el día.

—El chico me ha contado el incidente con pelos y señales —dijo Patton—. Puedo imaginar que vuestra renuencia a colaborar en su maniobra de distracción debió de parecer un acto de cobardía a unos ojos tan jóvenes.

—Con todos mis respetos, no se te ha dado vela en este entierro —replicó Pezuña Ancha.

—Te estoy pidiendo que perdones al chico —dijo Patton—. Puede que estuviese equivocado acerca de tus motivos, que percibiese vuestra indiferencia como cobardía, pero su intención era digna de aplauso. No veo qué puede resolver derramar su sangre.

—Contribuimos con la farsa tal como se nos pidió en tributo a sus valerosas intenciones —respondió Ala de Nube—. Con ello, cumplimos nuestra parte del trato. Las injurias a Pezuña Ancha no deben quedar sin venganza.

—¿Injurias? —preguntó Patton a Pezuña Ancha—. ¿Tan frágil es tu autoestima? ¿Fue una humillación en público?

—Yo estaba delante —dijo Ala de Nube—, y su hermana también.

—Hemos sellado un compromiso vinculante —declaró Pezuña Ancha con rotundidad.

—Entonces, supongo que tendremos que llegar nosotros dos a otro acuerdo —dijo Patton—. Desde mi punto de vista,

Pezuña Ancha, tu voluntad de implicar a un chiquillo en un duelo, sea cual sea la provocación, es clara muestra de tu cobardía. Así pues, ahora un hombre hecho y derecho te está llamando cobarde delante de tu amigo, de un niño, de una niña y de un sátiro. Es más: percibo tu indiferencia como una falta más grave que tu cobardía, y desprecio a toda tu raza, un trágico desperdicio. —Patton cruzó los brazos delante del pecho.

—Retráctate de lo que acabas de decir —le advirtió Pezuña Ancha con seriedad—. Mi disputa no tiene nada que ver contigo.

—Incorrecto. Tu disputa sí va conmigo. No mañana ni pasado mañana, sino ahora mismo. Asumo personalmente toda la culpa que hayas atribuido a este niño, sostengo y reitero cada uno de los insultos proferidos y ofrezco los siguientes términos. Nos batimos en duelo. Ahora. Si me matas, la cuestión con el niño queda zanjada. Si yo te derroto a ti, la cuestión con el niño queda zanjada. De cualquiera de las dos maneras, todas las deudas quedan saldadas. Y tú obtienes la oportunidad de resolver este asunto con un hombre, y no mediante una farsa sin sentido.

—¿Farsa? —preguntó Seth, ofendido.

—Calla —murmuró Patton.

—Muy bien —dijo Pezuña Ancha—. Sin olvidarme de todo el bien que has hecho por los de mi especie, acepto el reto, Patton Burgess. Matarte no me procurará goce alguno, pero consideraré pagadas todas las afrentas a mi honor.

—Yo te he retado —dijo Patton—. Elige tú el arma.

Pezuña Ancha vaciló. Consultó brevemente con Ala de Nube y dijo:

—Sin armas.

Patton asintió.

—¿Demarcación?

—Dentro del recinto cercado por el seto —respondió Pezuña Ancha—. Excluyendo la pasarela y el estanque.

Patton repasó la zona con la mirada.

—Quieres tener espacio para correr. Puedo aceptarlo. Estoy seguro de que sabrás perdonarme si no utilizo todo el espacio acordado.

—Hay que despejar el terreno —dijo Ala de Nube.

Patton miró a Doren.

—Diles a los enanos que se suban a la pasarela de madera. Y quitad esas tiendas.

—Eso está hecho, Patton. —Doren se largó a la carrera.

—Cuando el campo esté despejado —dijo Ala de Nube—, haré la señal para que dé comienzo el combate.

Pezuña Ancha y Ala de Nube se alejaron al trote.

—¿Podrás con él? —preguntó Seth.

—Nunca me he medido con un centauro en un combate a muerte —reconoció Patton—. Pero no tenía ni la menor intención de descubrir si tú habrías sobrevivido. En semejante aprieto, la única certeza que teníamos era que la clemencia no acudiría en tu rescate. Los centauros han visto pasar por delante de sus narices guerras importantes sin echar una mano, pero basta con que alguien mancille su honor para que salten a luchar a muerte.

—Pero si tú mueres, no podrás regresar a tu propia época —exclamó Seth—. ¡La historia quedará modificada!

324

—No pretendo perder —dijo Patton—. Y si pierdo, en este punto del tiempo mi vida ya ha tocado a su fin. No veo cómo eso puede ahora cambiar lo que ya ha ocurrido.

—¡Porque si no regresas, lo que ya ha pasado no pasará nunca! —gritó Seth.

Patton se encogió de hombros.

—Tal vez. Demasiado tarde para echarse atrás. Supongo que más me vale que me concentre en vencer. Cuando saltar es la única opción que te queda…

—… saltas —terminó Seth.

—Kendra —dijo Patton—, supongo que te han dicho ya que resplandeces como un ángel.

—Sí, las hadas —respondió Kendra.

—¿Lo sabe tu hermano?

—Sí.

—Tu estado es algo más que el de alguien besado por las hadas. ¿Podría ser que fueses ya parte de su especie?

—Se supone que es un secreto —dijo ella.

—Para la mayoría de los ojos podría serlo —respondió Patton—. ¡Y yo que pensaba que ser besado por las hadas era todo un logro! Seth, nunca dejes que tu opinión sobre ti mismo se hinche demasiado. ¡Siempre habrá alguien cerca capaz de devolverte la modestia!

—¿A ti también te besaron las hadas? —preguntó Kendra.

—Ese es uno de mis secretillos —contestó él—. Vamos a tener que ponernos al día en un montón de temas, si salgo de esta con vida.

Un grupo de sátiros había desmontado ya la tienda de Kendra. Otro estaba quitando la grande. Una nutrida manada había invadido el campamento de los enanitos.

—Nunca había visto a los sátiros trabajar tanto —observó Kendra.

—Harían casi cualquier cosa por un rato diversión —dijo Patton—. El terreno estará despejado en un periquete. Será mejor que vayáis a buscar un sitio desde el que mirar.

—¿Por qué Pezuña Ancha no quiso usar su espada? —preguntó Seth.

Patton sonrió.

—Sabe cuánto me gusta usar las espadas.

—No es justo —se quejó Kendra—. Él tiene cascos.

Patton le dio unas palmaditas en el hombro.

—Rezad por mí.

—Buena suerte —dijo Seth—. Y gracias.

—Un placer. Nunca viene mal anotarse otra victoria. ¡Solo lamento haberme perdido vuestro diálogo! ¡Un chaval de tu edad criticando a un centauro debe de ser una escena digna de verse!

Kendra y Seth se alejaron en dirección a la pasarela.

—Si Patton acaba muriendo por tu culpa, no te lo perdonaré en la vida —dijo Kendra, furiosa.

—Sabe cuidar de sí mismo —replicó Seth.

—Tú no has visto a los centauros en acción. No quiero presenciar esto.

Mientras elegían un sitio en la pasarela, los sátiros retiraron del campo las últimas tiendas de campaña. Kendra se fijó en que un sátiro se llevaba debajo del brazo a un enanito que se negaba a moverse. Volvió la mirada hacia el estanque, pero ninguna náyade asomó a la superficie. ¿Qué pensaría Lena si supiese que Patton estaba allí, no en fotografía, sino el hombre de carne y hueso en la flor de la vida?

Patton caminó hacia la pasarela y saludó a los espectadores. Los sátiros y las dríades prorrumpieron en gritos de júbilo para devolverle el saludo. Parecía que quería colocarse de tal manera que todo el mundo pudiese ver bien el combate.

Ala de Nube trotó hacia la pasarela con porte regio y levantó un brazo musculoso.

—El combate entre Patton Burgess y… —(aquí emitió un extraño sonido de rebuzno)— dará comienzo en cuanto yo lo indique. Preparados. Listos. Ya. —Bajó el brazo.

Pezuña Ancha cruzó el campo al trote, con semblante adusto, con sus músculos hercúleos crispados. Patton no se movió de su sitio, con los brazos extendidos a ambos lados del cuerpo. Pezuña Ancha aumentó su velocidad hasta alcanzar un furioso galope.

—¡Disponte a defenderte, humano! —bramó Pezuña Ancha.

Kendra hizo denodados esfuerzos para no apartar la vista. Patton parecía pequeño e indefenso. El furibundo centauro se cernía sobre él. ¡Le iba a hacer papilla! En el último segundo, Patton se hizo a un lado dando un saltito con la elegancia de un torero y el centauro pasó por su lado a toda velocidad y sin rozarle.

Pezuña Ancha dio media vuelta e inició una nueva embestida.

—No estoy aquí para bailar —soltó.

Ahora Pezuña Ancha iba a por Patton si acaso a un paso aún más veloz que la primera vez. El hombre hizo una finta a la izquierda. Cuando Pezuña Ancha viró bruscamente, él dio un paso en la otra dirección. Y cuando pasó por su lado como un relámpago, Patton se volvió y le propinó un puñetazo en todo el costado.

El porrazo obligó al centauro a contorsionarse penosamente. Con el dolor marcado en el rostro, Pezuña Ancha se tambaleó peligrosamente y a punto estuvo de caer al suelo. Los espectadores emitieron un gemido empático y aplaudieron, los sátiros en particular, dando silbidos de aprobación.

Pezuña Ancha ralentizó la marcha y dio media vuelta. Clavando en su adversario una mirada asesina, el centauro fue hacia él al paso. El otro se estiró la camisa y esperó tranquilamente a que llegara. Cuando Pezuña Ancha estuvo cerca de él, se incorporó sobre los cuartos traseros y le atacó con sus afilados cascos. Patton retrocedió lo justo para quedar fuera de su alcance.

Avanzando pacientemente hacia su rival, el centauro volvió a levantarse sobre los cuartos traseros, una y otra y otra vez, agitando las patas delanteras. Y cada vez, Patton se apartaba lo justo para que no le alcanzara.

—No estoy aquí para bailar —le imitó el hombre con una sonrisita.

El público se rio.

Enojado, Pezuña Ancha corveteó temerariamente hacia delante, pisoteando el suelo, corcoveando y agitando los puños. Bailando con destreza, esquivando los golpes y girando la cadera, Patton acabó a la vera del salvaje centauro y se subió de un salto en su lomo, para a continuación abrazarse al cuello de Pezuña Ancha mientras montaba sobre él como un vaquero en un rodeo. Brincando y agachándose, el centauro echó los brazos hacia atrás para tratar de coger a Patton. Este aprovechó la oportunidad para soltarse de su cuello y coger una de las manos de Pezuña Ancha, se dejó caer desde el lomo y retorció abruptamente al centauro de tal manera que acabó con él en el suelo.

Con una palma puesta firmemente sobre el fornido antebrazo de Pezuña Ancha, Patton le dobló la mano en un ángulo antinatural. También parecía haberle agarrado con un dedo por un punto doloroso. La cara del centauro se contrajo de agudo dolor. Cuando Pezuña Ancha intentó levantarse por todos los medios, Kendra oyó un fuerte chasquido. El centauro dejó de luchar y Patton le agarró por el costado.

—Tengo la sartén por el mango en estos momentos —le advirtió Patton en voz bien alta—. Ríndete o te partiré uno por uno todos los huesos.

—Nunca —replicó Pezuña Ancha malévolamente y casi sin aliento.

Patton soltó un instante al centauro para agarrarle por una oreja con un fuerte pellizco. Pezuña Ancha aulló de dolor. Rápidamente, volvió a sujetarle como antes, pero doblándole el brazo con un ángulo más doloroso.

—Este combate ha terminado, Pezuña Ancha —dijo Patton—. No quiero dejarte lesionado para siempre, o privarte de alguno de tus sentidos. Ríndete.

El sudor brillaba en el rostro acalorado del centauro.

—Nunca.

La multitud guardaba silencio.

Patton añadió más presión al tembloroso brazo.

—¿Qué es peor? ¿Rendirte, o estar tendido delante de todo el público mientras un humano te humilla con las manos desnudas?

—Mátame —le rogó Pezuña Ancha.

—Los centauros sois casi inmortales —dijo Patton—. Mi intención no es demostrar por qué decimos «casi». Prometí vencerte, no aniquilarte. Si me obligas a hacerlo, simplemente te dejaré incapacitado por el resto del tiempo que te quede de vida, como irrefutable monumento a la superioridad humana.

Ala de Nube se acercó a ellos.

—Pezuña Ancha, estás a su merced. Si Patton no quiere poner fin a tu vida, debes rendirte.

—Me rindo —transigió el centauro.

El gentío prorrumpió en vítores. Kendra contemplaba la escena con una sensación de alivio y pasmo a la vez, casi sin notar que los entusiastas sátiros la empujaban por todas partes. Vio a Patton ayudar a Pezuña Ancha a levantarse del suelo, pero no logró entender las palabras que se dijeron en medio del clamor reinante. Kendra empezó a abrirse paso entre la muchedumbre para llegar a la pradera de hierba. No había apreciado del todo hasta qué punto detestaban los sátiros a los centauros hasta que vio las lágrimas de exultación que derramaban al abrazarse los unos a los otros.

Mientras Pezuña Ancha se alejaba de allí con Ala de Nube, Kendra y Seth corrieron hasta Patton, al que no zarandeaba ningún sátiro ni ninguna ninfa. Al parecer, todos preferían celebrarlo desde cierta distancia.

—Ha sido increíble —dijo el chico—. Oí que algo se partía…

—Un dedo —dijo Patton—. Recuerda siempre este día,

Seth, y procura no ofender nunca a un centauro. No soporto herir a un adversario vencido. ¡Maldito sea Pezuña Ancha y su testarudo orgullo! —Apretó la mandíbula. ¿Tenía los ojos empañados?

—Él forzó las cosas —le recordó Kendra.

—He peleado con él porque el bruto no daba su brazo a torcer —dijo Patton—. Y le he herido por esa misma razón. Pero no puedo evitar admirar su resistencia a rendirse. Doblegarle no ha sido nada agradable, aun sabiendo que me habría matado si él hubiese estado en mi lugar.

—Siento mucho lo que ha pasado —dijo Seth—. Gracias.

—De nada. Esperad un momento. —Patton hizo bocina con las manos y elevó la voz—. Sátiros, dríades y demás espectadores, pero sobre todo los sátiros: el precio de este festejo es que volváis a dejar el campo como estaba antes. Quiero hasta la última estaca de tienda de campaña en su sitio. ¿Nos hemos entendido?

Sin dar una respuesta directa, los sátiros empezaron a moverse para cumplir las órdenes.

Patton se dio la vuelta para mirar a Kendra y a Seth.

—Vamos a ver: si he comprendido bien la situación, ¿Lena está en el estanque?

—Eso es —dijo Kendra—. Ahora es una náyade otra vez.

Patton se puso las manos en las caderas y tomó aire por la nariz rápidamente.

—Entonces, supongo que más me vale ir a decirle hola a la parienta.

20

Historia

—A pesar de que Lena volvió al agua en contra de su voluntad, ha permanecido allí voluntariamente —recapituló Patton mientras Seth, Kendra y él contemplaban el embarcadero desde uno de los pabellones. Aunque en un primer momento había echado a andar lleno de seguridad en sí mismo para acercarse a conversar con Lena, ahora se le veía nervioso ante cómo podría reaccionar ella.

—Así es —respondió Kendra—. Pero siempre ha reaccionado muy bien ante cualquier mención que hiciéramos de ti. Creo que acudirá cuando la llames.

—Las náyades son unas criaturas peculiares —dijo Patton—. De todos los seres de Fablehaven, yo las considero las más egoístas. Las hadas atienden si las adulas. Los centauros se irritan si los insultas. Pero cuesta llamar la atención de una náyade. Lo único que les preocupa es cuál será su siguiente distracción.

—Entonces, ¿por qué se molestan en ahogar a la gente? —preguntó Seth.

—Por diversión. ¿Por qué si no? Hay poca malicia deliberada en ello. Solo conocen la vida en el agua. La idea de que el agua pueda matar a alguien les parece de lo más divertida. Nunca tienen suficiente. Además, las náyades son ávidas coleccionistas. Lena me contó una vez que tienen una cámara repleta de preciadas baratijas y esqueletos.

—Pero Lena es diferente de las demás náyades —dijo Kendra—. Ella se preocupa por ti.

—Una victoria que me costó años conseguir —suspiró Patton—, y que con algo de suerte no se habrá deshecho a causa de su regreso al agua. Su interés por mí fue lo que acabó distanciando a Lena del resto de las náyades. Poco a poco empezó a preocuparse por otra persona que no era ella misma. Empezó a disfrutar de mi compañía. Las demás la aborrecían por ello. Despreciaban que tuviese motivos para preguntarse si tal vez la existencia no se reducía a un bucear infructuosamente de acá para allá absortas en sí mismas. Pero ahora temo que su mente haya podido volver a sus orígenes. ¿Dices que Lena guarda un grato recuerdo de nuestro matrimonio?

—Tras tu fallecimiento, creo que nunca volvió a encontrar su sitio —dijo Kendra—. Salió a recorrer el mundo, pero acabó de nuevo aquí. Me consta que odiaba envejecer.

—Puedo creerlo —sonrió Patton—. A Lena no le agradan muchos aspectos propios de la mortalidad. Llevamos casados cinco años, es decir, desde mi punto de vista, y nuestra relación no ha sido fácil. Tuvimos una discusión muy acalorada no mucho antes de que yo viniese aquí. Todavía tenemos que arreglar el asunto. En mi época, si Lena hubiese recibido alguna proposición para retornar al agua, creo que la habría aceptado de buen grado. Me animas al contarme que nuestro matrimonio acaba sobreviviendo. ¿Averiguamos si todavía me quiere? —Patton se asomó a observar bien el agua con aprensión.

—Necesitamos que se apodere del cuenco —dijo Kendra—. O al menos que lo intente.

Mientras conversaban en el cenador, Kendra le había explicado cómo había acabado convertida en miembro de la familia de las hadas, y que esperaba utilizar el cuenco para presentarse ante la reina de las hadas por segunda vez.

—Ojalá tuviera mi violín —se lamentó Patton—. Sé exactamente qué melodía tocaría. Cortejar a Lena la primera vez fue bastante complicado, pero por lo menos disponía de tiempo y de recursos. Espero que responda favorablemente. Preferiría luchar contra otro centauro que descubrir que su cariño por mí se ha apagado.

—Solo hay un modo de averiguarlo —dijo Seth.

Patton descendió las escaleras del pabellón hasta el embar-

331

cadero, mientras se estiraba las mangas y se alisaba el pelo. Seth fue a seguirle, pero Kendra le retuvo.

—Deberíamos mirar desde aquí.

Patton se alejó por el pantalán.

—¡Busco a Lena Burgess! —llamó—. Mi mujer.

Un sinfín de voces superponiéndose las unas a las otras respondieron:

—No va a poder ser.

—Ha muerto.

—Ya la han llamado antes.

—Debe de ser un truco.

—Pues parece que es él.

Varias cabezas asomaron a la superficie cuando Patton llegó al extremo del pantalán.

—¡Ha vuelto!

—¡Oh, no!

—¡El demonio en persona!

—¡Que no la vea!

El agua de cerca del bordillo empezó a agitarse. Lena asomó la cabeza abriendo mucho los ojos y de pronto tiraron de ella hacia abajo. Al cabo de un instante volvió a aparecer.

—¿Patton?

—Estoy aquí, Lena —dijo él—. ¿Qué estás haciendo en el agua? —Mantenía un tono de voz coloquial, con un punto de curiosidad.

La cabeza de Lena volvió a desaparecer. El agua se agitó.

Se oyeron las voces de nuevo.

—¡Le ha visto!

—¿Qué hacemos?

—¡Es muy escurridiza!

Lena chilló:

—¡Soltadme, o abandonaré el estanque en este preciso momento!

Un instante después su cabeza asomó de nuevo sobre el agua. Lena se quedó mirando a Patton con embeleso y le preguntó:

—¿Cómo puede ser que estés aquí?

—He avanzado en el tiempo —dijo él—. He venido de visita solo por tres días. Nos vendría bien un poco de ayuda…

Lena levantó una mano para hacerle callar.

—No digas nada más, humano —le pidió con severidad—. Después de mucho esfuerzo, he recuperado mi verdadera vida. No trates de confundirme. Necesito un poco de tiempo a solas para ordenar las ideas. —Le hizo un guiño y desapareció debajo del agua.

Kendra oyó a las náyades murmurar, sorprendidas y aprobando lo que acababan de escuchar. Patton no se movió.

—Ya la has oído —dijo una voz insidiosa—. ¿Por qué no te vuelves gateando a tu tumba?

Unas risillas nerviosas siguieron al comentario. Entonces, Kendra oyó otras voces, unas que exclamaban desesperadas:

—¡Detenedla!

—¡Sujetadla!

—¡Ladrona!

—¡Traidora!

Lena salió disparada del agua al final del embarcadero, saltando por el aire como un delfín. Patton la rodeó en un fuerte abrazo, empapándose la camisa y los pantalones al hacerlo. Ella llevaba un reluciente trajecito ajustado de color verde. Su largo y brillante cabello formaba una melena densa y mojada que le caía por encima de los hombros como si fuese un chal. Con una de sus manos palmeadas asía el cuenco de plata del santuario de la reina de las hadas. Lena apoyó su frente en la de Patton y entonces sus labios se unieron a los de él. Mientras se besaban, las membranas de los dedos de Lena se deshicieron.

Alrededor del embarcadero las náyades gemían o soltaban improperios.

Sosteniendo a Lena contra su pecho, cogida entre sus brazos, Patton regresó al cenador. Kendra y Seth bajaron las escaleras del pantalán. Patton dejó a Lena en el suelo, de pie.

—Hola, Kendra —dijo Lena con una dulce sonrisa.

Conocía a esa mujer (sus ojos, su cara, su voz) y aun así estaba cambiada. Era unos centímetros más alta que antes y tenía el cutis liso y sin imperfecciones, y el cuerpo con curvas y en forma.

—Qué guapa estás —dijo Kendra, tendiéndole los brazos para abrazarla.

333

Lena retrocedió unos pasos y agarró las manos de Kendra en vez de abrazarla.

—Te voy a retorcer el pescuezo. Qué alta te has puesto, querida mía. ¡Y Seth! ¡Estás hecho un gigante!

—Solo en comparación con las diminutas náyades —contestó Seth, y sonrió. Si se estiraba bien, le sacaba más de una cabeza.

—Solo tendrás a Patton durante tres días —recordó Kendra a su amiga, preocupada porque Lena pudiese lamentar su decisión al final.

Lena entregó a Kendra el cuenco en perfecto estado y miró con adoración a su marido, acariciándole la cara.

—Habría abandonado el estanque aunque solo hubiese sido por tres minutos.

Inclinando la cabeza, Patton frotó su nariz contra la de Lena.

—Creo que necesitan pasar un rato a solas —dijo Seth con gesto de repugnancia, tirando de Kendra.

Patton miró a Seth a los ojos.

—No os vayáis. Tenemos mucho de qué hablar.

—La tienda amarilla y morada está hecha a prueba de escuchas —dijo Seth.

—Perfecto. —Cogiendo a Lena de la mano, Patton la llevó por las escaleras y entró con ella en el pabellón.

—No mucho tiempo antes de tu muerte —dijo Lena— me dijiste que un día volveríamos a estar juntos, jóvenes y sanos. En aquel momento pensé que te referías al Cielo.

Patton le dedicó una sonrisa irónica.

—Probablemente me refería a esto. Pero el Cielo también estará muy bien.

—No te puedes imaginar lo alucinante que es sentirse joven otra vez —dijo Lena entusiasmada—. Tú mismo estás hecho un mozalbete. ¿Cuántos años tienes, unos treinta y seis?

—No vas desencaminada.

Lena se detuvo entonces, se soltó de su mano y se cruzó de brazos.

—Espera un momento. En los primeros años de nuestro matrimonio, avanzaste en el tiempo para venir a visitarme y nunca me lo contaste.

—Es evidente que no.

—Tú y tus secretos. —Volvió a darle la mano. Siguieron andando juntos por el jardín hacia la tienda de rayas—. ¿Qué estabas haciendo antes de venir?

—Lo último que hice fue apretar un botón del Cronómetro —dijo Patton en tono de confidencia, e indicó con la cabeza en dirección a la esfera que llevaba Seth en las manos—. Estaba escondiéndola en la casona. Antes de guardarla bajo llave, pulsé un botón que me haría avanzar en el tiempo hasta el siguiente instante en que alguien apretase el botón.

—Y he sido yo —anunció Seth.

—No me has hablado del objeto mágico hasta que has tenido más de sesenta años —le riñó Lena—. Rara vez sabía en qué andabas metido.

—Acabábamos de pelearnos —dijo Patton—. Por las cortinas de nuestro dormitorio. ¿Te acuerdas? Todo empezó con las cortinas y acabó en una riña sobre que yo no cumplía mis promesas...

—¡Recuerdo esa discusión! —exclamó Lena con nostalgia—. De hecho, puede que fuese la última vez que me levantaste la voz. Fue una época difícil para los dos. Anímate. No mucho después le cogimos el tranquillo. Tuvimos un matrimonio precioso, Patton. Me hacías sentir como una reina, y corresponderte no me costaba ningún esfuerzo.

—Contente y no me cuentes tanto —dijo Patton, tapándose los oídos—. Prefiero ver cómo evoluciona con mis propios ojos.

Llegaron a la tienda de campaña y entraron en ella. Patton bajó la portezuela de tela para cubrir la abertura. Se sentaron en el suelo y se miraron unos a otros.

—No me puedo creer que hayas abandonado el estanque con tantas ganas —le dijo Kendra—. He deseado que salieras de él desde el mismo instante en que te zambulliste.

—Fuiste un encanto por venir a buscarme —respondió ella—. Recuerdo la primera vez que trataste de convencerme para que saliera del agua. No podía pensar con claridad. La cabeza ya no me funcionaba igual. Había perdido gran parte de quien fui cuando era mortal. No lo suficiente para encajar allí, pero sí lo bastante para quedarme. La vida en el estanque es muy fácil. Está virtualmente carente de todo sentido, pero desprovista de dolor y casi de pensamientos. Había muchas cosas que no echaba de menos de la mortalidad. En cierto modo, volver al agua fue como morir. Ya no tenía que sobrellevar el hecho de tener que vivir. Hasta que he visto a Patton, solo deseaba seguir muerta.

—¿Ahora te sientes más lúcida? —preguntó Patton.

—Como en los viejos tiempos —respondió Lena—. O supongo que debería decir como en los nuevos tiempos. Con mi mente actual, contigo o sin ti, Patton, jamás escogería el anonadamiento del estanque. Su hechizo solo se apodera de mí cuando estoy allí dentro. Pero contadme qué es eso de una plaga.

Kendra y Seth le contaron todos los pormenores relativos a la epidemia. El chico le contó lo de su encuentro con Graulas y lo de los cables que había visto conectados a Ephira en la casona. Lena se entristeció al oír que el abuelo, la abuela y los otros se habían transformado en sombras. Patton expresó su sorpresa al oír mencionar a Navarog.

—Si de verdad Navarog ha salido de su cautiverio, tendréis noticias de él. Según la tradición popular, es reconocido a lo largo y ancho como el más corrupto y peligroso de todos los dragones. Considerado un príncipe entre los demonios, no se detendrá ante nada con tal de liberar a los monstruos confinados en Zzyzx.

A continuación la conversación pasó a versar sobre los objetos mágicos escondidos. Kendra y Seth les contaron todo lo que sabían sobre los cinco objetos mágicos, y relataron cómo habían encontrado el primer objeto sanador en la torre invertida. Kendra pasó a narrar someramente sus hazañas en Meseta Perdida y contó que los Caballeros del Alba no tenían información sobre una de las reservas secretas.

—Entonces, la Torre Invertida contenía las Arenas de la Santidad —dijo Patton—. Nunca lo comprobé. Quería dejar las trampas activadas y sin alterar.

—¿Por qué te llevaste el Cronómetro de Meseta Perdida? —preguntó Kendra.

Patton se atusó el bigote.

—Cuantas más vueltas daba al potencial de esos objetos mágicos para abrir las puertas de la gran prisión de los demonios, menos gracia me hacía ver cuánta gente conocía los lugares en los que estaban escondidos. Los Caballeros del Alba tienen buenas intenciones, pero las organizaciones de este estilo se las ingenian para mantener con vida esa clase de secretos y para contribuir a su difusión. Solo conocía a una persona en todo el mundo en quien podría confiar esa vital información: yo mismo. Así que asumí la tarea de descubrir todo lo que pudiera sobre los objetos mágicos, a fin de hacer más difícil su localización. El único objeto mágico que realmente me llevé de su escondite fue el de la Meseta Perdida.

—¿Cómo conseguiste pasar por delante del dragón? —preguntó Kendra.

Patton se encogió de hombros.

—Tengo mi ramillete de talentos, entre otros el de amansar dragones. No soy, ni de lejos, el mejor domador de dragones que os podáis encontrar, de hecho apenas soy pasable amaestrando, pero normalmente sí sé mantener una conversación sin perder el dominio de mis facultades. El objeto escondido en Meseta Perdida estaba protegido por un dragón llamado Ranticus, un mal bicho de mucho cuidado.

—Ranticus era el nombre del dragón que había en el museo —rememoró Kendra.

—Correcto. Una vasta red de cavernas discurre por debajo de Meseta Perdida. Después de mucha indagación, me enteré de que una banda de trasgos tenía acceso a la guarida donde vivía Ranticus. Le veneraban y usaban su entrada secreta para llevarle tributos, en su mayor parte comida. Matar a un dragón no es cosa fácil, una proeza más propia de un brujo que de un guerrero. Pero existe una planta muy poco frecuente, llamada «hija de la desesperación», de la que se puede extraer una toxina conocida como «ruina del dragón», el único veneno capaz de emponzoñarlos. Encontrar una de esas plantas y crear la fórmula del veneno constituyó una hazaña en sí misma. En cuanto tuve la toxina, me disfracé de trasgo y le llevé a Ranticus un buey muerto saturado de veneno.

—¿Y Ranticus no podía olerlo? —se preguntó Seth.

—La ruina del dragón es imperceptible. Si no, no daría resultado con ningún dragón. Y yo iba bien disfrazado, incluso me había puesto un pellejo de trasgo encima de mi propia piel.

—¿Le envenenaste? —exclamó Seth—. ¿Funcionó? ¡Entonces, de verdad eres un matadragones!

—Supongo que ahora sí puedo admitirlo. En vida no quise que corriera la voz.

—Pero si tú mismo diste comienzo a unos cuantos rumores así… —le reprendió Lena.

Patton ladeó la cabeza y se separó el cuello de la camisa de su propio cuello con un dedo.

—Vanagloria aparte, después de deshacerme de Ranticus derroté a los guardianes que protegían el objeto secreto, una tropa de caballeros fantasmagóricos, en una batalla que preferiría olvidar. Luego, a fin de evitar que nadie sospechara que yo había sacado de allí el Cronómetro, debía volver a poner un guardián que vigilase la caverna. Cuando, por otros negocios, tuve que visitar Wyrmroost, una de las reservas de dragones del planeta, birlé un huevo y lo incubé en Meseta Perdida. Llamé Chalize a la dragona y no le quité ojo de encima a lo largo de su infancia. Al poco tiempo, los trasgos se encariñaron con ella y mi asistencia dejó de ser necesaria. Unos años después, doné los huesos de Ranticus al museo.

—¿Has matado más dragones? —preguntó Seth, entusiasmado.

—Matar un dragón no siempre es algo bueno —respondió Patton con toda sinceridad—. Los dragones se parecen a los humanos más que casi ninguna otra criatura mágica. Tienen una inmensa capacidad para mantenerse dueños de sí mismos. Los hay buenos, los hay malvados y hay muchos que están en un término medio. No existen dos dragones idénticos, y solo unos pocos se parecen mucho entre sí.

—Y a ningún dragón le gusta que un individuo de fuera de su comunidad mate a un miembro de su especie —dijo Lena—. Para casi todos ellos constituye un crimen imperdonable. Por eso insistía yo tanto en que Patton no confirmase nunca que había matado dragones.

Seth señaló a Lena con un dedo.

—Has dicho «dragones». Como si hubiesen sido varios.

—Ahora sería mal momento para relatar aventuras del pasado que nada tienen que ver con lo que nos ha de ocupar —dijo Patton—. Puedo daros información sobre algunos de los cabos sueltos a los que os enfrentáis. Sé muchas cosas sobre Ephira. Muchas más de lo que quisiera. —Bajó la vista y tensó los músculos de la mandíbula—. La suya es una trágica historia que nunca he contado a nadie. Pero creo que ha llegado la hora de hacerlo.

—Siempre me decías que algún día me la contarías —dijo Lena—. ¿Te referías a esto?

—Creo que sí —respondió Patton, y entrelazó las manos—. Hace mucho tiempo mi tío Marshal Burgess dirigía Fablehaven. Nunca fue nombrado encargado oficialmente. En teoría lo era mi abuelo, pero delegaba toda la responsabilidad en Marshal, que gestionaba la reserva de un modo admirable. Pese a no ser el mejor a la hora de pelear, Marshal fue un hábil negociador y un mentor maravilloso. Las mujeres fueron su gran debilidad. Tenía un don innegable para atraerlas, pero nunca pudo decidirse por ninguna. Marshal capeó varios escándalos y tres matrimonios fallidos, antes de enamorarse perdidamente de cierta hamadríade.

»De todas las ninfas de los árboles que moraban en Fablehaven, ella era la más brillante, la más efervescente, la más coqueta, siempre riendo, siempre organizando el juego o encabezando una canción. En cuanto se prendó de ella, Marshal empezó a obsesionarse. Cuando se empeñaba en conquistar a una mujer, jamás supe de una que pudiese resistirse a sus encantos, y esta vivaz hamadríade no fue ninguna excepción. Su cortejo fue breve y apasionado. Entre ardientes promesas de fidelidad eterna, ella renunció a los árboles y se casó con él.

»No creo que Marshal planease traicionarla. Estoy convencido de que creía que finalmente sentaría la cabeza, que ganarse a una hamadríade le permitiría por fin apaciguar su díscolo corazón. Pero sus pautas de comportamiento estaban profundamente arraigadas y, al poco tiempo, el enamoramiento empezó a marchitarse.

»La hamadríade era realmente una mujer extraordinaria,

339

digna de un compañero afectuoso. Rápidamente se convirtió en mi tía favorita. De hecho, gracias a sus consejos resulté tocado por las hadas. Por desgracia, nuestra relación terminaría pronto.

»A los pocos meses el matrimonio se deshizo. La hamadríade estaba destrozada. Había renunciado a la inmortalidad por motivos equivocados. La traición la dejó totalmente rota. Le nubló el sentido. Abandonó a Marshal y desapareció. Yo la busqué por todas partes, pero no logré encontrarla. Pasaron años hasta que pude finalmente componer las piezas de lo que le había pasado a Ephira.

—¡La dama de sombra es tu tía! —exclamó Seth.

—Estoy empezando a entender por qué no querías contarme esta historia —comentó Lena con tristeza.

—Ephira acabó obsesionándose con recuperar su estatus de hamadríade —continuó Patton—. Le daba igual que una proeza semejante fuese imposible. Ella lo veía como la única compensación posible por su injusto trato. Como parte de su desesperado empeño, desató uno de los nudos de Muriel Taggert. Después, visitó a la bruja de la ciénaga, quien la llevó hasta Kurisock. Y fue finalmente el demonio quien llegó a un trato con Ephira, algo que la permitiría retornar a una vida no mortal.

»Para entender lo que viene a continuación, debéis pensar que la vida de una hamadríade está inextricablemente vinculada a un árbol en concreto. Cuando ese árbol se muere, ella muere con él, a no ser que la vinculación se transmita a través de una semilla del árbol original a uno nuevo. Dado que sus árboles pueden renacer en forma de nuevo árbol de esa semilla, las hamadríades son virtualmente inmortales. Pero, por otro lado, el árbol constituye también su punto débil, un secreto que debe guardarse con celo.

»Cuando Ephira se hizo mortal, perdió la conexión con su árbol. Pero todo acto de magia que pueda hacerse puede también deshacerse. Ephira sabía aún dónde se encontraba su árbol. Siguiendo las órdenes de Kurisock, lo taló con sus propias manos, lo quemó y le llevó al demonio la última semilla.

»Puede que el vínculo entre Ephira y su árbol se hubiese roto, pero, como sucede con todos los actos de magia que se interrumpen, era posible repararlo. Recurriendo a sus inusuales dones, Kurisock se vinculó a sí mismo con la semilla, y a través de esta con Ephira, para así restablecer su conexión.

—Pero ella no se transformó en hamadríade —entendió Kendra, sintiendo un escalofrío en la espalda—. Se transformó en algo totalmente diferente.

—En un ser nuevo —confirmó Patton—. Se convirtió en un ser oscuro y espectral, bajo el influjo del poder demoníaco, como si fuese un negativo de su ser anterior. Su fusión con Kurisock amplificó sus sentimientos vengativos. Como aún tenía derecho a entrar en la casona, regresó allí y acabó con Marshal y con otras personas que vivían en la casa. Yo me las ingenié para arrancar del registro las páginas fundamentales del tratado y huí.

—¿Cómo compusiste todo este rompecabezas? —preguntó Kendra.

—Me empeñé en saber la verdad. Muchos de estos detalles los inferí yo solo, pero estoy seguro de que son correctos. Hablé con Muriel y con la bruja de la ciénaga. Encontré el árbol que Ephira taló y quemó. Y finalmente visité el foso de alquitrán y contemplé el arbolillo oscuro. Ojalá me hubiese arriesgado a cortarlo en aquel momento. Ahora, supuestamente, el clavo que tenía la aparición se ha unido a ese árbol maldito, lo que ha potenciado la influencia de Kurisock y el poder de Ephira, haciendo que la oscuridad que ulceraba su alma se vuelva contagiosa. Del mismo modo que Kurisock la transformó al hacer del árbol su morada, ahora puede actuar a través de ella y transformar a otros seres.

—¿Alguna vez fuiste a visitar a Ephira? —preguntó Kendra.

—Rara vez me acercaba a la casona —dijo Patton—. Le dejé notas, y un retrato mío con Lena cuando nos casamos. Ella nunca respondió. La única vez que entré en la casona fue para esconder el Cronómetro en la caja fuerte.

—¿Cómo metiste la caja fuerte allí dentro? —preguntó Seth.

—Fue en la noche del equinoccio de primavera —dijo Patton—. Me había dado cuenta, otra noche festiva, que Ephira rondaba por la reserva precisamente en esas noches de bullicio. Era peligroso, pero me merecía la pena correr el riesgo para esconder el objeto mágico en un lugar seguro.

341

—Patton —dijo Lena tiernamente—. ¡Qué carga tan pesada ha debido de ser esta historia para ti! ¡Qué fuente de preocupaciones a lo largo de nuestro noviazgo y matrimonio! ¿Cómo pudiste enamorarte de mí alguna vez?

—Ahora puedes entender por qué no sabía si contártela —dijo Patton—. Cuando me permití acercarme a ti, me juré que nuestra relación sería diferente, que tú tendrías todo lo que a Ephira le había faltado. Pero no podía dejar de pensar en su historia. Y todavía no puedo dejar de pensar en ella. Los que conocían la historia de Ephira y Marshal cuestionaron mi decisión cuando te saqué del agua. Eché a los que no pudieron mantener el pico cerrado. A pesar de mi determinación de hacer florecer nuestra relación, ha habido momentos en que la duda me ha atormentado. No podía imaginar el efecto que podría tener esta historia en ti, habiendo tanto en juego.

—Me alegro de no haber escuchado el relato en los primeros años de nuestro matrimonio —admitió Lena—. Habría complicado aún más una etapa ya difícil de por sí. Pero sé una cosa: Ephira entendía los riesgos cuando tomó su decisión. Todos los entendemos. Pero, con traición o sin ella, no tenía por qué destrozar su existencia. Y aunque tal vez no quieras que te desvele los secretos de los años que hemos compartido, has de saber esto: tomé la decisión correcta. Te lo he demostrado, ¿no es así?, al preferirte a ti de nuevo.

Patton hizo esfuerzos por contener la emoción. Las venas se le hincharon en el dorso de los puños. Lo único que logró hacer fue asentir en silencio.

—Qué situación tan injusta para ti, Patton: tener que hablar conmigo cuando yo ya he vivido toda nuestra relación mortal. Todavía no eres del todo el hombre que llegarás a ser. En tu vida, nuestra relación no ha alcanzado aún su máximo esplendor. No pretendo abrumarte con insinuaciones sobre lo que será nuestro matrimonio, ni hacer que te sientas obligado a llevarlo a esas cotas. No te preocupes, simplemente deja que suceda. Echando la vista atrás, he amado cada instante de nuestra vida juntos, el hombre que fuiste al principio y el hombre que llegaste a ser.

—Gracias —dijo Patton—. Esta situación está fuera de lo

normal. Debo decir que es un alivio llegar hasta aquí y encontrarme a mi mejor amiga esperándome.

—Deberíamos ahorrarnos estas palabras para dentro de un rato —dijo Lena, lanzando una mirada a Kendra y Seth.

—De acuerdo —coincidió Patton—. Ahora los tres conocéis los secretos que he guardado toda mi vida acerca de Kurisock y de Ephira.

—Y ahora la gran pregunta —dijo Seth—: ¿cómo los detenemos?

Se hizo un silencio en la tienda.

—Todo esto es muy angustioso —respondió Patton—. Voy a ser franco con vosotros: no tengo ni idea.

21

La familia de las hadas

Reinaba un ambiente cargado en la tienda de campaña. La mosca que hacía acrobacias por encima de Patton y Lena sonaba inusualmente ruidosa. Kendra acarició con las palmas de las manos la tela del suelo, palpando las formas de la tierra de debajo. Cruzó con Seth una mirada de preocupación.

—¿Y si usamos este chisme? —preguntó él, levantando el Cronómetro—. A lo mejor podríamos viajar en el tiempo y detener la plaga antes de que comience.

Patton negó con la cabeza.

—Me he pasado meses tratando de desentrañar los secretos que envuelven el Cronómetro. Tiene fama de ser el objeto mágico más complicado de usar. Aunque teóricamente tiene muchas funciones, yo solo he logrado descubrir unas pocas.

—¿Alguna que pueda servirnos? —preguntó Seth, toqueteando una rueda ligeramente saliente que había en la bola.

—Cuidado —le advirtió Patton secamente. El chico apartó los dedos de la rueda—. Sé cuál es el botón que hay que usar para viajar hacia delante en el tiempo, para poder desplazarse al instante en que alguien apriete ese mismo botón. Descubrí cómo ajustar el Cronómetro para que la caja fuerte aparezca una vez por semana durante un minuto. Y sé ralentizar el tiempo momentáneamente, haciendo que el resto del mundo se mueva más rápido que la persona que está en posesión del Cronómetro. No veo muy claro cómo ninguna de estas funciones puede ayudarnos a resolver lo que nos inquieta en esos momentos.

—Si no se nos ocurre ninguna idea —dijo Kendra—, la reina de las hadas podría ser nuestra mejor opción. Yo podría devolver el cuenco a la isla y explicarle la situación. A lo mejor ella nos puede ayudar.

Patton toqueteó un roto deshilachado que se le había hecho en la camisa, a la altura del codo.

—No comprendo del todo qué quiere decir ser besado por las hadas, pero estoy bien informado acerca del santuario. ¿Estás segura de que devolver un cuenco será excusa suficiente para pisar territorio prohibido? Antes que tú, Kendra, nadie había puesto el pie en esa isla y había vivido para contarlo.

—Un hada llamada Shiara sugirió que podía hacerlo —dijo Kendra—. En cierto modo, no sé explicarlo, pero me parece que es verdad. Normalmente no puedo pensar en volver a la isla sin que me asalte el temor. Pero mi instinto me dice que sí puedo. El cuenco debe estar allí. Devolverlo a su lugar debería permitirme acceder a ella.

—¿Shiara? —dijo Patton—. Conozco a Shiara: alas plateadas, pelo azul. Para mí, es el hada más de fiar de todo Fablehaven. Antes era muy amiga de Ephira. Cuando fui tocado por las hadas y Ephira desapareció, Shiara se convirtió en mi más preciada confidente en todo lo relacionado con el mundo de las hadas. Si alguna vez tuviera que recurrir a los consejos de un hada, sin duda la elegiría a ella.

345

—¿También tú hablas con las hadas? —preguntó Seth.

—Es una de las ventajas de haber sido tocado por ellas —respondió Patton—. Si no, su idioma, el silviano, resulta bastante difícil de dominar, aunque hay quien lo ha aprendido a base de estudiarlo. También leo y hablo su lengua secreta. Como Kendra. Así descifró la inscripción que dejé en la cámara de Meseta Perdida.

—¿Eso estaba escrito en un idioma secreto de las hadas? —preguntó Kendra—. Nunca distingo qué idioma estoy oyendo, hablando o leyendo. Todo me parece inglés.

—Lleva su tiempo —dijo Patton—. Cuando un hada se dirige a ti, tú oyes tu lengua, pero con la práctica puedes percibir además el idioma real en el que está hablando el hada. Al principio cuesta mucho distinguir los diferentes idiomas, probablemente porque la traducción se hace sin el menor esfuerzo. Con un poco de atención, llegarás a ser más consciente de las palabras que oyes o que dices.

—¿Por qué, de entrada, dejaste un mensaje en la cámara? —se extrañó Kendra.

—El idioma de las hadas, que es imposible de enseñar, es un secreto muy bien guardado —le contestó—. Este idioma es, por definición, incomprensible para todas las criaturas de las tinieblas. Tuve la sensación de que debía dejar una pista sobre lo que había hecho, para impedir que cundiera el pánico si los Caballeros del Alba descubrían que el objeto mágico no estaba. Así pues, inscribí un mensaje en un arcano idioma que solo un amigo de la luz sería capaz de entender.

—Ya que te fías de Shiara, ¿te parece bien que yo vaya a la isla? —preguntó Kendra.

—Respecto a eso tú sabes más que yo —reconoció Patton—. Salvo que nos veamos en circunstancias muy apuradas, te imploraría que no te embarcases en una aventura tan peligrosa. Pero ahora quizá nos encontremos en uno de esos momentos. ¿Que si creo yo que la reina de las hadas podrá ayudarnos a hacer frente a la plaga? Es difícil de saber, pero ya una vez te ayudó, y siempre es mejor albergar alguna esperanza que ninguna.

—Entonces, voy a intentarlo —dijo Kendra con firmeza.

—Cuando tienes que saltar, saltas —la animó Seth.

—Cruzar el estanque va a ser peligroso —advirtió Lena—. Las náyades están irritadas. Querrán que les devuelvas el cuenco. Querrán vengarse por mi partida. Será mejor que Patton te traslade hasta allí en una barca.

—No consentiría otra cosa —dijo él—. Tengo cierta experiencia en la navegación entre esas aguas turbulentas. —Guiñó un ojo a Lena.

La antigua náyade levantó las cejas.

—Y en ser arrastrado al fondo por esas mismas turbulencias, si no me falla la memoria.

—Cada vez te pareces más a la Lena que yo conozco —dijo Patton con una ancha sonrisa.

—En cuanto se ponga el sol, estaré atento por si veo al

abuelo o a la abuela —anunció Seth—. Seguramente se presentarán en forma de sombras. A lo mejor aún pueden echarnos una mano.

—Mientras tanto, ¿deberíamos acercarnos al estanque? —preguntó Kendra.

—Deberíamos ir mientras dure la luz del día —dijo Patton.

Seth guardó el Cronómetro en un macuto que antes había servido para llevar parte del equipo de acampada. Metió los brazos por las correas y salieron todos juntos de la tienda de campaña. En el exterior se habían reunido sátiros, enanos y dríades movidos por la curiosidad, que empezaron a cuchichear entre ellos y a gesticular en dirección a Patton.

Doren trotó hasta él.

—¡Enséñame la llave que le hiciste a Pezuña Ancha!

—Para evitar toparme con un montón de sátiros lesionados, será mejor que no te la enseñe —respondió Patton. Entonces, levantó las manos y elevó la voz—. Solo he vuelto por un breve espacio de tiempo. He viajado hacia delante en el tiempo, y tengo la intención de detener la plaga antes de marcharme. —Varios de los curiosos aplaudieron y silbaron—. Espero poder contar con vuestra ayuda cuando sea necesaria.

—¡Cualquier cosa por ti, Patton! —exclamó una hamadríade con voz entrecortada.

Lena le lanzó una mirada fulgurante.

—Vamos a necesitar un poco de privacidad en el estanque cuando nos acerquemos al santuario —dijo Patton—. Vuestra colaboración será muy apreciada.

Patton escoltó a Kendra hasta el cenador más próximo. Se notó tensa mientras él subía delante de ella los peldaños y empezaba a andar por el paseo de madera. La última vez que había cruzado el estanque hasta el islote se contaba entre sus recuerdos más espeluznantes. Las náyades habían intentado con todas sus fuerzas volcar su pequeño patín de pedales. Por lo menos ahora el sol lucía en el cielo y no estaría sola.

Patton bajó la escalera que comunicaba con el embarcadero, al lado del cobertizo de las barcas. Se dirigió a la casita flotante y abrió el cerrojo de una patada perfectamente calculada.

—¡Patton está entrando en el cobertizo de las barcas! —gri-

347

tó una voz exultante desde las profundidades del agua del estanque.

—¡Al final vamos a contar con sus huesos en nuestra colección! —exclamó jubilosa una segunda náyade.

—¡Mirad quién va con él! —dijo la primera voz con gran asombro.

—¡La viviblix que le sacó de la tumba! —se burló una tercera.

—Ojo con su magia de zombi —advirtió en tono cantarín la segunda náyade.

—¡Tienen el cuenco! —se fijó una náyade, indignada.

Las voces se volvieron más bajas y urgentes.

—¡Deprisa!

—¡Que vengan todas!

—¡No hay tiempo que perder!

Las voces se apagaron cuando Patton y Kendra pasaron al interior del cobertizo de las barcas. Por dentro estaba prácticamente como Kendra lo recordaba. Dos barcas de remos flotaban en el agua, una más ancha que la otra, al lado de un pequeño patín provisto de pedales.

Patton cruzó el cobertizo rápidamente, eligió los remos más grandes y los puso en la barca más ancha. Después, metió uno de los segundos remos más grandes.

—Suena como si nuestras enemigas de allí debajo estuvieran preparándose para ponérnoslo difícil —dijo Patton—. ¿Estás segura de que quieres hacerlo?

—¿Y tú crees que podrás llevarme a la isla? —preguntó Kendra.

—Confío plenamente en que lo lograremos —respondió Patton.

—En ese caso, tengo que intentarlo.

—¿Te importa llevar tú el cuenco?

Kendra lo levantó en las manos.

—Claro. Estoy segura de que tú tendrás las manos ocupadas.

Patton levantó una palanca que había al lado de la puerta dañada y empezó a dar vueltas a una manivela. Al fondo del cobertizo empezó a abrirse poco a poco la puerta corredera que daba acceso directo al estanque. Patton desató la barca de remos y se subió a bordo. Tendió una mano a Kendra y la ayudó a subir a la embarcación. Al meterse, la barca se bamboleó.

—¿Llegaste a la isla montada en ese cacharro? —preguntó Patton, señalando con la cabeza hacia el patín.

—Sí.

—Eres más valiente incluso de lo que pensaba —dijo Patton sonriendo.

—En realidad es que no sabía remar, pero sí pedalear.

Patton asintió en silencio.

—Recuerda inclinarte hacia el lado contrario del que ellas traten de hacernos volcar. Pero no demasiado, pues podrían usar la táctica contraria y hacerte caer de la barca por el otro lado.

—Entendido —dijo Kendra, asomándose a mirar por su lado, esperando ver acercarse a las náyades de un momento a otro.

—No pueden molestarnos mientras estemos dentro del cobertizo de las barcas. Solo a partir del momento en que dejemos atrás estas paredes. —Pasó los remos por los escálamos y los levantó para impulsarse—. ¿Preparada?

349

Kendra asintió con la cabeza, pues no estaba segura de lo que pudiese responder su voz.

Justo delante de ellos, bajo la superficie, Kendra oyó una risilla floja. Varias voces mandaron callar a la que se reía.

Metiendo las palas de los remos en el agua, Patton propulsó la embarcación fuera del cobertizo. En el instante en que la barca pasó por la puerta, empezó a inclinarse de delante hacia atrás, de atrás adelante, de un lado a otro. Patton empuñó los remos con agresividad, poniendo caras, haciendo denodados esfuerzos por mantener la barca estable. Cabeceando y ladeándose, la barca empezó a dar vueltas en círculos cerrados. Kendra intentó colocarse hacia el centro de la pequeña embarcación, pero el violento zarandeo la obligaba a moverse de un lado para otro, mientras se aferraba al cuenco con una mano y trataba de mantener el equilibrio con la otra.

—Nunca había visto un ahínco semejante —gruñó Patton, tirando con fuerza de uno de los remos para soltarlo de las garras de una náyade.

El costado derecho del bote se levantó alarmantemente, como si estuviesen empujándolo por debajo muchas manos. Patton se abalanzó hacia la derecha, y asestó varios golpes en el agua con un remo. El lado derecho descendió y el izquierdo se levantó. Kendra estuvo a punto de salir por la borda. Patton se lanzó al lado contrario y estabilizó la barca.

La batalla se prolongó un buen rato, con las náyades luchando infatigablemente por volcar la barca y, al mismo tiempo, alejarles de la isla. Los remos caían en sus garras cada vez que Patton los metía en el agua, por lo que tuvo que dedicar gran parte del tiempo a tirar de uno o de otro para soltarlos de sus manos invisibles. Entre tanto, la barca daba vueltas y se mecía como si estuviesen en una atracción de feria.

A medida que transcurría el tiempo, el ataque, en vez de menguar, iba volviéndose más encarnizado. Sus manos salían del agua para agarrarse a la borda. Durante un momento particularmente complicado en que la barca estuvo ladeada, Kendra perdió el equilibrio y se cayó contra un lateral de la embarcación, y se encontró mirando un par de ojos de color violeta. La pálida náyade se había aupado del agua con una mano y había tratado de coger con la otra el cuenco de plata.

—¡Atrás, Narinda! —bramó Patton, blandiendo un remo.

Enseñando los dientes, la decidida náyade se impulsó y sacó aún más el cuerpo del agua. Kendra apartó el cuenco de Narinda, pero la náyade la agarró de la manga y empezó a tirar de ella para hacerla caer al agua.

Patton bajó rápidamente el remo y golpeó a la náyade en la cabeza con la parte plana de la pala. Lanzando un chillido, la náyade se puso como loca, soltó a Kendra y desapareció de un chapuzón. Otra mano agarró la borda y Patton descargó al instante el remo contra aquellos dedos.

—No salgan del agua, señoras —las avisó Patton.

—Pagarás por tu osadía —le amenazó una náyade invisible.

—Solo habéis sentido la parte plana del remo —se rio Patton—. Os estoy dando cachetes, no hiriendo. Seguid así y os dejaré lesiones más duraderas.

Las náyades continuaron obstaculizando el avance de la barca, pero ya no volvieron a salir del agua. Patton empezó a remar con más rapidez, dejando espuma en la superficie del agua y salpicando mucho a cada brazada. Los toques rápidos y poco profundos hacían que las náyades no pudieses agarrarse tan fácilmente a los remos, y la barca empezó a avanzar de verdad hacia la isla.

—¡Chiatra, Narinda, Ulline, Hyree, Pina, Zolie, Frindle, Jayka! —las llamó Lena—. El agua nunca me había parecido tan buena como ahora.

Kendra se dio la vuelta y vio a Lena sentada en el borde del embarcadero con una plácida sonrisa y moviendo los pies dentro del agua. Seth estaba detrás de ella, con el entusiasmo reflejado en su semblante.

—¡Lena, no! —gritó Patton.

Ella se puso a tararear una dulce melodía. Movió los pies desnudos con delicadeza, chapoteando suavemente. De pronto, sacó los pies del agua a toda prisa y retrocedió un paso desde el borde del embarcadero. Unas manos salieron por la superficie cerca de allí, buscando a tientas.

—Casi —se burló Lena—. ¡No me has pillado por poco! —Dando saltitos, retrocedió un poco más por el muelle y volvió a meter la punta del pie, para sacarlo de nuevo rápidamente, justo a tiempo para evitar que otra mano consiguiera apresarla.

—Las náyades nunca habían actuado tan unidas, ni habían sido tan persistentes —murmuró Patton—. Lena está tratando de distraerlas. Golpea el agua con el remo de sobra.

Kendra se puso el cuenco en el regazo y cogió del suelo de la barca el remo. Asiéndolo por el centro del brazo, empezó a golpear el agua a cada lado de la barca, metiendo y sacando rápidamente la pala y el extremo del remo. De vez en cuando golpeaba algo duro. Kendra oyó gruñidos y quejas.

Patton empezó a meter los remos más profundamente y la barca se impulsó con más velocidad hacia la isla. Animada por esto, ella golpeó el agua con más ímpetu, jadeando del esfuerzo. Tan concentraba estaba tratando de asestarles palazos a las náyades que cuando la barca encalló en la isla la pilló por sorpresa.

—Sal —ordenó Patton.

Kendra dejó el remo en el suelo, cogió el cuenco y subió hasta la proa. Allí vaciló unos segundos. Haber salido con vida de la isla una vez no era garantía de que fuese a sobrevivir de nuevo. ¿Y si su seguridad en sí misma había sido infundada? Otros que se habían atrevido a pisar la isla habían sido convertidos al instante en pelusa de diente de león. En el momento en que su pie entrase en contacto con la embarrada orilla, tal vez se desharía en forma de aterciopelada nube de semillas de diente de león y la brisa se la llevaría.

Pero, también, si optaba por no correr ese riesgo, posiblemente acabaría transformada en una persona de sombra, encerrada en una reserva caída gobernada por un demonio y por una hamadríade perversa. En cierto modo, un final en forma de semillas de diente de león podría ser preferible.

Dejando a un lado todas estas consideraciones, la decisión ya estaba tomada; ahora solo necesitaba el valor para llevarla a cabo. ¡Las náyades podrían arrastrar la barca otra vez al agua en cualquier momento!

Preparada para lo peor, saltó al compacto barro de la isla. Como en su anterior excursión al santuario, no ocurrió nada de lo que había esperado. Ni se transformó en una nube de semillas ni hubo indicio alguno de que hubiese hecho algo fuera de lo normal.

Kendra miró hacia atrás a Patton y le hizo la señal de los pulgares hacia arriba. Él se acercó los dedos a la frente a modo de saludo casual. Un segundo después, la barca fue arrastrada al agua y empezó a dar vueltas.

—No te preocupes por mí —le dijo Patton alegremente, mientras describía ferozmente un semicírculo con uno de los remos en la superficie del agua—. Ve a hablar con la reina en total intimidad.

En su primera visita a la isla, no había tenido ni idea de dónde se encontraba el diminuto santuario y le había resultado muy difícil dar con él. Esta vez, con el cuenco en la mano, Kendra empezó a cruzar la isla en diagonal, abriéndose paso por los arbustos con los brazos, sin desviarse de su dirección hasta llegar a su destino. Encontró el delicado manantial borboteando en el suelo, en el centro mismo del islote, discurriendo por una suave pendiente para desembocar en el estanque. En el nacimiento del manantial había una estatua bellamente tallada de un hada de unos cinco centímetros de alto.

Agachándose, Kendra depositó el cuenco delante del pedestal en miniatura sobre el que descansaba la figurilla del hada. En ese preciso instante percibió un aroma a flores recién abiertas, que florecían en una tierra rica, cerca de un mar.

«Gracias, Kendra.» Oyó perfectamente las palabras en su cabeza; las percibió con la misma claridad con que habrían sonado si le hubiesen llegado a través del oído.

—¿Eres tú? —susurró Kendra, emocionada por haber conseguido establecer contacto tan rápidamente.

«Sí.»

—Te oigo más nítidamente que la última vez.

«Ahora eres de la familia de las hadas. Puedo llegar a tu mente con mucho menos esfuerzo.»

—Si puedes llegar a mí tan fácilmente, ¿por qué no me has hablado antes?

«Yo no habito en tu mundo. Mi morada está en otra parte. Mis santuarios señalan los puntos en los que puede percibirse mi influencia directa. Son mis puntos de contacto con tu mundo.»

Kendra se sentía emocionada. Ideas y sentimientos se mezclaban como si realmente nunca se hubiese comunicado con nadie.

—Te llaman la reina de las hadas —dijo Kendra—. Pero ¿quién eres en realidad?

«Soy *molea*. En tu idioma no existe una palabra que pueda describirme adecuadamente. No soy un hada. Soy el hada. La madre, la hermana mayor, la protectora, la primera. Por el bien de mis hermanas, resido más allá de tu mundo, en un reino no tocado por las tinieblas.»

—Fablehaven se encuentra en peligro —dijo Kendra.

«Aunque rara vez puedo hablar con su mente, veo a través de los ojos de mis hermanas en todas las esferas en las que habitan. Muchas de mis hermanas que viven cerca de ti han quedado contaminadas por una terrible oscuridad. Si esa oscuridad llegase a contaminarme a mí, todo estaría perdido.»

Por un instante, Kendra se quedó sin habla, mientras la

353

inundaba un sentimiento de tristeza y desamparo. Se dio cuenta de que ese funesto sentimiento había manado de la reina de las hadas. Cuando remitió aquella sensación, Kendra volvió a tomar la palabra.

—¿Qué puedo hacer yo para detener las tinieblas?

«Las tinieblas proceden de un objeto dotado de un inmenso poder oscuro. Ese objeto debe ser destruido.»

—El clavo que Seth le sacó a la aparición —dijo Kendra.

«Ese objeto intensifica la angustia de una hamadríade corrupta y potencia la fuerza de un demonio. El profano objeto se encuentra clavado en un árbol.»

Por un momento, Kendra contempló un árbol negro y retorcido que se levantaba junto a un charco de alquitrán humeante. Del torturado tronco sobresalía un clavo. La imagen hizo que le quemasen los ojos y le produjo un sentimiento de hondo pesar. Sin necesidad de más palabras, Kendra tuvo la certeza de estar observando el árbol a través de los ojos de un hada oscura tal como lo percibía la reina de las hadas.

—¿Cómo puedo destruir el clavo? —preguntó Kendra.

Siguió una pausa prolongada. Oyó las zambullidas de los remos de Patton, que continuaba resistiendo el ataque de las náyades.

—¿Podemos hacer otra vez que las hadas se vuelvan grandes? —tanteó Kendra.

Una imagen de unas hadas oscuras gigantes le cruzó la mente por un segundo con toda claridad. Terribles y hermosas, se dedicaban a marchitar árboles y rezumaban oscuridad.

«Aparte de otros inconvenientes potenciales, todavía estoy recuperándome del derroche de energía que tuve que hacer para transformar a las hadas y para iniciarte a ti como miembro de la familia de las hadas.»

—¿Qué fue lo que me hiciste? —preguntó Kendra—. Hay hadas que dicen que soy tu sierva.

«Cuando miré dentro de tu corazón y de tu mente, y presencié la pureza de tu lealtad a tus seres queridos, decidí que me sirvieses como agente en el mundo en estos tiempos turbulentos. Ciertamente, eres mi sierva, mi azafata. Tú y yo extraemos la energía de la misma fuente. El oficio lleva aparejada una autoridad inmensa. Ordena algo a las hadas en mi nombre y te obedecerán.»

—¿Las hadas me obedecerán?

«Si les transmites órdenes en mi nombre, y no abusas de este privilegio.»

—¿Cuál es tu nombre?

Kendra notó la respuesta en forma de risas melodiosas.

«Mi verdadero nombre debe permanecer en secreto. Bastará con que emitas órdenes en nombre de la reina.»

De pronto recordó que el hada de la mansión en la que tuvo lugar la asamblea de los Caballeros del Alba le había insinuado que podía emitir una orden en nombre de la reina.

—¿Las hadas pueden ayudarme a destruir el clavo?

«No. Las hadas no tienen poder suficiente. Solo un talismán dotado de una inmensa energía de luz podría desarmar el objeto oscuro.»

—¿Sabes dónde puedo encontrar un talismán lleno de luz?

Se produjo otra larga pausa.

«Yo podría hacer uno, pero semejante acción pasaría por la destrucción de este santuario.»

Kendra esperó. En su mente se desplegó una escena. Como si estuviese observando desde un punto elevado, vio ante sus ojos la isla y el santuario resplandeciendo en medio de las tinieblas. El agua del lago se había vuelto negra y estaba rebosante de náyades horrendas y deformes. El paseo de madera y los cenadores se habían derrumbado; unas hadas oscuras revoloteaban entre los deshechos en descomposición. Enanos, sátiros y dríadas, todos ellos oscuros, vagaban entre árboles marchitos y campos agostados.

«Preservar el santuario no merece semejante devastación. Preferiría perder uno de mis preciados puntos de contacto con tu mundo, a ver a mis hermanas condenadas a una tenebrosa esclavitud. Concentraré en un solo objeto toda la energía que protege este santuario. Cuando haya forjado el talismán, mi influencia dejará de sentirse en este lugar.»

—¿Ya no podré contactar nunca más contigo? —preguntó Kendra.

«No desde este lugar. En cuanto el talismán haya cruzado el

seto, el estanque y la isla quedarán despojados de todas sus defensas.»

—¿Qué debo hacer con el talismán? —preguntó Kendra.

«Consérvalo en tu poder. La energía que hay dentro de ti te ayudará a mantenerlo estable y plenamente cargado. Mientras esté en tu poder, el talismán despedirá un paraguas de energía que servirá para proteger a quienes estén a tu alrededor. Si pones el talismán en contacto con el objeto oscuro, se destruirán los dos. Estás advertida. Quien conecte los dos objetos perecerá.»

Kendra tragó saliva. Notaba la boca seca.

—¿Es preciso que sea yo la persona que los toque a la vez?

«No necesariamente. Preferiría que sobrevivieses a esta misión. Pero si tú u otra persona cumplís la tarea, si se pueden unir el objeto de la luz y el de la oscuridad, el sacrificio habrá merecido la pena. Gran parte de lo que ha quedado bañado en la oscuridad recuperará su estado anterior.»

—¿Podemos reparar después tu santuario? —preguntó Kendra, esperanzada.

«No habrá nada que pueda reparar el santuario.»

—¿No volveré a saber de ti?

«No aquí.»

—Tendría que encontrar otro santuario. ¿Podría acercarme a él si lo encuentro?

Kendra notó unas risas mezcladas con afecto.

«Te preguntas por qué mis santuarios están tan blindados. Tener puntos de contacto con tu mundo me hace vulnerable. Si el mal encuentra mi reino, todas las criaturas de la luz sufrirán. Por su bienestar, debo mantener mi reino intacto, y por eso guardo celosamente mis santuarios. Como norma general, todo intruso debe perecer. Rara vez concedo alguna excepción.»

—¿Formar parte de la familia de las hadas me garantiza el acceso? —preguntó Kendra.

«No necesariamente. Si alguna vez encuentras otro santuario, indaga en tus sentimientos para encontrar la respuesta. Posees luz suficiente para guiarte.»

—Tengo miedo de intentar destruir el clavo —confesó Kendra. No quería que la conversación con la reina de las hadas terminase.

«Yo soy reacia a destruir este santuario.»

Kendra podía notar su honda tristeza. El sentimiento hizo que los ojos se le llenasen de lágrimas.

«A veces hacemos lo que debemos hacer.»

—De acuerdo —dijo Kendra—. Lo haré lo mejor posible. Una última pregunta. Si sobrevivo a esto, ¿qué se supone que debo hacer? Como miembro de la familia de las hadas, me refiero.

«Ten una vida provechosa. Resístete al mal. Da más de lo que tomes para ti. Ayuda a otros a hacer eso mismo. Lo demás vendrá por sí solo. Apártate del santuario.»

Kendra se apartó de la estatuilla del pedestal diminuto. Se le nubló la vista y la inundó una marea de sensaciones. Notó un sabor a miel dulce, a manzanas crujientes, a champiñones carnosos y a agua cristalina. Notó un aroma a mieses recién segadas, a hierba húmeda, a uvas maduras y a hierbas aromáticas. Oyó la caricia del viento, el romper de las olas, el rugido del trueno y el leve crujido de un patito que se abre paso al otro lado del cascarón. Notó que la luz del sol le calentaba la piel y que una ligera bruma la refrescaba. Por un momento no pudo ver nada, pero saboreó, olió, oyó y notó en la piel simultáneamente un millar de otras sensaciones, todas ellas nítidas e inconfundibles.

Cuando recobró la vista, Kendra vio que la minúscula estatua del hada resplandecía intensamente. De manera instintiva, entornó y se protegió los ojos, preocupada porque la brillante luz pudiera producirle daños persistentes. Cuando se atrevió a mirar, la radiación no le causó daño alguno. Esperando que aquel fulgor fuese benigno, miró abiertamente la estatua. En comparación, el resto del mundo se había vuelto gris, apagado, deprimente. Todo el color, toda la luz, había convergido en aquella figurita del tamaño de un pulgar.

Entonces la estatua se rompió en mil pedazos, y las esquirlas de piedra sonaron armónicamente al salir disparadas en todas direcciones. Sobre el pequeño pedestal quedó un guijarro brillante con forma ovalada. Por un instante, el guijarro resplandeció con más intensidad que la misma estatua antes. Entonces, la luz fue apagándose, absorbida por la piedra, hasta que

357

el guijarro ovoide adquirió un aspecto más bien normal y corriente, salvo por el hecho de ser muy blanco y liso.

El color retornó al mundo. El sol de la tarde brillaba de nuevo intensamente. Kendra no podía percibir ya la presencia de la reina de las hadas.

Se arrodilló y cogió la lisa piedrecita. Le pareció que era como cualquier otra piedra, con un peso ni mayor ni menor de lo que había esperado. Aunque ya no resplandecía, Kendra tuvo la certeza de que ese guijarro era el talismán. ¿Cómo podía ser que todo el poder que protegía el santuario cupiese en el interior de un objeto tan pequeño e insignificante?

Mirando a su alrededor, Kendra vio que Patton había vuelvo a la orilla con la barca.

Echó a correr a toda prisa hacia él, preocupada por si las náyades se la llevaban otra vez antes de poder subirse en ella.

—No hay prisa —dijo Patton—. Obedecen mis órdenes.

—A regañadientes —murmuró una voz desde debajo del agua.

—Chitón —la regañó otra náyade—. Se supone que no debemos hablar.

—La última vez también me llevaron de vuelta por mi cara bonita —dijo Kendra, subiéndose a la barca.

—¿Buenas noticias? —preguntó Patton.

—En términos generales, sí —dijo Kendra—. Pero yo esperaría hasta haber llegado a la tienda de campaña.

—Me parece bien —repuso Patton—. Una cosa sí que te voy a decir: esa piedra brilla casi tanto como tú.

Kendra miró la piedra. Era increíblemente blanca y lisa, pero a ella no le parecía que emitiese ninguna luminosidad. Se sentó. Patton apoyó los remos en el regazo. Guiada por unas manos invisibles, la barca partió de la isla y se deslizó en dirección al cobertizo. Al alzar la vista, Kendra vio que un búho dorado con rostro humano la miraba desde una rama, en lo alto de un árbol, y que una lágrima le brotaba de los ojos.

358

22

Luz

*S*eth esperaba junto a Lena en el cenador que dominaba el embarcadero. Ni en el paseo de madera ni en ninguno de los otros pabellones esperaban ni sátiros, ni dríades, ni enanitos. Tal como había pedido Patton, se habían quedado apartados.

Kendra y él se recostaron en la barca y volvieron plácidamente en dirección al cobertizo de las embarcaciones, supuestamente remolcados por las mismas náyades que hacía nada habían estado atacándolos. Seth deseó poder ver lo que Kendra estaba haciendo en la isla, pero ella había pasado prácticamente todo el tiempo tapada por los arbustos. Lena había descrito una luz cegadora, pero Seth no la había visto.

—Has estado genial cuando esquivaste a esas náyades —dijo Seth.

—Cualquier cosa con tal de distraerlas para que no ahogaran a mi marido —respondió Lena—. ¡Una parte de mí siempre amará a mis hermanas, pero pueden ser terriblemente pesadas! Me alegré de tener una excusa para fastidiarlas.

—¿Crees que Kendra lo ha conseguido?

—Debe de haber establecido contacto. Solo la reina ha podido ordenar a las náyades que los traigan sanos y salvos a la orilla. —Lena entornó los ojos—. La isla parece cambiada. No sabría decir exactamente cómo. Después del resplandor, hay un sentimiento nuevo que invade toda esta zona. —Arrugando los labios, Lena observó pensativamente la barca, que se deslizaba y entraba en el cobertizo.

Seth bajó los escalones del embarcadero dando saltos y llegó a la puerta del cobertizo de las barcas justo cuando Kendra y Patton salían.

—¿Algo bueno ha pasado? —preguntó.

—Bastante bueno —respondió Kendra.

—¿Qué es ese huevo? —quiso saber su hermano.

—Es un guijarro —le corrigió ella, cerrando la mano y apretando los dedos—. Os lo contaré todo, pero deberíamos meternos otra vez en la tienda de campaña.

Patton abrazó a Lena.

—Eres maravillosa —dijo, y le dio un besito en los labios—. Aun así, no me hace ninguna gracia verte cerca de esas náyades. Sé de cierta persona a la que les encantaría arrastrar al fondo del estanque.

—Sé de cierta persona a la que les costaría mucho dar caza —respondió ella con aire de petulancia.

Subieron las escaleras del cenador y a continuación bajaron unos pocos escalones hasta el jardín de césped. Tres imponentes dríades se les acercaron a paso rápido, obstruyéndoles el paso hacia la tienda de campaña. En el medio iba la dríade más alta de las tres, que era la que Seth había visto hablando con el abuelo y la abuela, con su melena color caoba que le llegaba por debajo de la cintura. La dríade de su izquierda parecía de raza india americana y vestía ropajes en tono tierra. La de la derecha era rubia platino y llevaba un vestido que parecía una cascada congelada. Las tres gráciles mujeres le sacaban a Patton una cabeza, por lo menos.

—Hola, Lizette —dijo Patton amablemente a la dríade del medio.

—No me digas «hola», Patton Burgess —replicó ella, mirándole con cara de pocos amigos y voz melodiosa pero dura—. ¿Qué le habéis hecho al santuario?

—¿Al santuario? —preguntó Patton, y lanzó unas miradas atrás por encima del hombro sin entender nada—. ¿Ha ocurrido algo?

—Ha sido destruido —anunció la dríade rubia en tono rotundo.

—Después de que nos pidieras que nos apartáramos —añadió la india americana.

Lizette miró a Kendra con los ojos entornados.

—Y tu amiga brilla más que el sol.

—¡Espero que no estéis insinuando que destruimos el monumento! —objetó Patton con desdén—. La reina de las hadas desmanteló el santuario, y sus razones tenía.

—Supongo que eres consciente de que la reserva ha perdido el contacto con su alteza —dijo Lizette—. Nos parece inaceptable.

Las tres se inclinaron hacia delante en actitud amenazadora.

—¿Menos aceptable que el hecho de que Fablehaven y todos los que aquí habitan se suman en las tinieblas de manera irreparable? —preguntó Patton.

Las dríades se relajaron ligeramente.

—¿Tienes un plan? —preguntó Lizette.

—¿Alguna vez había brillado Kendra más que ahora? —exclamó Patton—. Su resplandor es una muestra de las cosas buenas que están por venir. Concedednos unos minutos para conversar en privado, y os anunciaremos un plan para recuperar Fablehaven, una estrategia formulada por la mismísima reina de las hadas. —Patton miró a Kendra como si desease que sus palabras fuesen ciertas.

La chica le respondió con un gesto afirmativo de la cabeza.

—Más vale que haya una explicación satisfactoria para esta profanación —amenazó Lizette en tono sombrío—. El día de hoy será llorado hasta el final de las hojas y los arroyos.

Patton le tendió un brazo y le dio unas palmaditas en el hombro.

—Perder el santuario es un duro golpe para todos los que amamos la luz. Vengaremos esta tragedia.

Lizette se hizo a un lado. Patton reanudó la marcha pasando delante de los otros entre las sombrías dríades. Aunque las había apaciguado momentáneamente, aquellas enormes mujeres seguían claramente insatisfechas. Seth, Kendra y Lena entraron en la tienda de campaña y Patton los siguió a continuación, soltando la portezuela de tela para tapar la abertura.

—¿Qué ha pasado? —preguntó Seth.

—La reina de las hadas destruyó el santuario para crear esto. —Kendra levantó el guijarro.

361

Patton se puso bizco.

—No me extraña que vinieras brillando con mucho más fulgor.

—Yo no veo ninguna luz —se quejó Seth.

—Solo pueden verlo determinados ojos —le aclaró Lena, entornando los suyos.

—¿Por qué los míos no? —preguntó Kendra—. A mí solo me pareció que el guijarro brillaba cuando la reina de las hadas estaba creándolo.

—La luz de la piedra ha debido de unirse a tu luz interior —dijo Patton—. Puede costarte distinguir tu propia luz. Imagino que puedes ver en la oscuridad.

—Sí —respondió Kendra.

—Tanto si tú te das cuenta de ello como si no, Kendra, tienes mucha luz en tu interior —dijo Patton—. Con la piedra, tu radiación se ha vuelto aún más brillante. Para quienes podemos percibir esa luz, resplandeces como un faro.

Kendra cerró delicadamente los dedos en torno a la piedra.

362

—La reina de las hadas llenó la piedra con toda la energía que protegía el santuario. Cuando me lleve la piedra de este lugar, podrán entrar criaturas oscuras. Si ponemos en contacto el guijarro con el clavo del árbol, los dos objetos se destruirán mutuamente.

—¡De acuerdo! —exclamó Seth.

—Hay una pega —dijo Kendra—. La reina de las hadas dijo que quien conecte los objetos morirá.

—No es ningún problema. —Patton restó importancia a su preocupación moviendo la mano—. Yo me ocuparé de eso.

—Ni hablar —intervino Lena, angustiada—. Tienes que volver a mí. Tu vida no puede acabar aquí.

—Lo que hemos vivido juntos ha ocurrido ya —dijo Patton—. Nada de lo que yo haga aquí puede cambiarlo.

—No trates de embaucarme, Patton Burgess —gruñó ella—. Llevo décadas soportando tus sermones pacificadores. Te conozco mejor que tú mismo. Siempre estás buscando excusas para proteger a los demás a tu costa, en parte por un noble sentido del deber, pero principalmente por la emoción que te procura. Eres plenamente consciente de que si no vuelves al pasado, es posible que borres de un plumazo la mayor parte de nuestra relación. Toda mi historia podría verse alterada. Me niego a renunciar a nuestra vida juntos.

Patton parecía sentirse culpable.

—En los viajes en el tiempo hay muchas incertidumbres. Que yo sepa, el Cronómetro es el único mecanismo creado que funciona correctamente para viajar en el tiempo. Casi todos los aspectos prácticos no han sido sometidos a prueba aún. No olvides que, en tu pasado, yo regresé después de haber viajado por el tiempo. Habrá quien alegue que nada de lo que yo haga ahora puede contradecir ese hecho. Si muero durante mi visita aquí, en otro lugar, en otro tiempo, podría haber una Lena a la que no volveré a ver nunca más. Pero tu historia está a salvo. Me suceda lo que me suceda, muy probablemente tú persistirás aquí como si nada de tu pasado hubiese cambiado.

—No me parece una argumentación muy sólida —le rebatió Lena—. Si te equivocas y no logras regresar, podría alterar por completo el curso de la historia. Debes volver. Tienes importantes obligaciones que cumplir. No solo por mí, sino por el bien de infinidad de otros seres. Patton, yo he vivido una vida plena. Si alguno de los dos debe morir, debería ser yo. Lo haría sin rechistar. Verte de nuevo es la culminación de mi mortalidad. —Miró a Patton con un arrobamiento tan descarado que Seth apartó la mirada.

—¿Por qué tiene que morir nadie? —preguntó Seth—. ¿Por qué no lanzamos la piedra contra el clavo? Así nadie conectaría en realidad los dos objetos.

—Podríamos intentarlo —dijo Patton—. Introduce un nuevo factor de riesgo. Ya solo acercarnos lo bastante al árbol representará un desafío.

—Yo podría hacerlo —dijo Seth.

Lena puso los ojos en blanco.

—En lo que se refiere a los candidatos para unir los dos talismanes, Kendra y tú estáis descartados.

—¿Yo? —preguntó Seth—. ¿Y si llegamos allí y todos menos yo os quedáis paralizados por el miedo?

—Puede que Ephira no pueda irradiar miedo mágico con la

misma facilidad con que podía hacerlo en su madriguera —dijo Patton—. Puede que ni siquiera sea capaz de acceder a los dominios de Kurisock. Además, como domador de dragones, gozo de una resistencia considerable al miedo mágico.

—En la casa te quedaste petrificado —le recordó Seth.

Patton ladeó la cabeza y la movió en sentido afirmativo.

—Si hace falta, tú puedes cogerme de la mano y acercarme, y entonces podré arrimar la piedra hasta el clavo.

—Se supone que yo debo llevar el guijarro el máximo tiempo posible, para que se mantenga estable y totalmente cargado —dijo Kendra—. A lo mejor debería hacerlo yo.

—No, chicos —exclamó Patton—. Mi nuevo objetivo en la vida es vivirla entera sin que ningún crío tenga que sacrificarse por mí.

—Una de las cosas que tiene el ser de la familia de las hadas es que ahora obedecen mis órdenes —dijo Kendra—. ¿Hay algo que pudieran hacer?

—¿Desde cuándo puedes darles órdenes a las hadas? —soltó Seth.

—Acabo de enterarme —respondió Kendra.

—¡Entonces, haz que un hada conecte el guijarro con el clavo! —replicó Seth lleno de entusiasmo—. Las hadas siempre me han odiado. ¡A lo mejor tú podrías hacer que destruyeran entre todas el clavo!

—¡Seth! —le reprendió Kendra—. ¡Eso no tiene ninguna gracia!

—Forzar a un hada a embarcarse en una misión suicida podría tener serias repercusiones —le advirtió Patton—. No me gusta.

—¡A mí me encanta! —se reafirmó Seth, sonriendo de oreja a oreja.

—A lo mejor podría buscar alguna voluntaria —propuso Kendra—. Ya me entendéis: para no tener que ser yo quien obligase a nadie.

—Seguir dando vueltas a este asunto es una pérdida de tiempo —dijo Lena—. No hay ninguna criatura de la luz que pueda entrar en el territorio de Kurisock.

Kendra levantó el guijarro de líneas ovaladas.

—La reina de las hadas dijo que mientras yo retuviese la piedra, un paraguas de luz protegerá a todo el que esté cerca de mí.

—Vaya, ese detalle sí que es un dato útil —musitó Patton—. Si el poder que mantiene esta zona como un santuario de luz tuviese que penetrar en una fortaleza de las tinieblas, el influjo de la energía positiva podría permitir entrar en él a las criaturas de la luz.

—Vayamos a reclutar unas cuantas hadas —insistió Seth, dando una palmada de entusiasmo—. Mejor ellas que nosotros.

—Podemos intentar que las hadas nos respalden —respondió Patton—. Pero te lo advierto: las hadas son unos seres especialmente poco de fiar. Y deberíamos descartar por completo esta idea de forzar adrede a un hada a morir por nosotros. Me atrae mucho más la idea de intentar convencer a unos aliados más responsables para que se unan a nosotros y nos ayuden a llegar hasta el árbol.

—Si todo lo demás fracasa, yo completaré la tarea —se comprometió Lena—. Soy joven, ágil y fuerte. Puedo hacerlo.

Patton se cruzó de brazos.

365

—Permitidme que haga unas correcciones a mi nuevo objetivo vital: quiero pasar el resto de mi vida sin que mi mujer tenga que morir por mí. Si un hada no destruye voluntariamente los talismanes, yo lanzaré la piedra. Tengo una puntería excelente. Así, nadie tocará los dos objetos cuando entren en contacto.

—¿Y si no aciertas? —preguntó Lena.

—Ya nos ocuparemos de eso si sucede.

—Lo cual es una «pattonasada», porque tú mismo unirías los dos objetos —dijo Lena enfurruñada.

Patton se encogió de hombros con gesto de ser inocente.

—¿Te has parado a pensar alguna vez que quizá seas más valioso para el mundo si estás vivo que si estás muerto? —refunfuñó Lena.

—Si tuviese que morir mientras estoy haciendo algo peligroso, habría sucedido hace mucho tiempo.

Lena le dio un manotazo.

—Espero no estar presente el día que vuelvan sobre ti todas tus expresiones de fanfarronería para bajarte los humos.

—Estarás presente —dijo Patton—, burlándote y señalándome con el dedo.

—No si estás en un ataúd —gruñó Lena.

—¿Cuándo deberíamos hacer esto? —preguntó Seth.

—Empieza a oscurecer —dijo Patton—. Nos convendrá tener al sol con nosotros cuando nos embarquemos en esta turbia aventura. Deberíamos ponernos en marcha mañana por la mañana, acompañados por todos los que deseen venir con nosotros.

—Y yo voy también, ¿verdad? —confirmó Seth.

—No podemos dejarte atrás sin protección frente a las influencias oscuras —dijo Patton—. Esta última apuesta es a todo o nada. Tanto si triunfamos como si fracasamos, lo haremos juntos, aunando nuestros diferentes talentos y recursos.

—Hablando de talentos —dijo Lena—, será mejor que Seth vaya un momento al hueco del seto, para ver si ha venido alguna persona de sombra a traernos información.

Solo entonces se fijó Seth en que la luminosidad que producían las paredes de tela amarilla y morada de la tienda había adquirido una tonalidad rojiza por efecto de la puesta del sol.

—Iré inmediatamente.

—Yo iré contigo —se ofreció Kendra.

—Lena y yo iremos a recabar apoyos entre los demás habitantes de Fablehaven —dijo Patton—. Les contaremos que la reina de las hadas nos ha conferido poder para atacar a Kurisock y revertir la plaga. No nos interesa ser más concretos, por si acaso la información llega a oídos hostiles.

—Entendido —dijo Seth, que salió de la tienda de campaña.

Los demás salieron detrás de él. Mientras Patton era asediado por sátiros, dríades, enanos y hadas, Kendra y Seth se escabulleron entre la multitud y se dirigieron a la entrada principal. Unas cuantas hadas revolotearon detrás de Kendra, como esperando poder acercarse a ella, pero cuando Patton empezó a explicar la situación, volvieron a toda prisa hacia él.

Cuando Kendra y Seth llegaron a la abertura del seto, los sátiros oscuros que estaban allí retrocedieron una buena distancia, y dos o tres balaron enojados. Miraban a la chica entrecerrando los ojos, tapándose con sus manos peludas para protegerse los ojos de fieras salvajes.

—Parece que ciegas a los sátiros corruptos —dijo Seth—. ¿Crees que tu piedra impedirá que los abuelos se acerquen?

—A lo mejor mi luminosidad los ayuda a ver dónde estamos —respondió Kendra.

Seth se tumbó tan ricamente en la hierba. El sol estaba en esos momentos justo por encima de las copas de los árboles, hacia el oeste del jardín.

—Enseguida estarán aquí.

—¿Quiénes crees que se presentarán?

—Con suerte, los seis.

Kendra hizo un gesto afirmativo con la cabeza.

—Qué pena que no pueda verlos.

—Bueno, supongo que una sola persona no puede poseer hasta la última capacidad mágica existente en el universo. Tampoco te pierdes gran cosa. En realidad no se les reconoce del todo, solo se ve el contorno.

Seth empezó a arrancar florecillas azules que había por la hierba. Kendra se sentó y pegó las rodillas al pecho, abrazándose sus piernas flexionadas. Las sombras fueron alargándose por el jardín hasta que el sol descendió del todo y el crepúsculo invadió el claro.

367

Kendra parecía contenta con el silencio, y Seth no era capaz de reunir el esfuerzo necesario para iniciar una conversación. Miraba a través del hueco del seto, con la esperanza de ver alguna sombra familiar aparecer junto a los sátiros que acechaban la abertura. A medida que el intenso atardecer se apagaba, la temperatura bajó de caliente a templada.

Por fin apareció entre los inquietos sátiros una única figura negra. La silueta se abrió paso hasta el hueco del seto como si tuviese que luchar contra un fortísimo viento. Seth se incorporó.

—Allá vamos.

—¿A quién ves? —preguntó Kendra.

—Es bajo y delgado. Podría ser Coulter. —Seth levantó la voz—. ¿Eres tú, Coulter?

Con aparente esfuerzo, la figura levantó una mano y mostró los dedos que le faltaban. Siguió avanzando a duras penas; cada paso que daba parecía requerir más esfuerzo que el anterior.

—Está luchando por llegar —dijo Seth—. Debe de ser tu luz.

—¿Debería apartarme?

—Quizá sí.

La chica se levantó y se apartó del hueco del seto.

—¡Espera! —gritó Seth—. Está agitando las manos. Gesticula para que vuelvas. No, no solo dice que vuelvas, sino que te acerques a él.

—¿Y si no es Coulter? —preguntó Kendra, preocupada.

—No puede cruzar el seto. Tú simplemente quédate donde no pueda cogerte.

Seth y Kendra caminaron hacia el hueco del seto y se detuvieron a un par de pasos de la entrada. Coulter se acercó un poco más inclinándose hacia delante y temblando con el esfuerzo de cada arduo paso, pero consiguiendo siempre mover los pies uno tras otro.

—¿Dónde está? —preguntó Kendra.

—Casi ha llegado al hueco —dijo Seth—. Es como si estuviese a punto de desmayarse.

Coulter dio unos cuantos pasos más a duras penas. Se detuvo, se inclinó hacia delante y se agarró un mulso con la mano. Temblando, trató de levantar el otro brazo, pero no consiguió elevarlo demasiado.

—Nos está tendiendo un brazo —anunció Seth—. Acércate un poquito más.

—¡No puedo dejar que me toque! —exclamó Kendra.

—Solo un paso más. Creo que ya no puede acercarse más.

—¿Por qué no me aparto?

—Quiere que te pongas cerca de él.

Kendra dio medio paso al frente con cautela y, de pronto, Seth alcanzó a ver que por debajo de la sombra parecía verse piel.

—¡Le veo! —chilló Kendra, y se llevó las manos a los labios—. O al menos parte de él, débilmente.

—Yo también —dijo Seth—. Nunca había visto a ninguna persona de sombra hacer eso. Creo que podrías estar curándole. ¡Sí! Está diciendo que sí con la cabeza. ¡Acércate más!

—¿Y si él me contamina a mí?

—Solo un poquitín más. Todavía no puede alcanzarte.

—¿Y si está fingiendo que no puede alargar más el brazo?

—¡Ha caído de rodillas! —gritó Seth.

—Ya lo veo —dijo Kendra, y dio otro medio paso más hacia el hueco del seto.

De repente, Coulter quedó más visible, encorvado hacia delante, con las dos manos apoyadas contra los muslos. Lucía una expresión de angustia en la cara, con el semblante contraído del tremendo esfuerzo. Trataba de mantener la cabeza levantada, pero iba bajándosele poco a poco.

—¡Ayúdale! —gritó Seth.

Kendra se metió en el hueco entre los dos setos y agarró a Coulter por un hombro. Al instante, se le vio ya completamente y se tiró casi sin fuerzas por el hueco del seto, para acabar tendido y jadeando en el camino.

—¡Coulter! —exclamó Seth—. ¡Has vuelto!

—A duras penas —dijo él con un hilillo de voz y la cara colorada por el inmenso esfuerzo que acababa de hacer—. Solo a duras penas. Dadme... un minuto.

—¡Qué alegría nos da verte vivo! —exclamó Kendra, emocionada, con las lágrimas empañándole la vista.

—Deberíamos... apartarnos... de la entrada —acertó a decir Coulter, que se había puesto a gatear para alejarse del hueco.

—Un par de sátiros acaban de salir corriendo —informó Seth.

—Querrán... ir a dar la noticia... de que Kendra es capaz de derrotar a las tinieblas —jadeó Coulter. Se sentó, respirando pesadamente. Poco a poco pareció ir relajándose.

—¿Viste mi luz? —preguntó Kendra.

Coulter rio entre dientes.

—¿Que si la vi? Kendra, tu luz me abrasaba, me dejaba ciego. Pensé que iba a consumirme. Me quemaba de un modo diferente a como me quemaba el sol. El sol solo me producía dolor. Dolor frío. Tu luz, además de abrasar, me llamaba. Junto con el dolor, me proporcionaba calor, el primer calor que he sentido desde que las hadas de sombra me transformaron. Podía notar cómo la oscuridad que se había apoderado de mí iba alejándose de tu luz, y eso me dio esperanzas. Pensé que si podía acercarme lo suficiente a tu luz, moriría o quedaría libre de tinieblas. De cualquier modo, mi gélida existencia tocaría a su fin.

—¿Qué se siente siendo una sombra? —preguntó Seth.

Coulter se estremeció.

—Se siente más frío de lo que podría llegar a describir. Un cuerpo humano normal se queda entumecido mucho antes de poder experimentar el frío que yo notaba. La luz del sol intensificaba el frío hasta sentirte agonizar. Siendo una sombra, costaba mucho concentrar la mente en algo. Mis sentimientos se volvieron difusos. Me sentía desolado. Absolutamente vacío. Me mente deseaba apagarse. Sentía constantemente la tentación de derrumbarme y de regodearme en mi vacío. Pero sabía que debía combatir esas inclinaciones. Cuando transformaron a Tanu, él me ayudó a no venirme abajo.

—¿Dónde está Tanu? —preguntó Kendra—. ¿Y qué hay de los demás? ¿Has visto al abuelo o a la abuela?

Coulter negó con la cabeza.

—Han desaparecido todos. Me encontré con Warren y con Dale unos instantes. Como compañeros de sombra, nos era posible comunicarnos, aunque se trataba más bien de una especie de telepatía que de lenguaje hablado. Me avisaron de que la dama iba a por ellos, de que ya se había llevado a Stan y a Ruth. Nos dividimos, con el plan de encontrarnos en un lugar previamente acordado. Ninguno de los otros llegó nunca. Yo he venido aquí con la esperanza de poder avisaros sobre lo que les había pasado a los otros. Tú brillabas, me acerqué y aquí estoy ahora.

—¿Qué les hizo Ephira? —preguntó Kendra.

—¿Así se llama? —preguntó Coulter—. Warren y Dale sospechaban que los había encerrado en alguna parte. Para esconderlos. No es fácil saberlo con seguridad. Cuéntame, Kendra, ¿por qué brillabas tanto?

—¿Ya no brillo ahora? —preguntó ella.

Coulter la escudriñó con mucha atención.

—Supongo que sí, pero yo no puedo verlo.

La chica dirigió la vista hacia los sátiros, que se habían apartado aún más del hueco del seto.

—Te contaremos todos los detalles después, en un lugar en el que no nos pueda escuchar nadie. La reina de las hadas me dio un obsequio lleno de energía de luz. —Bajó la voz para decir en un susurro—: Podría servirnos para detener la plaga.

—A mí, desde luego, me ha curado —dijo Coulter—. Eso sí, dolía muchísimo. Creo que va a formar parte de mis recuerdos menos agradables. —Estiró los brazos para desperezarse—. Supongo que vamos a tener que rescatar a los demás entre nosotros tres solamente.

—También contamos con la ayuda de Patton Burgess —dijo Seth.

Coulter soltó una risilla.

—Sí, claro, y yo creo que Supermán también nos va a echar una manita. Deberíamos comprobar si Billy el niño se encuentra disponible.

—Lo dice en serio —le confirmó Kendra—. Patton ha viajado hacia delante en el tiempo. Está aquí. Cuando Lena le vio, abandonó de nuevo el estanque, así que también la tenemos a ella a nuestro lado.

Coulter trató de no sonreír, pero no lo consiguió.

—Me estáis tomando el pelo.

—¿Podríamos estar de broma en un momento de tanto peligro? —preguntó Seth.

—Yo crecí oyendo contar historias sobre Patton Burgess —dijo Coulter, con el entusiasmo empezando a traslucirse en su voz—. Para mí siempre ha sido un sueño poder conocerle. Murió poco antes de que yo naciera.

—Creo que no te decepcionará —le aseguró Seth.

—¿Puedes caminar? —preguntó Kendra—. Podríamos traerle aquí.

Coulter se puso en pie tambaleándose y emitiendo gemidos al incorporarse. Seth le sujetó al ver que se ladeaba.

—Vamos, vamos, no hace falta que me miméis tanto —protestó—. Solo necesito medio segundo para orientarme.

Coulter empezó a caminar en dirección a la tienda de campaña con pasos medidos pero algo inseguros. Seth permaneció cerca de él, listo para agarrarle si daba un traspiés. Coulter fue caminando cada vez con más seguridad, y su cuerpo fue adquiriendo una postura cada vez más natural.

—Ahí vienen —dijo Kendra, señalando a lo lejos.

Cogidos de la mano, Patton y Lena se aproximaban a un paso rápido.

—Es increíble —murmuró Coulter—. ¿Quién habría podido imaginar que iba a conocer a Patton Burgess en carne y hueso?

—Habéis encontrado a un amigo —les dijo Patton desde lejos.

—¡Coulter! —gritó Lena—. ¡Cuánto tiempo! —Dio unos pasos moviéndose graciosamente y le cogió de las manos para mirarle bien de arriba abajo.

—Qué joven estás —se maravilló Coulter.

—Patton Burgess —dijo Patton, extendiendo una mano.

Atónito, Coulter tendió la suya y le dio un fuerte apretón de manos.

—Coulter Dixon —logró articular, parecía que Patton fuese una estrella de cine.

—Por lo que tengo entendido, eras una sombra, ¿no? —preguntó Patton.

—Me acerqué dando tumbos como pude hasta el hueco que hay entre los dos setos, atraído por la luz de Kendra. Entonces, ella me tendió una mano y me tocó, y su luminosidad limpió toda la oscuridad que tenía dentro de mí.

Patton evaluó a Kendra con la mirada.

—Supongo que un riesgo que compensaba era un riesgo que merecía la pena correr. Pero si hubieses resultado infectada, podríamos haber terminado antes incluso de haber podido empezar.

—¿Qué tal os ha ido con los demás? —preguntó Seth.

—Podemos contar con bastante ayuda para mañana. ¿Estás dispuesto a unirte a nosotros, Coulter?

—Por supuesto —respondió él, pasándose nerviosamente una mano por la cabeza casi calva del todo, alisándose el penacho de finos cabellos que le crecía en el centro—. Me alegro de que estéis aquí.

—Encantado de poder ayudar —dijo Patton—. Pero nuestras esperanzas residen en Kendra. Deberíamos celebrar una reunión en la tienda de campaña para poder darte todos los detalles. Mañana la suerte de Fablehaven estará en nuestras manos.

23

Tinieblas

Por la mañana, cuando Kendra se despertó a solas en su tienda de campaña, hacía ya calor. Por haber dormido hasta tan tarde, se notaba ahora atontada. Patton y Lena habían pasado la noche en la tienda grande, y Seth y Coulter en la otra. Tumbada boca arriba con un saco de dormir enredado en las piernas, Kendra se sentía pegajosa de sudor. ¿Cómo podía haber seguido durmiendo, estando el ambiente de la tienda de campaña tan asfixiante?

El guijarro con forma de huevo seguía en la palma de su mano, sujeto exactamente igual que cuando se había quedado dormida. Acarició la suave piedra, que no desprendió calor ni luz que ella pudiera percibir, pero que le había conferido el poder de sacar a Coulter de su estado de sombra con solo tocarle. ¿Sus manos sacarían a cualquier criatura de su estado oscurecido? Los demás parecían optimistas al respecto.

Al pensar en la tarea que le aguardaba, le dieron ganas de volver a dormirse como antes, sin soñar con nada. Si la reina de las hadas estaba en lo cierto, hoy perdería la vida quien conectase el guijarro de luz con el clavo de las tinieblas. Esperaba que Seth y Patton hubiesen dado con un modo lícito y mejor de eludir el problema que lanzar la piedra. Pero si fracasaban todos los demás intentos, si nadie más que ella lograba cumplir la hazaña, Kendra se preguntaba si tendría el valor necesario para sacrificarse. Perder la vida merecía la pena con tal de salvar a sus amigos y parientes. Esperaba ser lo bastante valiente para dar el paso necesario, si llegaba el momento de la verdad.

Se metió el guijarro en el bolsillo, se calzó y se ató los cordones. Fue a gatas hasta puerta de la tienda, abrió la cremallera y salió al exterior. El aire fresco, aunque cálido, era una gozada después del confinamiento asfixiante de la tienda. Kendra trató lo mejor que pudo de arreglarse el pelo con los dedos. Después de dormir con la ropa puesta, notaba que necesitaba desesperadamente darse una ducha.

—¡Se ha levantado! —aulló Seth, que fue corriendo hacia ella, con la mochila del Cronómetro puesta ya en la espalda—. Parece que al final sí que vamos a poder hacerlo hoy.

—¿Por qué no me habéis despertado? —le recriminó Kendra.

—Patton no nos dejaba —dijo Seth—. Quería que estuvieses bien descansada. Ya estamos todos listos.

Al darse la vuelta, Kendra vio ante sus ojos una impresionante aglomeración de sátiros, dríades, enanos y hadas que ocupaban el jardín entre las tiendas y el hueco del cercado de seto. Todos la miraban a ella. Kendra paseó la vista de una punta a otra de la aglomeración. Era terriblemente consciente de que acababa de emerger de una pequeña tienda de campaña vestida con la misma ropa que había llevado el día anterior.

Hugo se acercó desde la distancia, tirando de la carreta, flanqueado por Ala de Nube y Pezuña Ancha. Patton, Lena y Coulter iban montados en la carreta.

—¿De dónde ha sacado Hugo la carreta? —preguntó Kendra.

—Patton le mandó que la trajera al despuntar el día —respondió Seth.

—¿Los centauros vienen con nosotros? —preguntó ella.

—Vienen casi todas las criaturas —respondió Seth, entusiasmado—. Patton les contó que las defensas que protegen esta área se vendrían abajo en cuanto cruzásemos el seto. Y todos ellos le respetan, incluido Pezuña Ancha.

—Buenos días, Kendra —la saludó Patton con gran alegría, mientras Hugo llegaba junto a los chicos y detenía la carreta. Tenía un aspecto muy gallardo, con un pie apoyado en un lado del estribo. ¿Alguien le había lavado la ropa y cosido los desperfectos?—. ¿Te sientes descansada y lista para nuestra salida?

Kendra y Seth rodearon a Hugo para ponerse al lado de la carreta.

—Supongo que sí —dijo ella.

—He encontrado tres voluntarias dispuestas a ayudarnos a unir los talismanes si surgiera la necesidad —dijo Patton, indicando las tres hadas que revoloteaban cerca de ellos.

Kendra reconoció a Shiara, con su pelo azul y sus alas plateadas. También reconoció a la esbelta hada albina de los ojos negros que la había ayudado a iniciar la batalla contra Bahumat. La tercera era muy pequeña, incluso para el tamaño normal de las hadas, y tenía unas alas de vivo color rojo con la forma de los pétalos de una flor.

—Saludos, Kendra —dijo Shiara—. Estamos dispuestas a dar lo mejor de nosotras mismas para cumplir el último deseo que nuestra reina comunicó a través de este sagrado santuario.

—Os mantendremos en la retaguardia —les recordó Patton—. Las tres debéis permanecer escondidas a lo largo de todo el combate. No os pediremos vuestra ayuda a no ser que sea absolutamente necesario.

—No le fallaremos a nuestra reina —dijo el hada roja con la vocecilla más aguda y fina que Kendra había oído en su vida.

Patton se bajó de la carreta de un salto.

—¿Tienes hambre? —preguntó, sosteniendo en las manos una servilleta llena de frutos secos y frutas del bosque.

—No tengo mucho apetito —reconoció Kendra.

—Será mejor que comas algo —la animó Coulter—. Vas a necesitar toda tu energía.

—Está bien.

Patton le entregó la servilleta.

—Si están lo suficientemente motivadas, las hadas podrían pertrechar a Hugo para la batalla.

Kendra masticó un crujiente puñado de frutos secos y bayas del bosque. Los primeros sabían amargos.

—¿Estás seguro de que se pueden comer?

—Aportan nutrientes —la tranquilizó Patton—. He pedido a las hadas que nos ayuden a equipar a Hugo, pero la mayoría no están muy dispuestas.

—Yo me ofrecí a ayudar —dijo con su vocecilla el hada albina.

—Es preciso que vosotras tres ahorréis energías. Kendra,

haría falta que participasen la mayoría de las demás hadas para dejar al golem lo mejor preparado.

—¿Quieres que les dé la orden? —preguntó Kendra nada más tragar un segundo puñado de esos frutos de desagradable sabor.

Patton ladeó la cabeza y se tocó el bigote.

—El esfuerzo las dejará cansadas, pero tener a Hugo en máxima forma sería muy útil.

Kendra escupió las nueces que había estado masticando.

—Lo siento, me están dando arcadas. ¿Tenéis agua?

Lena lanzó una cantimplora a Patton desde la carreta. Él le quitó el tapón y se la pasó a Kendra, que dio varios tragos largos. El agua, templada, tenía un gusto a metal. Se secó los labios con la manga.

—¿Y bien? —preguntó Seth, lanzando una mirada a Hugo.

¿De verdad responderían las hadas a su petición? Kendra suponía que solo había un modo de averiguarlo.

—Esta orden no es para vosotras tres —les dijo Kendra a las tres hadas que se mantenían suspendidas en el aire, cerca de ella.

—Entendido —dijo Shiara.

—Hadas de Fablehaven —las llamó Kendra, usando su mejor voz de mando—. Por el bien de esta reserva, y en el nombre de vuestra reina, os ordeno que preparéis a Hugo, el golem, para la batalla.

Empezaron a llegar hadas de todas partes, a toda velocidad. Dieron vueltas alrededor de Hugo, formando un rutilante tornado multicolor. Unas hadas giraban en el sentido de las agujas del reloj, otras al contrario, pasando unas entre otras sin chocar en ningún momento. El golem empezó a quedar oculto bajo unos intensos estallidos de luz. Docenas de hadas se dividieron del vórtex giratorio y formaron círculos concéntricos más anchos. Mientras unas hadas continuaban orbitando vertiginosamente alrededor del golem, el halo inmóvil de las hadas que permanecían revoloteando sin moverse de su sitio empezó a gorjear creando montones de melodías que iban superponiéndose.

El suelo tembló. Unas piedras irregulares salieron de entre

la hierba, a los pies de Hugo. El golem se tambaleó, mientras la tierra que tenía debajo empezaba a agitarse. Unos tallos semejantes a sogas fueron subiéndole por todo el cuerpo. La tierra removida fue ascendiendo por sus recias piernas. Hugo se hinchó, haciéndose más ancho, más grueso y más alto.

El torbellino de hadas empezó a dispersarse y los cánticos fueron disminuyendo.

Revolotearon despacio en dirección al suelo, evidentemente exhaustas. El trozo de tierra en el que se encontraba Hugo recuperó la estabilidad.

El golem profirió un rugido temible. Había crecido varios palmos de estatura y se le veía considerablemente más corpulento. Unos tallos marrones con largos pinchos le cruzaban por delante del torso y le rodeaban los brazos y las piernas. Unas piedras en forma de puntas de lanza le sobresalían de los hombros y de las extremidades. De la espalda le asomaban unos discos de borde dentado. Un grupo de hadas entregó al golem una inmensa maza hecha con un grueso trozo de madera y una roca del tamaño de un yunque.

377

Después de entregarle la maza, descendieron más hadas exhaustas hasta el suelo, volando en espiral. Las que conservaban suficiente vigor para seguir volando se deslizaban aquí y allá lánguidamente. Unas cuantas de las que habían volado a tierra quedaron inconscientes al bajar.

—¿Cómo te sientes, Hugo? —preguntó Seth gritando a pleno pulmón.

La pedregosa boca del golem formó una sonrisa desdentada.

—Grande. —Su voz resonó más profunda y bronca que nunca.

—Todas las hadas que deseen salir con nosotros, que se suban a la carreta —dijo Patton—. Animo a todas aquellas que sean capaces de moverse a ayudar a las que se han desmayado. —Sacó entonces una cajita de marfil de uno de sus bolsillos e hizo señas a Shiara y a las otras dos hadas para que se acercaran—. Vosotras tres, meteos aquí.

Se metieron en la cajita, revoloteando rápidamente.

Lena saltó con ligereza de la carreta a la hierba y empezó a recoger con las manos, delicadamente, a las hadas desfallecidas.

Coulter, Patton y Seth la ayudaron. Muchas hadas se posaron en la carreta ellas solas.

En un primer momento, Kendra observó a los demás sin decir nada. A una palabra suya, las hadas habían agotado su energía hasta quedar extenuadas. Su debilidad podría provocar que cientos de ellas quedasen convertidas en hadas oscuras durante la batalla que se cernía sobre ellos, y aun así ninguna se había negado a seguir su orden. El poder para obligar a otros a obedecerla daba que pensar, incluso le ponía un poco los pelos de punta.

Kendra se arrodilló y empezó a recoger hadas caídas, colocando cuidadosamente sus cuerpecillos frágiles y desvaídos en la palma de su mano. Aquel puñado de hadas desmayadas parecía casi ingrávido. Sus alas traslúcidas estaban pegajosas, como si fueran tiras pringosas de papel tisú. Al contacto con Kendra, empezaron a resplandecer con intensidad, pero ninguna se despertó. El hecho de depositar aquellos cuerpos delicados en la carreta ilustraba por qué debía tener mucho cuidado a la hora de usar su nueva habilidad. No quería hacer daño sin querer a esas diminutas y bellas criaturas.

Patton se subió en la carreta y agitó los brazos. En el campo cesó todo movimiento, y todos los ojos se posaron en él.

—Como sabéis, supervisé esta reserva durante décadas —empezó a decir con voz fuerte—. Siento un profundo amor por Fablehaven y por todas las criaturas que aquí habitan. La amenaza a la que ahora nos enfrentamos no se parece a nada de lo que haya experimentado en toda mi vida. Fablehaven nunca ha estado tan cerca de la aniquilación. Nos encaminamos en el día de hoy a un bastión de las tinieblas. Es posible que algunos de nosotros no podamos entrar, pero siempre me mostraré agradecido con todo el que esté dispuesto a intentarlo. Si podéis ayudarnos a llegar hasta el árbol que hay junto al lago del foso, pondremos fin a la plaga de las sombras. ¿Nos ponemos en camino?

Un impresionante grito de júbilo respondió a su pregunta. Kendra vio que los sátiros blandían porras, las dríades sus varas y los enanitos unos martillos de guerra. Los centauros se irguieron majestuosos sobre los cuartos traseros: Pezuña Ancha sostenía en alto la espada y Ala de Nube agitaba su arco enorme. Era una imagen impactante. Pero entonces recordó que todos aquellos aliados podrían ser transformados en enemigos con solo un mordisco.

—¿Lista, Kendra? —preguntó Patton, estirando el brazo para ayudarla a subir.

Ella se dio cuenta de que Seth, Lena y Coulter ya se habían unido a Patton en la carreta. Las exhaustas hadas habían sido trasladadas sanas y salvas. Había llegado el momento de ponerse en marcha.

—Creo que sí —respondió Kendra, aceptando su mano.

Él tiró de ella fácilmente.

—Hugo —dijo Patton—, protegiéndonos como haga falta, por favor, llévanos ante el árbol que hay junto al lago del foso, en el corazón de los dominios de Kurisock. Avanza deprisa, pero no dejes demasiado atrás a los que han decidido acompañarnos, salvo que yo te dé una orden especial.

Con su nueva estatura, Hugo tenía que encogerse de un modo incómodo para tirar de la carreta sin elevar excesivamente la parte delantera. Cuando la carreta empezó a moverse, Kendra observó las piedras que sobresalían del cuerpo del golem y sus pinchos afilados. Era como si Hugo se hubiese hecho de una panda de motoristas.

Sátiros, enanos y dríades se hicieron a un lado para dejar pasar la carreta, y a continuación se pusieron en marcha junto a ella y detrás. Cuando el vehículo se acercó al hueco del seto, los sátiros oscuros apostados allí retrocedieron. La carreta pasó al otro lado del seto. Kendra no percibió ninguna sensación especial. Miró atrás. El estanque y los cenadores seguían como siempre.

Los sátiros oscuros echaron a correr delante de ellos, desperdigándose por el bosque. Hugo tomó el camino que llevaba hasta la colina donde en su día se había levantado la Capilla Olvidada. Las hamadríades brincaban al lado de la carreta, unas cuantas cogidas de la mano de sátiros. Las altas dríades avanzaban en paralelo a mayor distancia, surcando el aire entre los árboles sin que la maleza supusiera el menor obstáculo para ellas. Los dos centauros se adentraron también por el bosque, ocultos a la vista la mayor parte del tiempo. Los enanitos correteaban detrás de la carreta, desplazándose sin gracia y respirando trabajosamente, pero sin quedar rezagados en ningún momento.

—Puedo ver tu luz a nuestro alrededor como una bóveda —le dijo Patton a Kendra.

—Yo no puedo verla —respondió la chica.

—No se ha formado hasta que pasamos el seto —aclaró Lena—. Luego, se volvió completamente visible, como un resplandeciente hemisferio con nosotros en el centro.

—¿Llega a tapar a todo el mundo? —preguntó Kendra.

—La cúpula cubre un buen trecho más allá de las últimas dríades —dijo Patton—. Va a ser interesante ver cómo repele a nuestros adversarios. —Señaló al frente.

A cierta distancia, un grupo de enemigos esperaba en una trampa puesta sin ningún disimulo. Habían apilado troncos y zarzas en mitad del camino para formar una impresionante barricada. A ambos lados de la barrera aguardaban agachados unos enanos oscuros y unos sátiros malignos. Kendra vislumbró dos mujeres altas con la tez gris y apagada y los cabellos blancos, que miraban asomadas a lo alto de la barricada. Las dríades oscuras tenían un rostro duro y hermoso y los ojos hundidos. Por encima de la barrera revoloteaban hadas de sombra.

Hugo avanzó sin apretar el paso ni ralentizarlo. Kendra apretó la piedra en su puño. Los sátiros y las hamadríades se mantenían firmes a cado lado de la carreta y las dríades susurraban entre la espesura, más allá del camino. Los enanitos trotaban ruidosamente en la retaguardia.

Cuando la carreta estuvo a algo más de sesenta metros de la barricada, las dríades oscuras se protegieron los ojos con la mano. A unos cincuenta metros, las dríades oscuras, los sátiros siniestros y los horribles enanitos empezaron a retroceder. Las hadas oscuras se dispersaron. Para cuando la carreta estuvo a unos cuarenta metros de la barricada, las criaturas oscurecidas se habían batido en retirada; la mayoría abandonó el camino para huir entre los árboles.

Las hamadríades, los sátiros y los enanos que rodeaban la carreta lanzaron un grito triunfal.

—Hugo, despeja el camino —le ordenó Patton.

Dejando la maza a un lado, el golem soltó la carreta y empezó a quitar con movimientos fluidos los troncos y pedruscos del camino. Los pesados objetos chocaban estruendosamente al caer entre la vegetación.

—Parece que nuestro escudo protector es consistente —le dijo Patton a Kendra—. Tu luminosidad ni siquiera ha tenido que tocarles. Me pregunto qué pasaría si la luz les hubiese cubierto.

Hugo terminó de despejar el camino y empezó a tirar de la carreta nuevamente sin que Patton tuviera que decirle nada. Pasaron por delante de donde antaño se elevaba la Capilla Olvidada y enseguida tomaron senderos que Kendra no había visto nunca. Encontraron dos barreras desiertas, pero ya no vieron más señales de la presencia de criaturas oscuras. Era evidente que se había corrido la voz.

Cruzaron un puente desconocido y avanzaron por un camino apenas lo bastante ancho para que cupiese la carreta. Kendra nunca había viajado hasta tan lejos desde la vivienda principal de Fablehaven. Los sátiros y las hamadríades mantenían el espíritu alegre mientras trotaban junto a la carreta. Solo los sudorosos enanitos, que resoplaban y bufaban en la retaguardia, parecían estar cansados.

—Veo un muro negro —anunció Seth cuando llegaron a lo alto de una suave loma del camino—. Más allá de él todo parece oscuro.

—¿Dónde? —preguntó Patton, con la frente arrugada.

—Ahí delante, cerca de ese tocón tan alto.

Patton se rascó el bigote.

—Ahí es donde empiezan los dominios de Kurisock, pero yo no logro divisar las tinieblas.

—Tampoco yo —dijo Coulter.

—Yo solo veo que los árboles a partir del tocón tienen menos vigor —intervino Lena.

Seth sonrió orgulloso.

—Parece que se trata de un muro hecho de sombra.

—Esta va a ser la prueba —dijo Patton—. Mi esperanza es que todo el que permanezca cerca de nosotros pueda cruzar

381

esta frontera. En caso contrario, nosotros cinco seguiremos a pie.

Pezuña Ancha y Ala de Nube se acercaron a la carreta al trote. Ala de Nube llevaba una flecha encajada ya en la cuerda del arco y Pezuña Ancha empuñaba su espada. Kendra se dio cuenta de que Pezuña Ancha tenía los dedos de la mano libre descoloridos e hinchados.

—Hemos llegado a la provincia caída —confirmó Ala de Nube.

—Si no podemos entrar, hostigaremos a los enemigos y trataremos de llevarnos a algunos —declaró Pezuña Ancha.

Patton levantó la voz.

—Permaneced cerca de la carreta. Si alguno no logra pasar a este reino tenebroso, Pezuña Ancha le escoltará hasta el último refugio de Fablehaven, un reducto frecuentado por los de su especie. Si logramos penetrar en la oscuridad, quedaos cerca de nosotros y proteged a los niños a toda costa.

Durante su intervención, Hugo no se había detenido. El inmenso tocón de la vera del camino estaba cada vez más cerca. Todas las criaturas, incluidas las dríades, se apiñaron cerca de la carreta.

—El muro está retrocediendo —anunció Seth.

—La luz que tenemos por delante está apagándose —informó Patton un instante después.

—Es como si luz y oscuridad estuviesen anulándose recíprocamente y dieran paso a un territorio neutral —conjeturó Lena—. Estad preparados por si surgen problemas.

Hugo no se detuvo en ningún momento al pasar por delante del tocón. Todas las criaturas permanecieron al lado de ellos.

—Jamás imaginé que mis cascos patearían este suelo maldito —murmuró con desdén Ala de Nube.

—Ya no veo nuestra cúpula —los avisó Patton en voz baja—. Solo un resplandor alrededor de Kendra.

—Las tinieblas retroceden formando un gran círculo a nuestro alrededor —dijo Seth.

Kendra no percibía ninguna luminosidad anormal ni ninguna oscuridad extraña, tan solo el camino que zigzagueaba ante su vista y se metía por una densa arboleda. De los árboles

salió un grotesco centauro. Su pelaje era negro y su piel granate. En una mano asía una pesada maza. De la coronilla le nacía
una crin alborotada que le llegaba hasta el centro del ancho
lomo. Era considerablemente más alto que Pezuña Ancha y que
Ala de Nube.

—Intrusos, atención —dijo el oscuro centauro con un gruñido gutural—. Dad media vuelta ahora o enfrentaos a la destrucción.

Se oyó el rasgueo de la cuerda del arco cuando Ala de Nube
disparó una flecha. El oscuro centauro movió rápidamente su
maza, con lo que logró desviar el proyectil.

—Eres un traidor para nuestra especie, Frente Borrascosa
—le recriminó Pezuña Ancha—. Renuncia.

El oscuro centauro enseñó sus dientes mugrientos.

—Entregad a la niña y marchaos en paz.

Ala de Nube sacó una segunda flecha. Mientras apuntaba,
el centauro oscuro cambió de posición la maza.

—No puedo darle —murmuró Ala de Nube.

—Solicito permiso para intervenir —bramó Pezuña Ancha
mirando a Patton de soslayo.

—¡Adelante! —rugió este, desenvainando una espada. Kendra la reconoció: era la espada que Warren había sacado de la
cámara de Meseta Perdida. Warren había debido de traer el arma
cuando habían recogido las tiendas en la casa—. ¡A la carga!

La carreta salió zumbando en manos de Hugo, que había
echado a correr en dirección al centauro. Kendra se agarró a la
barandilla del lado de la carreta para evitar caerse de espaldas,
y bajó la vista para no pisar a las hadas inconscientes. Oyó el
resonar de los cascos de los centauros. Cuando alzó la vista de
nuevo, vio que el oscuro centauro blandía la maza en círculos
por encima de su cabeza, con los músculos de su brazo color
granate hinchándosele poderosamente.

De los árboles emergió un segundo centauro oscuro, no tan
grande como el primero. Detrás del centauro aparecieron cuatro dríades oscuras, varios sátiros oscuros y dos docenas de minotauros. La mayor parte de los minotauros eran peludos y
desmelenados. Unos cuantos tenían las astas partidas. Unos
eran negros, otros rojo pardo, otros grises, unos pocos casi ru-

bios. Imponiéndose en altura a todas las demás criaturas aparecieron tres hombres como titanes, cubiertos de pieles mugrientas. Tenían el pelo largo y enmarañado y unas barbas espesas pringadas de brea. Incluso con su nueva estatura, Hugo apenas les llegaba por la cintura.

—¡Gigantes de la niebla! —gritó Seth.

—Aléjanos de los gigantes, Hugo —indicó Patton.

La carreta viró, desviándose del trío de colosos. Pezuña Ancha y Frente Borrascosa se embistieron el uno al otro a galope tendido. Los gigantes se apresuraron para interceptar la carreta. Sátiros, hamadríades y dríades acortaron la distancia con los sátiros oscuros, las dríades oscuras y los minotauros. Los jadeantes enanitos corrieron detrás de ellos, haciendo grandes esfuerzos por no quedarse atrás.

Pezuña Ancha y Frente Borrascosa fueron los primeros adversarios en entablar combate. El segundo utilizó su maza para desviar la espada de Pezuña Ancha, y los dos centauros chocaron y rodaron salvajemente por el suelo. Una flecha de Ala de Nube perforó el brazo del otro centauro oscuro. Las dríades, dibujando círculos con las varas, se abalanzaron contra los minotauros, girando ágilmente, saltando, haciendo fintas, repartiendo fieros golpes a voluntad, superando sin ningún esfuerzo a los greñudos brutos. Pero cuando las dríades oscuras se unieron a la refriega, dos dríades de luz resultaron mordidas enseguida y transformadas, lo cual forzó a las otras dríades de luz a retroceder y reagruparse.

Mientras los gigantes de la niebla iban hacia ellos con enormes zancadas, quedó claro que Hugo no tenía ni la menor esperanza de poder darles esquinazo.

—¡A por los gigantes, Hugo! —ordenó Patton.

El golem soltó la carreta y, trotando y dando saltos, embistió a los gigantes, que blandían en alto la porra. El primer gigante fue a pegar a Hugo con su porra, pero este esquivó el golpe y le zurró en la rótula. Entre aullidos, el gigante se estampó en el suelo. Los otros dos gigantes viraron para evitar a Hugo. El golem se lanzó a por uno de ellos, pero el gigante saltó por encima de él limpiamente, con sus fervientes ojos clavados en Kendra.

Lizette, la más alta de las dríades, apareció corriendo al lado de uno de los gigantes —al que solo le llegaba a la altura de la rodilla— y se puso a azuzarle en la espinilla con su vara de madera. Enfurecido por los pinchazos, el gigante se dio la vuelta y empezó a pisotear el suelo para aplastarla. Ella esquivó por muy poco cada pisotón, distrayendo de paso al bruto para alejarlo de la carreta.

Patton, Lena y Coulter saltaron de la carreta cuando esta ya se paraba. Parecían diminutos en comparación con el último de los gigantes que venía hacia ellos.

El tremendo bruto quiso dar una patada a Patton, pero este giró a un lado y evitó por los pelos el puntapié. El gigante alargó el brazo para cogerle, pero Patton le hizo un corte en la palma de la mano.

—¡Patton! —le llamó Lena, que se había colocado detrás del gigante.

Él le lanzó la espada a su mujer, que la cogió por la empuñadura y le rajó la parte posterior del talón. El gigante se agachó, agarrándose el tobillo por la herida.

Con una mueca salvaje, el gigante al que Hugo había derribado salió corriendo hacia delante. El golem volvió y le asestó un par de puñetazos precisos.

El gigante que trataba de pisotear a Lizette vio a sus camaradas derribados y miró a Kendra fijamente a los ojos. Arrugando el entrecejo, dejó a Lizette y fue a por la carreta. Hugo lanzó hacia él su maza gigante y la piedra del tamaño de un yunque golpeó al gigante en la parte de atrás de la cabeza. Cayó hacia delante, sus brazos estirados aterrizando a escasos palmos de la carreta. Levantó un instante la cabeza con la mirada perdida y a continuación estampó la cara en el suelo.

Con un rugido, el gigante al que Lena había cortado el tendón se sentó en el suelo, se levantó con mucho esfuerzo y dio una patada a la carreta, partiéndola y dejándola volcada. Kendra salió despedida con el guijarro bien cogido en la mano. Aterrizó de espaldas con un buen golpe y de pronto descubrió que no podía introducir nada de aire en sus pulmones. Se le abrió totalmente la boca y los músculos de su pecho se tensaron espasmódicamente. No conseguía que entrase ni saliese ni pizca

385

de aire. El pánico se apoderó de ella. ¿Se le habría roto la espalda? ¿Se había quedado paralizada?

Finalmente, después de un último intento desesperado por inhalar aire por la boca, volvió a respirar. Kendra vio hadas revoloteando débilmente a su alrededor, buscando refugio al lado de la carreta volcada. Hugo había dado alcance al gigante herido por Lena.

El gigante le dio un puñetazo al golem desarmado, que dio varios tumbos, lanzó un gruñido y miró atónito unas piedras afiladas y unos pinchos con los que se había dañado los nudillos.

Seth se arrodilló al lado de Kendra.

—¿Estás bien?

Ella asintió con la cabeza.

—Solo acababa de quedarme sin aire.

Poniéndose de pie, Seth tiró de su hermana para ayudarla a incorporarse.

—¿Lo tienes aún?

—Sí.

El chico miró entonces por encima del hombro de Kendra y los ojos se le abrieron como platos.

—¡Llegan refuerzos!

Kendra se dio la vuelta. Seis dríades oscuras corrían hacia ellos a toda velocidad desde una dirección diferente de donde habían llegado las otras criaturas oscuras. Por encima de ellas volaba un amenazador enjambre de hadas de sombra.

Kendra miró atrás por encima de su hombro. Patton, Lena y Coulter libraban combate contra cinco minotauros. Ala de Nube luchaba con un centauro oscuro que tenía que ser la versión alterada de Pezuña Ancha. Frente Borrascosa y el centauro oscuro herido causaban estragos entre los sátiros y las hamadríades, transformándolos en criaturas de las tinieblas. A pesar de sus lesiones, el gigante al que Lena había cortado el tendón siguió esquivando los golpes de Hugo.

Cruzándose una mirada elocuente, Seth y Kendra, sin mediar palabra, se dijeron que nadie acudiría a socorrerlos.

Las seis dríades oscuras se acercaron a una velocidad sobrehumana, agachadas y veloces como felinos de la jungla. Haces de oscuridad se desprendían de las hadas oscuras que venían hacia ellos. Las hilachas de sombra no afectaron a Kendra, pero Seth gritó cuando le rozaron y le oscurecieron la ropa y volvieron invisible su piel allí donde le habían tocado. Unas cuantas hadas de luz alzaron el vuelo débilmente para interceptar a las oscuras, pero la mayor parte de ellas acabó transformada en un abrir y cerrar de ojos.

—Corre, Kendra —la instó Seth.

—Esta vez no —respondió Kendra.

Las dríades oscuras eran demasiado rápidas como para albergar alguna esperanza de poder escapar. Se cernían sobre ellos a gran velocidad; sus ojos enrojecidos lanzaban destellos y sus finos labios se abrían para revelar unos colmillos horrendos. Una dríade oscura agarró a Seth y le levantó por los aires con un solo brazo, para hundir los dientes en su cuello. Él se retorció, pero la dríade gris la sujetó con fuerza y un instante después Seth se volvió invisible.

Las seis dríades formaron un corro alrededor de Kendra, como si de alguna manera no se decidieran a atacarla. Ella sostuvo en alto el guijarro en actitud amenazadora. Cerrando los ojos, las dríades retrocedieron unos cuantos pasos. Con el semblante tenso para mantener una expresión de determinación, una de las dríades oscuras saltó hacia delante y trató de coger a Kendra. En cuanto sus dedos grises se cerraron alrededor de la muñeca de Kendra, toda su fisonomía se transformó. Sus cabellos descoloridos y lacios se volvieron rizados y oscuros. Su carne gris adquirió de pronto lozanía y un aspecto totalmente saludable. Con cara de asombro, una alta y bella mujer se apartó de Kendra tambaleándose hacia atrás y se dio la vuelta para mirar a las dríades oscuras.

Kendra se abalanzó hacia otra dríade oscura y asió a su sorprendida víctima por el brazo, mientras la dríade retrocedía torpemente de espaldas. Al instante, tenía los cabellos de un color rojo encendido, una tez rosada y un vestido vaporoso. La bellísima dríade a la que Kendra había sanado antes se abalanzó sobre una dríade oscura y la inmovilizó en el suelo. Kendra se acercó a toda prisa y dio unas palmaditas a la dríade oscura en la mejilla. De repente se transformó en una mujer de rasgos orientales y gran estatura.

Unos dedos invisibles agarraron a Kendra por la muñeca y Seth reapareció.

—Podría haberlo hecho más rápido si te hubieses quedado quietecita —dijo él entre jadeos, y como si estuviera mareado.

—No tengo tiempo —respondió Kendra, yendo ya a por una cuarta dríade oscura y sintiéndose casi como si estuviera en el patio del recreo. Era una suerte de partida al corre que te pillo en la que había muchísimo en juego. Las otras tres dríades oscuras se habían batido en retirada. Seth corrió a trompicones detrás de Kendra.

La dríade a la que Kendra quería dar caza se alejaba una y otra vez, así que Kendra se detuvo un instante a reflexionar para cambiar de táctica. Alrededor de la carreta, las hadas de sombra estaban transformando una ingente cantidad de compañeras en hadas oscuras. Kendra dirigió la atención a otro punto, ya que las hadas eran demasiado pequeñas y veloces para perder el tiempo tratando de tocarlas. Los enanitos buenos habían entrado también en el combate y estaban empleando sus martillos para eliminar minotauros. El lado oscuro contaba también con refuerzos: trasgos y enanos oscuros. Cada vez había más hadas oscuras que se unían a la batalla para transformar a sátiros y hamadríades.

Seth asió el brazo de Kendra.

—Problemas.

Ella vio a qué se refería nada más decirlo. El gigante de la niebla que había quedado inconsciente en el suelo se había despertado y avanzaba a gatas, medio atontado, en dirección a ellos. Kendra no tenía ni idea de hasta qué punto le afectaría su talismán, dado que el gigante no se hallaba en aquel estado oscurecido; como sucedía con los trasgos o los minotauros, la oscuridad formaba simplemente parte de su naturaleza.

Cuando Kendra empezó a retroceder, el gigante dio un salto y fue a por ella con una rapidez imposible de eludir, hasta que su manaza se cerró alrededor de la cintura de Kendra. Por un instante hubo un resplandor de luz cegadora, y el gigante se apartó de ella anonadado, le dieron convulsiones y volvió a quedar inconsciente una vez más; la palma de su mano echaba humo, chamuscada y llena de ampollas.

El resplandor de luz dejó deslumbradas por un momento a las criaturas oscuras que había cerca. Kendra corrió hacia donde la versión oscurecida de Pezuña Ancha estaba tratando de hundir sus dientes en Ala de Nube. Con un valiente esfuerzo, Ala de Nube empujó a Pezuña Ancha en dirección a Kendra y ella le propinó un manotazo en el costado. Al instante, Pezuña Ancha recobró su estado original.

Ala de Nube mostró a Kendra una herida color granate que estaba extendiéndosele rápidamente por el brazo, y ella se la curó tocándola con la mano.

—Asombroso —sentenció él.

La contienda prosiguió, pero ahora las criaturas oscuras hacían todo lo posible por mantenerse lejos de Kendra, mientras transformaban incansablemente a sátiros, enanos y dríades. Hugo tenía inmovilizado por el cuello al gigante con el que había estado peleando, y aquel ser gigantesco acabó por derrumbarse. Las tres dríades a las que Kendra había trasformado estaban ayudando a Patton, Lena, Coulter y Lizette a quitarse de encima a un grupo de hamadríades oscuras. Patton tenía la mitad de la cara invisible, así como una mano.

Kendra y Seth corrieron a ayudarlos y las oscuras hamadríades se retiraron, desviando la atención a alguna presa más fácil de atacar.

Patton abrazó a Kendra y al instante se volvió visible por entero.

—Lo estás haciendo muy bien, querida. Pero las criaturas oscuras están transformando a demasiados aliados nuestros, demasiado rápido. Tenemos que llegar al árbol antes de que nos quedemos sin todos ellos.

—Conozco el camino —se ofreció la primera dríade oscura a la que Kendra había transformado—. Me llamo Rhea.

—¡Hugo, Pezuña Ancha, Ala de Nube! —los llamó Patton. El golem y los centauros corrieron hasta ellos—. Llevadnos al árbol. Rhea nos guiará.

Las otras dos dríades a las que Kendra había transformado resolvieron quedarse atrás y ayudar en la batalla. Lizette, con sus vestimentas otoñales destrozadas, optó por acompañar a Rhea.

389

Pezuña Ancha aupó a Kendra y a Seth a su lomo. Ala de Nube llevó a Patton. Hugo cogió a Coulter y a Lena en brazos.

—Vamos —dijo Ala de Nube.

Rhea y Lizette echaron a correr, con Pezuña Ancha detrás, y Hugo y Ala de Nube a los lados. Pezuña Ancha trotaba tan suavemente que Kendra no tuvo ningún miedo de caerse. Sostenía el guijarro en alto, y las criaturas oscuras se apartaban rápidamente del camino para dejarles pasar. Echando un vistazo atrás, Kendra vio que dos centauros oscuros y varias dríades oscuras los seguían a cierta distancia.

Avanzando a una velocidad increíble, Rhea se adentró por el bosque del que habían salido las criaturas oscuras. Los árboles estaban muy juntos unos de otros, pero apenas había maleza. Kendra agarraba fuertemente el guijarro mientras los altos troncos pasaban a toda velocidad a ambos lados de ella.

Al poco rato se detuvieron abruptamente en el borde de un valle con forma de olla. Para Kendra, era como si estuviesen viendo un cráter. En el centro de la honda depresión hervía a fuego lento un charco de lodo; su humeante superficie negra a veces se veía alterada por burbujas que estallaban lentamente. La única vegetación del pedregoso valle era un árbol nudoso que crecía junto al lago de alquitrán. Desnudo y retorcido, el torturado árbol era aún más oscuro que el borboteante lodo.

Las dríades bajaron a toda prisa por la pronunciada pendiente del valle y los centauros fueron tras ellas. Kendra se reclinó hacia atrás y apretó mucho las piernas, con el estómago en la garganta cuando Pezuña Ancha descendió a toda prisa por la empinada ladera; el centauro contenía la caída con los cascos más que impulsarse hacia abajo. Cuando la pendiente se niveló, Seth y ella seguían milagrosamente montados a lomos del centauro, cuyos cascos trapaleaban ahora ruidosamente por el suelo de roca.

Desde sus escondrijos entre los peñascos y las cavidades del suelo emergieron tres centauros, cuatro dríades, varios trasgos con armadura y un obeso cíclope que blandía un hacha de guerra. El árbol negro no estaba muy lejos, tal vez a unos cincuenta metros. Pero numerosas criaturas oscuras se interponían en su camino.

—¡Apiñaos junto a Kendra! —los instó Patton.

Ala de Nube, Pezuña Ancha, Rhea, Lizette y Hugo se detuvieron en seco.

Detrás de ellos se oyó el sonido de unos cascos. Dos centauros oscuros bajaban a toda prisa por la pared del valle, acompañados de más dríades oscuras.

—Un toque de ella deshará vuestra oscuridad —advirtió Frente Borrascosa a los demás.

—La mía no —bramó el cíclope.

—Te abrasará —advirtió Frente Borrascosa—. Su tacto pudo con un gigante.

Las criaturas oscuras se agitaron incómodas. El cíclope pareció vacilar.

—No temáis —resonó por todo el valle una voz fría y penetrante.

Todas las miradas se volvieron hacia el borde del valle, al otro lado del atormentado árbol, donde una mujer espectral envuelta en sombras iniciaba el descenso levitando por la ladera y con los ropajes flotando de un modo extraño, como si estuviese debajo del agua.

—Oh, no —susurró Seth detrás de Kendra.

—La chica no puede hacer ningún daño duradero aquí —continuó diciendo Ephira—. Estos son nuestros dominios. Mi oscuridad apagará su chispa.

—¡No te acerques, Ephira! —gritó Patton—. No interfieras. Venimos a liberarte de la oscura prisión en la que has sido confinada.

Ephira emitió una risa escalofriante y carente de alegría.

—No deberías haber metido las narices en esto, Patton Burgess. No necesito que me rescates de nada.

—Eso no nos detendrá —respondió él en voz más baja.

—No puedes ni imaginar el alcance de mi poder —ronroneó ella, deslizándose cada vez más cerca.

—Demasiada oscuridad puede dejarte ciega —la avisó Patton.

—Igual que demasiada luz —replicó ella. Se había colocado delante del árbol negro, flotando como si pretendiera protegerlo.

391

—Es algo que enseguida comprobarás, como nunca antes. —Patton espoleó a Ala de Nube suavemente con los talones—. ¡Adelante! ¡Hugo, aplasta a nuestros adversarios!

El golem dejó en el suelo a Lena y a Coulter y corrió a por el fofo cíclope. El bruto empotró su hacha en el costado de Hugo antes de que el golem le agarrase y le lanzase a la laguna de alquitrán. Rhea y Lizette empezaron a luchar contra las dríades oscuras, alejándolas de los centauros. Con los cascos resonando contra el suelo de roca, Ala de Nube y Pezuña Ancha galoparon adelante, empujando contrincantes a uno y otro lado. Patton indicó a Pezuña Ancha que diese la vuelta mientras él iba a por Ephira.

Para impedir el ataque de ambos centauros, la espectral mujer se deslizó a un lado; oscuras lenguas de tela salieron de ella flotando en las dos direcciones. En cuanto la tela alcanzó a Ala de Nube, sus patas tropezaron y el centauro se estampó contra el suelo rocoso, partiéndose la pata delantera derecha y el brazo derecho. Patton dio un salto para evitar ser aplastado y rodó ágilmente para ponerse de pie. Un segundo después, cojeando dolorosamente, Ala de Nube se levantó, más alto y grueso y con la piel de color granate.

Otro tentáculo de tela fue a enredarse en una de las patas delanteras de Pezuña Ancha. Resoplando, el centauro se detuvo en seco, haciendo chocar los casos contra el suelo. Pezuña Ancha se tambaleó, sudando y gimiendo, pero no perdió el equilibrio. Empezó a transformarse como lo había hecho Ala de Nube; sin embargo, el efecto se desvaneció a continuación. Kendra notó que el guijarro se calentaba en su mano. Debajo de ella, Pezuña Ancha se sintió también más caliente. La mano de Kendra se puso roja y brillante. De entre los dedos escapaban brillantes rayos de luz. Las criaturas de las tinieblas retrocedieron. Pezuña Ancha se estremeció bajo su cuerpo, se oscureció por un instante y volvió a su aspecto normal.

—Ephira no puede cambiarle —susurró Seth.

Más dedos de oscura tela serpentearon hacia el centauro para enredarse en él. La piedra empezaba a ponerse demasiado caliente. Ephira parecía lúgubremente concentrada. La respiración de Pezuña Ancha se tornó cada vez más rápida. Temblaba y los músculos se le agarrotaban de angustia. Débilmente, Kendra percibió que Hugo estaba luchando contra la oscura criatura en la que se había convertido Ala de Nube.

Consciente del guijarro cada vez más brillante, Kendra abrió la mano e inundó toda la zona con una luminosidad blanca muy intensa. Las criaturas oscuras se retiraron aún más atrás, soltando alaridos y protegiéndose los ojos con las manos. Ephira siseó y agarró a Pezuña Ancha con aún más tentáculos de sombra.

Con los puños cerrados y los músculos de su grueso cuello hinchados, Pezuña Ancha profirió con todas sus fuerzas un grito agónico. El centauro dobló las patas, se derrumbó y quedó tendido inerte en el suelo. La piedra dejó de brillar. Pezuña Ancha había dejado de respirar.

La vaporosa tela del vestido de Ephira se soltó cual una serpiente del cuerpo del centauro y fue a coger a Kendra. Kendra se apartó y trató de evitar la tela, pero una cinta serpenteante la rozó. En el mismo momento en que la tela la tocó, la piedra emitió un brillante resplandor y el trozo de tela se deshizo con una llamarada blanca.

Ephira chilló y se retorció como si la hubiesen herido físicamente. Las otras hilachas de tela se apartaron de Kendra y de Seth.

—¡Kendra! —la llamó Patton con firmeza—. ¡La piedra!

Patton se encontraba no lejos de Ephira, considerablemente más cerca del árbol negro que Kendra. Confiando en su buen juicio, la chica le lanzó la piedra y él la cogió con las dos manos. Coulter y Lena corrían a reunirse con Patton. Hugo levantó al magullado y oscurecido Ala de Nube y lo arrojó a la laguna de alquitrán.

Con el entrecejo fruncido, Ephira levantó la palma de una mano hacia delante. Kendra notó cómo la invadía una oleada de miedo, y se dio cuenta de que tanto su piel como la piedra que sostenía Patton empezaban a brillar. Notaba cómo el miedo estaba intentando apoderarse de ella, pero una y otra vez el sentimiento se deshacía abrasado, sin que le diera tiempo a penetrar en ella realmente. Lena y Coulter ya no corrían. Estaban de pie inmóviles, temblando. Él cayó al suelo de hinojos.

Patton también estaba temblando. Dio unos pasos rígidos hacia delante. Unas lenguas de tela se deslizaron por el aire en dirección a él. Seth corrió hacia Patton y, llegando junto a él un segundo antes que la tela, le cogió de la mano.

Sujetando el guijarro entre el pulgar y el dedo índice, Patton tocó con la piedra el tentáculo de tela más próximo. Con un resplandor muy intenso, la tela desapareció.

Ephira chilló y una vez más retiró las otras largas tiras de tela. Coulter se levantó; Lena corrió de nuevo a toda velocidad en dirección a Patton. Sosteniendo en alto el guijarro en actitud amenazadora, y sin soltar la mano de Seth, él corrió hacia el árbol que estaba detrás de Ephira. La mujer de sombra lanzó a Patton una mirada de furia e impotencia, girando sobre sus talones para seguirle con la vista.

Patton soltó a Seth y le indicó mediante gestos que volviese con Kendra. Seth retrocedió, vacilante. Ephira cerró los ojos y levantó las dos manos. Lena volvió a detenerse y Kendra brilló intensamente. Patton avanzaba como si llevase una pesada carga. Parecía que la parálisis empezaba a apoderarse de él. Sin embargo, siguió moviendo pesadamente las piernas para avanzar hasta el árbol. Cuando estuvo a unos tres metros del negro árbol, levantó la mano que sostenía el guijarro como si estuviera apuntando antes de lanzar un dardo.

Fue la primera vez que Kendra vio el clavo, cerca del pie del árbol. Ephira abrió los ojos y aulló. Con un suave movimiento, Patton lanzó la piedra. Esta dio vueltas por el aire describiendo una trayectoria perfecta para atinar en el clavo. Cuando el brillante guijarro se encontraba cerca, de pronto cambió de rumbo y se desvió a un lado para rebotar por el rocoso suelo en dirección a la laguna de brea.

—¿Qué ha pasado? —gritó Seth sin poder creerlo.

—Se han repelido mutuamente —gimió Kendra.

La negra tela volvió a estirarse desde Ephira hacia donde Patton había quedado de rodillas y encorvado, muy cerca del árbol negro. Moviendo los brazos espasmódicamente, Patton extrajo una cajita de uno de sus bolsillos y la abrió. Las tres hadas salieron a toda prisa. Un instante después, las tiras de tela se enroscaron alrededor de Patton y desapareció.

Dríades oscuras y trasgos hostigaron a Hugo, azuzándole con espadas y pegándole con porras para tratar de meterle en el alquitrán. El golem resistió su ataque infatigablemente, y les soltó algún que otro manotazo.

El centauro oscuro Frente Borrascosa galopó por el filo de la laguna de alquitrán, claramente en pos del guijarro. Shiara llegó antes que él a la piedra. Al tocarla, su brillo natural se centuplicó. Con ese destello cegador, se desvaneció en el suelo como si se hubiese desmayado. Las otras dos hadas intentaron levantar la piedra y también perdieron el conocimiento. De ellas se desprendía un brillo que arrancaba lágrimas de los ojos.

Kendra y Seth corrieron a por la piedra, aun pudiendo ver que el centauro llegaría evidentemente antes que ellos y que Ephira se había interpuesto en su camino. Frente Borrascosa estiró el brazo hacia el suelo y cogió el guijarro. Al instante, el centauro se encogió ligeramente y su carne granate adquirió una tonalidad sana y natural. Su pelaje de equino se tornó blanco moteado de gris.

De inmediato, Frente Borrascosa soltó la resplandeciente piedra como si hubiese cogido un ascua al rojo vivo.

—¡Frente Borrascosa! —le llamó Kendra, deteniéndose en seco junto a Lena—. ¡Necesitamos la piedra!

Ephira se deslizó hacia el rejuvenecido centauro; todos sus tentáculos de tela se movían hacia él para apresarlo. Cerrando los ojos de dolor, él cogió la piedra del suelo y la lanzó un segundo antes de que los negros tentáculos le diesen alcance y volviesen a transformarlo en una criatura oscura.

Lanzó la piedra demasiado lejos. El guijarro voló por encima de Kendra y Seth y rebotó en el duro suelo hasta detenerse cerca de Coulter. Gateando como si llevase una pesada carga a la espalda, Coulter se acercó hasta la ovalada piedra. Ephira se dio la vuelta rápidamente y levantó una mano con la palma hacia él. Coulter se quedó petrificado momentáneamente. Con la frente perlada de sudor y la cara contraída por el esfuerzo, gateó hacia delante con movimientos inseguros. Cuando ya no pudo seguir avanzando, se dejó caer boca abajo. Estiró el brazo un poco más hasta agarrar finalmente la piedra.

Temblando, cambió la manera de coger el guijarro, colocándolo entre el dedo índice y el pulgar, como si se dispusiese a tirar una canica.

—¡Aquí! —exclamó Kendra, agitando los brazos.

—Seth —dijo Lena entre dientes, inmovilizada.

El chico la cogió de la mano. Una vez libre para moverse, Lena corrió con él hacia el árbol tan deprisa que Seth a duras penas podía mantener los pies en el suelo.

Con un fuerte impulso haciendo palanca con el pulgar, Coulter disparó el guijarro. La piedra ovalada rebotó por el suelo y se detuvo a unos metros de Kendra. Con los ojos echando chispas, Ephira flotó en dirección a la piedra caída. Kendra se abalanzó sobre el guijarro, lo cogió y se dio la vuelta para mirar de frente a la aparición que iba hacia ella.

Ephira extendió sus ropajes de sombra a lo ancho y las palmas de las manos en dirección a Kendra. Tanto la chica como la piedra brillaron intensamente. Notaba el miedo rozándole la superficie del cuerpo, pero sin poder en verdad llegar hasta ella. La imagen de Ephira era horrible, representaba todo lo que Kendra había temido en aquella primera noche en que habían visto la aparición por la ventana del desván. Pero ahora lo único que le importaba era llevar el guijarro hasta el clavo.

Ephira se acercó aún más estirando los brazos y tratando de agarrarla con los dedos. Esta vez no se valdría de la tela de su vestido; ahora quería tocarla directamente.

Kendra notó que unos dedos le apretaban el tobillo. Miró hacia abajo y vio a Patton a cuatro patas, que había gateado hasta ella, invisible. Estaba demacrado, como si le hubiesen chupado toda su vitalidad. Levantó una mano, ofreciéndose en silencio a coger la piedra.

—¡Kendra! —la llamó la nítida voz de Lena desde detrás de Ephira—. ¡Lanza el guijarro!

Apenas distinguía a la antigua náyade detrás de Ephira; la vislumbraba entre las rizadas lenguas de tela oscura, cogida de la mano de Seth. No había tiempo para tomar una decisión meditada y serena. Varios pensamientos le cruzaron la mente a la vez. Si Ephira la tocaba, la espectral mujer podría destruir la piedra, con lo que dejaría sin remedio la cuestión del clavo y de Kurisock. Patton no parecía encontrarse en condiciones de llegar de nuevo hasta el árbol, sobre todo teniendo a Ephira delante. Se le veía exhausto.

Kendra lanzó el guijarro.

El lanzamiento no fue perfecto, pero, saltando hacia delante, Lena consiguió cogerlo.

Ephira dio media vuelta, lista ya para ir a por una nueva víctima.

Lena y Seth se acercaron a aquel árbol negro. Este empezó a estremecerse como si percibiese el peligro. Las ramas crujieron y se balancearon. Una raíz se levantó como si el árbol esperase huir corriendo.

Patton tendió una mano temblorosa hacia su mujer.

—No —susurró.

Kendra nunca había oído una palabra sonar tan lúgubre, tan derrotada.

A escasos metros del tronco, Lena apartó a Seth a un lado. Miró por un instante a Patton con ojos llenos de ternura y una sonrisa triste en los labios, y entonces saltó. Aterrizó a muy poca distancia del clavo, avanzó a trompicones. Se movía como una marioneta a la que le hubieran cortado la mitad de las cuerdas. El tronco del horrible árbol se dobló ligeramente. Las ramas se flexionaron hacia abajo para impedirle el paso. Poco a poco, haciendo un tremendo esfuerzo, la mano estirada de Lena fue acercándose al tronco hasta que la piedra entró en contacto con el clavo.

Por un instante, toda la luz y toda la oscuridad parecieron sentirse atraídas hacia esos dos objetos, como si el mundo hubiese implosionado en un solo punto. Entonces, irradió hacia fuera una onda expansiva, luminosa y oscura, caliente y fría. La onda expansiva no derribó a Kendra; pasó a través de ella, anulando por un momento todo pensamiento. Vibró hasta la última partícula de su cuerpo, especialmente los dientes y el esqueleto.

Se hizo el silencio.

Con cierto aturdimiento, fue recuperando los sentidos. Ephira estaba agachada delante de ella, ya no en su forma espectral e inhumana, sino como una mujer asustada envuelta en harapos negros. Separó los labios como queriendo decir algo, pero de su boca no salió sonido alguno. Sus grandes ojos pestañearon dos veces. Entonces, se deshicieron los restos de su vestimenta negra y su cuerpo envejeció hasta disolverse en una nube de polvo y cenizas.

Un poco más allá de donde Ephira había perecido, el árbol yacía partido por la mitad, no ya con su color negro antinatural, sino como un árbol con el centro podrido. Cerca del árbol, inerte, se veía una masa viscosa y oscura. Solo cuando vio que tenía dientes y garras, entendió que debía de tratarse de los despojos de Kurisock. No lejos del árbol, Seth estaba tumbado boca arriba con los brazos y las piernas abiertos, moviéndose levemente. Lena yacía boca abajo e inmóvil al pie del tronco.

Detrás, un Ala de Nube recuperado salía como podía de la laguna de alquitrán, cojeando con la pata herida y con el cuerpo cubierto de lodo humeante. A cierta distancia, los trasgos huyeron de los centauros y dríades recuperados. Seth se incorporó para sentarse y se frotó los ojos. Pezuña Ancha seguía inerte donde había caído.

Patton se puso de pie y dio varios pasos dando tumbos, antes de tropezar y caer de nuevo al suelo de roca. Volvió a ponerse en pie y de nuevo cayó al suelo. Finalmente, con la ropa destrozada y lleno de suciedad, avanzó a cuatro patas hasta llegar a Lena, la levantó hacia sí y la estrechó en sus brazos, meciendo su cuerpo sin vida, abrazado a ella, moviendo los hombros por la convulsión del llanto.

24

Despedidas

$\mathcal{D}$os días después, Kendra estaba tumbada de espaldas detrás de un seto del jardín, escuchando a hurtadillas fragmentos de conversaciones de las hadas. A su alrededor el jardín estaba lleno de flores, más espléndido que nunca, como si las hadas estuviesen tratando de disculparse. Había oído a unas lamentándose por la pérdida de su estado oscurecido. Por lo que Kendra había observado, solo las criaturas que habían disfrutado siendo oscuras conservaban algún recuerdo de la experiencia.

Kendra oyó que se abría la puerta trasera de la casa. Alguien más venía a animarla. ¡¿Por qué no la dejaban en paz?! Todos lo habían intentado: el abuelo, la abuela, Seth, Warren, Tanu, Dale y hasta Coulter. Nada de lo que pudiera decirle nadie iba a eliminar que se sintiera culpable por haber matado a Lena. Por supuesto, había sido una situación desesperada y, sí, quizás había sido su última esperanza, pero, aun así, si no le hubiese lanzado la piedra, Lena no habría muerto.

Nadie la llamó desde el porche. Oyó unas pisadas en la terraza.

¿Por qué no podían tratarla como a Patton? Él, sin decir nada, había dejado claro que necesitaba tiempo para llorar su pérdida, y nadie le había incordiado. Había llevado el cuerpo de Lena al estanque, lo había colocado delicadamente dentro de una barca, había prendido fuego a la embarcación y se había quedado mirando mientras el fuego la consumía. Esa noche había dormido bajo las estrellas. Al día siguiente, después de que hubiesen descubierto que los brownies recuperados habían retirado todas las trampas y habían arreglado los desperfectos de la casa, Patton había pasado prácticamente todo el día a solas en su cuarto. Cuando eligió libremente relacionarse con los demás, se le veía apagado. No mencionó a Lena, ni nadie habló de ella.

Kendra no se sentía totalmente desdichada. Le llenaba de un inconmensurable gozo que algunas dríades hubiesen encontrado a la abuela, al abuelo, a Warren, a Dale y a Tanu, encerrados en una jaula en lo más profundo del bosque, ilesos, al lado de un viejo tocón. Estaba feliz de que todas las criaturas oscuras hubiesen recuperado su estado original, que los sátiros y las dríades retozasen de nuevo por el bosque y que los nipsies estuviesen de vuelta en su colina vaciada por dentro, reconstruyendo sus reinos. Se sentía aliviada porque Ephira ya no supusiera ninguna amenaza, y porque la plaga hubiese resultado derrotada, y porque Kurisock hubiese muerto. Le parecía muy apropiado que el demonio tuviese que terminar sus días en forma de masa irreconocible de engrudo oscuro.

El precio de la victoria y el papel que ella misma había desempeñado eran lo que impedían a Kendra disfrutar realmente del triunfo. No solo lloraba la muerte de Lena y de Pezuña Ancha, sino que no podía acallar ciertos interrogantes que la asediaban una y otra vez. ¿Y si hubiese saltado de lomos de Pezuña Ancha antes de que muriese, permitiendo así que se transformase en un ser oscuro en vez de dejarlo atrapado entre la luz y las tinieblas hasta que el esfuerzo de la lucha acabó con él? ¿Y si hubiese usado valientemente la piedra para hacer retroceder a Ephira, y hubiese destruido ella misma el clavo a continuación?

—Kendra —dijo una voz ligeramente ronca.

Se incorporó. Era Patton. Seguía con la ropa destrozada, pero la había lavado.

—Pensé que no volvería a verte.

Entrelazó los dedos detrás de la espalda.

—Casi han transcurrido mis tres días. Pronto regresaré a mi verdadera época. Pero antes quería hablar contigo.

¡Era cierto! Se iría enseguida. Kendra de pronto recordó que había pensado hablar con él antes de que se marchase.

—La Esfinge —dijo Kendra rápidamente—. Tal vez podrías impedir que se produzcan un montón de problemas, seguramente él es…

Patton levantó un dedo.

—Ya he hablado con tu abuelo sobre ese tema. De hecho, hace escasos minutos. Yo nunca me fie realmente de la Esfinge, aunque si piensas que hoy en día es escurridizo, deberías probar a dar con su paradero en mis tiempos. Solo le he visto una vez, y no fue cosa fácil. En mis tiempos, mucha gente cree que la Sociedad del Lucero de la Tarde ha desaparecido de una vez por todas. Desde lejos, la Esfinge ha sido muy buena con nosotros, los encargados de reservas. Será difícil dar con su paradero, y más complicado aún recabar apoyos contra él. Veré lo que puedo hacer.

Kendra asintió en silencio. Bajó la vista hacia la hierba y se armó de valor. Alzó la mirada, con los ojos tan bañados en lágrimas que casi no podía ver nada.

—Patton, lo siento mucho…

Nuevamente, él levantó un dedo para que no siguiese hablando.

—No digas nada más. Estuviste magnífica.

—Pero si yo…

Él movió el dedo negativamente.

—No, Kendra, no tenías otra opción.

—Pezuña Ancha… —murmuró Kendra.

—Ninguno de nosotros podía imaginar que pasaría eso. Nos enfrentábamos a unos poderes desconocidos hasta ese momento.

—A mi alrededor mucha gente muere —susurró Kendra.

—Lo estás interpretando todo al revés —dijo él con firmeza—. A tu alrededor hay muchas personas que deberían haber muerto y que siguen con vida. Las sombras retornan a la luz. Lena y tú nos salvasteis a todos. Hubiese preferido ser yo quien hubiese dado mi vida, hubiese dado lo que fuera, cualquier cosa, pero lamentarse ahora es inútil.

—¿Estás bien?

Patton exhaló aire con fuerza, entre la risa y el sollozo. Se pasó un dedo por el bigote y dijo:

401

—Trato de no revivir ahora cómo podría haber destruido el clavo yo, en vez de haber arrojado el guijarro. Trato de no obsesionarme por haberle fallado a mi prometida. —Hizo una pausa; los músculos de la mandíbula se le tensaban con leves espasmos—. Debo seguir adelante. Tengo un encargo nuevo que cumplir. Una misión nueva. Amar a Lena el resto de su vida tal como ella se merece. No volver a dudar nunca más de su amor ni del mío hacia ella. Darle todo mi ser, día tras día, sin desfallecer. Mantener en secreto cómo será su final, mientras honro por siempre jamás su sacrificio. Me hallo en una situación única: la he perdido y, aun así, la tengo todavía conmigo.

Kendra asintió, tratando de contener las lágrimas por respeto a él.

—Tendréis una larga vida juntos llena de dicha.

—Eso espero —dijo Patton. Sonriendo afectuosamente, alargó un brazo y la estrechó hacia él—. Si yo he dejado de llorar su muerte, es hora de que tú también dejes de hacerlo. Fue una situación de vida o muerte. Todos nosotros podríamos haber muerto. Tomaste la decisión acertada.

No era el primero que trataba de convencerla de eso. Pero solo entonces, cuando Patton se lo dijo, creyó que podría ser cierto.

Se levantó y tiró de ella.

—Vuestro chófer ya está aquí.

—¿Nuestro chófer? —preguntó Kendra—. ¿Ya?

Caminaron hacia el porche.

—Dentro de nada serán las doce de la mañana —dijo Patton—. Antes le oí decir que tiene noticias. No dejé que me viera.

—¿Crees que debería volver a mi casa? —preguntó Kendra.

—Tus abuelos tienen razón —la tranquilizó—. Es la mejor opción. No podéis seguir lejos de vuestros padres por más tiempo. Estaréis bajo la vigilancia constante de amigos que os aprecian y se preocupan por vosotros, en casa, en el colegio, allá donde vayáis.

Kendra asintió con la cabeza, aunque con escasa convicción. Patton se detuvo delante de la escalera del porche.

—¿No entras conmigo? —le instó Kendra.

—Voy a acercarme al estanque por última vez —dijo Patton—. Ya me he despedido de los demás.

—Entonces se acabó.

—No del todo —dijo Patton—. Esta mañana tuve una conversación privada con Vanessa. Metí por un tiempo a uno de los trasgos en la Caja Silenciosa. Es una mujer dura, no conseguí sacarle nada. Creo que tiene información útil. En algún momento, si todo lo demás resulta infructuoso, podrías plantearte negociar con ella. Pero no te fíes de esa mujer. A Stan le he dicho lo mismo.

—De acuerdo.

—Tengo entendido que descubriste mi *Diario de secretos* —dijo Patton.

—¿Era tuyo? No decía gran cosa.

Patton sonrió.

—Kendra, me decepcionas. Escucha: fue tu abuelo el que escribió «Bebe la leche», no yo. Todo lo que yo dejé escrito en el diario está en el idioma secreto de las hadas, escrito con cera umita.

—¿Cera umita? —Kendra se dio un golpe en la frente con la palma de la mano—. No se me había ocurrido comprobarlo. No supe nada sobre la cera umita hasta un año después de haber dejado de prestar atención al diario.

—Bueno, pues vuelve a prestarle atención. No todos mis secretos están recogidos en él, pero encontrarás algunos que pueden resultarte útiles. Y, descuida, que seguiré anotando más. Los tiempos turbulentos no han acabado, ni mucho menos, para ti y tu familia. Desde mi propia época, haré todo lo que esté en mi mano.

—Gracias, Patton. —Resultaba reconfortante pensar que tendría noticias de él otra vez gracias al diario, y saber que tal vez pudiera encontrar la manera de ayudarla.

—Me alegro de que nos hayamos conocido, Kendra. —Le dio un fuerte abrazo—. Eres realmente una persona extraordinaria, mucho más allá de cualquier cosa que las hadas puedan haberte concedido. Vigila a ese hermanito tuyo. Si no lo matan antes, tal vez algún día él podría salvar el mundo.

403

—Lo haré. Yo también me alegro de que nos hayamos conocido. Adiós, Patton.

Él dio media vuelta y se alejó a paso ligero, mirando una vez hacia atrás para decirle adiós con la mano. Kendra le siguió con la mirada hasta que desapareció por el bosque.

Respirando hondo, Kendra cruzó el porche y entró en la casa por la puerta trasera.

—¡Feliz cumpleaños! —exclamaron un montón de voces.

Kendra tardó unos segundos en comprender de qué iba esa enorme tarta con quince velas. Todavía faltaba un mes para su cumpleaños.

El abuelo, la abuela, Seth, Dale, Tanu y Coulter se pusieron a cantar todos a la vez. Newel y Doren se encontraban también allí, añadiendo sus voces estruendosas a la canción. Dougan cantaba en voz baja. Así pues, él era quien los iba a llevar de vuelta a casa. Cuando todos acabaron de cantar, Kendra apagó las velas de un soplido. La abuela le sacó una foto.

—¡Faltan semanas para mi cumpleaños! —les riñó Kendra.

—Eso les he dicho yo —se rio Seth—. Pero querían celebrarlo ahora, porque no estarán contigo el día oficial.

Kendra sonrió a sus amigos y parientes. Sospechaba que la celebración tenía más que ver con su reciente mal humor que con festejar el día en que nació. Sonrió.

—Esta una de las ventajas de celebrar una fiesta de cumpleaños con más de un mes de antelación: ¡que me habéis sorprendido por completo! Gracias.

Seth se acercó a ella.

—¿Patton te ha subido los ánimos? —susurró—. Prometió que lo haría.

—Así es.

Seth negó con la cabeza.

—¡Ese tío puede con todo!

—Me he enterado de que Dougan tiene novedades —dijo Kendra.

—Pueden esperar —respondió Dougan—. No soporto interrumpir una ocasión feliz. Gavin te manda recuerdos, por cierto. Está en una misión; si no, habría venido conmigo para llevaros a casa.

—Si me haces esperar para conocer esas novedades, me voy a pasar todo el rato preguntándome de qué se trata —insistió Kendra.

—Estoy de acuerdo —la secundó Seth.

Dougan se encogió de hombros.

—Stan ya sabe algo de esto, pero dado vuestro grado de implicación, a lo mejor puedo informaros a todos a la vez. O quizás debería decir a casi todos. —Hizo una pausa, mirando a Newel y Doren.

—Mi extremadamente sensible veleta social está detectando cierta brisa —dijo Newel.

—A lo mejor deberíamos retirarnos unos instantes —sugirió Doren—. Para tratar entre tú y yo unos asuntillos secretos.

Los dos sátiros se dirigieron a las puertas del salón.

—Grandes asuntos secretos —recalcó Newel—. De esa clase de secretos que te tienen casi toda la noche en vela mordiéndote las uñas.

—Unos secretos que te pondrían los pelos de punta —coincidió Doren.

Dougan aguardó a que los sátiros hubiesen salido del todo para anunciar con voz grave:

—La Esfinge es un traidor. Warren, perdona por haberte mentido cuando te dije que no era el capitán de los Caballeros del Alba. Había jurado que guardaría ese secreto. En aquel momento seguía pensando que era una información que merecía la pena proteger.

—¿Cómo confirmaste que era un traidor? —preguntó él.

—Hablé en privado con mis compañeros lugartenientes acerca del objeto mágico recuperado en Fablehaven. Ninguno había oído mencionar el asunto, lo cual supone una grave infracción del protocolo. Los cuatro fuimos a hablar con la Esfinge, preparados para apresarle. Él no se defendió, mientras nosotros le hablamos de las sospechosas circunstancias. Entonces se levantó lentamente y nos dijo que estaba decepcionado por que hubiésemos tardado tanto en recelar de él. Cogió una vara de cobre que había dejado en la mesa de su despacho y se esfumó, reemplazado por un hombre fornido que al instante arrojó la vara por la ventana, se transformó en un oso pardo enorme y nos atacó. Luchar contra aquel animal en un recinto tan pequeño resultó muy peligroso. Travis Wright resultó gravemente herido. En lugar de intentar capturar a nuestro enemigo, nos vimos obligados a matar a aquella bestia. Para cuando quisimos ir tras la Esfinge, ya no hubo forma de encontrarle.

—Entonces, es verdad —murmuró Coulter, alicaído—. La Esfinge es nuestro mayor enemigo.

—¡Y fue culpa mía que escapase! —exclamó Kendra—. ¡Yo volví a cargar de energía la vara con la que se teletransportó!

El abuelo negó con la cabeza.

—Si no hubiese tenido la vara en su poder, la Esfinge se habría valido de otras estrategias para huir.

—¿Y qué hay del señor Lich, el guardaespaldas? —preguntó Seth.

—Hace días que nadie ha visto al señor Lich, y no ha vuelto a aparecer —informó Dougan.

—Ahora que la Esfinge ha desvelado de qué bando está verdaderamente, es posible que acelere sus planes —dijo la abuela—. Tendremos que estar preparados para cualquier cosa.

—Ahí no acaban las noticias preocupantes —anunció el abuelo.

Dougan arrugó la frente.

—Meseta Perdida ha caído. Que sepamos, solo han sobrevivido Hal y su hija, Mara.

—¿Qué ha pasado? —preguntó Kendra, atónita.

—Hal me contó lo sucedido —dijo Dougan—. En primer lugar, un dragón de cobre se escapó del laberinto de debajo de la meseta y atacó la casa principal con sus llamaradas. Luego, varios de los esqueletos del museo que hay en la finca cobraron vida y se lanzaron a la carga por su cuenta. Un enorme esqueleto de dragón fue el que más daños causó, seguramente reanimado por un poderoso viviblix. También se escaparon varias docenas de zombis. Al igual que aquí, en Fablehaven, alguien quiso que la reserva quedase cerrada por siempre jamás. En Meseta Perdida el plan dio resultado.

—Tal como Vanessa nos dijo —murmuró Kendra—, cuando la Esfinge comete un crimen, quema toda la zona de alrededor para borrar su rastro.

—Nosotros dejamos a aquella dragona bien encerrada dentro de la meseta —dijo Warren—. Nosotros mismos la encerramos.

—Lo sé —afirmó Dougan—. Sabotaje.

—¿Hay razones para sospechar de Hal o de Mara? —preguntó Warren.

—Alguna sospecha debe recaer en los supervivientes de un desastre semejante —respondió Dougan—. Pero se pusieron en contacto con nosotros voluntariamente, y su dolor por la muerte de Rosa y los demás parecía sincero. Si queréis que os dé mi opinión, sigue sin saberse quién ha sido el culpable.

—O tiene un nombre que hace honor a un monumento egipcio —dijo Seth con acritud.

Dougan bajó el mentón.

—Cierto. Probablemente la Esfinge diseñó el ataque, pero seguimos sin tener la certeza de quién ejecutó sus órdenes.

—Después de llevarse lo que quería de Fablehaven y de Meseta Perdida, trató de borrar del mapa las dos reservas —dijo Kendra abstraída.

—Aquí fracasó —dijo la abuela—. Y fracasará finalmente en todo su empeño.

Kendra deseó que aquellas palabras no hubiesen sonado tan vacías.

—Hacemos lo que podemos —afirmó Dougan—. Mantener un par de ojos puestos en Kendra y Seth a lo largo de los próximos meses constituirá nuestra principal prioridad. Ah, Kendra, antes de que se me olvide: Gavin me pidió que te diese esta carta. —Le tendió un sobre gris manchado.

—¡Feliz cumpleaños! —exclamó Seth con maldad.

Kendra trató de no sonrojarse mientras se guardaba el sobre.

—Querida Kendra —empezó a improvisar Seth—, eres la única chica que me comprende, ¿sabes?, y creo que eres muy madura para tu edad...

—¿Un poco de tarta? —le interrumpió la abuela, tendiendo el primer trozo del pastel para Kendra y fulminando a Seth con la mirada.

La chica aceptó el trozo de tarta y se sentó a la mesa, dando gracias por esa oportunidad para recuperar la compostura. Descubrió que el pastel lo habían hecho los brownies. Cuando lo cortó con la cucharita, vio varias capas cremosas de relleno de vainilla, tramos frescos de mouse de chocolate, parches de caramelo y alguna que otra punta de mermelada de frambuesa. De alguna manera, los sabores se combinaban para crear un resultado sorprendente y estupendo. No podía recordar una tarta de cumpleaños más deliciosa.

Después, el abuelo acompañó a Kendra hasta la habitación del desván. Allí encontró su equipaje hecho y preparado para el viaje.

—Tus padres cuentan con que Dougan os entregará en casa esta tarde a última hora —dijo—. Se alegrarán mucho de veros. Creo que estaban a punto de avisar al FBI.

—Está bien.

—¿Patton se despidió de ti? —preguntó el abuelo.

—Sí —dijo Kendra—. Me dijo una cosa importante sobre el *Diario de secretos.*

—Me dijo que debía entregártelo. Encontrarás el diario en una de las bolsas, junto con unos cuantos regalos de cumpleaños más. Kendra, de momento vamos a mantener en secreto el hallazgo del Cronómetro, incluso para Dougan, hasta que estemos más seguros de en quién podemos confiar.

—Me gusta la idea —respondió Kendra. Entonces, miró a su abuelo a los ojos—. Tengo miedo de volver a casa.

—Después de todo lo que ha pasado, hubiera creído que te daría más miedo quedarte aquí.

—No estoy segura de querer que los Caballeros del Alba velen por mí. ¡Podrían estar todos trabajando para el enemigo!

—Uno de vuestros guardianes será siempre Warren, Coulter o Tanu. Solo permitiré que velen por vosotros personas de mi máxima confianza.

—Supongo que eso me hace sentir mejor.

Seth irrumpió en la habitación, seguido por Dale.

—Dougan dice que está listo. Warren también vendrá con nosotros. ¿Estás preparada, Kendra?

No lo estaba. Después de haber sufrido una gran pérdida, tras una ardua victoria, después de haber sufrido tanto, deseaba poder tener un tiempo para descansar. No solo dos días. Dos años. Necesitaba tiempo para recomponerse. ¿Por qué la vida siempre tenía que seguir su curso inexorablemente? ¿Por qué cada victoria y cada derrota siempre iban seguidas de nuevas preocupaciones y nuevos problemas? Adaptarse al instituto iba a suponerle todo un esfuerzo, dejando al margen la preocupación sobre los nuevos planes que podría estar tramando la Esfinge y por cómo Navarog, príncipe de los demonios, pudiera participar en ellos.

A pesar de todo, Kendra asintió. El abuelo y Dale cogieron el equipaje y ella les siguió por las escaleras del desván. En el pasillo, Coulter le hizo señas para que entrase en su cuarto. Cerró la puerta cuando Kendra hubo entrado.

—¿Qué pasa? —le preguntó.

Él levantó el cayado decorado con sonajas que se había traído Kendra de Meseta Perdida.

—Kendra, ¿tú tienes alguna idea de lo que puede hacer este trasto?

—Parecía que empeoraba la tormenta en Meseta Perdida.

Él meneó la cabeza.

—Los objetos mágicos son mi especialidad, pero en todos mis años de trabajo he visto pocos cuyo poder pueda equipararse al de este cayado. Ayer estuve experimentando con él. Después de agitarlo dentro de la vivienda durante menos de quince minutos, hice aparecer nubes en un cielo despejado. Cuando más agitaba las sonajas, más se intensificaban los nubarrones.

—¡Vaya!

—Te trajiste a casa un auténtico bastón de lluvia de Meseta Perdida, y en perfecto estado de funcionamiento.

Kendra sonrió.

—Gavin dijo que era un recuerdo para mí.

—Gavin debe de ser una persona muy generosa. Un objeto como este tiene un valor incalculable. Cuídalo muy bien.

—Lo haré —respondió Kendra, cogiendo el cayado que Coulter le entregaba—. ¿Debería dejarlo aquí?

—Es tuyo, quédatelo. ¿Quién sabe cuándo podría venirte bien? Se atisban toda clase de problemas en el horizonte.

—Gracias, Coulter. Hasta pronto.

—Cuenta con ello. Dentro de no mucho me toca mi turno de vigilancia con Seth y contigo.

Cuando estuvo a solas, Kendra sacó el sobre, lo abrió y extrajo la carta de Gavin. Desplegó la hoja de papel, tratando de no ponerse nerviosa y de olvidarse de las burlas de Seth.

Querida Kendra:

Siento mucho no poder estar ahí para acompañarte hasta casa. ¡Qué noticias tan alucinantes las de Dougan, ¿eh?! Casi no puedo creer cómo se ha puesto todo patas arriba... Sabía que había algo sospechoso en eso de que unos buenos tipos llevaran puestos antifaces. Ahora ya se los han quitado...

Me han mandado a otra misión. Ni mucho menos tan peligrosa como la que vivimos juntos, pero sí que es una nueva oportunidad para demostrar que puedo ser útil. Ya te contaré más adelante.

¿Sabes por qué me gustan las cartas? ¡Porque no tartamudeo! Kendra, eres una persona alucinante. Quiero que sepas cuánto he valorado el haberte conocido. Con suerte, este otoño, me tocará algún turno para vigilar que no os pase nada a ti ni a tu hermano. Espero que pronto podamos conocernos mejor.

Tu amigo y admirador,

GAVIN

Kendra releyó la carta, luego comprobó por tercera vez la parte en la que decía que la consideraba alucinante y que quería conocerla mejor. No firmaba tan solo como «tu amigo», sino que decía «tu amigo y admirador».

Una sonrisa afloró en sus labios. Kendra dobló la carta, se la guardó en un bolsillo y salió por la puerta de la casa. Se sintió maravillada ante lo bien que una sola frase podía hacerla sentir, pues ya no tenía miedo del futuro, sino que estaba deseando que llegara.

Agradecimientos

Me encanta escribir el final de una novela. Es como un milagro ver un relato que ha vivido en mi mente plasmado en papel. Los meses que he necesitado para traducir las ideas en palabras derivan en una inmensa satisfacción, cuando termino la fase inicial de la escritura y puedo pasar a pulir el libro. Al margen de las imperfecciones que pueda haber en el primer borrador, saber que el relato existe fuera de mi imaginación representa un alivio inmenso.

Muchas personas han contribuido a hacer realidad la tercera novela de Fablehaven. Mi mujer y mis hijos, tan comprensivos, no solo me ayudan a encontrar tiempo para escribir y promocionar mis novelas, sino que hacen que el resto de mi vida merezca la pena. El apoyo inicial que recibo de mi mujer me ayuda invariablemente a dar forma a mis ideas y a mi escritura de la mejor manera siempre.

Los primeros lectores que me dieron su opinión fueron, entre otros, mi mujer, Mary, Chris Schoebinger, Emily Watts, Tucker Davis, Pamela y Gary Mull, Summer Mull, Bryson y Cherie Mull, Nancy Fleming, Randy y Liz Saban, Mike Walton, Wesley Saban, Jason y Natalie Conforto, y la familia Freeman. Ty Mull tuvo toda la intención del mundo de colaborar también, pero se interpusieron en su camino el instituto y los videojuegos. Mi hermana Tiffany tiene excusa, porque está en Brasil y anda muy liada.

Una vez más, Brandon Dorman creó unas ilustraciones increíbles. El precioso centauro que diseñó para la portada se ganó por derecho propio un aplauso del niño de diez años que vive en mí. Richard Erickson supervisó los elementos de diseño; Emily Watts se portó de miedo como editora; y Laurie Cook fue la tipógrafa. ¡Me siento muy agradecido por su valiosa contribución!

Debo un gran reconocimiento al equipo de márquetin de Shadow

Mountain, dirigido por Chris Schoebinger, junto con Gail Halladay, Patrick Muir, Angie Godfrey, Tiffany Williams, MaryAnn Jones, Bob Grove y Roberta Stout. Una vez más, mi hermana Summer Mull coordinó mi gira promocional y viajó conmigo cuando visité diversos colegios para organizar encuentros sobre lectura y creación. Le estoy profundamente agradecido por su ayuda y su compañía. También quiero dar las gracias a Boyd Ware y al equipo de ventas, Lee Broadhead, John Rose y Lonnie Lockhart, así como a todos los componentes de Shadow Mountain, que con tanta eficacia trabajan para hacer llegar mis libros a las manos de los lectores.

Durante mis viajes por todo el país para visitar colegios, bibliotecas y librerías, muchas personas estupendas me han abierto las puertas de su casa. Gracias a la familia Babgy de California, a los McCaleb de Idaho, a los Goodfellow de Oregon, a los Adam de Maryland, a los Novick de California, a Colleen y John en Missouri, a los Fleming de Arizona, al clan de los Panos en California, a los MacDonald de Nevada, a los Browns de Montana, a los Millers de Virginia, a los Wirig de Ohio, a toda la gente de Monmouth College, y a Gary Mull en Connecticut. Gracias especiales a Robert Marston Fanney, autor de *Luthiel's Song*, que me ayudó a hacer correr la voz por Internet.

No he dado las gracias a Nick Jacob en ningún apartado de agradecimientos. Fue uno de mis mejores amigos del instituto y muchas veces se tomaba el tiempo de leer la bazofia que escribía por aquel entonces. Sus comentarios y su apoyo fueron muy importantes durante mis años de formación como escritor.

Gracias a ti, querido lector, por seguir leyendo la serie de Fablehaven. Estoy trabajando ya en el cuarto libro. Si te gusta la historia, por favor habla de ella a más gente. ¡Tu recomendación personal es muy valiosa!

Date una vuelta por BrandonMull.com o por Fablehaven.com para descubrir más cosas sobre mí y mis libros.

Este libro utiliza el tipo Aldus, que toma su nombre
del vanguardista impresor del Renacimiento
italiano, Aldus Manutius. Hermann Zapf
diseñó el tipo Aldus para la imprenta
Stempel en 1954, como una réplica
más ligera y elegante del
popular tipo
Palatino

* * *

* *

*

Fablehaven. La plaga de la sombra
se acabó de imprimir en un día
de primavera de 2011, en los
talleres gráficos
de Rodesa,
Villatuerta
(Navarra)

* * *

* *

*